KB121509

事先界

쟁선계 17

2015년 3월 11일 초판 1쇄 인쇄
2015년 3월 16일 초판 1쇄 발행

지은이 이재일
발행인 이종주

기획 팀 이주현 이기헌
책임 편집 백승미

발행처 (주)로크미디어
출판등록 2003년 3월 24일
주소 서울시 용산구 원효로97길 46 5층
Tel (02)3273-5135 Fax (02)3273-5134
홈페이지 rokmedia.com E-mail rokmedia@empas.com

ⓒ 이재일, 2013

값 11,000원

ISBN 979-11-255-8711-8 (17권)
ISBN 978-89-257-3094-3 04810 (세트)

爭先果

쟁선계

17

| 이재일 장편소설 |

ROK
MEDIA

로크미디어

차례

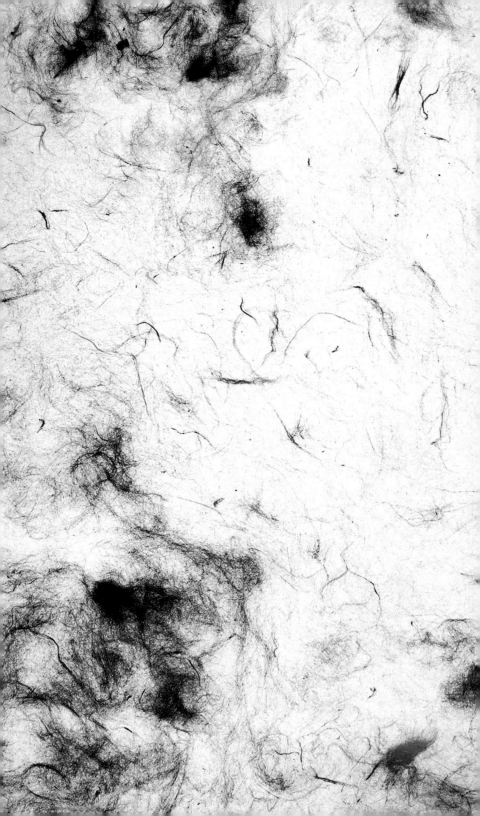

금선탈각金蟬脫殼 (一)

(1)

"이상하다."

뒤통수를 건드린 작은 혼잣말에는 측간을 무지근하게 나온 듯한 곤혹감이 배어 있었다. 호유광胡俞廣은 총총히 놀리던 걸음을 멈추고 뒤를 돌아보았다. 팔꿈치며 무릎을 누덕누덕 기운 의복과는 달리 누른빛이 번쩍거리는 비단포를 허리에 붙들어 맨 중년 거지가 뒤쪽을 돌아보며 고개를 갸웃거리고 있었다.

"뭐가요?"

호유광이 중년 거지에게 물었다. 고개를 그에게 돌린 중년 거지가 눈썹을 역팔자로 모으며 반문했다.

"방금 향 가게로 들어간 노인 봤지?"

"음, 붉은 비단으로 꽁꽁 싸맨 막대기 같은 것을 안고 있던 비쩍 곯은 노인 말입니까?"

"그래, 그 노인 말일세. 어디서 본 얼굴인데……."

호유광은 턱에 붙은 염소수염을 손가락으로 꼬며 기억을 더듬어 보았다. 그는 구걸이 본업인 개방 내에서도 마당발로 손꼽히는 순찰노두巡察老頭답게 한번 본 얼굴은 여간해서 잊지 않는 날카로운 눈썰미를 가지고 있었지만, 조금 전 두 사람 곁을 지나쳐 향 가게로 들어간 노인의 얼굴만큼은 기억 속에서 찾아낼 수 없었다.

"잘못 보신 건 아니고요?"

"분명 본 적이 있네. 근데 어디서 봤는지가 영 아리송하단 말이야."

그러면서 금포를 두른 중년 거지, 개방의 방주 우근이 다시 한번 고개를 갸웃거리니 호유광의 미간에도 역팔자 주름이 잡혔다.

"그렇다면 속하가 곁을 비운 사이에 만나셨나 봅니다. 그게 어디 보자, 한 일 년 반쯤 되는군요. 그사이에 만나신 사람들 중에서 찾으면 되지 않을까요?"

"내 생각에도 그럴 것 같긴 한데, 그사이에 만난 사람이 어디 한둘이어야지."

호유광에게는 개봉 총단에 자리 깔고 누워 팔자에도 없는 환자 노릇으로 보낸 일 년 반이지만, 우근에게는 그렇지 않을 터였다. 지난 일 년 반은 이른바 격변기라 부를 만한 시기였고, 호유광은 그사이 우근이 얼마나 여러 곳을 돌아다녔고, 얼마나 많은 일을 했으며, 얼마나 많은 사람을 만났는지 짐작조차 가지 않았다. 게다가 소싯적 태평한 성격을 불혹 넘어서까지 이고 사는 무신경한 위인에게 날카로운 눈썰미란 본래부터 바라기 힘든 덕목이 아니겠는가.

"정히 궁금하시면 돌아가서 확인해 볼까요?"

호유광의 제안에 우근은 잠시 망설이다가 고개를 저었다.

"관두세. 애먼 데다 시간 보내다가 장이 파하기라도 하면 낭패 아닌가."

맞는 말이었다. 시월도 어느덧 초순을 넘어서서 낮의 길이는 하루가 다르게 짧아지고 있었다. 딱딱하게 마른 주먹밥으로 중화참을 댄 게 얼마 되지도 않은 것 같은데, 어느새 불그죽죽해진 태양은 소실산少室山의 완만한 봉오리들 너머로 둥근 엉덩이를 담그려 하고 있었다. 호유광은 고개를 끄덕여 동의했다.

"그러면 안 되지요."

지금 개방의 두 거지가 지나는 곳은 소실산 아래 등봉현登封縣에서도 바로 산 밑 마을이라 부를 만한 사하촌寺下村에 열린 상설 시장이었다. 예상한 것보다 규모는 크지만 그래도 해가 저물면 장이 파할 터이고, 그러면 방주가 목적한 암탉들을 오늘 내에 구입하기란 물 건너가는 셈이다.

생각이 암탉에 미친 호유광은 자신도 모르게 고의춤을 더듬어 그 안에 소중히 간직해 둔 전낭을 흔들어 보았다. 그는 거지가 닭을 구하는 방법을 몇 가지 알고 있었는데 그중 돈을 주고 사는 것은 포함되지 않았다. 하여 사하촌 초입에서 '그 노인네에게 빚진 게 있어서 암탉 몇 마리 사 가야 해.'라는 방주의 말을 들었을 때는 이 양반이 유식한 제자 놈하고 일 년 넘게 붙어 다니더니 군자가 됐나 보다 하는 생각마저 들었다. 한데 다시 생각해 보니 그것도 이상했다. 세상 어떤 군자도 절간 찾아가며 생닭을 들고 가지는 않을 것이기 때문이다.

'황우 녀석 말로는 그 노인네의 성질이 꽤나 지랄 같다던데, 그 노인네에게 빚진 걸까?'

호유광은 우근에게 조심히 물었다.

"방주님을 부른 그 노인네란 분, 닭고기를 좋아하나 보죠?"

우근은 떼어 놓으려던 발길을 멈추고 부르르 진저리를 쳤다.

"말도 말게. 고기 앞에선 숫제 아귈세, 아귀."

"별일이네요. 고기를 그렇게 좋아하는 노인네가 소림엔 웬일로 머문답니까?"

"소림이 욕보는 거지, 뭐. 덩달아 거지도 욕보는 거고."

호유광은 화가 났다. 거지란 혼자서도 욕보고 다니는 직업이라 누구와 덩달아 욕보고 싶지는 않았다.

"우리가 소림에서 데려갈 사람이 있다고 하셨지요?"

"편지에 그리 써 놓았더군."

"환잔가 봅니다. 활인장의 구양신의에게 데려다 주라는 걸 보면?"

"그런 모양이지."

태평한 위인의 태평한 대답이 호유광을 짜증나게 만들었다. 자연 대꾸도 불퉁하게 나왔다.

"그것 또한 별일이네요. 소림사 약왕당도 용하기로 유명한 곳인데, 거기서도 포기한 중환자를 데리고 악양까지 어떻게 가라는 건지, 원."

"그렇게까지 중환자는 아닌 모양더라고. 다만 소림에 놔두기엔 곤란한 점이 있나 봐. 얽힌 인연이 복잡하다나 뭐라나. 아! 저기 닭장수가 있군."

캐묻고 싶은 것이야 남아 있었지만, 앞전에서 들리는 꼬꼬댁 소리가 뭐 그리 반가운지 손짓까지 해 대며 걸음을 재촉하는 우근에게 더 이상 묻기는 어려웠다.

'닭 사 들고 절간에 가는 거지라. 그 꼴 참 볼만하겠군.'

호유광은 한숨을 쉰 뒤 우근의 뒤를 따라갔다.

닭 사 들고 절간에 온 거지의 꼴은 과연 볼만한 모양이었다. 어찌나 볼만한지, 소림사 산문을 지키는 지객승의 길쭉한 눈이 토끼의 것처럼 동그래져 있었다. 저녁 어스름에 잘못 본 것은 아닌지 눈을 끔벅거리던 지객승이 호유광을 향해 조심스럽게 물었다.

"지금 시주님들께서 가져오신 게 닭이 맞는지요?"

호유광은 자신의 양손을 번갈아 내려다보았다. 볏 달리고 날개 달린 것도 모자라 살아서 꼬꼬댁거리는 이 물건을 닭이라고 부르지 않으면 뭐라 부를까?

"맞소."

호유광은 짧게 대답했다. 양손에 각각 한 마리씩 생닭을 움켜쥐고 있는 것은 비단 그 혼자만이 아니었다. 옆에 선 우근도 마찬가지로 두 마리의 닭을 들고 서 있는데, 그 대가로 호유광의 고의 속 전대는 쩔렁거리는 소리의 대부분을 사하촌 닭장수의 돈 통 안에 떨궈 두고 온 상태였다.

"그 닭들로 무엇을 하시려는지 여쭤도 되겠습니까?"

지객승이 다시 물었고, 이번에 대답한 사람은 우근이었다. 그의 대답은 호유광의 것보다 구체적이었다.

"아마도 진흙을 잘 발라서 화덕에다 구우려는 게 아닐까 싶소."

"폐사의 경내에서요?"

지객승이 믿을 수 없다는 듯이 되물었고, 대답을 하던 중 뭔가를 연상한 게 분명한 우근은 군침까지 삼키며 고개를 끄덕였다. 지객승의 수더분한 얼굴에 노기가 떠올랐다.

"아무리 개방의 용두방주님이시라고 해도 어찌 이 청정 도량 안에서 살생과 육식을 동시에 자행하시겠다는 겁니까?"

"처음 하는 것도 아닌데……."

"뭐라고요?"

소림이 단순한 사찰이라면 지객승의 책무는 향화객들을 맞이하고 인도하는 일에서 끝날 테지만, 소림은 단순한 사찰이 아니었고, 지객승의 책무 또한 단순하지만은 않을 터였다. 호유광은 지객승의 흔들리는 눈빛과 불끈 쥐어진 주먹으로부터, 그 단순하지 않은 책무를 과연 개방의 용두방주에게까지 적용시켜야 되는지에 대한 갈등의 기미를 읽을 수 있었다. 적용시키지 않는다면야 다행이지만, 만일 적용시킨다면 일 년 반 만에 재개한 순찰노두의 외유는 양 손아귀 안에서 쉴 새 없이 푸드덕거리는 암탉들만큼이나 요란스러워질 것이 분명했다.

"아미타불, 해온海穩은 결례를 범하지 말라."

지객승의 갈등과 순찰노두의 우려를 동시에 해소시켜 준 것은 감탄이 나올 만큼 심후한 내공이 실린 점잖은 불호 소리였다. 불호의 주인공 산문 안쪽의 어스름 속에서 천천히 걸어 나오는 중년 승려였다. 일신에 정갈한 황색 가사를 걸친 그 승려의 오른손에는 오랜 세월 손때에 절어 옻칠이라도 한 것처럼 반들반들해 보이는 제미곤 한 자루가 쥐어 있었다.

"오랜만에 뵙습니다, 우 방주."

황색 가사의 중년 승려—그러나 호유광은 저 승려의 나이가 환갑을 여러 살 넘겼음을 알고 있었다—가 우근을 향해 왼손을 들더니 소림사 특유의 독장례를 올렸다.

"지객당주께서 몸소 나오신 걸 보니 이 거지들 몸에서 나는 악취가 엔간히 지독했나 봅니다. 이거 죄송스러워서…… 아이고, 이놈아, 얌전히 좀 있어라."

우근은 민망한 표정으로 왼손을 들어 뒤통수를 긁으려다가 그 손에 들린 암탉이 표독스럽게 쪼려고 들자 흠칫 놀라며 손을 밀어냈다. 그 모습을 보고 빙긋이 웃은 소림의 지객당주가 호유광에게도 독장례를 올렸다.

"호 노두께서도 오셨군요. 부상을 당해 요양하신다는 소문을 듣고 적잖이 걱정했는데, 신색을 보아하니 이제는 건강을 되찾으신 모양입니다."

나이 차가 제법 지기는 하지만, 사실 개방의 순찰노두인 호유광과 소림의 지객당주인 적심寂心 대사는 제법 돈독한 사이라고 할 수 있었다. 각기 개방과 소림이라는 거대 문파의 대외 업무를 담당하다 보니 공적으로든 사적으로든 얼굴을 맞댈 기회가 많았기 때문이다.

"너무 건강해져서 탈이지요. 이 옆구리 뒤룩뒤룩한 것 좀 보십시오. 거지가 이게 말이 됩니까?"

호유광이 두 팔을 활짝 벌려 일 년 반 동안 놀고먹은 대가로 얻은 옆구리 살을 드러내자, 적심이 예술품을 감평하듯 눈을 가늘게 접으며 말했다.

"빈승의 눈에는 홀쭉하실 때보다 오히려 보기 좋은 것 같습니다. 기왕이면 계속 찌우시는 것이 어떨지요?"

"여기서 더 찌라고요?"

"예."

"거지를 똥보로 만들어서 어디다 쓰시게요?"

"빈승에게 탱화 그리는 취미가 있다는 것은 호 노두께서도 아시겠지요?"

취미만 있는 것이 아니라 조예도 깊었다. 강호인을 송충이처럼 여기는 백마사白馬寺의 고고한 주지가 대웅전 열두 기둥에 내걸 탱화들을 제작하기 위해 소림의 지객당주에게 머리를 숙인 것은 유명한 일화였다.

"그렇습니다만……."

"폐사의 미륵전이 낡아 조만간 보수할 작정인데, 이번에 측벽에 모실 미륵은 보다 사실적으로 묘사해 보고자 합니다. 한데 소림에는 해모楷模(본보기, 모델)를 서 줄 만한 적당한 인물이 없어서……. 준비를 마치는 대로 초청장을 보낼 테니 한번 왕림해 주시면 큰 도움이 될 겁니다."

호유광의 얼굴은 똥 씹은 것처럼 우그러졌지만, 곁에 있던 우근은 배꼽을 잡았다.

"하하하! 그날 이 거지도 잊지 말고 꼭 불러 주십시오. 수후개瘦猴丐가 미륵개彌勒丐가 되는 것이 날마다 볼 수 있는 구경거리는 아닐 테니 말입니다."

말라깽이 거지란 뜻의 수후개는 젊은 시절 호유광에게 붙은 별호였고, 호유광은 그 별호를 과히 좋아하지 않았다. 빌어먹는 거지가 말라깽이인 것은 너무도 당연한 일이어서 별호로 삼을 가치조차 없다 여긴 탓이었다.

호유광은 우근을 향해 퉁명스럽게 쏘아붙였다.

"그 이름은 왜 꺼내십니까? 그리고 그 시절엔 방주님도 소아귀少餓鬼나 반대개飯袋丐(밥벌레 거지)로 불렸다는 점을 잊지 마십시오."

"그 반대개는 나이를 먹고도 여전히 반대개로 남았는데 수후개는 웬일로 미륵개가 되셨으니, 이게 부처님의 가호인지 조사야의 가호인지 모르겠군."

우근의 유들유들한 반격에 호유광은 얼굴을 더욱 우그러뜨렸다. 적심이 안색을 바로잡으며 반성하고 나섰다.

"나잇값도 못 하는 무례한 중이 실없는 말로 구업口業을 지었습니다. 반가워서 한 농이니 너무 불쾌히 여기진 말아 주십시오. 수리수리 마하수리 수수리 사바하."

그러고는 구업을 씻는 정구업淨口業 진언까지 암송하니, 그 정중하고 엄숙한 모습에 대고 무슨 말을 할 수 있겠는가. 한번 터진 웃음보를 막지 못해 계속 키득거리고 있는 우근 쪽이 오히려 밉살스러울 따름이었다.

그때 산문로 아래쪽에서 누군가의 발소리가 울려왔다. 고개를 돌려 그쪽을 쳐다본 호유광은 팔꿈치를 뻗어 아직까지도 키득거리는 방주의 옆구리를 쿡 찔렀다. 찔끔한 우근이 산문로 쪽을 돌아보고는 '어?' 하며 눈을 끔벅거렸다. 짙어진 땅거미를 뚫고 산문로를 올라오는 저 노인이 최소 한 번 이상은 본 적이 있는 인물임을 알아보았기 때문이리라. 사하촌의 향 가게 앞에서 스쳐 간 그 노인의 걸음걸이는 바위라도 짊어지고 오는 사람의 것처럼 무거워 보였다. 그러나 노인이 들고 온 것은 붉은 비단으로 꽁꽁 싸맨 막대기와 위패만 한 크기의 향갑이 전부였다.

해온이라 불린 지객승이 노인을 향해 예를 올렸다.

"오늘따라 늦으시기에 걱정하던 참이었습니다."

해온을 올려다본 노인이 혈색 나쁜 입술을 달싹거렸다.

"나 같은 쭉정이를 걱정은 무슨……."

그러면서 적심과 목례를 슬쩍 교환하고는 산문 안으로 터덜터덜 들어가는데, 옆에 선 두 거지는 숫제 눈에 들어오지도 않는 듯했다. 소림의 경내로 들어간 노인의 뒷모습이 다시 땅거미에 묻혀 사라질 무렵, 우근이 갑자기 '아!' 하고 탄성을 뱉었다.

"사람을 사람으로 취급하지 않는 저 모습을 보니 이제야 생각이 나는군. 검동劍童이었어, 검동."

"검동요? 저렇게 늙었는데도요?"

"나이는 중요한 게 아니야. 반대개에게 위장이 달린 이상 아무리 늙어도 반대개일 수밖에 없듯이, 검이 존재하는 이상 검동은 죽는 날까지 검동일 수밖에 없……. 음?"

호유광에게 설명을 하던 중 뭔가를 떠올린 듯, 우근이 적심을 돌아보았다.

"검과 검동이 소림에 있다는 얘기는……?"

호유광은 허리 아래가 잘린 저 질문의 의미를 알아들을 수 없었지만 소림의 지객당주는 다른 모양이었다. 적심이 고개를 작게 끄덕이며 대답했다.

"그렇습니다. 저 시주님이 모시는 분도 지금 폐사에 머물고 있습니다."

"허, 이럴 줄 알았으면 이 거지가 아니라 그의 가형 되는 강동제일인이 왔어야 하는 것을 그랬습니다."

"아닙니다. 매불 태사부께서는 반드시 우 방주께서 오셔야 한다고 말씀하셨습니다."

"반드시?"

"반드시."

우근은 심각한 표정이 되었다. 하지만 적심에게서 들을 수 있는 말은 여기까지가 한계인 것 같았다.

"이런, 귀빈을 이리 문가에 세워 두다니 빈승의 불찰이 참으로 큽니다. 그 축생들로서도 곤욕일 테니 어서 안으로 드시지요."

우근이 양손의 축생들을 내려다본 뒤 적심에게 물었다.

"하면 이놈들을 소림의 경내에서 구워 먹어도 된다는 말씀이십니까?"

"만물의 생사야 본시 하늘에 달린 것이 아니겠습니까. 구워 먹게 되면 구워 먹는 것이고, 살리게 되면 살리는 것입니다. 그 크신 뜻에 견주어 보면 소림의 담벼락이야 허공에 그은 작대기 질에 불과하지요. 구워 먹게 되거나 혹은 살리게 되거나, 우 방주께서는 자연히 아시게 되실 겁니다. 자, 빈승을 따라오시지요. 매불 태사부께 안내해 드리겠습니다."

적심은 거지 둘과 암탉 넷을 소림사 산문 안으로 인도했다.

호유광이 매불을 만난 곳은 소실산 산그늘에 깊이 파묻힌 소림에서도 가장 구석이라 할 만한 암벽 밑에 자리 잡은 찰각암察覺庵이란 암자였다. 매불의 지랄 같은 성질에 대해서는 귀에 못이 박이도록 들어 온 터라 반쯤은 동굴이고 반쯤은 건물인 그 암자에 들어설 때만 해도 적잖이 긴장했는데, 세 평도 안 되는 검박한 선방 한가운데 오도카니 앉아 있는 매불을 막상 대면하고 나니 꺼리는 마음보다 가여운 마음이 먼저 일었다. 반승반도에 비승비도라서 민머리는 아닌 걸로 알고 있건만 어찌 된 영문인지 머리통이 파르라니 깎여 있었고, 쥐가 쏠아 놓은 것처럼 지저분하다는 수염도 손가락 마디 하나 길이로 단정히 정돈되어 있었다. 그리고 좌우 대칭이 어그러져 똑바로 쳐다볼 때면 요상한 기분마저 든다는 매불의 짝눈은…….

'저건 당달봉사잖아!'

가물거리는 촛불 빛에 기대어 매불의 눈 부위를 살피던 호유광은 자신도 모르게 터져 나온 헛소리를 막기 위해 입술을 길게 잡아당겨야 했다. 짝눈인 것은 들은 대로지만 그 밖의 것들, 예를 들면 죽은 물고기의 것처럼 탁한 동공이라든지 거무스름한 와잠臥蠶(눈 밑에 도드라진 부분)에 고인 노리끼리한 진물, 송장의 살 갖을 연상시키는 푸르뎅뎅한 안색 따위가 들은 바와는 아주 다르기 때문이었다.

"오셨는가."

매불이 두 거지가 서 있는 문가를 향해 말하며 짝짝이 진 두 눈을 깜빡거렸다. 탁한 동공이 눈까풀 뒤로 사라지고 나타나기를 몇 차례 반복하더니, 그 밑에 고인 진물이 움푹 꺼진 볼 위로 천천히 흘러내리기 시작했다.

"아이고, 태사부님!"

처음 매불을 대하고는 헛것이라도 본 사람처럼 제 눈을 비비던 우근이 어느 순간 울음 같은 고함을 터뜨리며 선방 안으로 뛰어들었다.

매불은 진짜로 당달봉사가 된 것 같았다. 들이받을 것처럼 달려드는 우근을 빤히 바라보면서도 미동조차 하지 않는 것이 그 증거였다. 매불 앞에 무릎을 꿇은 우근이 양손에 들고 있던 암탉들을 방바닥에 내려놓더니 매불의 앙상한 손을 감싸 쥐었다.

"얼굴이 왜 이렇게 되셨습니까? 그 눈은 또 뭐고요? 대체 이게, 이게…….."

우근은 말을 잇지 못하고 매불의 옆자리에 앉은 통통한 중년승을 돌아보았다. 중년승이 얼른 예를 올리며 자신을 소개했다.

"태사부님의 간병을 맡은 해선海宣이라고 합니다."

"해선 대사, 이게 대체 어찌 된 일입니까? 태사부님이 왜 이 지경이 되신 겁니까?"

죽은 듯이 쓰러져 있던 두 마리 암탉이 갑자기 찾아든 자유를 그제야 알아차린 듯 꼬꼬댁 꿥꿥꿥 날갯짓을 쳐 대며 방바닥을 뛰어다니기 시작했다. 그러나 매불에게 온통 정신을 빼앗긴 우근은 축생들이 그러거나 말거나 오불관언, 만일 뒤따라 선방에 들어선 소림의 지객당주가 오른손의 제미곤을 슬쩍 내질러 놈들을 제압하지 않았다면 고적한 선방 안은 닭 털과 닭똥 들로 엉망이 되어 버렸을 것이다. 그 광경을 지켜보던 호유광이 입속말로 중얼거렸다.

"소 잡는 칼로 닭 잡는다더니만……."

적심의 제미곤이면 소림을 수호하는 네 가지 보물[四大武寶] 중 하나로 꼽히는데, 그 절세의 법기가 고작 암탉들을 기절시키는 데 사용되었으니 하는 말이었다.

제미곤을 가래처럼 휘저어 기절한 암탉들을 방구석으로 밀어 놓은 적심이 우근에게 말했다.

"해선은 약왕당의 적통 사형이 아끼는 제자입니다. 약리에 밝고 침구술鍼灸術에도 능하지요."

그 말을 입증하듯 선방 안에는 쑥 태운 쌉쌀한 냄새가 짙게 배어 있었다. 그러나 쑥 태운 냄새가 아무리 짙어도 그 이면에 깔린 근본적인 냄새만큼은 어쩌지 못했다. 묵은 곰팡내처럼 퀴퀴하고 꿉꿉한 그것은 병의 냄새였고, 죽음의 냄새라고 부를 수도 있을 것 같았다. 그 순간 호유광은 깨달았다. 매불은 지금 죽어 가고 있었고, 그 죽음의 과정은 인력이 미치는 한계선 너머에서 차근차근 진행되고 있다는 것을.

진물이 흐르는 눈으로 우근을 쳐다보던—실제로는 무엇도 쳐다보지 못하겠지만— 매불이 길쭉한 메기입을 열었다.

"손바닥이 따뜻하고 목소리도 우렁우렁한 걸 보니 노독물의 독 기운으로부터 완전히 자유로워지셨다는 것을 알겠네. 다행일세."

해선의 대답을 구하던 우근이 매불을 돌아보더니 어깨를 부르르 떨었다.

"대체 왜 그러세요, 태사부님? 전날처럼 그냥 이놈 저놈 하세요. 갑자기 뒷방 노인네처럼 말씀하시니 이 거지 놈, 정말로 무서워서 죽을 것 같단 말입니다."

"아니, 그럴 수야 없지. 어엿한 대장부에 강호의 큰 인물인 방주이신데, 처음부터 그래선 안 되는 거였어."

"태사부님!"

우근은 미치고 환장하겠다는 듯한 얼굴이지만, 매불의 얼굴은 호수처럼 평온하기만 했다. 그런 얼굴로 매불이 우근에게 물었다.

"아까 닭 소리가 요란하던데 죄인이 당부한 암탉들을 가져오셨는가?"

"가져왔지요. 실한 놈으로 네 마리를요. 한데 죄인이라니요? 누가 죄인이라는 겁니까? 설마 태사부님이요? 대체 어떤 썩을 놈이 태사부님더러 죄인이라고 하던가요?"

우근이 당장이라도 주먹을 휘두를 것처럼 씩씩거리자 매불이 손가락으로 위를 가리켰다. 호유광을 비롯한 사람들은 선방의 천장을 올려다보았지만 얼기설기 엮인 들보들 외에는 아무것도 보이지 않았다. 매불이 치켜든 손가락을 내리며 담담히 말했다.

"사람에게 지은 죄는 사함받을 길이 있지만 하늘에 지은 죄는 그렇지 못하다네."

"하늘요?"

"태양을 오래 쳐다보면 눈이 머는 법. 죄인은 그와 비슷한 짓을 너무 자주 저질렀네. 인간에게 허용되지 않은 비밀을 캐내기 위해 천기의 두꺼운 옷자락을 몇 번이고 들춰 보았지. 개미 한 마리를 밟아도 응보가 생긴다는데 그런 엄청난 짓을 저지르고도 무사하길 바랄 수는 없는 노릇 아니겠는가. 산서에 원행 나갔다가 소림으로 돌아온 다음 날이었네. 앞이 갑자기 흐려지고 눈알 밑에 고름이 차오르더군. 죄인은 그제야 응보의 엄정함을 알게 되었다네."

매불의 탁한 동공 위로 아련한 빛이 떠올랐다.

"아, 그 옛날 태백관에 머물던 시절, 사부님께서는 교만한 제자를 걱정하시어 엄중한 경고를 내리셨네. 하늘은 자신의 의중을 엿보아 영향을 끼치려는 인간을 어여삐 여기지 않는다는 경고였지. 교만한 제자는 그러한 경고를 늙은이의 보신책으로만 여겼네. 몸조심에 급급한 아집과 노욕을 혐오하며 사부님의 뜻을 거역했다네. 하지만 막상 이날에 이르러 하늘의 벌을 몸으로 받아들이고 나니, 당시 사부님께서 내리신 경고가 단지 보신책의 산물이 아님을 깨닫게 되었네. 하늘의 불편부당한 섭리는 선과 악, 길과 흉을 다른 눈으로 보지 않는다네. 여름의 풍성한 녹음과 겨울의 매서운 눈보라를 다른 것으로 여기지 않는다네. 탄생의 고고성과 사망의 단말마를 구별하려 들지 않는다네. 그 섭리란 음이 양이 되고 양은 다시 음으로 돌아가며, 만물이 유전하는 가운데에도 결코 멈추거나 되돌아가지 않는 거대한 흐름을 이루는 것. 거기에 한 인간의 오만함이 끼어들 여지란 애당초 없었던 게지. 하아, 죄인은 이제야 깨달았네. 예전에는 이 눈에는 빤히 보이는 것을 알아보지 못하는 타인들을 어리석다 여기며 하늘 높은 줄 모르고 우쭐댔지만, 이제는 자신의 얕은 재주만 믿고 그 크신 섭리의 작은 조각마저 외면한 진짜 우부가 누구인지를 깨닫게 되었다네. 하지만, 하지만⋯⋯."

말을 멈춘 매불이 우근을 향해 히죽 웃었다. 호유광은 시체처럼 푸르뎅뎅한 살갗 위에 두 줄기 고름 눈물을 매단 채로 웃음을 짓는 그 병자의 얼굴 뒤로 부처의 후광 같은 서기가 아른거리는 것을 본 듯한 기분이 들었다.

"후회는 없네."

매불이 말을 맺었다. 광제창생廣濟蒼生의 일념으로 역천의 천형마저 감내한 한 인간의 자족감이 그 말 뒤에 향기처럼 감돌고 있었다.

"태, 태사부님⋯⋯ 흐흑!"

우근은 마침내 구슬 같은 눈물을 뚝뚝 떨어뜨리기 시작했다.

문병 온 손자를 대하듯 말라비틀어진 손으로 우근의 뒤통수를 가만히 쓰다듬던 매불이 말했다.

"지금 당장 숨넘어가는 것도 아닌데 아이처럼 눈물은 왜 보이고 그러시는가. 죄인에게는 아직 할 일이 남아 있다네. 훔쳐본 앞날에 대해 아직 관여할 부분이 남아 있는 한 하늘은 죄인의 목숨을 거두시지 않을걸세. 벌은 이미 다 내렸으니 남은 죄를 마저 저지를 수 있도록 허락해 주시는 셈이겠지. 후후, 참으로 관대하신 섭리 아닌가."

"관대하긴 뭐가 관대합니까! 옳은 일을 행하기 위해 자기가 가진 열성과 재능을 다 바친 선인善人을 핍박하는 섭리 따위, 똥간에나 처박으라고 하세요!"

우근이 노성을 터뜨렸고, 두 소림승은 불호를 외웠고, 때마침 깨어난 방구석의 암탉들까지도 꼬꼬댁거렸다. 우근이 신경질적으로 두 손을 뻗어 암탉들의 목줄을 틀어쥔 뒤 매불의 눈앞에 흔들어 보였다.

"이놈들로 걸인계乞人鷄를 만들어 드릴게요. 올봄에 말씀하셨잖아요. 다른 건 몰라도 닭 잡는 건 저희 거지들이 제일이라고요. 맛만 좋은 게 아니라 몸에도 좋아요. 제 사부님도 그러셨지요. 걸인계 한 마리 뚝딱 먹고 나면 한 계절이 거뜬하다고요. 제가 매일매일 만들어 올릴 테니 태사부님께서는 여기 가만히 앉아 잡숫기만 하세요."

작게 소리 내어 웃은 매불이 우근에게 말했다.

"죄인이 몸보신하는 데 쓰려고 번거로움을 끼친 게 아니라네. 오늘 밤이 가기 전에 그녀들을 적후赤侯에게 데려다 주고 오시게."

우근이 눈을 끔벅거리다가 물었다.

"적후가 누군데요?"

"이 절 닭장에 사는 수탉이지."

"수, 수탉요?"

"그는 지금 많이 외롭다네. 방주께서 소림을 떠나신 뒤에도 이 죄인이 짬짬이 마누라들을 훔쳐 냈거든. 네 마리면 좀 부족한 감이 있지만, 그래도 새색시를 맞이하는 셈이니 눈감아 주리라 믿네."

어처구니가 없어서인지 대꾸도 제대로 못 하는 우근에게 매불이 다시 말했다.

"그것 말고도 방주께서 해 줘야 할 일이 또 있다네."

"누구를 악양 활인장에 데려다 주는 일 말씀이십니까?"

"그 일도 물론 해 줘야 하고."

매불이 고개를 끄덕이자 우근의 얼굴에 화색이 돌았다.

"아하, 거기서 치료받으시려고요? 잘 생각하셨습니다. 이런 절간에 계시는 것보다는…… 흠, 미안합니다, 해선 대사. 소림사 약왕당을 깎아내리려는 건 아니지만, 아무래도 사람 목숨을 구하는 데는 천하제일 신의가 계신 활인장만 한 곳이 없지 않겠습니까."

해선은 선선히 인정했다.

"활인장 구양신의의 의술은 진실로 천하제일이지요. 사부님이신 약왕당주께서도 늘 그렇게 말씀하십니다."

"그렇지요! 그러니까 태사부님께서도 당장 활인장으로 자리를 옮기셔서……."

쾌재를 부르며 엉덩이를 들썩거리는 우근에게 매불이 말했다.

"방주께서 데려가실 사람은 이 죄인이 아니라네."

"예?"

"옆방에 환자가 하나 더 있네. 편지에 쓴 대로 소림과는 얽힌 인연이 복잡하여 약왕당에서 정식으로 치료받는 일조차 꺼리는 곤란한 환자지. 그를 활인장에 데려다 주시게."

"하면 태사부님은요?"

매불이 고개를 흔들었다.

"구양신의의 고명한 의술은 가장 교만한 시절의 죄인마저 인정할 정도지만, 천벌까지 고치지는 못한다네. 아니, 고쳐서는 안 되지. 이 목숨 살리자고 활인장의 천하제일 의술이 단맥되기라도 한다면, 죄인의 죄가 한 가지 더 늘어나는 셈이 아니겠는가. 죄는 지금으로도 차고 넘친다네. 이 죄인은 뼛가루로 되어 바람에 날리는 날까지 소림에 남아 있겠네."

입술을 짓씹던 우근이 결연히 말했다.

"좋습니다. 태사부님의 뜻이 정히 그러시다면 이 거지도 소림에 남겠습니다. 소림에 남아서 조석으로 태사부님의 수발을 들어 드리겠습니다. 아, 적후와 그 마누라들에겐 손끝 하나 안 댈 테니 걱정하지 마시고요."

우근을 향한 매불의 표정이 봄날 들판처럼 부드러워졌다.

"마음은 고맙지만 사양할 수밖에 없구면."

이 말에 우근이 이마를 방바닥에 쾅쾅 내리찧은 뒤 울부짖듯이 소리쳤다.

"그건 또 왜요? 빌어먹을 섭리인지 뭔지 때문에 얼마 안 있어 돌아가실 거라면서요! 그래서 가시는 날까지만이라도 돌봐 드리겠다는데, 그것도 안 된단 말씀입니까? 생명의 은인한테 그것도 못 해 드려요?"

"그런 게 아니야. 지금은 아니지만 머지않아 죄인을 돌봐 줄 사람이 생길 테니 사양하겠다고 한 걸세."

"그 사람이 누군데요?"

"때가 되면 자연히 알게 될 테니 미리부터 궁금해하지 마시게. 음, 방주가 해 줘야 할 마지막 일이 무엇인지도 그때 말하는 게 좋겠군. 세상에는 과일처럼 딸 때를 기다려야 하는 말도 있는 법이니까."

"아이고, 이 지경이 되시고도 그놈의 점쟁이 흉내를 계속 내시겠다는 겁니까?"

"어쩌겠는가, 그게 이 죄인의 업인 것을."

툴툴거리며 고개를 흔든 매불이 적심을 향해 진물 흐르는 눈을 돌렸다.

"밤새 소리가 구성진 걸 보니 시간이 꽤 늦은 것 같구먼. 먼 길 오신 손님들께서 무척 시장하실 텐데, 소림의 지객당주께서는 책무를 다하지 않고 무얼 하는 겐가?"

"제자의 과실을 용서해 주시길."

매불에게 고개를 깊이 숙인 적심이 몸을 일으키며 거지들에게 말했다.

"빈승을 따라오시지요. 거처로 가시면 저녁 공양을 준비시키도록 하겠습니다."

우근은 차마 이 선방을 떠나지 못하겠는지 울상이 되어 매불을 바라봤지만, 매불은 더 이상 상대하지 않겠다는 듯이 곁에 있던 짚자리 위로 몸을 눕혔다. 해선이 수건을 들어 그 얼굴에 붙은 진물을 닦아 주었다. 우근은 결국 적심을 따라 몸을 일으킬 수밖에 없었다.

"가세."

호유광에게 힘없이 말하고 선방을 나서는 우근은 그 손에 들린 암탉들만큼이나 지쳐 보였다.

찰각암 밖에는 어둠이 짙게 깔려 있었다. 검은 하늘가에는 배가 불룩한 상현달이 걸려 있었고, 사람의 몸을 떨리게 만드는 싸늘한 산기운이 초겨울 밤공기 속을 떠돌고 있었다.

초록의 옷을 잃어 앙상해진 가지들이 중중 겹쳐진 산길을 반각쯤 내려왔을 때, 호유광은 어디선가 울리는 괴이한 소리를 들을 수 있었다. 바람 소리도 아니었고 벌레 소리도 아니었다. 저게 뭔가 싶어 집중한 청각 속으로 늙고 어수선한 중얼거림이 들어오기 시작했다.

"매미가 우는구나, 매미가 울어. 매암매암, 매미가 운다고."

'매미라고?'

호유광은 고개를 갸웃거렸다. 이 초겨울에 난데없이 매미 타령이라니 괴이한 일이 아닐 수 없었다. 그때, 걸음을 멈춘 채 중얼거림이 울리는 쪽을 쳐다보던 우근이 앞서 가는 적심에게 물었다.

"저분은 귀사의 계율원주 아니십니까?"

"그렇습니다. 아미타불."

대답 뒤에 붙인 작은 불호에는 적심의 곤혹스러운 심중이 그대로 드러나 있었다. 호유광은 목을 길게 뽑아 우근의 시선이 향한 곳을 바라보았다. 앙상한 홰나무 숲 저편, 완만히 이어지는 산비탈의 한 부분에는 돌무더기가 석문처럼 쌓여 있었다. 그리고 그 앞에는 승포를 입은 사람 하나가 밤도깨비처럼 배회하면서 '무문의 수인'이라는 둥 '아이를 죽여야 한다.'는 둥 호유광으로서는 도무지 납득하기 힘든 말을 쉴 새 없이 중얼거리고 있었다.

"적인寂仁 사형께서는 올여름 치매를 맞으셨지요. 몽유도 생기셨다는데 지금이 그런 모양입니다. 폐사의 부끄러운 모습을 보여 드려 죄송합니다."

참괴함이 담긴 적심의 말에 우근이 암탉 하나를 쥔 손을 황망히 내저었다.

"적인 대사라면 적 자 배에서도 고령이라고 할 수 있는 연로하신 분인데, 치매가 왔다 한들 부끄러워하실 일은 아니라고 봅니다."

"그리 말씀해 주시니 고마울 따름입니다. 아, 저기 사형의 제자가 오는군요."

어둠에 덮인 산길을 급히 달려 올라오던 건장한 장년승 하나가 적심을 보고는 황급히 예를 올렸다.

"계율원의 해운海雲이 사숙을 뵙습니다."

적심이 엄한 목소리로 해운이라는 장년승을 꾸짖었다.

"몽유는 특히 위험하니 어두워진 뒤로는 혼자 나다니시게 하지 말라고 했거늘, 사부를 보살핌에 어찌 이리 태만하단 말이냐. 어서 모시고 내려가거라."

"제자의 죄가 큽니다. 사부님을 즉시 모시고 내려가겠습니다."

복명한 해운이 홰나무 숲을 건너 돌무더기 쪽으로 달려갔다.

적인의 계도戒刀는 적심의 제미곤과 더불어 소림을 수호하는 네 가지 보물 중 하나로 꼽히는 대단한 법기였지만, 주인이 노망난 이상 아궁이 속 부지깽이보다 나을 게 없는 모양이었다. 해운은 별다른 어려움 없이 적인의 노구를 답삭 끌어안았고, 적인은 팔다리를 버둥거리면서도 제자가 이끄는 대로 돌무더기 앞에서 끌려 나왔다. 그러면서도 예의 매미 타령은 그칠 줄 몰랐다.

"무문의 수인아, 무문의 수인아, 너는 저 소리가 들리지 않느냐. 매암매암, 매미가 운다. 매미가 울고 있단 말이다!"

노망난 스승과 그로 인해 고단해진 제자가 산길 아래로 사라졌다. 한바탕 소동이 지나간 뒤, 적심이 거지들을 돌아보며 말했다.

"밤이 깊었습니다. 이만 움직이시지요."

그러나 우근은 적인이 배회하던 돌무더기 쪽에서 눈길을 떼지 않았다. 호유광은 방주의 표정이 기이하게 굳어 있음을 발견했다. 적심이 미간을 좁히며 우근을 불렀다.

"우 방주?"

우근이 고개를 돌리지 않은 채 적심에게 물었다.

"저 돌무더기를 지키는 분이 또 한 분 계시는 것 같습니다만?"

이 말에 놀란 호유광이 돌무더기 근처를 샅샅이 살펴보았지만 괴괴한 달빛만 비낄 뿐 아무것도 보이지 않았다. 한데 대체 누가 저기를 지킨단 말인가?

약간의 침묵이 흐른 뒤 무겁게 한숨을 쉰 적심이 우근에게 말했다.

"우 방주께 부탁드립니다. 그분에 관해서는 더 이상 묻지 말아 주십시오."

그럴 줄 알았다는 듯 어깨를 으쓱거린 우근이 돌무더기에서 눈길을 거두었다.

"저런 기질을 가진 분이 소림에 있다는 게 몹시 의아합니다만, 대사께서 묻지 말라시니 그리하겠습니다."

"감사합니다."

우근에게 독장례를 올린 적심이 산 아래를 향해 몸을 돌렸다. 그것으로 오늘 하루 호유광이 겪은, 기이하다면 기이하달 수 있는 일들은 모두 끝났다. 딱 한 가지만 제외한다면 말이다.

그 한 가지 일이 벌어진 것은 일행이 멈췄던 걸음을 다시 떼어 놓기 직전이었다.

"그 소리, 정말로 들리는군."

우근이 혼잣말처럼 중얼거렸다.

'소리라고?'

호유광은 귀를 기울여 보았다. 방주의 말대로였다. 그는 막힌 공간 어딘가로부터 울려 나오는 작디작은 소리를 들을 수 있었다. 그것은 소림의 노망난 계율원주가 말한 매미의 울음소리였다.

미웅미웅미웅. 미이이이이웅.

(2)

그는 눈을 떴다.

가장 먼저 시야에 담긴 것은 짙푸른 남방의 화초들로 가꿔진 아담한 정원이었다. 환한 햇빛이 쏟아지는 그 정원은 고향집의 화원을 떠올리게 해 주었다. 형제들과 더불어 뛰놀던 그 아름답고 향기로운 화원 안에서, 그는 세상이 어린아이에게 허용해 준 모든 종류의 행복을 맛볼 수 있었다. 그 시절을 떠올리며 미소를 짓는 그에게 문득 의문 하나가 다가왔다.

그런데 내가 지금 어디 있는 거지?

관자놀이가 욱신거렸다. 그는 얼굴을 찡그렸다. 그때 귀 바로 옆에서 누군가의 목소리가 들려왔다.

"어디긴, 네 집에 있는 거지."

그는 관자놀이로 올리려던 손을 멈추고 고개를 돌렸다.

지금 그는 정원을 향해 정면이 뚫린 열댓 평 남짓한 마루방 한가운데 놓인 오동나무 의자에 앉아 있었다. 그가 앉은 의자는 솜을 넣은 푹신한 등받이에다 쇠가죽을 덧댄 팔걸이까지 달린 커다란 것이었는데, 그 왼쪽 팔걸이 옆에 자그마한 사람 하나가

서 있었다. 바로 그 아이였다.

"내 집이라고?"

어리둥절한 얼굴로 반문하는 그에게, 아이는 정원에 둔 시선을 거두지 않고 대답했다.

"이런 집을 갖고 싶어 했잖아."

그는 의자 등받이에 묻었던 등을 세우고 주위를 둘러보았다. 오래된 나무 냄새가 감도는 마루방과 빛바랜 들보와 기둥으로 받친 높다란 천장 그리고 너무 크지도 작지도 않은 정원. 그랬다. 그는 오래전부터 이런 집을 갖고 싶었다. 단 한 가지 요소만 제외한다면. 그는 마루방의 한쪽 벽면 아래에 뚫려 있는 작고 검은 구멍을 바라보며 말했다.

"쥐가 있나 보네."

구멍을 슬쩍 돌아본 아이가 미간을 찡그렸다.

"늙은 쥐가 한 마리 있지, 아주 지긋지긋한."

투덜거리는 아이의 얼굴은 어딘지 모르게 지쳐 보였다. 그는 걱정이 되어 물었다.

"어디 아프니?"

아이가 그를 물끄러미 쳐다보다가 툭 내뱉었다.

"너 때문이잖아."

나 때문이라고?

그는 자신이 비난받는 이유가 무엇인지 생각해 보았다. 하지만 사고의 한 기능이 정지해 버린 듯 아무 기억도 떠오르지 않았다. 다만 지금과 같은 상황이 낯설지만은 않다는 확신할 수 없는 느낌만 들 뿐이었다.

왜 익숙하지?

다시 머리가 아팠다. 자신에 대한 의문은 여지없이 두통을

불러오는 것 같았다. 그는 욱신거리는 관자놀이를 엄지손가락
으로 눌렀다.

"생각하려고 하지 마. 소용없을 테니까."

그는 생각하려는 노력을 멈췄다. 아이의 말을 따르는 것이
오랜 습벽처럼 자연스럽게 여겨졌다. 두통이 서서히 가라앉
았다. 그는 길게 숨을 내쉰 뒤 등받이에 몸을 기댔다. 안락감에
젖어 나른해진 그의 시선에 아이의 오른손이 잡혔다.

"그 낫은 뭐니?"

아이는 낫 한 자루를 들고 있었다. 아이가 구멍을 노려보며
대답했다.

"늙은 쥐를 잡으려고."

하지만 낫을 휘둘러 쥐를 잡기에 아이는 너무 지쳐 보였다.

"도와줄까?"

그의 말에 아이는 코웃음을 쳤다.

"언제나 훼방만 놓으면서 말은 잘하지."

"내가 언제 훼방을 놓았다고 그러니?"

아이는 양 볼을 고집스럽게 부풀릴 뿐 그의 질문에는 대답하
지 않았다. 얼굴을 찡그린 그가 아이에게 다른 제안을 건넸다.

"아예 저 구멍을 막아 버리는 건 어때? 회반죽만 있으면 저
정도 구멍쯤은 금방 막아 버릴 수 있을 텐데."

"막을 수 있었다면 진작 막았지. 우리는 저 구멍을 절대로 막
지 못해."

"왜?"

"그걸 왜 나한테 물어? 그 고약한 약을 먹은 건 너면서."

약?

뭔가가 떠오르려고 했다. 다시 머리가 아프기 시작했다. 그

가 고개를 숙이고 얼굴을 찡그리자 아이가 들고 있던 낫을 뒤로 감추며 말했다.

"늙은 쥐는 신경 쓰지 말고 넌 손님 맞을 준비나 해."

그는 고개를 들고 아이를 쳐다보았다.

"손님?"

"조카 올 때가 됐잖아……."

아이의 목소리가 메아리처럼 흐릿해졌다. 아이의 모습도 안개처럼 흩어지고 있었다. 그는 그렇게 사라져 가는 아이를 멍하니 쳐다보다 정면에 뚫린 정원으로 시선을 돌렸다. 쏟아지는 햇살을 뚫고 사내아이 하나가 달려오고 있었다.

"숙부, 저 왔어요!"

소매 없는 조끼에 반바지를 입은, 건강하고 씩씩하게 생긴 사내아이였다. 아이의 이마에 맺힌 땀방울에서는 여름의 냄새가 풍기고 있었다. 그 사내아이를 바라보며 그는 생각했다.

누구지? 아, 형네 애구나. 이름이 뭐였더라? 이름은 알지 못했다. 저렇게 큰 조카애의 이름도 모르고 있다니, 나도 참.

다행한 것은 이런 종류의 생각에는 두통이 수반되지 않는다는 점이었다. 그사이 마루 위로 뛰어올라 한달음에 의자 앞까지 달려온 조카가 그에게 물었다.

"걘 뭐 하고 있어요? 또 자나요?"

걔? 걔는 또 누굴까?

그러나 그의 입은 이미 대답을 하고 있었다.

"그런가 보구나."

조카가 입술을 비죽거렸다.

"걘 진짜 잠꾸러기라니까요. 어떻게 내가 올 때마다 잠만 자요?"

그때 마루방의 옆문이, 쥐구멍이 뚫린 벽의 반대쪽 벽에 난

문이 소리 없이 열리더니 후리후리한 키를 가진 여자가 마루방으로 걸어 나왔다. 그는 그 여자를 알고 있었다. 바로 그녀였다. 그리고…… 그녀는 그의 아내였다.

"네 동생은 아직 아기란다. 잠이 많은 게 당연하지."

아내가 조카에게 말했다.

"안녕하세요, 숙모!"

조카가 아내에게 허리를 꾸벅 숙이며 큰 소리로 인사를 했다. 아내는 놀란 표정을 지었다가 이내 웃었다.

"씩씩하기도 해라. 숙모 귀청 떨어지겠네."

조카애의 물기 젖은 머리카락을 쓸어 주는 아내는 붉은 비단 채대를 허리에 두르고 있었다. 그는 눈살을 찌푸렸다.

"또 그것을 매고 있군."

그는 저 비단 채대를 좋아하지 않았다. 채대의 붉은 빛깔이 마음에 들지 않았다. 그 빛깔을 바라보고 있노라면 어떤 기억이, 예측하는 일마저 두려운 어떤 기억이 떠오를 것만 같았다. 그러나 아내는, 대체로 그의 뜻에 순종해 주는 편이지만, 채대에 관한 문제만큼은 그의 뜻을 따르려 하지 않았다.

"좋은 아내는 남편에게 받은 선물을 소중히 여기는 법이죠."

아내가 미소를 지으며 말했다. 그는 눈을 끔뻑거렸다.

"내가 준 선물이라고?"

어떤 소녀가 한 말이 문득 떠올랐다. 여자들 중에는 옷보다 채대를 더 좋아하는 사람도 있다고요. 우리 아씨도 그렇고요……. 누구였더라? 아, 안 돼. 그는 두통의 냄새를 맡는 동시에 그에게 금지된 사고를 중단했다.

아내가 그를 향해 눈을 곱게 흘겼다.

"또 까먹었군요. 아내에게 무엇을 선물해 줬는지 까먹으면 좋은 남편이 못 된답니다.”

조카가 아내의 소맷자락을 쥐고 흔들며 졸랐다.

“숙모, 걔를 깨워서 놀고 싶어요.”

하는 짓을 보면 생긴 것만큼이나 사내다운 성격인 게 분명했다.

“지금은 안 돼. 방금 잠들었거든.”

“하지만…….”

“네가 올 줄 알고 맛있는 월병을 구워 놨단다. 동생이 깰 때까지 숙모랑 놀자꾸나.”

“예!”

씩씩하게 대답한 조카를 데리고 아내는 아까 나온 문으로 들어갔다. 그는 아내의 등 뒤로 천천히 닫히는 문을 물끄러미 쳐다보았다. 저 문 안에는…… 그러니까…….

“그 선실船室이 있잖아.”

아이가 말했다. 아이는 이번에는 그가 앉은 의자 등받이 뒤에 등을 기대고 있었다.

“선실…….”

그의 눈빛이 몽롱해졌다.

칙칙한 곰팡이가 검버섯처럼 퍼진 벽에 둘러싸인, 다리 높이가 맞지 않아 선실 바닥에 붙박여 있음에도 수평이 맞지 않던 탁자와 사람이 올라가면 삐걱거리는 소리로써 당장 그 사실을 지적하는 시렁 같은 침대가 달려 있던 그 낡은 선실. 몰아치는 폭풍에 배는 금방이라도 침몰할 것처럼 위태롭게 흔들렸지만, 선실 안에서 술잔을 나누고 과거를 나누고 사랑을 나누던 두 사람에게는 그저 다른 세상의 일일 뿐이었다. 그리고 돌아오는 뱃길에서 그 선실은…….

그는 미소를 지으며 두 손을 포개어 가슴에 얹었다. 시체처럼 차가운 몸이 조금 따뜻해지는 기분이었다.

아이도 기분이 좋아진 듯 기대고 있던 의자 등받이를 등으로 통통 튕겨 대며 말했다.

"그래, 그러면 돼. 좋은 기억, 즐거운 기억, 그런 기억들이 너를 행복하게 만들어 줄 거야. 너는 너무 힘들게 살았어."

내가 힘들게 살았나?

하지만 그는 그쪽으로 사고의 앞머리를 향하지 않기 위해 노력했다. 두통이 두렵기도 하거니와, 지금 느끼는 나른한 행복감을 깨트리고 싶지 않았기 때문이다. 하지만······.

그런 노력에도 불구하고 머리가 아팠다. 아까와는 비교할 수 없이 강해진 두통이 그의 머릿속에서 미친 말처럼 날뛰고 있었다.

"아!"

그는 짤막한 비명을 토하며 두 손으로 이마를 감싸 쥐었다. 손가락 끝에 도장으로 찍어 놓은 것 같은 작은 상흔들이 걸렸다. 한 개, 두 개, 세 개.

두통을 뚫고 어떤 남자의 모습이 떠올랐다. 그 남자는 끄트머리가 부러진 칙칙한 검을 쥐고 있었다. 그 남자가 칙칙한 검을 번쩍 치켜든 순간, 아홉 줄기의 벼락이 아홉 마리의 용처럼 앞을 다투며 밤하늘을 향해 솟구쳐 올랐다. 그는 몸을 떨었다. 그러나 그 남자가 두렵지는 않았다. 아니, 오히려······.

"아기가 깼나 봐."

아이가 말했다. 이 말과 함께 그 남자에 대한 기억이 사라지고, 두통 또한 거짓말처럼 가라앉았다. 그는 아내와 조카애가 들어간 문 쪽으로 시선을 돌렸다. 아기의 옹알거리는 소리와 아기를 어르는 조카애의 말소리, 그 광경을 지켜보고 있을 아내의 밝은 웃음소리가 닫힌 문 너머로 울려 나왔다.

"들어가 봐."

아이가 부추겼다.

그럴게.

이렇게 대답해야 했다. 하지만 무슨 이유에서인지 망설이던 그의 입에서 흘러나온 것은 정반대의 대답이었다.

"그러지 않는 게 좋겠어."

대답하고 나서 그는 깜짝 놀랐다. 내가 아이의 말을 거역하다니! 아이 또한 놀란 것 같았다. 당황한 기색을 감추려는 듯 기댄 등받이를 조금 세게 튕기다가 그에게 물었다.

"왜 그래? 넌 아빠잖아."

"아빠……."

그가 그 말을 작게 뇌까렸다. 아이가 의자를 빙 돌아와 그의 앞에 섰다.

"아기 얼굴 알아?"

그는 고개를 저었다.

"아빠가 자기 아기 얼굴도 모른다는 게 말이 돼?"

아이의 말투는 상냥했지만 그에게는 어떤 비난보다 신랄하게 들렸다. 그는 입술을 지그시 깨물다가 더듬거리는 말로 변명했다.

"그, 그건 기억력이 나빠서일 거야. 방금 전 본 조카애의 얼굴도 잘 기억나지 않는걸."

"조카하고 네 아기가 같아?"

그는 대답하지 않았다. 아이가 다시 추궁했다.

"대답해 봐. 조카하고 네 아기가 같냐고?"

같지 않았다. 조카애는 그가 아니라도 얼굴을 기억해 줄 사람들이 주위에 있을 터였다. 반면에 그의 아기는 그 당연하고도 정당한 축복을 받을 수 없었다. 왜냐하면 그의 아기는······.

"뭐야, 울 것 같은 얼굴이네. 다 큰 어른이 부끄럽지도 않은 가 봐."

동생을 놀리는 개구쟁이처럼 허리를 구부리고 고개를 위로 삐딱하게 틀어 그를 올려다보던 아이가 어느 순간 픽 웃더니 너그럽게 말했다.

"지금이라도 보면 되지, 뭘 그래. 어서 들어가 봐."

아기의 얼굴을 보고 싶었다. 영원히 잊어버리지 않도록 머릿속에 기억해 놓고 싶었다. 그는 앉아 있던 오동나무 의자에서 일어섰다. 그러고는 문을 향해, 그와 그녀의 낡은 선실을 향해 몸을 돌렸다. 만일 등 뒤에서 울린 늙수그레한 목소리가 그를 붙잡지 않았다면 그는 그 문 안으로 들어갔을 것이다.

"그 문에 들어가면 안 되오."

그는 뒤를 돌아보았다. 문의 반대쪽 벽, 쥐구멍이 뚫려 있던 그 벽 앞에 허리가 구부정한 노승 한 사람이 서 있었다. 조릿대처럼 앙상한 일신에 낡은 잿빛 승복을 걸친 그 노승은 금방이라도 쓰러질 것처럼 지친 얼굴을 하고 있었다. 그러나 주름으로 뒤덮인 얼굴에 자리 잡은 고요한 두 눈만큼은 지옥의 가장 추악한 수감자마저도 포용할 수 있을 것처럼 자비로워 보였다.

노승이 그를 향해 말했다.

"또 잊으셨구려. 그 문에 들어가면 다른 문이 나오고, 다른 문에 들어가면 또 다른 문이 나온다오. 이곳은 문이 존재하지 않는 무문관無門關. 석 시주가 보는 모든 문은 시주의 상처받은 마음이 빚어낸 허상일 뿐이오."

시뻘겋게 달궈진 인두로 양 관자놀이를 지지는 듯한 지독한 두통 속에서 불현듯 기억이 떠올랐다. 노승의 말이 맞았다. 아이의 말을 좇아 저 문 안으로 들어간 그는 다른 문을 발견했고, 그 문 뒤에는 또 다른 문이 이어졌다. 그는 들어가고 들어가고 들어갔지만, 끝이 없는 것처럼 계속 나타나는 모든 문들은 또 다른 문으로 연결되는 통로에 불과했다. 그렇게 무수한 문들을 지나치다 보면 그는 스스로를 잃어버린 껍데기로 바뀌어 가고, 그렇게 된 다음에는 전혀 다른 세상이 처음부터 다시 시작되었다. 그 세상 안에서 그는 나른한 행복감에 젖어들 수 있었고, 그런 다음 아이의 말을 좇아 다시 다른 문으로 들어서야만 했다. 문, 문, 문……. 그리고 그것들 너머에는 아이가 만들어 낸 또 다른 세상이, 가진 것을 모두 잃고 또다시 껍데기로 변해 버린 그를 기다리고 있었던 것이다. 각각의 세상들은 벗어날 수 없는 미궁의 구역들이었다. 그 미궁 안을 그는 돌고 돌고 돌았다. 헤매고 헤매고 헤맸다. 그 영원하고도 끔찍한 반복이라니!

그런데 그 반복에 균열이 생겼다. 그는 어느 시점부터 노승이 자신의 앞에 모습을 나타내기 시작했는지 알지 못했다. 무한한 반복 속에서 시간 감각을 잃어버린 그로서는 당연한 일일지도 몰랐다. 어쨌거나 노승은 어느 시점부터인가 아이가 만들어 낸 끝없는 미궁에 개입하기 시작했고, 빈틈없이 맞물려 돌아가는 완전한 반복에 균열을 불러왔다. 그 균열이 그를 변화시켰다. 달팽이처럼 느리게, 혹은 벼락처럼 빠르게.

"안 들어가고 뭐 해?"

아이가 재촉했다. 그는 아이를 돌아보았다.

"역시 안 들어가는 게 좋겠어."

"뭐?"

"이제 네 말은 듣지 않을 거야."

그는 일으켜 세웠던 몸을 다시 나무 의자에 앉혔다. 빨개진 얼굴로 어쩔 줄 몰라 하던 아이가 갑자기 눈초리를 곤두세우더니 노승이 서 있는 쪽을 홱 돌아보았다.

"그럴 줄 알았지. 늙은 쥐가 또 나를 방해한 거야."

그와는 달리 아이는 이제야 노승의 출현을 알아차린 것 같았다.

"질기구나, 질겨. 작대기로 얻어맞고 똥물을 뒤집어써도 번번이 기어 나와서 나를 방해하겠다 이거지? 손가락만 갖다 대도 픽 쓰러져 버릴 것만 같은 몰골을 한 주제에도 말이야. 나도 더 이상은 못 참아. 이번엔 아예 죽여 버리겠어."

아이가 노승을 향해 뛰어갔다. 아이의 손에 들린 낫이 시퍼런 날 빛을 섬뜩하게 번뜩였다.

"그러지 마!"

그가 소리쳤지만 이미 늦었다. 아이가 휘두른 낫이 노승의 계인 찍힌 정수리에 정확히 내리찍었다. 노승은 피하거나 막으려 하지 않았다. 나무토막처럼 그 자리에 우두커니 서 있던 노승이 마룻바닥 위로 천천히 쓰러졌다. 노승의 시체에 대고 침을 뱉을 아이가 그 정수리에서 뽑아 낸 피 묻은 낫으로 벽 밑에 뚫린 구멍을 가리켰다.

"이게 다 너 때문이야. 아무나 주는 약을 넙죽넙죽 받아먹는 바람에 이런 일이 생겼잖아."

약?

아이는 또 약 얘기를 하고 있었다.

"시치미 떼지 마! 네가 그 약을 먹지만 않았어도 여긴 누구도 들어올 수 없었을 거야. 이런 늙은 쥐 따위는 우리 '방'에 절대로 들어오지 못했을 거라고."

아이가 나이에 어울리지 않는 독살 맞은 눈으로 구멍을 노려보다가 진저리를 쳤다.

"정말이지 진절머리가 난다니까!"

그제야 생각이 났다. 누군가 그에게 약을 먹였다. 폭우가 퍼붓던 밤, 아홉 벼락의 그 남자가 벼락의 유산을 남겨주고 그의 곁을 떠난 밤이었다.

약은 무한히 반복되는 미궁 속 어딘가에서 작디작은 씨앗으로 숨어 있다가 어느 순간 그 안에 내재된 바르고 깨끗한 공능을 싹틔웠다. 그 바르고 깨끗한 공능과, 그 공능을 통해 미궁으로 돌아올 수 있게 된 노승의 촌철 같은 일깨움과 금옥 같은 가르침이 무한의 반복에 스스로를 가둔 채 티끌로 흩어져 가던 그의 영혼을 이제껏 지탱시켜 준 것이었다.

그는 아이들과 아내의 웃음소리가 새어 나오는 문을 돌아보았다. 노승은 말했다. 저 문으로 들어가면 안 된다고. 저 문은 그의 마음이, 슬픔과 두려움과 증오와 살기의 강물 속을 허우적거리다가 종내에는 죄의식과 자학의 심연 속으로 기어들어 간 그의 마음이 빚어낸 허상일 뿐이라고.

그렇다면 진실한 문은 어디에 있는 것일까?

바닥에 쓰러져 있던 노승이 부스스 몸을 일으켰다. 아이가 휘두른 낫에 찍혔던 노승의 정수리는 멀쩡하기만 했다. 노승이 그에게 말했다.

"진여眞如를 외면하지 마시오, 석 시주. 문은 저 벽에 있지 않소. 비워지고 비워져 더 이상 비워지지 않는 참된 마음, 문은 그 진실한 비움[眞空]의 마음 위에 있소."

이 말이 그의 영혼 어딘가에 뼈처럼 돋아 있던 게언偈言 한 구절을 되살려 주었다. 그는 그 게언을 작게 읊조렸다.

"문은 벽이 아닌 공 가운데 있으니 앞을 다투는 세상이란 뜬구름과 같도다[門非在壁在空中 爭先之界若浮雲]."

아이가 귀를 막고 소리를 질렀다.

"닥쳐!"

천장이 무너지고, 벽이 무너지고, 노승과 아이마저 무너져 내렸다. 보고 듣고 냄새 맡고 맛보고 느낄 수 있는 모든 것들이 한순간에 사라졌지만, 그는 당황하지 않았다. 미궁은 그의 앞에 어떤 형상으로든 나타날 수 있었다. 그 형상이 존재의 대척점에 있는 무無라 할지라도 그리 놀랄 일은 아니었다.

그때 무의 공간 너머로부터 어떤 '소리'가 스며들었다.

미웅.

그는 벌레의 울음소리처럼 작은 그 소리를 향해 의식을 집중했다. 그러나 뒤따라 터져 나온 아이의 악에 받친 외침이 그의 집중을 깨트렸다.

―이대로 보내 줄 것 같아!

다음 순간 그는 하나의 문 앞에 서 있는 자신을 발견할 수 있었다.

"또 문이군."

그는 눈앞에 놓여 있는 이 문 또한 진실한 문이 아니라는 것을 알고 있었다. 그러나 그에게는 선택할 다른 길이 없었다. 그는 문을 열고 안으로 들어갔다.

문 안에는 두 사람이 있었다. 삼십 대 후반쯤으로 보이는 여자와 덩치는 크지만 앳된 티를 채 벗지 못한 소년이 그들이었다.

여자는 바닥에 앉아 있었다. 소년은 여자의 무릎을 베고 잠들어 있었다. 울다가 잠들었는지 소년의 얼굴에는 두 줄기 눈물 자국이 선명히 나 있었다.

여자가 손바닥으로 소년의 얼굴을 쓰다듬었다. 소년이 잠투정을 하며 몸을 들썩거렸다. 소년의 얼굴에 난 눈물 자국을 조심스럽게 닦아 낸 여자가 무릎에 얹힌 소년의 머리를 받쳐 들어 바닥에 내려놓았다.

소년의 잠든 얼굴을 잠시 내려다보던 여자가 자리에서 살며시 일어섰다. 그러고는 벽으로 다가가더니 손가락 끝을 깨물어 낸 피로 몇 글자를 적기 시작했다. ……그 모습을 바라보는 그의 눈에 눈물이 차오르기 시작했다.

글쓰기를 마친 여자가 허리에 감긴 채대를 풀어 천장을 향해 던져 올렸다. 천장 아래 가로질러 놓인 굵은 들보를 한 바퀴 감고 내려온 채대가 여자의 손에 의해 둥근 고리로 묶였다. 채대를 당겨 고리의 높이를 맞춘 여자가 바닥에 깔려 있던 보료와 이불 들을 들고 와 차곡차곡 개키더니 고리 바로 밑에 쌓기 시작했다. 소년은 아무것도 모른 채 잠들어 있었고, 그는 눈물을 흘리면서도 여자가 하는 양을 그저 지켜보기만 했다.

"왜 가만히 있는 거야?"

어디선가 나타난 아이가 그에게 물었다.

"너도 알잖아, 처음부터 엄마에겐 죽을 이유가 없었다는 것을."

그는 눈물을 흘리면서도 고개를 끄덕였다.

"맞아. 아버지는 살아 계시니까."

"그런데 왜 보고만 있어? 어서 가서 말려야 하잖아."

아이가 말하는 동안 여자가 보료와 이불 들로 쌓은 받침대를 딛고 올라섰다. 대들보에 매달린 채대의 고리 안으로 여자의 머리가 들어갔다.

"정말로 안 말릴 거야? 엄마를 저대로 죽게 할 거야?"

목숨을 바쳐서라도 어머니를 살리고 싶었다. 그는 더 이상 참지 못하고 앞으로 나가려다가, 움찔 몸을 멈췄다. 아이가 불안함이 담긴 눈으로 그를 올려다보았다.

"왜 그래?"

그가 울음에 잠긴 목소리로 대답했다.

"어머니는 이미 돌아가셨다는 게 기억났어."

아이의 얼굴이 당혹감으로 물들었다.

"그럴 리가 없어. 봐, 엄마는 아직 살아 있어. 네가 가서 말리기만 하면 돼. 손을 댈 필요도 없어. 그저 아빠가 살아 있단 말만 하면 엄마는 죽지 않을 거야."

그는 고개를 저었다.

"아니, 어머니는 이미 돌아가셨어. 나는…… 알아."

여자의 발끝이 보료와 이불 무더기를 툭 밀어 쓰러뜨렸다. 받침대를 잃은 여자의 몸뚱이가 바닥을 향해 출렁 무겁게 늘어졌다. 그 모양과 움직임이 너무나 생생하고 끔찍했다. 그는 자신도 모르게 앞으로 달려 나가 여자의 몸을 받쳐 안을 뻔했다. 그러나 그는 이를 악물고 참았다. 여자의 얼굴이 보랏빛으로 변하며 벌어진 입으로 혓바닥이 늘어져 나오는 것을 보면서도, 그는 움직이지 않았다.

"나쁜 놈!"

아이가 날카롭게 소리쳤다.

"너는 막지 않았어! 엄마가 죽도록 보고만 있었어!"

아이가 악을 쓰는 동안 눈물이 멈췄다. 들보에 목을 맨 여자가 사라졌다. 바닥에 누워 있던 소년도 사라졌다. 무로 바뀌어 가는 공간 속에서 아이가 이를 갈았다.

"흥, 이제 엄마로는 안 된다는 거지? 하긴 오래전의 일이니까 그럴 수도 있겠지. 좋아, 다음번에는 그녀와 아기를 보게 해 주지. 네가 찔러 낸 그 검 앞에 서 있는 그들을 말이야. 그때도 과연 그들이 죽어 가는 모습을 가만히 지켜보기만 할 수 있을까?"

그는 표독스럽게 말하는 아이를 물끄러미 쳐다보다가 말했다.

"너는 여러 번 그녀와 아기를 내 앞에 가져다놓았지. 나는 언제나 그들을 죽이기 직전에 검을 멈췄고. 하지만 그건 의미 없는 짓이었어. 그녀와 아기는 이미 죽었어. 내가…… 죽였어."

기억이 살아나고 있었다. 자아가 회복되고 있었다. 불타는 칼날을 삼키는 것처럼 고통스러웠지만 그것은 그의 기억이었고, 그의 자아였다. 그는 더 이상 고통을 피하기 위해 거짓 세상으로 달아나는 짓을 하고 싶지 않았다.

그가 아이에게 말했다.

"다음번은 없을 거야. 나는 지금 이 '방'을 떠날 거니까."

"너는 이 방을 떠날 수 없어!"

아이가 악귀처럼 사납게 소리쳤지만 그는 흔들리지 않았다.

"아니, 나는 이 방을 떠날 수 있어. 방금 네가 보여 준 감방 안에서 균열이 보이지 않는다는 것을 알았을 때, 나는 내가 이 방을 떠날 수 있다는 것을 깨달았지."

"균열이라고?"

신경질적으로 눈을 깜빡거리던 아이가 다시 물었다.

"늙은 쥐가 나오는 구멍 말이야?"

"그분은 늙은 쥐가 아니야. 자비를 위해 한평생을 보내신 큰스님이시지. 그분은 나를 믿으셨어. 비록 균열은 보이지 않았지만, 나는 그 감방 안에서 나를 지켜보는 그분의 눈길을 느낄 수 있었어. 그분은 바라셨던 거야, 이번에는 약과 그분의 도움 없이 나 혼자서 이 방을 벗어날 수 있기를, 너에게서 떨어져 나올 수 있기를."

아이의 얼굴이 일그러졌다.

"아니야! 너는 나고 나는 너야. 우리는 이미 하나가 됐어. 그런데 어떻게 떨어질 수 있단 말이야?"

"이 방 안에서는 그렇겠지. 그래서 나가려는 거야."

그가 담담히 말했다.

어느 결엔가 '소리'가 다시 들려오고 있었다. 아까 들었던, 벌레의 울음소리처럼 작은 소리였다.

미웅미웅.

점점 또렷해지는 그 소리에 잠시 귀를 기울이던 그가 아이에게 말했다.

"이제 나가야 할 시간이야."

아이가 울기 시작했다. 주먹 쥔 두 손을 아래로 축 늘어뜨리고 고개를 뒤로 젖힌 채 서럽게 울기 시작했다. 그러면서 그에게 말했다.

"가지 마, 응?"

그는 아이에게 다가갔다. 그리고 두 팔을 벌려 아이를 살며시 끌어안았다. 그가 눈을 감고 아이의 귀에 속삭였다.

"앞으로는 너를 미워하지 않을게."

그의 품 안에서 아이가 줄어들었다. 줄어들고 줄어들다가 작은 빛 가루로 흩어졌다.

그 순간 석대원은 캄캄한 토굴 속에서 눈을 떴다. 그리고 매미의 울음소리를 들었다.

미웅미웅미웅. 미이이이이웅.

　─여름의 진짜 주인은 매미일지도 모르겠구나.

　─왜요?

　─사람은 여러 번의 여름을 겪지만 매미에게는 오직 한 번뿐인 여름이니……. 이 한 번의 계절을 맞이하기 위해 여러 해 땅속 벌레로 살아온 저 작은 곤충에게는 여름이 내려 주는 더위의 왕관을 쓸 자격이 충분하겠지. 그래서 저렇게 기운차게 우는 거란다. 그 울음소리에는 인고의 고통과 삶의 기쁨이 함께 담겨 있지.

　더위와 매미 소리에 잠 못 이루는 아이를 위해 부채질을 해 주시던 어머니는 이렇게 말씀하셨다…….

　─땅속 매미? 굼벵이를 말하는 거냐?

　─걜 굼벵이라고 부르나 보죠? 어쨌든 걔는 땅속에서 얼마나 오래 살아야 매미가 되나요?

　─흠, 안 그래도 송나라 때 그것에 관해 연구한 사람이 있었단다. 벌레 족속을 워낙 좋아해서 이름 대신 충선생蟲先生이라고 불리던 사람이지. 그 사람 연구에 따르면, 굼벵이는 대체로 칠 년이나 십일 년 동안 깊은 땅속에서 나무의 뿌리 즙을 먹고 산다고 하더구나. 간혹 십삼 년이나 십칠 년을 사는 놈들도 있다는데, 그건 아주 드문 경우고.

　─왜 그런 해수 동안 산대요? 외우기 좋게 팔 년이나 십 년 사는 놈은 없대요?

　─칠이나 십일, 십삼, 십칠 같은 수들이 소수素數라서 그렇단다. 소수가 되는 해에 땅 위로 올라와야 천적을 피하는 데 유

리하거든.

　-소수? 그게 뭔데요?

　-소수가 뭔지 알려면 네놈이 진저리치게 싫어하는 산수학
算數學 얘기로 들어가야 하는데, 이참에 한번 배워 보련?

　-엑?

　-미물들도 아는 소수를 사람인 네놈이 몰라서야 되겠느냐.
자, 이리 가까이 앉아라.

　무릎걸음으로 주춤주춤 물러나다 벌떡 일어나 도망가는 아이
의 뒤통수로 대머리 노사부의 가래 낀 웃음소리가 실렸다…….

　석대원이 아는 매미는 그랬다. 여름의 주인이자 산수학도 잘
하는 영리한 곤충. 그리고 고개조차 들기 힘든 비좁은 공간 안
에서 벌거벗은 몸뚱이를 태아처럼 웅크린 채 무릎 사이에 고개
를 파묻고 있는 지금 이 순간, 그는 이 공간을 가득 채우는 매
미의 울음소리를 들을 수 있었다.

　미웅미웅미웅. 미이이이이웅.

　공간을 가득 채운 것은 비단 매미의 울음소리만이 아니었다.

　우선 냄새가 있었다. 한 번 숨을 들이마실 때마다 배 속을 뒤
집어 대는 악취가. 석대원은 그 악취가 무엇인지를 생각해 보
았다. 그것은 인간의 오래된 배설물, 즉 분뇨에서 풍기는 것이
었고, 이 공간 안에 있는 인간이라고는 자신이 유일했다. 그나
마 다행인 점은 악취의 근원지가 그가 앉은 곳으로부터 조금 떨
어져 있다는 것. 정신이 그 '방' 속을 헤매는 중에도 육신은 유
아기에 학습한 훈련을 충실히 좇아, 자신이 머무는 자리에서 가
능한 한 멀리 떨어진 곳에다 생리적 문제를 해결한 모양이었다.

쓴웃음이 절로 나왔다. 의식도 없는 빈껍데기 거한이 벌거숭이 몸뚱이로 어기적어기적 기어가 배뇨, 배변하는 모습을 상상하는 것은 과히 기분 좋은 일이 아니었다.

그다음으로 공간을 가득 채운 것은 어둠이었다. 석대원이 이 제껏 경험한 수많은 어둠들 중에서 가장 두껍고 가장 완전한 어둠. 어디인지 알지 못하는 이 공간 안으로는 단 한 점의 빛도 흘러들어 오지 않고 있었다. 그것이 본능적인 욕구를 불러왔다. 생명을 가진 존재라면 야행성이든 주행성이든 간에, 식물이든 동물이든 간에 공통적으로 품을 수밖에 없는 암흑에 대한 공포와 빛에 대한 갈망이 그의 마음에 최초의 욕구를 부여했다. ……그러자 뇌문이 붕 진동했다. 정수리가 열리는 느낌과 함께 바르고 굳세고 뜨거운 속성을 품은 무엇인가가 그의 몸 안에서 작동하기 시작했다. 이 현상이 무엇일까 생각하는 순간, 눈앞을 덮고 있던 칠흑 같은 어둠이 걷혔다. 경물의 윤곽이 조금씩 뚜렷해지고, 비록 바깥세상에서처럼 다채롭지는 않지만 색감의 일부도 되살아났다.

석대원은 무릎 사이에 파묻은 고개를 들고 주위를 둘러보았다. 그가 앉아 있는 곳은 반 장 높이에 다섯 평도 채 안 되는 길쭉한 토굴의 구석 자리였다. 반대쪽 구석에는 얼마나 오래되었는지 짐작도 안 가는 토굴 생활의 흔적이 불쾌한 검은색 무더기로 쌓여 있었다. 천장과 바닥과 사방의 벽면이 거칠기 그지없어 인위적인 공간으로 보이지는 않았지만, 그렇다고 천연적으로 생겨난 것이라고 자신하기도 어려웠다. 어쨌거나 그의 정신이 이제껏 머물었던 '방'—노승이 '무문관'이라 부르던—에 비하면 돼지우리만도 못한 곳임에는 분명했다. 그러나 생생했다. 온전한 정신으로 생생한 외기外氣를 접할 수 있다는 점이 반갑고도 고마웠다. 그리고 그 외기 중에는 줄기차게 이어지는 매미의 울음소리도 포함되어 있었다.

미웅미웅미웅. 미이이이이웅.

석대원은 그 울음소리를 좇아 무릎 사이에 고개를 다시 묻었다. 매미가 앉아 있는 자리는 한 자쯤 벌어져 있는 두 발 사이였다. 짧은 더듬이부터 등딱지에 얼룩진 무늬, 진액이 마르기를 기다리는 하얀 날개 속의 연둣빛 시맥翅脈까지 거의 완벽한 대칭을 이루고 있는 그 작은 곤충은 무척 아름답고 신비해 보였다. 개구쟁이 시절 그는 매미를 수도 없이 잡아 보았고, 시장에서 군것질거리로 파는 튀긴 매미를 여러 번 먹어 보기도 했었다. 하지만 매미의 생김새를 지금처럼 세밀히 관찰해 본 적은 없는 것 같았다.

매미가 앉은 곳으로부터 손가락 한 마디쯤 옆에는 우화羽化의 부산물인 잿빛 각피殼皮가 등줄기 한복판이 길게 찢긴 채 버려져 있었다. 저것을 찢기 위해 녀석이 들였을 노력을 생각하니 잔잔한 감흥이 일어났다. 그렇긴 해도…….

'둔한 녀석이긴 하군.'

토굴 속 온도로 계절을 짐작하기란 쉽지 않지만, 태원에서 일을 치른 것이 구월 중순이니 지금쯤이면 최소한 시월로 접어들었음을 알 수 있었다. 시월이면 가을의 끝자락, 혹은 초겨울이었다. 그런 의미로 볼 때, 저 여름의 주인은 너무 늦게 왕관을 집어 든 것이 분명했다.

'그리고 운도 없고.'

계절에 뒤처진 것은 그렇다 쳐도 탈각을 위해 기어 나온 곳이 하필이면 이 토굴이라니. 굼벵이가 매미로 탈각하는 이유는 오직 하나였다. 짝을 찾아 자신의 분신들을 이 세상에 남기는 것.

그것은 모든 생명체들이 자연으로부터 부여받은 권리이자 의무이기도 했다. 한데 이 좁고 어둡고 더러운 토굴은 그 권리와 의무를 다할 수 있는 장소로 어울리지 않았다. 짝짓기는 고사하고 제대로 날갯짓을 할 만한 공간도 없었다. 그래서 저렇게 우는 것일지도 모른다, 자신의 불운을 한탄하며.

'너는 꼭…… 나 같구나.'

석대원도 그랬다. 십이 년 전 그날의 비극은 그의 행복한 유년을 비극으로 물들였고, 비극의 물살에 휩쓸린 그는 너무 늦게 세상에 나와야만 했으며, 절대명제라 믿었던 삶의 목표가 처음부터 허상이었음을 자각하게 된 순간 그는 무문의 감옥, 환영과 망상으로 가득 찬 그 미궁 속에 스스로를 가둘 수밖에 없었다.

'그래, 너는 나구나.'

기묘한 동일감에 사로잡힌 석대원은 무릎을 감싸고 있던 왼손을 오므려 매미를 쓰다듬어 주려다가 흠칫 놀라고 말았다. 왼손이 이상했다. 팔꿈치 한 뼘 아래부터 쪼그라들기 시작한 그 손은, 손목 어름에서 관절의 모양새가 그대로 드러날 만큼 앙상해지더니 손바닥과 손가락에 이르러서는 숫제 뼈다귀로 변해 버린 양 말라비틀어져 있었던 것이다.

당황한 석대원은 신체의 다른 부위들도 살펴보았다. 오랜 가뭄에 시달린 황민荒民처럼 빼빼 마르기는 했어도 왼손만큼 흉측하고 기괴하게 바뀐 부위는 찾을 수 없었다. 그렇다면 이 변형은 왼손에만 국한된 현상이라는 뜻인데, 대체 무엇이 그의 왼손을 이런 모양으로 바꿔 놓았을까?

문득 왼손이 쪼그라드는 병목 모양의 부위에서 섬뜩한 고통이 느껴졌다. 뾰족한 쇠붙이에 의해 관통되는 듯한, 하지만 실제로는 아무 일도 일어나지 않은, 환통幻痛이었다. 그러자 누군가의 속삭임이 머릿속을 울렸다.

　─미안하다.

　그 속삭임은 깨지고 부서지고 무너진 채 짐승처럼 '방'으로 기어 들어간 석대원으로 하여금 현실 세상을 돌아보게 만든 최후의 끈이기도 했다. 하지만 그 끈은 '방'으로부터 뛰쳐나온 야수의 포효와 함께 끊어지고, 그의 의식은 현실 세상으로부터 완전히 분리되고 말았다. 미궁을 헤매다 무문 속에 감춰진 진실한 문을 열어 이 좁고 어둡고 더러운 토굴로 나오는 순간까지 줄곧.
　석대원은 환통이 가시기 시작한 왼손을 내려다보며 생각했다.
　'그 속삭임은 분명히 그분의 것이었어.'
　자신이 아닌 '무엇'인가의 눈을 통해 한 남자의 얼굴을 내려다본 기억이 언뜻 떠올랐다. 변색되고 일그러져 원형을 짐작하기 힘든 얼굴이지만, 석대원은 그것이 그분의 얼굴이라는 것을 알 수 있었다. 그러자 두려움이 일어나기 시작했다.
　'설마 내가 그분마저 해친 것은 아닐까?'
　석대원은 이 왼손 안에 숨어 살던 야수가 얼마나 흉포하고 잔인한 존재인지 잘 알고 있었다. 게다가 그와 관련된 사람에게는 그 흉포함과 잔인함이 배가되는 것 같았다. 그녀에게 닥친 끔찍한 비극이 그 증거였다. 두려움이 구름처럼 부풀어 올랐다. 그는 웅크린 몸을 덜덜 떨었다. 가까스로 봉합해 놓은 상처가 동일한 종류의 타격에 의해 다시 벌어지는 일이 생긴다면, 더 이상은 견디지 못할 것 같았다.
　그때 목소리가 들려왔다.
　─그분은 무사하시니 염려하지 마시오.

석대원은 고개를 번쩍 들었다. 수많은 '방'을 통해 그를 도와주었던 바로 그 노승의 목소리였다. 그는 토굴 안을 둘러보았다. 그러나 사람의 형체는 어디에도 보이지 않았다. 하기야 이 비좁은 공간 안으로 누군가가 들어왔다면 그가 알아차리지 못할 리 없었다. 환청을 들은 건가? 아까의 환통처럼?

"큰스님?"

석대원은 소리 내어 불러 보았다. 그러자 목소리가 다시 들려왔다. 공기의 울림을 통해서가 아니라 마음의 울림을 통해 스며들어 왔다.

─마침내 무문관을 나오셨구려. 축하드리오.

석대원은 지난해 서북에서 만난 소림의 큰스님, 광비 대사를 잊지 않았다. 광비 대사가 보여 준 높은 자비심은 강호에 막 발을 들인 그에게 강렬한 인상을 주었고, 광비 대사와 나눈 산중의 한담은 자신의 내재된 위험을 돌아볼 수 있게 해 준 좋은 계기가 되었다. 그리고 그 '방' 안에서 광비 대사는…….

'그 어른의 도움이 없었다면 내가 과연 그곳에서 벗어날 수 있었을까?'

누군가 먹인 약의 효능으로 자아의 한 토막을 어렵사리 지켜 내기는 했지만, 결국에는 아이와 하나가 되어 무문의 미궁 속을 영원히 떠도는 미아가 되고 말았으리라. 아이에게 당한 온갖 수모를 무릅쓰며 그를 일깨워 주고 가르쳐 준 노승의 헌신적인 도움이 없었더라면 말이다. 그러므로 광비 대사는 석대원에게 있어 출관의 길잡이요, 부활의 은인이었다. 그 광비 대사가 지금 마음의 울림을 통해 뜻을 보내오고 있었다. 다만…….

석대원은 지금 벌어지고 있는 신이한 현상을 쉽게 받아들이기 힘들었다.

"어디 계신지요? 소생은 큰스님의 존체를 뵈올 수 없습니다."

석대운의 질문에 깃털처럼 허허로운 웃음소리가 울려 왔다.

─늙은 껍질이 지금 있는 곳은 장작더미 위라오.

"예?"

─볕 좋고 바람도 순하니 잠시 후 재가 될 그 껍질, 어디로든 훨훨 날아갈 수 있을 테지요. 참으로 잘된 일 아니오. 역마살 낀 늙은이가 절간에만 틀어박혀 있노라니 갑갑하고 좀이 쑤셔 못 견디던 참이었는데.

석대원은 깜짝 놀랐다.

"하면 지금 적멸寂滅에 드신단 말씀입니까?"

─전생에 지은 업이 하도 많아 이제야 육신의 굴레를 벗어 던지게 되니, 이는 노납이 부끄러워해야 마땅한 일이지요.

광비 대사의 말은 죽음을 암시하고 있었지만, 기이하게도 슬픔은 일어나지 않았다. '방' 안에서 만난 광비 대사는 생사를 초탈한 존재였고, 어쩌면 '방' 밖에서도 그럴 것 같다는 생각이 들었다. 지금 석대원이 접하는 신이한 현상이 그러한 생각을 뒷받침해 주고 있었다. 저 덕 높은 고승에게 있어서 물질의 제약이란 이미 큰 의미가 없는 것 같았다.

─매미를 보셨소?

광비 대사가 물었다.

석대원은 발 사이에 놓여 있는 매미를 내려다보았다. 그가 소리 내어 말하기 시작한 뒤부터 매미는 울음을 멈추고 있었다. 그제야 이 토굴 속에 누군가가 있음을 알아차린 모양이니 둔하긴 둔한 놈이었다.

"보았습니다."

─어떤 생각이 드셨소?

석대원은 잠시 생각하다가 대답했다.

"가엾다는 생각이 들었습니다."

광비 대사가 탄식했다.

─생명이란 본시 가여운 것. 이 세상에 가엾지 않은 삶은 없소. 천축의 지고한 왕자가 화려하고 안락한 궁전을 뛰쳐나와 도를 구한 것도 삶의 가여운 굴레로부터 벗어나기 위함이었소.

그 즈음 토굴의 반대쪽, 석대원이 배설해 놓은 분뇨가 쌓인 곳 위에 광비 대사의 형상이 생겨나기 시작했다. 똥 무더기 위에 올라앉은 허리 꼬부라진 노승은, 그러나 세상의 어떤 존재보다 맑고 깨끗해 보였다.

광비 대사가 말을 이었다.

─그럼에도 삶이란 소중한 것이오. 그 어떤 삶이라도 마찬가지라오. 석 시주께서는 '눈먼 거북과 구멍 뚫린 널빤지[盲龜浮木]'의 우화를 아시오?

석대원은 쭈그리고 앉은 자세를 바로 하여 광비 대사를 향해 무릎을 꿇었다. 뒤통수에 쓸린 토굴의 천장에서 흙가루들이 우수수 떨어져 내렸다.

"알지 못합니다. 아둔한 소생을 깨우쳐 주십시오."

─머나먼 망망대해에 거북이 한 마리 살고 있었소. 눈이 멀어 사물을 판별할 수 없는 그 거북은 바다 밑에 살다가 백만 년에 한 번씩 물 위로 올라와 고개를 내민다고 하오. 그리고 바다 위에는 널빤지 한 장이 떠다니고 있었소. 가운데 구멍 하나가 뚫린 널빤지라오. 석 시주, 백만 년에 한 번 물 위로 올라오는 눈먼 거북이 널빤지에 뚫린 구멍으로 고개를 내미는 것이 얼마나 벌어지기 힘든 일인지 짐작이 되시오?

대답을 구하는 질문은 아닐 터였다. 석대원은 맹구와 부목의 우화를 곱씹으며 광비 대사의 다음 말을 묵묵히 기다렸다.

ー불가에서 말하는 삶이란 게 바로 그렇소. 우주로부터 생명을 받고 부모로부터 육신을 얻어 인간의 몸으로 태어난다는 것은 백만 년 만에 바다 밑에서 올라오는 눈먼 거북이 널빤지에 뚫린 구멍으로 고개를 내미는 것만큼이나 드물고 귀한 기회라오. 그렇게 얻은 삶이 어찌 소중하지 않겠소? 비록 가여운 삶이라도 힘써 지탱해 나가야 하는 것은 모든 인간에게 주어진 마땅하고도 불가피한 과제라오.

석대원은 한참만에야 고개를 들고 광비 대사에게 물었다.

"큰스님, 제가 어떻게 이곳에서 나갈 수 있겠습니까?"

이것은 수단에 관한 질문이 아니었다. 당위에 관한 질문이었다. 석대원은 묻고 싶었다.

이 죄인이 어떻게 감히 세상에 나갈 수 있겠습니까?

이 죄인이 어떻게 감히 계속 살아갈 수 있겠습니까?

고승은 사바의 업에 괴로워하는 중생의 마음을 정확히 파악하고 있었다. 그러나 고승으로부터 나온 대답은, 단순한 대답이 아닌 또 다른 질문이기도 했다.

ー왜 세상에 나가야 하는지에 대한 답은 세상 속에서 찾아야 하오. 왜 삶을 이어 나가야 하는지에 대한 답 또한 삶 속에서 찾아야 하오.

"세상 속에서…… 삶 속에서……."

석대원은 입술을 깨물었다.

ー삶은 곧 무문이니 모든 생명은 무문의 수인인 셈이오. 그러나 굼벵이가 각피를 벗고 매미로 거듭나듯, 무문 속에 숨어 있는 진실한 문을 열고 무엇에도 흔들리지 않는 완성된 자신을 향해 나아가시오. 노납은 그 문을 찾는 과정이 삶의 가장 가치 있는 골수라고 믿고 있소.

똥 무더기 위에 올라앉은 광비 대사의 영체가 흐릿해지기 시작했다.

─제자들이 장작에 불을 놓았구려. 이만 작별을 고할 때가 온 것 같소.

석대원은 장작더미 위에 육신이 있다는 광비 대사의 말을 들은 순간부터 짐작하고 있었다. 지금 진행 중인 광비대사의 죽음에 그가 석대원을 돕기 위해 '방'으로 들어왔던 일이 어떤 식으로든 영향을 끼쳤다는 것을. 균열을 통해 '방'으로 들어온 광비 대사는 금방이라도 쓰러질 것처럼 지쳐 보였다. '방'은 괘씸한 무단 출입자로 하여금 반드시 대가를 치르도록 한 것이었다.

"대체…… 대체 이 죄인이 무엇이기에……."

석대원의 두 눈에 눈물이 고였다. 그러자 얇은 비단처럼 투명해진 광비 대사의 얼굴 위로 자애로운 미소가 떠올랐다.

─스스로를 죄인이라 하지 마시오.

광비 대사로부터 밀려온 차향을 닮은 따뜻한 기운이 석대원의 들썩거리는 머리를 어루만져 주었다.

─석 시주에게는 이제껏 선택할 자유가 주어지지 않았소. 죄는 의지로부터 비롯되오. 그러므로 선택할 수 없는 자는 죄를 지을 수 없소.

따뜻한 기운이 천천히 물러났다. 석대원은 물기에 젖은 눈을 들어 광비 대사가 올라앉은 똥 무더기 쪽을 바라보았다.

─마지막으로 당부하건대, 이제부터는 선택하시오. 이제부터는 세상의 주인이 되시오. 이제부터는 삶의 주인이 되시오…….

이 말을 끝으로 광비 대사의 영체가 사라졌다.

토굴 속으로 정적이 무겁게 내려앉았다. 그 정적이 견디기 힘들었는지 매미가 울기 시작했다.

미웅미웅미웅. 미이이이이웅.

그렇게 얼마나 지났을까?

울리고 끊기기를 반복하던 매미의 울음소리도 더 이상은 힘에 부친 듯 가냘픈 떨림으로 사그라졌다. 그 자리에 무릎을 꿇은 채 고개를 푹 숙이고 있던 석대원이 천천히 허리를 세웠다. 그의 메마른 입술이 열리며 작은 중얼거림이 흘러나왔다.

"세상 속에서…… 삶 속에서……."

─선택하라.

광비 대사가 남긴 마지막 가르침이 고통으로 황폐해진 마음의 밭 위에 새로운 씨앗을 움트게 했다. 광비 대사의 말처럼 석대원은 선택할 수 없었다. 지금까지의 삶은 그의 것이 아니었다. 하지만…… 이제부터는 다를 것이다.

석대원은 옆을 내려다보았다. 태원에서 입었던 옷가지가 단정하게 개켜진 채 토굴 바닥 위에 놓여 있었다. 누가 개킨 것인지는 금방 알 수 있었다. 십 년 넘게 그의 수발을 들어온 노복이 옷을 개키는 방식은 언제나 똑같았다. 걱정만큼이나 잔소리도 많은 그 노복이 보고 싶어졌다. 편지 한 장으로 떼어 버리고 온 것에 아마도 난리를 쳐 대겠지.

제대로 일어설 수도 없는 토굴 안에서 옷을 입는 것은 꽤나 성가신 일이었지만, 석대원은 그 일을 달게 받아들였다. 벌거숭이로 세상에 나가는 것보다는 성가심을 감수하는 편이 훨씬 나았다.

의복을 다 갖추고 난발로 얼굴에 덮인 더러운 머리카락을 뒤로 넘겨 검은 끈으로 질끈 묶은 석대원이 말라비틀어진 왼손을 뻗어 토굴 바닥에 죽은 듯이 앉아 있는 매미를 조심스레 집어 들었다.

"나가자."

석대원은 매미에게, 자신에게 속삭였다. 진정한 문은 벽이 아닌 공에 있었다. 그 '방'의 실재하지 않는 벽이 그를 가두지 못했듯, 이 토굴의 실재하는 벽 또한 그를 가둘 수는 없었다. 더 이상 그는 무문의 수인이 아니었다.

석대원은 공의 문을 열고 토굴을 나섰다…….

찬란한 빛이 어둠에 장시간 익숙해진 망막을 향해 채찍처럼 떨어져 내렸다. 초겨울의 새파란 하늘이 그를 향해 곤두박질을 치고 있었다. 그러나 석대원은 눈을 감지 않았다. 보통 사람이라면 장님이 되고도 남을 명암의 급변 속에서도 그의 오관은 기능을 잃지 않았다. 증조부로부터 물려받은 천선의 기운과 외백부로부터 물려받은 바즈라—우파야의 힘이 그것을 가능하게 해 주었다.

"후으읍."

석대원은 숨을 크게 들이마셨다. 콧속으로 들어오는 겨울의 냄새, 차가운 공기와 피폐해진 초목의 냄새가 그저 죽음과 종말을 의미하는 것만은 아님을 이제는 알 수 있었다.

석대원은 말라비틀어진 손가락 사이에 끼워 잡고 있던 매미를 놓아주었다.

부우웃.

구속에서 풀려난 매미가 얇은 날개를 요란히 떨며 날아올랐다. 세상을 향한 자유와 삶에 대한 의지가 그 날갯짓에 실려 찬란히 퍼져 나가고 있었다.

석대원은 새파란 하늘 속에서 작은 점으로 변해 가는 매미를 한동안 바라보다가 천천히 몸을 돌렸다. 토굴을 나온 순간부터 그를 주시하던 몇몇 얼굴들이 그를 기다리고 있었다.

금선탈각 金蟬脫殼 (二)

(1)

시월도 중순을 코앞에 둔 초겨울의 하늘은 쪽물을 들인 양 높고 새파랬다. 젖은 깃털처럼 덩어리진 흰 구름들이 군데군데 걸린 그 하늘 한 귀퉁이에는 굵은 붓으로 담묵淡墨을 찍어 그어 올린 듯한 검은 연기 한 줄기가 피어오르고 있었다. 냉기라고 할 정도는 아니어도 제법 쌀쌀하달 수 있는 공기 중에는 낙엽이 썩어 가는 매캐한 냄새가 스며들어 있었다.

휘이익.

어느 순간 소실산 능선을 넘어온 골바람이 검은 연기의 아랫부분을 잘못된 경상鏡像처럼 이지러트렸다. 곧이어 앙상한 나뭇가지들을 때리며 비탈을 달려 내려온 골바람은 부패가 시작된 낙엽 무더기 위의 데워진 공기를 만나 작은 회오리바람을 만들었다. 돌무더기 앞에 널리고 쌓여 있던 홰나무, 산벚나무, 단풍나무의 낙엽들이 버스럭거리는 소리를 울리며 떠오르고, 마치 누군가의 의도가 작용하기라도 한 듯 그 남자를 에워싸고 천천히, 하지만 점점 빠르게 회전하다가 팍 하는 경쾌한 파공성과 함께 사방으로 굽이쳐 나갔다.

왼손을 들어 올려 얼굴로 날아드는 낙엽들을 막아 내던 호유광은 미간을 찌푸렸다. 지독한 악취가, 보다 구체적으로 말하자면 동물의 묵은 똥오줌 냄새가 낙엽을 날린 회오리바람에 실려 콧구멍 속으로 밀려들었기 때문이다. 그 악취는 노련한 거지의 비위조차도 뒤집어 놓을 만큼 지독했지만, 기이하게도 첫 번째 바람이 지나간 뒤로는 거짓말처럼 사라져 버렸다. 그다음에는 애써 코를 벌름거려 봐도 별다른 냄새를 맡을 수 없었다.

'설마…… 그럴 리는 없겠지.'

호유광은 왼손을 내리며 고개를 갸우뚱거렸다. 머릿속에 순간적으로 떠오른, 아까 일어난 회오리바람이 저 남자가 뒤집어쓰고 있던 '악취의 막'을 씻어 가 준 것은 아닌가 하는 말도 안 되는 생각 때문이었다. 살갗과 의복의 미세한 틈과 요철마다 스며 밴 냄새는 그런 식으로 지울 수 있는 것이 아니었다.

그때 곁에서 독륜거獨輪車의 밀대를 잡고 있던 우근이 중얼거렸다.

"거지에게 요긴한 재주군."

"예?"

"자네도 알잖아, 부귀가로 구걸 나갈 때마다 청지기 놈들 항상 하는 말이 냄새 때문에 못살겠다는 타박이라는 걸."

"그러니까, 방금 전 밀려온 그 냄새가 정말로 저자의……."

어처구니가 없어진 호유광이 한마디 더 붙이려는데, 뒤쪽에서 터져 나온 절절한 부르짖음이 거지들의 객담을 방해했다.

"소주! 소주우우우!"

백주에, 더구나 중인환시에, 아무도 없던 돌무더기 앞에 유령처럼 불쑥 나타난 그 남자를 향해 눈물 콧물 쏟으며 달려가는 사람은 이틀 전 사하촌 시장에서 향을 사던, 가슴에는 붉은 비단으로 감은 막대기를 품고 얼굴에는 근심과 걱정을 가득 새기고 있던 바로 그 '늙은 검둥'이었다.

호유광은 지난 이틀 소림에 머무는 동안, 관음전觀音殿과 지장전地藏殿을 집 삼아 거하는 저 늙은 검둥이 얼마나 지극정성으로 분향발원焚香發願을 하였는지 알게 되었다. 그리고 이제는 그 분향발원의 대상이 무엇인지도 알 수 있을 것 같았다. 바로 저 남자였다. 늙은 검둥은 주인으로 모시는 저 남자가 소림에 설치된 문 없는 관문, 무문관에서 무사히 나오기를 모든 신들과 모든 부처들을 향해 발원하고 발원하고 발원했던 것이다.

"아이고오오, 소주우!"

오 장 거리에서 볼 때도 키가 무척 크다는 점은 짐작했지만, 광인처럼 달려간 늙은 검둥이 풀쩍 뛰어올라 남자에게 매달릴 때에야 비로소 저 남자가 얼마나 장신인지를 실감하게 되었다. 아무리 왜소하다고 해도 오 척은 족히 되는 노인네인데, 남자의 엉덩이를 얼싸안은 꼴을 보니 숫제 아빠에게 매달린 대여섯 살배기 어린아이처럼 보였다.

"원래 저렇게 큰 친구였나요?"

호유광이 묻자 우근이 대답을 주었다.

"지금은 말라서 오히려 작아 보이는걸. 저 키에 살집까지 제대로 붙었다고 상상해 보라고."

호유광은 그렇게 상상해 보았고 곧 고개를 절레절레 흔들었다. 상상대로라면 거인이라고 불러야 옳을 터였다. 그것도 인세에서는 실로 보기 드문 거인 중의 거인. 그는 새삼스런 눈길로 남자의 전신을 살펴보았다.

남자가 호유광에게 준 첫 번째 인상이 비상식적으로 큰 키라면, 두 번째로 준 인상은 비상식적으로 마른 몸매일 것이 분명했다. 본래 몸에 맞았을 칙칙한 빛깔의 무복이 지금은 부대를 뒤집어쓴 양 푸하고 헐렁해 보였다. 그로 인한 불편함을 줄여볼 요량인지 늘어진 소맷자락을 둘둘 말아 팔꿈치 위로 올렸는데, 그럼으로써 활짝 드러난 좌우 하박이 이루는 기괴한 비대칭에 호유광은 자신도 모르게 눈살을 찌푸리고 말았다. 오른팔 하박이야 그저 말랐다는 표현으로 넘어갈 수 있겠지만, 그것과 대비되는 왼팔 하박은…… 저건 정말로…….

'귀신의 손[鬼手]이군.'

몸에 걸친 의복과 한가지로 칙칙한 회흑색으로 변색된 채, 통째로 과즙을 짜낸 귤피처럼 가죽과 뼈다귀 사이의 살과 근육을 모두 잃어버리고 형편없이 쪼그라든 남자의 왼손을 보니 그 말밖에는 떠오르지 않았다. 대체 무슨 사달을 겪었기에 유독 왼손만 저 꼴이 되었을까. 그리고 남자의 얼굴은…… 두개골의 윤곽을 거의 짐작케 할 만큼 깡마른 그 얼굴이, 잃어버린 것은 단지 살만이 아닌 것 같았다. 젊음을 잃어버린 젊은이랄까, 건강을 잃어버린 건강체랄까. 남자의 얼굴은 그 나이 대 남자들이 의당 가져야 할 유무형의 많은 것들이 결여되어 있었다. 그 대신 남들에게 없는 엉뚱한 것을 찾아볼 수 있었다. 머리카락을 동여맨 검은 끈 덕분에 훤히 드러난 남자의 이마에는 엄지손톱만 한 크기의 상흔 세 개가 한 치 간격을 두고 나란히 찍혀 있었다. 창백한 살갗 위에 낙인처럼 선명하게 찍힌 세 개의 붉은 상흔은, 이렇게 표현하는 것이 옳을지는 모르지만, 마치 세 송이의 붉은 꽃처럼 보이기도 했다. 하지만 그것들이 남자에게서 풍기는 상실감을 덜어 주지는 못하는 것 같았다.

그러는 사이, 늙은 검동의 애달픈 소주앓이는 계속 이어졌다.

"소주, 엉덩이가 대체 이게 뭐요? 예전에 통통하고 딴딴하던 그 엉덩이는 어디 간 거요?"

남자의 엉덩이 이곳저곳을 손으로 움켜잡던 늙은 검동이 콧물에 잠겨 꿀쩍거리는 목소리로 물었다. 올려다보는 늙은 검동과 내려다보는 남자의 시선이 남자의 겨드랑이께 어딘가에서 마주쳤다. 남자의 눈동자 속으로, 마치 남들은 보지 못하는 전혀 다른 세상을 바라보는 것 같던 심원하고 비인간적인 그 눈동자 속으로 친근하면서도 인간적인 기운이 얼핏 떠오르는 듯했다.

세 송이 화흔花痕을 가진 남자가 늙은 검동에게 말했다.

"목이 마르오."

천자의 어명도 저런 반응을 불러오지는 못할 것 같았다. 철썩 소리가 나도록 제 이마를 후려친 늙은 검동이 남자의 밑둥을 떠나 호유광 등이 모여 있는 곳으로 부리나케 돌아오더니, 전날에 보았던 붉은 비단 막대기와 베 보자기로 덮인 커다란 대광주리를 집어 들고는 다시 남자에게로 뛰어갔다.

"이것들을 까먹고 오다니, 이 늙은것이 완전히 미쳤나 보오."

스스로를 신랄하게 비난한 늙은 검동이 대광주리를 덮은 베 보자기를 걷어 치웠다.

"얼마나 목말랐을꼬, 얼마나 배 주렸을꼬. 그 생각도 못 한 내가 미친 게지, 암 미친 게야."

그러면서 물이 담긴 죽통과 삶은 닭 한 마리를 양손으로 꺼내어 남자에게 내미니.

　　"어? 저, 저거……."

　　죽통이야 그렇다 쳐도, 삶은 닭을 바라보는 호유광의 심사는 그리 편할 수 없었다. 소림사에서 닭을 구할 방법이야 뻔했고, 그렇다면 저 먹음직스러운 백숙의 전신前身은 이틀 전 거지들이 사하촌 장터에서 사 온 적후의 새색시들 중 한 마리일 공산이 컸던 것이다. 기껏 시집보낸 새색시가 이틀 만에 솥 안에서 삶겨 나온 꼴을 보았는데 세상 그 어떤 중신아비가 마음이 편하겠는가!

　　거지의 불편한 심사야 어떻든 간에 지금 늙은 검동의 눈에는 제 소주밖에 안 보이는 것이 분명했다. 늙은 검동은 양손을 거듭 추어올리며 남자를 재촉했다.

　　"어서 드시오, 어서."

　　남자는, 절간에서 육고기를 장만하는 수고를 감수한 늙은 검동으로서는 야속하게도, 삶은 닭 쪽으로는 눈길도 주지 않았다. 마개를 연 죽통을 입가로 가져간 남자가 천천히, 아주 천천히 그것을 기울이기 시작했다. 지켜보는 입장에서는 지루하리만큼 긴 시간을 들여 죽통 속의 물을 다 마신 남자가 쪼그라든 왼손의 손등으로 입가를 훔쳤다.

　　"달지만…… 쓰군요."

　　"잉? 이 근동에서는 가장 맛좋다는 샘물이라는데 쓴맛이 난다는 말이오?"

　　늙은 검동이 남자가 내민 빈 죽통을 받으며 신경질을 부렸다. 그 샘물을 소개해 준, 필시 소림사의 친절한 승려일 게 분명한 누군가에게 달려가 닦달이라도 할 기세였다.

"물맛 얘기가 아니오."

"그럼 뭐가 달고 쓰단 말이오?"

남자는 늙은 검동의 질문에 대답하는 대신 혈색 나쁜 입술 위로 메마른 미소를 지었다. 남자를 대신해 그 질문에 대답한 사람은 우근이 잡고 있던 독륜거 위에 올라앉은 작고 추괴하고 병든 노승이었다.

"삶이란 천 길 낭떠러지에 매달려서 빠는 꿀물처럼 달고도 쓴 법이라오."

남자의 눈길이 오 장 떨어진 초겨울 산자락을 건너 매불에게로 향했다. 그 눈길을 접한 호유광은 다시 한 번 혀를 찼다.

'젊은 친구의 눈빛이 어찌 저럴까.'

수백 번 빨아 댄 의복처럼 무감한 눈빛이었다. 수백 번 씹다 뱉은 칡뿌리처럼 무미한 눈빛이었다. 호유광은 저 나이에 저런 눈빛을 갖는 것이 얼마나 불행한 일인지 감히 짐작조차 할 수 없었다. 다만 그래서는 안 된다는 것만은 알고 있었다. 젊은 사람에게는 젊은 눈빛이 어울렸다. 그 당연한 어울림이 어긋났을 때, 삶은 곡절에 짓눌려 납작해지는 것이다.

남자의 무미하고 무감한 눈길에 먼저 반응한 사람은 매불이 아닌 우근이었다.

"날 기억하는가?"

남자는 초면인 사람을 대하는 듯한 눈길로 우근을 쳐다보다가 아래로 늘어뜨린 두 손을 천천히 들어 올렸다. 인간의 오른손과 귀신의 왼손이 남자의 얼굴 앞에서 하나로 모였다. 비대칭인 두 손으로 인해 기괴한 분위기를 풍기는 포권이었다.

"가형의 지인분이시지요. 오랜만에 뵙습니다, 방주."

남자가 말했다. 답례로 고개를 끄덕인 우근이 곁에 있던 호유광을 남자에게 소개했다.

"이 친구도 자네 가형과는 안면을 튼 사이라네. 지난해 자네 가형과 함께 악적들과 싸우다가 부상을 입는 통에 올여름 강동에서 자네를 만날 기회는 갖지 못했지만."

'자네 가형'도 석씨고, '자네'도 석씨다. 사람을 소개하는 방식이 지나치게 석씨 기준으로 흘러간다는 불만은 들었지만, 호유광은 내색 않고 남자에게 포권을 해 보였다.

"개방에서 순찰을 맡은 호유광일세."

남자의 입꼬리가 살짝 실룩거렸다.

"그러고 보니 저도 순찰이군요. 석대원이라고 합니다."

이 말에 솔깃해진 호유광이 어디의 순찰일까 궁금해하는데, 우근이 남자에게 말했다.

"저번에 제자 놈이 그러더군. 남패 무양문이 강동제일가의 둘째를 붙잡기 위해 객원순찰통령이라는 요상한 직책을 만든 모양이라고 말일세. 설마 자신을 정말로 무양문 사람이라고 여기는 것은 아니겠지?"

이마에 세 송이의 화인을 가진, 비상식적으로 큰 키와 비상식적으로 마른 몸만 아니라 이 대 혈랑곡주에다가 무양문 객원순찰통령이라는 비상식적인 신분까지 두루 가진 남자, 석대원이 우근의 질문에 담담히 답했다.

"예전에는 잘 모르겠다고 대답했을 겁니다."

"예전에는? 하면 지금은?"

"잘 모르겠습니다."

호유광은 이맛살을 찌푸렸다. 저 말대로라면 예전이나 지금이나 달라진 게 전혀 없기 때문이었다. 다른 사람이라면 말장난을 한다고 여겼을 테지만, 호유광이 보기에 저 석대원은 누구를 상대로 말장난이나 하고 있을 위인은 아닌 것 같았다.

눈을 가늘게 뜨고 석대원을 쳐다보던 우근이 다시 물었다.

"예전의 잘 모르겠다와 지금의 잘 모르겠다가 뭐가 다른지 물어도 되겠는가?"

석대원은 눈썹을 찡그리고 잠시 주저하는 기색을 보였다. 대답을 회피한다기보다는 자신의 뜻을 표현할 적당한 어휘를 찾는 눈치였다. 이윽고 석대원이 입을 열었다.

"제게는 본시 무양문과 연을 맺을 생각이 없었습니다. 일군장이신 고검 형님과 서문숭 문주님의 과분한 호의를 입어, 그리고 금부도라는 섬을 떠나기 전에 맺은 한 가지 불가피한 계약으로 인해 허울뿐인 직책일망정 무양문에 적을 두게 되었지요. 그렇게 되기까지 제가 선택할 수 있는 여지는 별로 없었습니다. 본심은 무양문과 거리가 있음에도 상황에 떠밀려 무양문 사람이 되었으니, 잘 모르겠다고 대답드릴 수밖에 없는 것입니다."

우근은 고개를 끄덕였다.

"예전에는 그랬다는 얘기군. 그렇다면 지금은 어떤가?"

"지금은……."

석대원이 고개를 돌려 하늘을 쳐다보았다. 아까 철 늦은 매미 한 마리를 작은 점으로 품은, 그리고 한쪽 귀퉁이에서는 담묵 같은 연기가 피어오르는 높고 새파란 하늘이었다. 그 하늘을 쳐다보며 석대원이 말했다.

"이제부터는 선택이란 것을 해 볼 작정입니다. 상황에 떠밀린 수동적인 선택이 아닌, 온전히 제 의지에 따른 선택을 말입니다. 다만, 무양문과 관련된 문제는 아직 선택의 대상으로 고려해 보지 않았습니다. 그래서 잘 모르겠다고 말씀드린 겁니다."

이번에는 고개를 살짝 갸웃거린 우근이 말했다.

"세상은 급변하고 있네. 어제가 오늘과 다르고, 오늘은 또 내일과 달라질 테지. 그리고 자네는 그 급변하는 세상의 중심으로 걸어 들어가야 될 걸세. 무양문과 관련된 문제가 선택의 대상이 되는 날이 조만간 닥칠 거라는 뜻일세."

창공을 향하던 석대원의 눈길이 우근에게로 돌아왔다.

"그날이 오면 저는 선택할 겁니다."

"선택을 하겠다. 아주 좋군."

우근이 벙긋 웃은 뒤 말을 이었다.

"올봄에 자네가 자네 집 앞에서 고검과 함께 떠난 뒤, 자네 가형인 강동제일인이 이 거지에게 해 준 말이 있다네. 운명은 가장 가혹하고 잔인한 방식으로 자네를 묶었고, 자네는 여전히 그 결박에서 풀려나지 못한 것처럼 보인다는 말이었지. 한데 이제는 조금 달라진 것 같군. 가형을 만나면 전해 주겠네. 동생 걱정은 그만 접어도 될 거라고 말일세."

그러나 친근한 웃음과 살가운 말에도 불구하고 우근을 향한 석대원의 눈빛은 아까와 마찬가지로 무미하고 무감할 따름이었다. 호유광은 지금 저 꺽다리 말라깽이의 마음을 움직일 수 있는 뭔가가 과연 이 세상에 존재하는지 의심스러워지기 시작했다.

그때 매불이 찬 공기를 막기 위해 덮어 준 담요 밖으로 앙상한 손을 꺼내더니 석대원이 서 있는 곳을 향해 뻗었다.

"이리로 오시게."

그러자 늙은 검동이 석대원에게 속살거렸다.

"이 노복의 목숨을 구해 주시고, 소주에게는 영약을 내려 주신 고마운 어른이오."

이 말이 끝난 순간, 호유광은 소스라치며 펄쩍 물러섰다. 오 장의 거리를 두고 서 있던 석대원이 눈 깜짝할 사이에 독륜거 앞에 나타나 있었기 때문이다.

'이형환위? 저게?'

형을 옮김으로써 공간상의 위치를 바꾸는 이형환위는, 어떤 신법으로 특정된다기보다는 각각의 신법에 따라 드러나는 결과물로 보는 쪽이 맞았다. 모든 신법은 나름의 이형환위를 만들어 낼 수 있지만, 그중 오 장이라는 거리를 무시해 버릴 만큼 고절한 것은 최소한 호유광의 머릿속에는 들어 있지 않았다. 옆을 급히 돌아보니 아까와는 달리 딱딱하게 굳어진 우근의 얼굴이 눈에 들어왔다.

천하의 개방 방주마저 긴장시킬 만큼 경인할 움직임으로 독륜거 앞에 나타난 석대원은, 그러나 자신의 행동이 만들어 낸 결과에 대해 의아함을 품는 눈치였다. 발치를 내려다보며 눈살을 살짝 찌푸린 그가 이내 매불이 내민 손을 잡았다.

"소생이 여기 왔습니다, 대사님."

노란 진물이 고인 맹목으로 석대원의 가슴께를 올려다본 매불이—일반적인 성인 남자의 얼굴 높이가 그쯤 되니 매불로서는 얼굴과 얼굴을 마주한다고 생각할지도 모른다— 주름으로 뒤덮인 입가를 오물거렸다.

"매미는 껍질을 벗어야 비로소 울기 시작하고, 수인은 아이를 죽여야 비로소 관을 나선다[金蟬脫殼乃鳴動 囚人殺兒始出關]……. 이 말이 무슨 뜻인지 알겠소?"

석대원은 무릎과 허리를 구부려 매불을 눈높이에 얼굴을 맞추었다. 그런 다음, 눈이 성한 사람을 대하듯 고개를 크게 끄덕이며 대답했다.

"압니다."

가느다란 목에 비해 머리통이 지나치게 큰 탓에 꼬챙이에 꽂힌 호박처럼 보이는 매불의 고개가 아래위로 주억거렸다.

"이 죄인이 반년 전에 읽은 시주의 운살運煞은 바로 그러했소. 시주의 가형 되는 분이 말했듯이, 그 운살은 시주에게 씌워진 천랑天狼의 흉성을 무찌르는 것만으로는 해소되지 않는 가혹하고도 잔인한 것이었다오. 그래서 이 죄인은 광비 도우에게 청하여 이곳 소림 경내에 흙과 돌로써 또 다른 무문관을 짓도록 했소. 지기를 더듬어 양기를 공급했고 진법을 설치해 외기를 차단했소. 마음의 무문에서 시주 스스로가 나올 때까지 시주의 육신을 온전히 지켜 줄 어미의 자궁과도 같은 요새가 필요하다고 믿었기 때문이오."

호유광은 매불의 손을 맞잡은 석대원의 오른손에 지그시 힘이 들어가는 것을 보았다.

"대사님이셨군요, 약으로써 소생의 마음을 지켜 주시고, 무문관으로써 소생의 육신을 지켜 주신 분이."

매불은 고개를 저었다.

"후후, 이 죄인은 입품만 팔았을 뿐, 실제로 그 약을 달인 것은 해남의 한운자 도우였고, 저 무문관을 지은 것은 소림의 제자들이라오. 그 과정에서 죄인의 경고에도 불구하고 천기를 함부로 엿본 소림승 하나가 정신을 놓는 일이 벌어지기도 했지만, 뭐 장차 소림에는 복으로 돌아올 일이니 시주가 미안해할 필요는 없을 게요."

정신을 놓은 소림승이라면 호유광도 본 적이 있었다. 이틀 전 야밤에 바로 이 자리를 헤매며 매미 타령을 늘어놓던 계율원주 적인이 그 소림승일 터였다. 적인의 노망이 소림에게 어떤 복으로 돌아올지는 알 수 없지만, 지금으로써는 매불이 무슨 말을 하든 반드시 사실로 이루어지리라고 믿을 수밖에 없었다. 하늘조차 시기하고 경계하여 신벌을 내린 기인 중의 기인이 아니던가.

매불이 독륜거 바닥을 향해 구부정하게 숙이고 있던 허리를 힘겹게 펴 올렸다.

"이제 이 죄인이 우리 공문삼기를 대표하여 시주에게 묻고자 하오."

석대원이 매불의 손을 놓고 스승의 가르침을 청하는 제자처럼 표정과 자세를 바로 했다.

매불이 물었다.

"매미가 껍질을 벗고 울었소?"

"예."

"수인이 아이를 죽이고 나왔소?"

"예."

매불의 검보라색 입술이 실룩거리며 벌어졌다. 그러더니 그 입에서 터져 나온 것은, 놀랍게도 호유광이 지난 이틀간 봐 온 고결하고 성스러운 기인의 심상을 단번에 무너뜨리는 괴상망측한 웃음소리였다.

"으케케케! 으으케케케케! 감적 놈이 달고, 내가 먹이고, 광비 땡추가 소화시켰지! 우리 세 늙다리가 저 하늘을 상대로 멋지게 한판 놀아 본 셈이로구나!"

호유광이 놀라고 석대원이 놀라고 늙은 검동도 놀랐다. 다만 우근 혼자만은 반색을 하며 소리쳤다.

"태사부님, 전날의 태사부님으로 돌아오신 겁니까?"

그러나 아니었다. 곧추세웠던 허리를 축 오므리는 매불의 얼굴에는 아까 터뜨린 괴상망측한 웃음소리의 흔적이 씻은 듯이 사라져 있었다.

"그럴 리가 있겠는가. 늙은이가 너무 통쾌한 마음에 옛날 기분 한번 내 본 것뿐이라네. 돌아가고 싶어도, 후후, 돌아갈 기운이 없구먼."

"아이고……."

안타까워 탄식까지 흘리는 우근에게 매불은 고개도 돌리지 않았다. 그는 긴 숨을 내쉰 뒤 석대원에게 조용히 말했다.

"이것으로써 시주와 공문삼기의 인연은 끝났소."

석대원은 고개를 저었다.

"아닙니다. 소생이 갚아야 할 빚은 태산처럼 크게 남아 있다고 생각합니다."

"공문이 달리 공문이겠소? 빈[空] 것을 좋아하니 공문이오. 구질구질하게 들어온 것들을 비우려 우리 세 늙은이들이 일평생 그토록 애를 썼거늘, 시주는 또 무슨 헛된 부채를 운운하며 우리의 비움을 채우려 든단 말이오."

"하지만 소생을 무문에서 꺼내기 위해 큰스님께서는……."

석대원은 차마 말을 잇지 못하겠다는 양 고개를 돌렸다. 호유광은 석대원의 시선이 향한 곳을 바라보았다. 높고 새파란 하늘 한 귀퉁이에 피어오르는 검은 연기가 그의 눈에 들어왔다.

'이제 끝나 가는 모양이군.'

호유광은 아까에 비해 부쩍 가늘어진 저 연기가 한 갑자의 세월을 사바 구제에 바친 성승의 귀천歸天을 알리는 표지임을 알고 있었다. 그것은 소림의 심처인 이 자리에 소림승의 모습이 하나도 보이지 않는 이유이기도 했다.

"대각을 이루어 육신통六神通에 든 광비 도우에게 피륙의 껍질이 무슨 의미가 있겠소. 시주가 광비 도우를 애달파하는 것은 물속의 벌레가 허공에 떠다니는 먼지를 애달파 하는 것만큼이나 부질없는 일이라오. 끊어진 인연에 미련을 두지 마시오."

얇은 실처럼 사그라지는 연기를 망연히 바라보던 석대원이 어쩔 수 없다는 듯 고개를 끄덕였다. 그 모습을 눈으로 보았을 리도 없건만, 매불은 마치 눈으로 보기라도 한 것처럼 환한 미소를 지으며 화제를 돌렸다.

"기왕 옛날 기분을 내 본 참에 마지막으로 점쟁이 흉내를 한 번 더 낼 테니 주책없는 늙은이라 탓하지 마시오."

"황송하신 말씀입니다. 하교해 주십시오."

매불은 석대원의 얼굴 앞에 손가락 세 개를 펴 보였다.

"시주는 오늘 이 자리에서 한 가지 약속을 얻어야 하고, 한 가지 짐을 내려놓아야 하고, 한 가지 악연을 풀어야 하오."

"한 가지 약속과 한 가지 짐과 한 가지 악연……."

석대원은 자신을 향해 내밀어진 세 개의 손가락을 쳐다보며 매불이 방금 한 말을 천천히 되뇌었다.

"시주에게 약속을 해 줄 분은 늙은이에 대한 공경심이 남다르신 개방의 방주님이라오."

매불이 첫 번째 손가락을 꼽으며 말했다. 이 말에 가장 놀란 사람은 매불의 뒤에서 독륜거의 밀대를 붙잡고 있던 공경심이 남다르신 개방의 방주님, 본인이었다.

"예?"

바보처럼 눈만 끔뻑거리는 우근을 돌아보며 매불이 말했다.

"첫날 이 죄인이 한 얘기를 기억하는가? 방주께서 해 줘야 할 일이 한 가지 남아 있다는 얘기 말일세."

"물론 기억합니다만……."

"그 일이란 저 시주와 약속 하나를 하는 것이라네."

"무슨 약속요?"

"이번 추위가 풀리기 전, 저 시주에게는 방주의 도움을 필요로 하는 일이 반드시 생기게 될 걸세. 그때 귀찮다 말고 도움을 주시게나."

듣고 보니 가벼운 문제는 분명 아니었다. 우근은 천하제일대방이라는 개방의 용두방주였고, 그가 한 약속은 개방 전체가 한 약속과 진배없기 때문이다. 그 점을 모르지 않기에 우근은 잠시 망설이는 기미를 보였지만, 이내 고개를 끄덕였다.

"저 친구에 대해서는 잘 모르지만, 저는 태사부님을 알고 저 친구의 가형을 압니다. 두 분이라면 제 목숨이라도 걸 수도 있을 만큼 믿고 있지요. 제가 지금 하는 약속이 저와 폐방의 거지들을 곤란하게 만들 것 같지는 않군요. 좋습니다, 약속하겠습니다."

이 멋지면서도 가슴 뜨거워지는 장부의 선언을 듣고서도 매불은 고개를 저었다.

"말만으로는 부족하네."

우근의 인상이 와락 우그러졌다.

"이놈 말을 못 믿으시겠다는 말씀입니까?"

"못 믿겠다는 게 아닐세. 저 시주가 언제 어디서든 그 약속을 발동하기 위해서는 방주의 얼굴을 대신할 만한 어떤 신표가 있어야 한다는 뜻이지."

"제 얼굴을 대신할…… 신표라고요?"

"눈이 안 보여서 잘 모르겠네만, 그 누런 철포 지금도 차고 다니지?"

우근의 표정이 묘하게 변했다. 그의 별호는 '철포를 묶고 다니는 자', 바로 철포결이었다. 허리에 두른 누런 철포는 그의 상징이었고, 그것을 차고 다니지 않는 그의 모습은 상상하기 힘들었다. 아마도 볏 잃은 수탉 꼴이 되지 않을까?

"그, 그러니까 제 철포를 저 친구에게 주라고요?"

"잠시니까 너무 아쉬워 마시게. 늦어도 내년 봄이 오기 전까지는 돌려받게 될 테니까."

태사부로 떠받드는 존장께서 저렇게까지 나오는데 공경심이 남다르신 개방의 방주님이 어찌 거절할 수 있겠는가. 우근은 떨떠름한 기색을 감추지 못한 얼굴로 허리의 철포를 풀어 내밀었고, 제 소주밖에 모르는 늙은 검동이 다가와 고맙다는 말도 없이 그것을 받아 갔다.

매불이 세 개의 손가락 중 하나를 꼽으며 말했다.

"한 가지 약속을 얻는 것은 해결되었구려. 다음은 한 가지 짐을 내려놓을 차례라오."

석대원이 잠시 생각하다가 물었다.

"소생은 그동안 소생을 누르던 모든 마음의 짐들을 무문관 안에 벗어 두고 왔다고 믿었습니다. 대사님께서 말씀하신 짐이란 대체 무엇인지요?"

매불이 작게 웃었다.

"이번에 내려놓을 짐은 마음의 짐이 아니라 육신의 짐이라오."

"육신의 짐?"

"태원에서 보니 시주의 목에 열쇠 하나가 걸려 있더구려. 지금도 그 열쇠를 걸고 있소?"

호유광은 석대원이 오른손을 가슴팍으로 올려 뭔가를 더듬는 모습을 보았다.

"예, 걸고 있습니다."

"이 죄인이 시주의 허락도 없이 살핀바, 그 열쇠는 철과 불과 그것들로 말미암은 재앙을 여는 물건이었소. 맞소?"

잠시 주저하던 석대원이 대답했다.

"맞습니다. 이것은 천하에서 가장 무서운 화기의 봉인을 여는 열쇠입니다."

"가장 무서운 것은 가장 무거운 것이기도 하오. 그 짐을 지금 내려놓도록 하시오."

손가락으로 옷자락 위로 도드라진 길쭉한 돌기를 어루만지던 석대원이 조심스럽게 말했다.

"아무에게나 맡기기에는 너무 위험한 짐입니다. 아까운 것은 아니지만, 혹여 소생을 대신해 이 짐을 감당하는 분이 해를 입지는 않을까 두렵습니다."

매불이 미소를 지었다.

"다행히 광비 도우의 문하에는 과거 철과 불과 그것으로 말미암은 재앙을 입어 자신의 모든 것을 잃어버린 사람이 있소. 한때 가장 존귀한 신분이었던 그 사람이라면 시주가 내려놓는 짐을 감당할 수 있을 뿐 아니라, 머지않은 장래에 창생 구제를 위한 이기利器로 능히 활용할 수 있을 것이오."

과거의 기억을 더듬듯 석대원의 눈이 가늘어졌다.

"큰스님의 문하라면 바로……?"

매불은 뒷말을 듣지도 않고 고개를 끄덕였다.

"그 사람이오."

"알겠습니다."

호유광으로서는 알 길이 없는 '그 사람'이지만, 최소한 매불과 석대원에게는 공감을 불러올 만한 인물인 것이 분명했다. 그 증거로 석대원은 목에 걸려 있던 가죽끈을 즉시 머리 위로 빼냈다. 그 가죽끈에 매달려 나온 길쭉한 물체는 과연 열쇠였다.

호유광은 검은 쇳빛으로 번들거리는 손바닥만 한 열쇠가 석대원의 손에 의해 독륜거의 포단 위로 놓이는 것을 지켜보았다.

"다시 접해도 섬뜩한 물건이로다. 지나온 불의 역사와 닥쳐올 불의 미래가 보이는 듯하오."

오른손을 내밀어 열쇠를 어루만진 매불이 작게 탄식했다.

"사부의 다비식茶毘式(불교에서 시체를 화장하여 유골을 거두는 의식)이 끝나는 대로 이 죄인을 찾아오라 일러두었으니, 이 물건은 오늘 해가 지기 전 그 사람에게 전해질 것이오."

쇠붙이로 만든 열쇠가 무거워 봤자 얼마나 무겁겠는가마는, 오른손 손바닥으로 목덜미를 문지르는 석대원은 정말로 무거운 짐을 내려놓은 사람처럼 후련한 표정을 하고 있었다. 그런 석대원에게, 매불이 두 번째 손가락을 꼽아 보이며 말했다.

"한 가지 짐도 내려놓았으니, 이제 남은 것은 한 가지 악연을 푸는 일이오."

"그런 것 같군요."

이렇게 대답한 석대원이 매불의 눈높이에 맞추기 위해 구부리고 있던 무릎과 허리를 천천히 펴 올렸다. 그러더니 몇 걸음을 옮겨 독륜거와의 거리를 벌렸다. 이를 지켜보던 호유광은 의아함을 느꼈다. 앞서 해결된 한 가지 약속과 한 가지 짐에 관해서는 석대원 또한 전혀 예상치 못한 눈치였는데, 마지막 한 가지 악연에 관해서는 뭔가 짐작하는 바가 있는 듯한 모습을 보였기 때문이었다.

매불이 고개를 들고 말했다.

"오래 기다렸네. 이제 나오시게."

그리고 매불의 이 말이 끝난 순간, 호유광은 자신도 모르게 어깨를 움츠렸다. 계절은 비록 초겨울로 접어들었다지만 햇살

따사로운 하오의 이 시간은 다년간 내외공을 익힌 무인을 떨게 만들 수 없었다. 그러므로 그가 방금 느낀 오싹함은 일기와 무관한 것임이 분명했다.

신체의 모든 뼈마디를 한꺼번에 조여 오는 듯한 그 오싹함의 근원을 찾아 주위를 두리번거리던 호유광은, 석대원이 처음 모습을 드러낸 장소로부터 일 장쯤 뒤쪽에 쌓여 있는 돌무더기의 그늘 속에서 검붉은 불똥으로 이글거리는 광채를 발견하고는 자신도 모르게 헛바람을 들이켜고 말았다. 악몽 속에서나 등장할 법한 마수魔獸의 것을 연상케 하는 그 안광은, 그러나 한 쌍이 아닌 단 하나뿐이었다.

"정말로 오래 기다렸지."

돌판을 쇠붙이로 긁어 대는 듯한 껄끄러운 목소리와 함께 안광의 주인이, 육 척이 넘는 건장한 체구를 잿빛 승포로 감싸고 왼쪽 눈을 검은 안대로 가린 노승이 돌무더기의 그늘 밖으로 천천히 걸어 나왔다. 청천에서 쏟아지는 햇살은 여전히 따사롭건만, 호유광은 이 일대의 기온이 삽시에 곤두박질치는 듯한 비상한 기분에 사로잡혔다. 그리고 그 비상한 변화의 중심에는 노승의 하나뿐인 눈이, 검붉은 불똥으로 이글거리는 마수의 외눈이 자리하고 있었다.

그런 무시무시한 외눈으로 석대원을 노려보던 노승이 느릿느릿하게, 마치 음절과 음절 사이를 짓씹듯이 말을 맺었다.

"오십 년 동안이나."

(2)

'오십 년.'

석대원은 독안 노승이 말한 햇수를 입속말로 뇌까려 보았다. 그가 살아온 전생_속의 거의 곱절에 해당하는 장구한 세월을 오직 기다림만으로 보낸 사람의 심정이 어떠할지는 감히 짐작할 엄두도 나지 않았다. 대체 무엇에 대한 기다림이기에 그토록 긴 세월이 필요했던 것일까? 초면인 독안 노승에게 그 점을 묻기란 쉽지 않은 일이었다.

석대원을 대신해 그 점을 물어 준 사람은 독륜거에 올라앉은 추괴한 노승, 매불이었다.

"그래, 자네는 그 오십 년 동안 무엇을 기다리셨는가?"

독안 노승의 시선이 매불을 향했다. 검붉은 광망이 이글거리는 외눈과 진물이 고인 맹목이 오 장의 거리를 두고 소리 없이 얽혔다.

"사람을 기다렸다. 그리고 그 사람이 가져다줄 구원을 기다렸다."

"구원이라……."

독안 노승의 말을 작게 따라 한 매불이 고개를 끄덕였다.

"많은 중생들은 그들에게 허락되지 않은 구원을 마치 약속이라도 받은 것처럼 여기며 기다린다네. 하지만 자네가 말하는 구원은 그들이 말하는 것처럼 허황되지 않을 것 같군. 어디 보자……."

그러면서 앙상한 손을 들어 마디 점을 짚어 나가니, 음지의 생물처럼 창백한 독안 노승의 눈두덩이 꿈틀거렸다.

"집어치워라, 원숭이. 네놈의 점쟁이 흉내를 봐 주는 것도 이제는 신물이 난다."

독안 노승의 신랄한 비하에 석대원은 눈을 찌푸렸다. 그를 포함해 이 자리에 있는 모든 사람들은 매불을 마음으로부터 존경하고 있었다. 매불은 타인에게서 저런 모욕을 받을 인물이 아니었다.

석대원의 불편한 심기를 읽은 듯, 옆에 있던 한로가 빠르게 속삭였다.

"매불 대사님을 도와 사경에 처한 노복을 구해 주셨을 뿐만 아니라, 의식이 없는 소주를 태원에서 이곳까지 업어 오신 분도 바로 저 범제 대사님이시오. 무례를 범해선 아니 되오."

'범제?'

범제라면 당연히 범 자 항렬일 테고, 강호에 알려지기로 소림사에는 범 자 이상의 항렬을 가진 승려가 존재하지 않았다. 그러나 소문이란 왕왕 실제와 달랐다. 석대원은 지난해 섬서의 노상에서 범 자 배보다 위 항렬인 광비 대사를 만남으로써 그 점을 확인할 수 있었다.

석대원은 새삼스러운 눈길로 범제라는 법명을 가진 독안 노승을 살펴보았다. 화상 자국으로 녹아 붙은 정수리, 햇빛 한 번 제대로 못 쬔 듯한 회백색 피부, 검붉은 광망이 불길처럼 일렁거리는 독안. 범제를 이루는 요소들 대부분이 이처럼 불길했지만, 그중에서 가장 불길한 요소가 무엇인지는 금방 찾아낼 수 있었다. 바로 검은 안대에 가려진 왼쪽 눈이었다. 그리고 그곳으로부터 흘러나오는 모종의 기운에 석대원의 일부가 반응하고 있었다.

우우웅.

바즈라—우파야. 이 이름이 어떻게 뇌리에 새겨진 것인지는 모르지만, 석대원의 상단전에 들어찬 바즈라—우파야가 움직이기 시작한 것이다. 동시에, 뇌전을 닮은 시허연 기운이 이마에 새겨진 세 송이 화인으로부터 흘러나오기 시작했다. 이는 그의 의지와 무관한 현상이었고, 때문에 그는 범제의 시선이 그의 이마를 향하기 전까지 그러한 사실을 알아차리지 못했다.

범제가 석대원에게 물었다.

"초인으로부터 물려받은 힘인가?"

그제야 자신에게 일어난 현상을 감지한 석대원이 범제에게 반문했다.

"초인이라면 누구를 말씀하시는 건지요?"

"벼락의 주인."

초인은 몰라도 벼락의 주인이 누구를 가리키는 호칭인지는 알 것 같았다. 자신을 집어삼킨 태고의 망령, 바즈라−우파야를 벼락의 도장으로써 태워 버린 남자.

−이리 오렴. 이 외삼촌이 한 수 가르쳐 주마.

꽃과 꽃이 얽혔다. 검과 검이 어우러졌다. 외삼촌이 뻗어 낸 마음이 시간과 공간의 한계를 넘어 조카의 마음으로 전해졌다. 그 숭고하고 비장하고 위대한 상속에서 가장 가치 있는 목록은 조카를 바라보는 외삼촌의 미소였다. 외삼촌을 바라보는 조카의 미소였다. 서로를 향한 그 따뜻한 미소 속에서 구원舊怨은 화해되었고, 통한痛恨은 치유되었다. 바즈라−우파야는, 비록 그것이 가진 거대한 공능에도 불구하고, 화해와 치유가 나은 하나의 결과물에 지나지 않았다.

꿈처럼 몽연한 기억에 사로잡혀 잠시 망연해 있던 석대원이 고개를 끄덕였다.

"그렇습니다."

"재미있구나."

그러나 범제의 표정에는 한 점의 변화도 없어, 그가 말한 재미가 어떤 종류의 것인지 짐작이 가지 않았다. 그때 매불이 빙긋 웃으며 범제에게 물었다.

"점쟁이 노릇이 못마땅하다면 관상은 어떤가?"

범제가 매불을 향해 고개를 돌렸다.

"노납의 관상을 보겠다고? 앞이 보이지도 않는 그 눈으로?"

"자네 말대로 장님은 관상을 보지 못하지. 하지만 소림으로 돌아온 뒤 눈에 이상이 생겼음을 알았을 때, 이 죄인은 마지막으로 주위 사람들의 관상을 보았다네. 문수전文殊殿에서 여독을 풀고 있던 자네를 귀찮게 군 것도 바로 그 때문이었지."

범제의 외눈이 가늘어졌다. 그러나 아까처럼 집어치우라는 말은 하지 않았다.

매불이 범제에게 말했다.

"그때 자네는 송장 밑에 웅크린 털벌레의 상을 하고 있었네."

"털벌레?"

"기다림이 너무 간절하면 얼굴에 맺히는 법이지. 그러므로……."

매불은 모포 안에 구부리고 있던 오른발을 뻗더니, 짚신 한 짝을 벗어 독륜거 앞에다가 툭 던져 놓았다.

"이것이 자네가 찾는 구원이라네."

매불이 타인에게서 모욕을 받을 사람이 아니라는 것과, 그가 타인에게 모욕을 주어도 된다는 것은 전혀 별개의 문제였다. 그리고 한눈에 보기에도 저 범제는 타인으로부터 받은 모욕을 그대로 넘길 인물이 아니었다.

"광비 사숙을 따라가는 게 소원이라면, 이제 그 소원대로 될 것이다."

범제가 매불에게 말했다. 이 말 깊숙이 스며들어 있는, 당장이라도 현실로 옮겨질 것만 같은 생생한 살기가 개방의 두 거지들을 움직였다. 개방 방주가 붙잡고 있던 밀대를 수하에게 넘기고는 독륜거의 옆쪽으로 나선 것이다.

독륜거로부터 몇 걸음 떨어져 있던 길고 짧은 주종도 움직이기 시작했다. 석대원이 오른손을 내밀자 한로가 안고 있던 혈랑검을 비단 포장째로 건네주었다.

그러나 오직 한 사람, 이 사단을 야기한 매불 본인은 팽팽한 긴장감으로 물들어 가는 주위 상황에도 아랑곳하지 않고 태연히 미소 짓고 있었다.

"이 죄인의 상 풀이가 불쾌하셨던 모양이군."

"노납을 모욕한 것은 상관하지 않는다. 그러나 우리 사형제들이 갈망해 온 구원을 네 냄새나는 짚신짝으로 깎아내린 것은 결코 용서할 수 없다."

범제의 대답에 매불이 한숨을 푹 내쉬었다.

"어쩌겠는가, 그렇게 보인 것을. 이 죄인은 눈에 보인 것을 감추지도, 거짓으로 꾸미지도 못한다네. 그래서 이런 꼴이 되었지."

"네 눈에 보인 것이 사실인지 아닌지는 곧 알게 되겠지. 사실이 아닐 경우, 두 번 다시 망령된 소리를 못 하도록 혀를 뽑아 버릴 것이다."

독륜거의 옆을 지키는, 강호 굴지의 고수로 이름을 날리는 개방 방주쯤은 안중에도 없다는 식의 단정적인 예고였다. 석대원은 더 이상 참지 못하고 두 사람의 대화에 끼어들었다.

"소생이 여기 있는 한 그러시지 못할 것입니다."

범제가 석대원을 향해 고개를 돌렸다.

"물론 너와의 용건을 해결하는 것이 먼저다."

"용건?"

석대원은 미간을 좁혔다. 범제와 자신 사이에 대체 무슨 용건이 있는지, 그는 전혀 알지 못했다.

"너는 노납과 함께 한 가지 일을 마치기 전에는 소림을 떠날 수 없다."

이어진 범제의 말에 석대원의 눈썹이 꿈틀거렸다.

"대사께서 소생의 노복을 구해 주시고 소생을 이곳까지 데려와 주신 것은 감사히 여기고 있습니다마는, 그것이 소생을 구속할 이유가 된다고 생각하지는 않습니다."

"이유는 중요하지 않다. 중요한 것은 너는 내 허락 없이 이곳을 떠나지 못한다는 것이다."

범제의 말에 담긴 완강한 강제성이 석대원을 반발하게 만들었다. 그는 더 이상 타의에 의해 구속당한 삶을 살지 않기로 다짐한 바 있었다. 타인이 안배한 길을 따라 걷는 일은 지금까지 한 것만으로도 충분했다.

석대원은 이전보다 차가워진 목소리로 범제에게 말했다.

"소생이 왜 그래야만 하는지를 설득시켜야 하실 겁니다."

"설득?"

칼금처럼 날카로운 주름들로 뒤덮인 범제의 얼굴이 실룩거렸다. 화를 내는 것인지 즐거워하는 것인지 분간이 안 되는 표정이었지만, 그 표정은 곧바로 웃음으로 연결되었다. 일반적인 웃음과는 느낌이 다른, 다 타고 남은 뜬숯처럼 음울해 보이는 웃음이었다. 그런 웃음을 머금고 범제가 말했다.

"지난 오십 년 동안 노납이 누군가를 설득하는 방법은 오직 하나였다."

그 방법이 무엇인지 굳이 물을 필요가 있을까? 작은 눈짓으로 한로를 멀찍이 물러나게 한 석대원이 비단 포장째로 움켜쥔 혈랑검을 아래로 늘어뜨리며 범제를 똑바로 쳐다보았다.

"그 방법으로 소생을 설득하기는 쉽지 않을 겁니다."

"강하고 당당하구나."

범제의 웃음이 한층 더 음울해졌다.

"노납은 너처럼 강하고 당당하던 사람을 알고 있다. 젊은 시절, 노납과 노납의 사제들은 그 사람을 사부보다 더 좋아했다. 그 사람의 말이라면 무엇이든 따르려고 노력했다. 그래서 그 사람이 인간의 몸으로는 감당할 수 없는 업장을 받아들였을 때, 우리는 그 사람을 좇아 흔쾌히 그 일을 감행할 수 있었다. 그러던 어느 날, 우리는 그 사람이 소림을 떠났음을 알게 되었다. 우리에게 남긴 말은 한마디도 없었지만, 우리는 그 사람이 남겼을 무언의 약속을 믿었다. 그렇다. 우리는 그 약속을 믿었다. 돌아올 것이다, 돌아와서 이 업장을 걷어내고 우리를 구원할 것이다……. 세월이 흘렀다. 십 년, 이십 년. 기약 없는 기다림 속에 지쳐 가던 노납과 사제들은 갈수록 기승을 부리는 업장에게 점차 먹혀들었고, 급기야 한 명씩 죽었다. 그러나 그 사람은 돌아오지 않았다. 그 사람은 지금도 돌아오지 않았다."

석대원은 범제가 말하는 사람이 누구인지 알고 있었고, 그 사람이 한때 소림의 제자였다는 사실도 알고 있었다. 하지만 그 사람이 소림에서 행한 일에 대해서는 아는 바가 없었다.

그러는 동안에도 범제의 말은 계속 이어졌다.

"노납은 이제 그 사람의 얼굴이 기억나지 않는다. 그 사람의 목소리가 기억나지 않는다. 노납은 더 이상 그 사람을 좋아하지 않는다. 이제는 그 사람을……."

불에 덴 살갗이 벗겨지듯, 달궈진 솥 위의 물방울이 증발하듯, 범제의 얼굴에 떠오른 음울한 웃음이 한순간에 사라졌다. 그 아래에서 기다리고 있다가 새로운 표층으로 떠오른 것은 오

장의 거리를 훌쩍 건너뛰어 온, 살갗이 따가우리만치 뚜렷한 분노였다.

"……증, 오, 한, 다."

오 장을 건너뛰어 온 것은 비단 분노만이 아니었다. 죽비 소리처럼 마디마디로 끊긴 마지막 말소리가 울린 곳은 코앞이라고 해도 좋을 만큼 가까운 거리였다. 그 분절된 목소리가 석대원을 두드렸다. 각각의 음절에 사무친 요기가 그의 영혼 위로 가차 없이 떨어져 내렸다. 오감이 일시에 무뎌지는 기분이었다.

'사자후獅子吼?'

일체중생의 미혹을 깨트리는 불문의 지고한 음공音功이 이처럼 흉포한 방식으로 변용될 수 있음에 아연해하며, 석대원은 그 자리에서 대응을 모색하는 대신 흐트러진 심신을 급히 추슬러 후방으로 몸을 물렸다. 그것이 올바른 판단임은 즉시 밝혀졌다. 나달나달해진 신총 위로 가죽끈을 올차게 동인 짚신 하나가 그가 벗어난 공간을 수직으로 찢으며 내리꽂힌 것이다. 실로 간발의 차랄까.

쾅!

부풀어 오른 반죽 속으로 찔러 넣은 젓가락처럼, 범제의 오른발이 낙엽에 덮인 표토를 뚫고 종아리까지 틀어박혔다. 다음 순간 폭음과 함께 흑갈색 흙 보라가 사방을 향해 화산처럼 분출했다.

와다다다.

다급히 펼친 천선의 호신강기 위로 흙덩이와 돌조각 들이 세차게 날아와 부딪쳤다. 그 충격을 완화시키기 위해서라도 석대원은 거듭 물러날 수밖에 없었다. 그러면서 주위를 살피니, 개방의 두 거지가 매불이 올라탄 독륜거를 온몸으로 감싸는 모습이 시야의 한 귀퉁이에 담겼다. 반대편에서는 한로가 개방 방주로부터 받아 낸 철포로 머리를 가린 채 토사의 권역에서 벗어나는 모습이 보였다.

하지만 흙 보라를 일으킨 장본인은 제삼자들의 고충을 개의치 않았다.

꽝! 꽝! 꽝! 꽝!

흑갈색 암막 너머로 진각震脚 소리가 연속해서 울려 나왔다. 그럴 때마다 전방을 덮어 오는 흙 보라의 암막은 더욱 거대해지고, 더욱 농밀해지고, 더욱 드세졌다. 이대로 물러서기만 해서는 범제의 저 패도적인 진격을 막을 수 없으리라는 생각이 들었다.

'일단은 막는다!'

얼음판을 지치는 듯한 축질보縮跌步로써 몸을 물리던 석대원이 어느 순간 오른발 발꿈치로 지면을 찍더니, 기세를 반전시켜 흙 보라의 암막을 향해 힘차게 뛰어들었다. 전방을 향해 기울어진 그의 장대 같은 몸이 허공에서 한 바퀴 맴돌고, 검집과 비단으로 감싸 잡은 혈랑검이 붕, 하는 파공성과 함께 거대한 수평의 호를 그렸다. 그 궤적을 좇아 파도의 물머리처럼 일어난 무상륜無上輪의 검기가 자욱한 토사를 뚫고 날아가 전방을 가득 메운 흙 보라의 암막을 횡으로 양단했다. 그러나…….

'이상하다.'

초식을 매듭짓기 위해 왼발의 발끝을 땅속을 찔러 넣는 석대원의 안색은 과히 밝지 않았다. 뭐랄까, 전체적으로 약했다. 토굴 속에 유폐된 동안 탄력을 잃고 말라붙은 육신이 검법을 발현함에 있어 작지 않은 장애로 작용하는 것 같았다. 솔직히 고백하자면, 심마를 극복하는 과정에서 한층 깊어진 천선기와 이전에는 그의 것이 아니었던 바즈라—우파야의 공능이 없었다면 혼자 힘으로 서 있는 것조차 힘든 게 현실이었다.

하지만 흙 보라를 일으킨 장본인은 석대원의 고충 또한 개의치 않았다.

"혈마귀의 그릇이었던 자여, 대답하라."

무상륜에 의해 쩍 벌어진 흑갈색 암막 사이로 검붉은 외눈이 번뜩였다.

"범업 사형은 지금 어디에 있느냐?"

고막을 통해서가 아니라 뇌수 위로 직접 투사되는 듯한 무시무시한 탁성과 함께, 범제가 자신이 만들어 낸 흙 보라를 온몸으로 관통하며 석대원에게 날아들었다.

콰콰콰!

범제의 철봉 같은 두 다리가 난마로 교차하며 석대원의 머리를 찍어 눌러 왔다. 눈에 보이지 않는 거대한 망치에 얻어맞은 듯 전방의 지면이 움푹움푹 파여 들어가고 있었다.

석대원은 철판교의 신법으로 신형을 뒤로 눕힘과 동시에 오른손의 혈랑검을 수직으로 곧게 찔러 올렸다. 혈랑검법의 기수식이자 그에게는 가장 익숙한 초식이기도 한 혈랑출세血狼出世의 검초가 때마침 내리꽂히는 범제의 오른발 발바닥과 정면으로 부딪쳤다. 붉은 비단을 덧씌운 검집의 끄트머리와 군데군데가 해어져 시커먼 맨발이 들여다보이는 짚신의 바닥이 지면으로부터 여섯 자 떨어진 허공에서 하나로 맞붙었다.

짜자작. 트드득!

한로가 정성을 들여 장만했을 것이 분명한 붉은 비단이 수백 가닥의 붉은 실로 찢겨 팔락거렸다. 혈랑출세에 담긴 전사력은 거기서 멈추지 않고 범제의 오른발에 신겨진 짚신을 가죽끈과 함께 터뜨려 사방으로 뿌려 날렸다. 그러나 그럼으로써 드러난 범제의 맨발바닥은 생채기 하나 없이 멀쩡하기만 했다.

'또?'

석대원의 입술이 불만스레 실룩거렸다. 범제의 호신강기가 견고한 이유도 있겠지만, 검법의 화후가 아직 정상 수준에 미치지 못한 탓이 더 크다고 여겼기 때문이다.

범제가 일학충천—鶴衝天의 신법으로 허공을 맴돌아 지면에 내려서는 동안, 석대원도 눕힌 몸을 당겨 올려 자세를 바로 했다. 그런 다음, 범제가 재차 달려들기 전에 급히 말했다.

"그 어른께서는 등선하셨습니다."

석대원을 향해 막 내디디려던 범제의 발길이 우뚝 멎었다.

"범업 사형이 죽었다는 말이냐?"

"그렇습니다."

"언제 죽었느냐?"

"사오 년 되었습니다."

이때 범제의 얼굴 위로 떠오른 것은, 믿어지지 않게도, 진실한 슬픔이었다.

"천문관 앞에서 혈마귀에 먹혀 버린 너를 보았을 때 그가 죽었을지도 모른다는 생각이 들었다. 하지만…… 그 생각이 틀렸기를 바랐다."

아쉽게도 범제가 슬픔에 묶여 있던 시간은 그리 길지 않았다. 아래로 떨구었던 그의 고개가 독뱀의 머리처럼 위협적으로 곧추선 것은, 석대원이 숨 한 번 변변히 돌리기도 전이었다.

"죽음은 약속을 어기는 사유가 되지 못한다."

범제가 말했다.

"이미 세상을 떠나신 분께 무엇을 바라시는 겁니까?"

석대원이 항변했지만 아무 소용도 없었다.

"죽은 자는 세상에 없지만 그 후인은 세상에 있다. 노납은 그가 지키지 못한 약속을 그 후인이 지키도록 만들 것이다."

범제가 다시 움직이기 시작했다. 소림의 마승이 이번에 동원한 것은 각공脚攻이 아닌 수공手攻이었다. 그러나 석대원은 전자와 후자 중에서 어느 쪽이 더 위험한지 쉽게 판단을 내릴 수 없었다. 범제의 전신은 말 그대로 살인 병기이기 때문이었다.

파바바박!

범제의 쌍수가 전후를 교차해 가며 석대원을 할퀴어 들어왔다. 갈고리처럼 구부러진 열 개의 손가락 끝에는 시퍼런 강기가 골무처럼 맺혀 있었다.

'표범의 권법!'

청류산에 머물던 시절, 석대원은 증조부로부터 소림의 기초적인 권각술을 배운 바 있었고, 덕분에 지금 범제가 펼치는 권법을 어렵지 않게 알아볼 수 있었다. 그것은 화타華陀가 창안한 도인체조에 연원을 둔 소림오금권少林五禽拳, 보다 정확히는 표권豹拳을 이루는 열여덟 가지 수법 중 하나인 맹위출림猛威出林이었다. 그러나 숲에서 뛰쳐나온 그 어떤 표범도 저보다 위험하지는 않을 터였다.

석대원은 반사적으로 왼손을 뻗어 혈옥수를 펼치려 했다. 하지만 목내이木乃伊(미라)의 것처럼 말라붙은 왼손이 시야에 들어왔을 때, 그는 혈옥수의 근간을 이루던 혈마귀의 마기가 이미 자신에게서 제거된 뒤라는 사실을 깨달았다. 무력하게 뻗어 나간 왼손을 다급히 거둬들이며 오른손의 혈랑검으로써 범제의 공세를 막으려 했지만, 검법으로써 대응할 거리는 이미 빼앗긴 상태였다.

바깥쪽으로부터 둥글게 휘어 날아든 범제의 왼손 장배掌背가 석대원의 오른쪽 옆구리를 두드렸다. 학권學拳의 영교회환靈巧回還이었다.

퍽!

후방으로 잡아당겼다가 솟구쳐 오른 범제의 오른손 구조鉤爪가 석대원의 왼쪽 가슴으로 꽂혔다. 사권蛇拳의 독사토설毒蛇吐舌이었다.

콱!

얼굴을 찡그리며 뒤로 세 걸음 물러나는 석대원에게 검붉은 광망으로 이글거리는 사나운 외눈이 따라붙었다. 호랑이, 표범, 뱀, 학의 권법이 소낙비처럼 부단히 퍼부어지는 가운데, 손목 어름에서 얽히듯 맞물린 채 배꼽 위로 한껏 당겨진 범제의 두 주먹이 석대원의 가슴을 향해 폭출되었다. 용권龍拳의 쌍룡탐주雙龍貪珠였다.

쾅!

석대원의 입에서 핏물이 울컥 뿜어 나왔다. 호신강기를 뒤흔드는 패도무쌍한 역도에 그는 선명한 족적들을 남기며 연거푸 다섯 걸음이나 밀려나고 말았다.

"소주!"

눈이 뒤집혀 전장으로 달려 나오려는 한로를 말라붙은 왼손을 내밀어 멈춰 세운 석대원은 오른손 손등으로 입가에 묻은 핏물을 훔치며 구부러진 허리를 천천히 펴 올렸다. 범제는 그로부터 십여 자 떨어진 곳에 석상처럼 서 있었다. 더 이상 핍박할 의도는 없는 듯, 경인할 조화를 부리던 범제의 두 발은 지면에 얌전히 붙어 있었다.

범제가 꾸짖듯이 말했다.

"소림의 동자승도 익힌 오금권조차 제대로 받아 내지 못한 네가 노납의 뜻을 어찌 거역할 수 있단 말이냐?"

석대원은 고소를 지었다.

'오금권이라니……'

입가를 훔친 오른손으로 뒷목을 만져 보니 목덜미 위의 솜털들까지 까칠하게 곤두서 있었다. 범제의 비웃음 섞인 말은, 그러므로 사실과 달랐다. 궤형軌形과 투로套路의 근사성에도 불구하고, 범제가 방금 펼친 오금권은 소림의 일반적인 오금권과 근본부터가 다르다고 봐야 옳았다. 불문의 무공이라고 보기에는 그것에 담긴 기운이 지나치게 맹렬하고 무자비하고 파괴적이었던 것이다. 천선의 호신강기를 뚫고 들어와 뼛속까지 찌르르 울리고 있는 이 기운을 인간의 언어로써 표현하기란 쉽지 않을 터였다. 다만, 묘하게 익숙하다는 기분이 들었다.

'그래, 나는 이 기운을 알고 있어.'

지난 십여 년간 몸 안에 품고 살았던 혈옥수의 특질이 이와 비슷했던 것이다. 맹렬하고 무자비하고 파괴적인, 태고의 망령들이 얼굴처럼 가지고 있는 기운.

그러자 마음이 일었다.

'이 기운은 나를 해칠 수 없다.'

석대원의 이마에 새겨진 세 송이 화흔 위로 다시 한 번 뇌전의 광채가 어리기 시작했다. 하지만 아까 드러낸 것과는 확연히 달랐다. 타의에 의해 반응한 것이 아닌, 자신의 의지로써 소망하고 피워 낸 힘!

우우우우웅!

바야흐로 석대원이 본격적으로 만난 바즈라—우파야는 실로 굉장했다. 상단전에서 발원하여 열두 경맥을 타고 폭포수처럼 쏟아져 내린 그것이 체내로 침습한 사악한 기운을 태우는 것을 느꼈을 때, 석대원은 전신의 모든 혈관이 일제히 확장되는 듯한 아찔한 황홀경에 빠졌다. 정수리의 천개天蓋에서 발바닥의 용천龍泉까지 달려 내려간 그것이 다시금 용천에서 천개로 거슬러 솟구치고, 그 과정에서 전신 구석구석으로 퍼져 나간 바르고 굳세고 뜨거운 공능이 중단전과 하단전에 자리 잡은 천선기와 어우러져 석대원의 신체를 변화시키기 시작했다.

드드득.

오랜 유폐로 인해 느슨하게 풀려 버린 근육과 인대가 수백 번 꼰 삼끈처럼 팽팽히 당겨지고, 살아오는 동안 미세하게 어긋나 있던 골격과 관절이 명장의 손길을 거친 가구처럼 아귀를 맞춰 나갔다. 그 아찔하면서도 쾌적한 변화가 모두 끝난 시점에는, 범제의 오금권에 의해 입은 피해는 더 이상 문제가 되지 않았다.

변화는 범제에게서도 일어나고 있었다.

황홀경에서 벗어난 석대원이 정신을 가다듬고 범제를 다시 보았을 때, 범제는 피눈물을 흘리고 있었다. 피눈물은 성한 오른쪽 눈이 아닌, 안대에 가려진 왼쪽 눈으로부터 흘러나오고 있었다. 검은 안대 밑으로 난 굵은 혈선이 범제 본연의 불길함 위에 괴기스러움까지 더하여 마승을 더욱 마승처럼 보이게 만들었다.

"놀랍구나. 선 자리에서 역근易筋과 환골換骨을 이루다니. 천년 역사를 가진 소림에서도 이렇듯 짧은 시간에 너와 같은 대공을 이룬 자는 없었다."

범제의 말에는 그가 이제껏 한 번도 드러내지 않은 순수한 경탄이 담겨 있었다.

"마음만 먹으셨다면 얼마든지 막으실 수 있었을 겁니다."

석대원의 말에 범제가 고개를 갸웃거렸다.

"노납이 왜 너의 대공을 막아야 한다는 말이냐?"

"그건……."

석대원은 말문이 막혔다. 범제가 다시 물었다.

"노납이 범업 사형을 증오해서?"

생각해 보니 그것밖에는 답이 나오지 않았다.

"그렇습니다."

"어리석구나. 노납이 그를 증오하는 것은 두 사제가 죽기 전까지 그가 돌아오지 않았기 때문이다. 노납은 그 약속이 얼마나 지키기 어려운 것인지를 안다. 그리고 그가 약속을 지키기 위해 노력했다는 것 또한 안다. 혈마귀의 전신前身과 벼락의 후신後身을 가진 네가 그 노력의 산물일 것이다."

그러는 동안에도 범제의 왼쪽 눈은 계속 피눈물을 흘리고 있었다. 석대원이 눈살을 찌푸리며 범제에게 물었다.

"그 피는 무엇입니까?"

범제가 손을 들어 안대 아래를 닦았다. 손바닥에 묻어 나온 찐득하고 검붉은 액체를 내려다본 그가 말했다.

"이것은 통령귀通靈鬼가 네 안에서 자라난 벼락의 기운을 두려워하고 있다는 증거다."

"통령귀?"

"혈마귀의 동족이자 우리 네 사형제가 한 마리씩 받아들인 태고의 망령들 중 하나다. 그 통령귀가 노납에게 속삭이고 있다. 너의 벼락은 아직 완전하지 못하다고. 지금 자신을 풀어 주면, 노납을 도와 너를 죽인 후 노납을 벼락의 새로운 주인으로 만들어 주겠다고."

범제의 말에 석대원의 표정이 가볍게 변했다.

"거짓말입니다. 놈은 벼락과 한 몸에서 공존할 수 없습니다. 놈은 대사를 속여 소생을 제거하고 싶은 겁니다, 자신과 상극인 벼락을 이 세상에서 소멸시키기 위해."

범제가 차갑게 웃었다.

"노납이 망령들의 간사함과 교묘함을 모른다고 생각하느냐. 놈들은 긴 세월에 걸쳐 온갖 수단으로써 우리를 유혹해 왔다. 노납의 사제들은 노납에 못지않은 무공과 의지를 가졌음에도 종내에는 놈들의 유혹에 넘어가 스스로를 잃어버리고 말았다. 그 모든 과정을 지켜본 사람이 바로 노납이다."

석대원으로서는 절실히 공감할 수밖에 없는 말이었다. 그는 혈마귀로부터 비롯된 유혹이 얼마나 간사하고 얼마나 교묘했는지를 똑똑히 기억하고 있었다. 살기에 휩싸였을 때, 그는 머릿속에 떠오른 생각이 그의 것인지 혈마귀의 것인지 구분하기 힘들었다. 아무리 강한 무공과 아무리 굳센 의지도 사악한 존재에게 점차 잠식당하는 심령을 방어해 줄 수는 없었다.

"다행히 노납은 오늘까지 통령귀의 유혹을 이겨 낼 수 있었다. 그러나 내일도 그럴 자신은 없다. 노납은 이미 지쳤다. 그래서 네가 필요한 것이다. 너는 노납과 함께 소림의 그늘 속에 숨 쉬는 이 진절머리 나는 업장을 끊어야 한다."

이렇게 말하는 범제의 얼굴에는 아마도 오십 년에 걸쳐 쌓였을 짙은 피로가 배어 있었다. 그럼에도 불구하고, 석대원은 범제의 뜻을 따를 수 없었다. 그는 혈마귀가 어떤 식으로 그의 내부에서 힘을 키워 갔는지 알고 있었다. 망령이 제 모습을 드러내는 데까지는 오랜 시간이 필요했고, 그 과정을 인력으로 단축하기란 불가능했다. 범제의 뜻을 따르기 위해서는 이 소림을 영영 벗어나지 못할 수도 있다는 뜻이었다. 그러나 그는 세상으로 나가야 했다. 세상으로 나가야 하는 이유를 찾기 위해서였다. 또한 그는 삶을 이어 가야 했다. 삶을 이어 가야 하는 이유를 찾기 위해서였다. 그것이 광비 대사가 그에게 던진 마지막 화두였다. 그는 그 화두의 답을 얻고 싶었다.

석대원은 혈랑검의 검자루를 고쳐 잡았다. 그것을 본 범제가 말했다.

"고집이 센 아이구나."

"이제 막 시작한 두 번째 삶의 목표를 위해서입니다."

"그 목표를 이루기 위해서는 먼저 노납을 이겨야 할 것이다."

'내가 과연 저 사람을 이길 수 있을까?'

불현듯 아까 매불의 부름을 받았을 때가 떠올랐다. 이리로 오라는 한마디에 어느 틈엔가 독륜거 앞에 이르러 있는 자신을 보고 어리둥절해하던 것이 기억났다.

'어떻게 했더라?'

그것은 분명 이형환위였고, 석대원에게 그 정도로 수준 높은 이형환위를 보여 준 사람은 외삼촌 연벽제와 의형 제갈휘, 둘뿐이었다. 모용풍이 꼽은 신오대고수 중에서도 최상위를 차지하는 그들 두 절대 검객은 석대원이 이전에 알고 있던 것과는 차원이 다른 이형환위를, 인간의 육체로는 시도할 엄두조차 내기 힘든 불가해한 움직임을 펼친 바 있었다.

각설하고, 역근과 환골을 마친 지금은 아니지만, 아까의 그는 쇠약해진 육체의 한계로부터 벗어나지 못한 상태였다. 그럼에도 매불의 한마디에 자신도 모르게 극고의 이형환위를 펼친 것이다.

'마음……인가?'

문득 무문관에서 겪은 일이 떠올랐다. 그가 찾는 문門은 벽 위가 아니라 공空 위에 있었다. 무문관을 나온 지금도 마찬가지였다. 세상은 온통 벽들로 둘러싸여 있었고, 그 벽들을 지날 수 있는 문은 비워지고 비워져 더 이상 비워지지 않는 참된 마음 위에 있었다.

석대원의 생각이 여기에 미쳤을 때, 범제가 양손을 가슴 앞에 합장하며 말했다.

"일곱이 각각 아홉으로 갈라지니 도합 예순셋. 이 '육심삼보六十三步'가 네 고집을 꺾어 놓을 것이다."

합장한 범제가 걸음을 내디뎠다. 그런 다음 분화를 시작했다.

그것은 문자 그대로 '분화分化'였다.

석대원은 미간을 찌푸렸다. 지금 그의 눈앞에서 펼쳐지고 있는, 한 걸음을 내디딜 때마다 하나씩 수를 불려 나가는 범제의 분화는, 멀찍이 떨어진 곳에서 터져 나온 개방 방주의 탄성으로밖에 설명할 길이 없었다.

"주행칠보周行七步로구나! 범도 신승의 주행칠보를 다시 보게 될 줄이야!"

일곱 번째 걸음을 마침으로써 일곱 명으로 불어난 범제들이 음소를 흘렸다.

"범도에게 주행칠보의 요체를 알려 준 사람이 바로 노납이다. 하나 범도가 아는 것은 단지 일곱 걸음뿐이었지."

이 말이 끝남과 동시에, 일곱 명의 범제들이 새로운 분화를 시작했다. 개방 방주가 경악한 목소리로 부르짖었다.

"구품연대九品蓮臺? 설마!"

지금으로부터 이천이백여 년 전 마야 부인의 태를 벗어난 아기 세존이 두루 내디딘 일곱 걸음에서는 청정을 상징하는 연꽃이 피어났다고 했다. 불가에서는 그 연꽃을 상중상품에서 하중하품까지 아홉 가지 품으로 분류하였고, 불자 개개인의 수행 정도에 따라 극락의 연못 위에 각자의 품에 맞는 연대를 키워 낸다고 가르쳤다.

　　일곱이 각각 아홉으로 갈라지니 도합 예순셋. 그 간단한 곱셈이 만들어 낸 예순세 명의 범제들이 예순세 가지 각기 다른 소림 절기들로써 석대원을 압박해 들어왔다. 불문의 지고한 공부 속에 숨어 있는 망령의 사악한 기운이 사방을 잠그고 육합을 틀어막았다. 인력이 범접하지 못하는 몇 가지 절대적인 척도들이 지금 이 순간만큼은 범제를 위해 사역하는 것 같았다. 석대원은 이보다 위험한 상황을 경험해 본 적이 없었다. 하지만…….

　　'마음, 마음이다.'

　　석대원은 눈을 감았다.

　　빛 가루로 흩어진 아이를 뒤로한 채 방을 나설 때 그러했듯, 때늦게 우화한 매미를 보듬어 안고 토굴을 벗어날 때 그러했듯, 호말처럼 뭉쳐진 의지가 비워지고 비워져 더 이상 비워지지 않는 참된 마음을 향해 움직였다. 이름 하여 심동공허心動空虛.

　　그러자 잠긴 사방이 열리고 막힌 육합이 뚫렸다.

　　석대원은 눈을 떴다. 마승의 부릅뜬 외눈이 육십삼보의 첩첩한 장벽을 뚫고 나타난 그를 기다리고 있었다. 범제의 메마르고 갈라진 입술이 벌어지며 불신에 겨운 목소리가 새어 나왔다.

　　"어, 어떻게……? 그 움직임은 대체……?"

　　석대원이 내민 검집의 끄트머리가 범제의 명치 끝에 닿았다.

　　"대사께서 패하셨습니다."

이 말에 어깨를 부르르 떤 범제는 눈앞에 드러난 현실을 부정했다.

"그럴 리가 없다. 육십삼보는 노납이 오십 년 각고로써 창안한 소림 최고의 공부다. 범업 사형이라도 그것을 이리 간단히 깨트리지는 못한다."

그럴지도 모르고, 그러지 않을지도 모른다. 범제는 범업이라는 인간의 일면밖에 알지 못했고, 그 점은 석대원도 마찬가지였다. 사실 여부야 어떻든, 세상에 이미 존재하지 않는 자의 경지를 논하는 것은 무의미한 일이었다. 석대원은 보다 의미 있는 일을 하고 싶었다.

"움직이지 마십시오."

승포를 누르는 검집에 힘이 실렸다. 범제의 외눈 속에 자리 잡은 검붉은 눈동자가 불안하게 흔들렸다.

"무엇을 하려는 거냐? 지금 노납을 제압하면 놈이……."

"쉿."

작은 혓소리로 범제의 말을 막은 석대원은 벼락의 바르고 굳세고 뜨거운 기운을 머릿속으로 떠올렸다. 그의 상단전에서 발원하여 검집과 승복의 접점을 통해 범제의 몸속으로 흘러들어 간 바즈라-우파야의 공능이 첫 번째 울림을 일으켰다.

둥.

반응이 있었다. 하지만 놈은 숫제 그 안에 없는 듯 납작 웅크린 채 숨을 죽이고 있었다. 석대원은 냉소하며 검집을 통해 불어넣는 바즈라-우파야의 힘을 배가시켰다.

두웅.

범제의 몸속에서 일어난 두 번째 울림은 아침 예불을 알리는 대찰의 범종 소리처럼 무겁고 깊었다. 교활한 데다 참을성까지 갖춘 놈이지만 이번에는 견뎌 내지 못했다.

ㅡ끼에에에에!

인세에서는 들을 수 없는 요사하고 이질적인 비명과 함께 범제의 왼쪽 눈을 덮고 있던 검은 안대가 터져 나갔다. 안대 뒤에 숨어 있던 검붉고 추악한 '무엇'이 질감을 도저히 예측할 수 없는 삐뚤빼뚤한 이빨들을 드러내며 석대원을 향해 날아들었다. 범제가 '통령귀'라 칭한 망령의 본체가 바로 저것일 터였다.

석대원은 상체를 슬쩍 틀어 자신에게 날아든 통령귀를 피했다. 그 바람에 승복의 가슴을 누르던 검집이 떨어지고, 육신의 제압에서 풀려난 범제가 다급한 외침을 터뜨렸다.

"놈이 달아나게 해서는 안 돼!"

통령귀로서는 어쩌면 호기였을지도 모른다. 기나긴 세월 동안 단 한 번의 방심이나 포기도 없이 자신을 가둬 온 엄격하고 완강한 간수에게서 벗어나 새로운 먹잇감을 선택할 수 있는 기회라고 여겼을 테니까.

썩은 오물 덩어리처럼 낙엽 위에 털퍼덕 떨어진 통령귀가, 기는 것도 아니고 구르는 것도 아니고 달리는 것도 아닌 기괴한 움직임으로 향한 방향에는 매불이 올라앉은 독륜거가 있었다. 그 부근에 있는 세 사람 중 누구를 표적으로 삼았는지는 지금으로써는 알 수 없었다.

독륜거 앞에 버티고 선 개방 방주가 좌천우지左天右地로 양손을 뻗어 장법의 자세를 잡았다. 부릅뜬 눈과 긴장으로 굳어진 입매가 인세에 있어서는 안 되는 마물에 맞서는 그의 마음가짐을 보여 주는 듯했다.

그러나 석대원은 이 싸움에 다른 인간을 끌어들일 생각이 조금도 없었다. 그는 빠르게 멀어지는 통령귀에게로 의식을 집중했다. 이번에는 굳이 눈을 감지 않아도 되었다. 공간이 그의 텅 빈 마음에 비춰져 섬세한 결을 드러냈다. 그는 그 결 사이로 사뿐히 스며들어 공간을 건너뛰었다. 그는 맷돌이자 용광로였고, 천선기와 바즈라-우파야는 맷돌 안으로 흘러든 낟알, 용광로 안으로 던져진 강괴였다. 그는 크나큰 시련을 통한 깨달음으로써 맷돌을 돌리고 용광로를 달구어 자신만의 정수를 뽑아내는 데 성공했다. 공간을 초월하는 미증유의 무공, 이형환위를 뛰어넘는 이형환위라고도 할 수 있는 심동공허가 바로 그것이었다.

"자네……."

개방 방주가 코앞에 나타난 석대원을 발견하고는 좌장을 내리찍으려던 자세 그대로 굳어 버렸다. 석대원은 그의 토막말에 대꾸할 겨를이 없었다. 근육과 살이 빠져나가 목내이의 것처럼 변해 버린 그의 왼손은 지금 이 순간, 고양이만 한 크기의 검붉고 추악한 덩어리를 틀어쥐고 있었다.

-놔라, 인간아! 놔! 놔라아아!

검붉고 추악한 덩어리가 석대원의 손아귀 안에서 요동을 쳤다. 그러나 그의 왼손은 강철로 만든 집게처럼 어떤 요동에도 꿈적하지 않았다. 그의 왼손은, 인간의 손이던 시절에는 귀신의 것이었지만. 귀신의 손처럼 변한 지금은 오히려 인간을 위해 쓰이고 있었다.

검붉고 추악한 덩어리의 불쾌하기 짝이 없는 피질에서 눈이라고 여겨지는 조그만 구멍이 빠끔 열렸다.

-오냐, 그렇다면 네놈을 먹겠다아아!

석대원은 그 구멍을 노려보며 차갑게 말했다.

"쉽지 않을 것이다."

취아앗!

검붉고 추악한 덩어리로부터 솟구친 수백 가닥의 실들이 석대원의 왼손에 친친 감겼다. 그것들 중 일부가 회흑색으로 바랜 살가죽을 뚫고 왼손 안으로 들어왔다. 그 순간 석대원은 약한 현기증을 느꼈다. 결코 되새기고 싶지 않은 어떤 장면들이 그의 머릿속에서 반딧불처럼 명멸하고 있었다. 그러나 태고의 망령들이 즐겨 사용하는 이 잔인한 심령 공세 앞에서도 그는 흔들리지 않았다. 비워지고 비워져 더 이상 비워지지 않는 마음은 무엇으로도 흔들 수 없었다. 무엇보다도 그에게는 통령귀보다 더 강력한 망령, 혈마귀에게 먹힌 경험이 있었다. 그 경험이 통령귀의 심령 공세에 대한 가장 적절하고도 효과적인 응전을 가능케 해 주었다. 통령귀는 공곡空谷처럼 텅 빈 마음을 맴돌고 맴돌고 맴돌았다, 헤매고 헤매고 헤매었다. 그러나 놈이 찾는 것은 그 안에 없었다.

─아무것도 없다! 이 안에는 아무것도 없다고! 어? 아니다! 냄새가 난다! 나와 같은 냄새가 난다! 동족이 여기 머물렀구나! 그런데 어디 갔지? 왜 이 인간을 내버려 둔 거지? 뭐냐! 이 인간은 대체 뭐냐아아!

공황에 빠진 망령의 발악이 텅 빈 마음 안에서 공허하게 메아리쳤다. 놈은 완전히 갇혔고, 이 감옥은 절대적으로 봉쇄되어 있었다. 석대원은 왼손과 왼 팔뚝에 들러붙어 끓는 풀죽처럼 들썩거리는 검붉은 덩어리를 바라보며 작게 읊조렸다.

"태워라."

뇌정인, 혹은 바즈라─우파야라 불리는 신령스러운 벼락이 새로운 주인의 명에 즉시 복종했다.

화르륵!

석대원의 왼손이, 이제는 귀신을 죽이는 귀신의 손이 백열白熱

을 뿜어내기 시작했다. 망령이 비명을 질렀다. 이십여 일 전 천구를 가로지른 것과 유사한 비명이었다.

－불이다! 벼락이다! 뜨거워! 뜨거워! 끼이이이아아아아악!

망령의 화형식은 그리 길지 않았다. 인세에 결코 있어서는 안 되는 끔찍한 마물이 인세에 남긴 것은 꺼멓고 하기에도 뭣한 반 줌 남짓한 재가 전부였다. 석대원은 백열이 모두 가시기를 기다려 양 손바닥을 툭툭 털었다. 바람에 날린 재가 보이지 않는 알갱이로 사라졌다.

"믿을 수 없다."

등 뒤에서 혼백이 모두 빠져나간 듯한 목소리가 들렸다. 석대원은 천천히 고개를 돌렸다. 그의 뒤에는 마승으로서의 면모를 완전히 잃어버린 늙은 중이 서 있었다. 범제였다.

"그 긴 세월 동안 노납을 괴롭혀 온 업장이 이리도 간단히 사라지다니……."

범제의 왼쪽 반면은 차마 눈 뜨고 볼 수 없을 만큼 끔찍했다. 눈썹이 있는 자리부터 광대뼈 위까지 커다란 구멍이 뚫려 있었고, 그 구멍 안에 엉겨 붙은 살덩이 사이사이로 허연 두개골이 내비치고 있었다. 그러나 검붉은 안광이 씻겨 나간 오른쪽 반면은 예전보다 훨씬 나아 보였다. 최소한 그 위에는 불제자의 얼굴이, 아니 인간의 얼굴이 있었으니까.

"벼락의 힘이 없었다면 불가능한 일이었습니다."

석대원은 솔직하게 고백했다.

"벼락의 힘……. 오십 년의 적공이 무용해지는구나."

범제가 씁쓸히 중얼거렸다. 그러자 독륜거 위에 앉아 있던 매불이 큰 소리로 말했다.

"공덕이란 무용함을 깨달을 때 비로소 과실을 얻는 법. 대각

大覺의 문턱에 선 사람이 어찌하여 자신이 쌓은 공덕의 무용함에 슬퍼하는가?"

범제의 독안이, 이제는 사나움을 버리고 유순해진 그 눈이 매불에게 향했다. 진물이 흐르는 맹목으로 그 눈을 마주한 매불이 모포 속에 묻어 두었던 왼손을 꺼내더니 손가락 하나를 똑바로 세워 보였다.

"보시게나."

대벌레의 몸통처럼 앙상한 그 손가락을 물끄러미 쳐다보던 범제가 고개를 천천히 들어 위를 올려다보았다. 그의 머리 위에는 초겨울의 짙푸른 창천이 펼쳐져 있었다.

"하늘……."

목이 멘 듯 범제의 뒷말이 이어지지 않자 매불이 물었다.

"오십 년 만에 제대로 바라본 하늘이 어떠한가?"

범제는 한참 만에야 입을 열었다.

"오랫동안 잊고 있었다, 하늘이 본래 저런 빛깔이었다는 것을."

"업장을 짊어진 짐꾼은 많은 것을 잊게 된다네."

"그래서…… 짐꾼이었나."

오십 년 만에 처음 짐을 내려놓고 하늘을 망연히 올려다보는 짐꾼의 외눈에 어느 순간 물기가 고이기 시작했다. 마승이던 때에 흘리던 피눈물과는 전혀 다른, 수정처럼 맑고 투명한 눈물방울이 범제의 주름진 눈초리를 타고 쪼그라진 귓불 아래로 흘러내렸다. 범제로부터 빠져나온 것은 눈물만이 아니었다. 그는 비워지고 있었다, 천천히, 모두.

"보시게나."

매불이 다시 말하며 하늘을 가리키던 손가락을 거꾸로 돌려 땅바닥을 가리켰다. 범제의 젖은 눈이 그 손가락을 좇아 아래를 내려다보았다. 그의 눈길이 향한 곳에는 아까 매불이 던져 놓은 짚신 한 짝이 떨어져 있었다.

그 자리에 우두커니 서서 짚신을 내려다보던 범제가 자신의 오른발로 눈길을 옮겼다. 석대원이 혈랑출세로 찔러 올린 검집과 충돌하는 과정에서 신고 있던 짚신을 잃어버린 그의 오른발은 어머니의 배 속에서 태어났을 때처럼 맨발이 되어 있었다.

범제는 허리를 구부려 오른발에 짚신을 신었다. 그의 입술 사이로 법문 같은 뇌까림이 나직이 흘러나왔다.

"유용하다고 믿었던 것은 무용해졌고, 무용하다고 믿었던 것은 유용해졌다."

"옳거니!"

매불이 박수를 쳤다. 범제가 허리를 펴고 매불에게 물었다.

"이것이었나, 노납의 구원이?"

"이 죄인이 마지막으로 본 자네는 송장[尸] 밑에 깔린 털벌레[非]의 상을 하고 있었지. 자네가 그토록 갈구하던 구원은 바로 그 짚신[屝] 한 짝이었네."

범제가 외눈을 감았다. 잠시 후 다시 뜬 그의 외눈은 더 이상 눈물을 흘리지 않았다. 그는 매불이 올라앉은 독륜거를 향해 천천히 엎드렸다. 그런 다음 두 팔과 두 다리를 쭉 뻗어 땅과 하나가 되었다. 몸과 마음을 함께 바치겠다는 오체투지五體投地의 예였다.

범제가 흙바닥에 얼굴을 처박은 채 말했다.

"제자는 생전 처음 짚신을 신은 어린아이와 같습니다. 바라건대 이 짚신으로 어느 길을 걸어야 하는지 가르쳐 주십시오."

매불이 기다렸다는 듯이 고개를 주억거렸다.

"참으로 좋네, 참으로 좋아."

이 광경은 지켜보는 모든 사람들의 마음에 믿을 수 없을 만큼 커다란 경이감을 불러일으켰다. 오직 한 사람, 고개를 주억거리며 합죽한 웃음을 짓는 저 매불만 제외한다면.

매불이 독륜거 옆에 선 개방 방주를 돌아보았다.

"어떤가, 방주가 아니라도 이 죄인을 돌봐 줄 사람이 생길 거라고 했지?"

고개를 갸웃거리던 개방 방주가 뭔가를 떠올린 듯 입을 헤벌렸다. 그 모습이 어찌나 어수룩해 보이는지, 석대원은 얼굴 위로 배어 나오는 웃음을 감추기 위해 고개를 돌려야만 했다. 그러고 보니 얼마 만에 되찾은 웃음인지 가늠조차 할 수 없었다.

마승이 대각을 이루고, 괴승이 제자를 얻고, 거지가 놀라 탄복하고, 세상 속으로 돌아온 남자가 잃어버린 웃음을 잠시나마 되찾은 그곳은 천 년 고찰을 깊숙이 품어 안은 소실산 중턱의 어느 숲이었다.

그 초겨울 숲 속 어딘가에서 철늦은 매미 한 마리가 소리 높여 울고 있었다.

미웅미웅미웅 미이이이이이웅.

서북풍 西北風

(1)

칼바람이 기승을 부리는 날이었다.

짜르르륵. 짜륵. 짜륵.

사인교의 좌우 측창 내부에 고정한 비단 장막이 골난 아이 볼처럼 꺼지고 부풀기를 반복하고 있었다. 그때마다 울려 나오는, 마치 깨진 취라를 불어 대는 듯한 괴상한 소리는 제법 긴 시간 들었음에도 좀처럼 익숙해지지 않았다. 측창 외부에 나무 덮개를 덧댔음에도 이 정도이니 바깥쪽 사정이 어떤지는 짐작하고도 남았다. 장원으로 돌아가면 네 명의 가마꾼을 포함한 수행원들에게 따끈한 술에 더하여 인정전도 몇 푼 내려야겠다는 생각이 들었다. 하지만 그런 생각은 아까부터 밀려오던 나른한 잠기운에 먹혀 버리고, 이악은 가마 뒷벽에 기대어 둔 푹신한 보료 위로 비대한 등판을 깊이 파묻었다.

좌우로 작게 출렁거리는 사인교 안에서 들락 깰락 하는 노루잠에 이악의 작은 눈이 아물아물해질 무렵, 사인교가 바닥에 내려지는 느낌이 들더니 아이의 부름 소리가 들려왔다.

"노야, 지화사智化寺에 당도했습니다."

보료에서 상체를 뗀 이악이 통통한 손으로 눈가를 문지르며 바깥에다 대고 물었다.

"시각이 어찌 되었느냐?"

"유시酉時(오후 6시 전후)가 넘은 것 같아요. 날이 어둑어둑합니다."

"어허, 이런 일이 있나."

이악은 혀를 찼다. 그의 국립장이 있는 왕부정王府井에서 지화사가 있는 이곳 동곽東廓의 녹미창祿米倉까지는 평소라면 반 시진 안짝으로 걸리는 거리였다. 하여 반 시진 위에 넉넉히 여유를 더해 출발했건만, 결과는 이렇듯 약속 시간에 늦어 버린 것이다. 그러나 사인교의 측문을 열고 바깥으로 나온 그는 이 일로 가마꾼을 나무랄 수 없음을 금세 알게 되었다. 사방이 오로지 뿌옜다. 바람은 둘째 치고 숨 한 번 제대로 들이마시기도 불편한 짙은 황사가 세상을 온통 뒤덮고 있었다. 바람에 뿌연 기운이 섞이기 시작한 것은 아침나절부터였지만, 그래도 이 정도로 고약하지는 않았다. 이런 황사 속에서 커다란 사인교를 이고 가는 것은 숙련된 가마꾼들에게도 쉬운 일일 리 없었다. 하물며 그 안에 태운 사람이 일반 장정보다 두 배 이상 무거운 자신인 바에야……

이악은 소매를 들어 코와 입을 가리면서 주위를 돌아보았다. 가마꾼을 포함한 수행원 전원이 넓적한 베천으로 얼굴 아래를 가리고 있는 모습이 보였다. 그중에는 제 키보다 훨씬 긴 붉은 장대를 양손에 움켜쥔 해아도 끼어 있었다. 붉은 장대의 끄트머리에는 이악이 삼십여 년 전 영락제로부터 하사받은 훈공금패勳功金牌가 매서운 바람을 받아 까닥까닥 흔들리고 있었다. 필시 이리로 오는 동안 흘렸을 진땀이 황사 분진과 뒤엉켜 아이의 드러난 얼굴 위에 회갈색 세로줄들을 그려 놓고 있었다.

"궂은 날씨에 먼 길을 오느라고 수고들 했네. 해아, 너도 고생 많았다."

이악이 다감한 목소리로 수행원들을 치하할 때, 지화사 정문이 둔중한 소리와 함께 열리더니 두 남자가 모습을 드러냈다. 그들을 향한 이악의 눈이 가늘어졌다. 안면이 없는 인물들이지만 신분을 짐작하기란 어렵지 않았다. 청흑색으로 통일하여 갖춘 복식도 그렇거니와, 얼굴에 그냥 쓰여 있었다. 권력의 최상부에 몸담은 자들 특유의 자긍심과 오만함이.

"늦으셨군요."

"영감님께서 기다리고 계십니다."

두 남자가 흔한 인사 한마디 없이 대뜸 말했다. 눈썹에 힘을 주고 번갈아 내뱉는 품이, 약속 시간에 반 각 늦은 것이 무슨 죽을죄라도 된다고 여기는 듯했다. 하지만 이악은 화를 내지 않았다. 그는 능소능대의 처세를 아는 사람이었다. 그리고 그는 오늘 작아질 작정으로 이곳에 왔다. 빗줄기가 드세면 남의 처마 밑이라도 들어가야 하는 것이다.

"안내해 주시게."

이악은 앞장선 두 남자를 따라 사찰 안으로 들어갔다.

언제나 그랬듯이 그 사람은 먼발치에서부터 몇 종류의 냄새

로써 자신의 존재를 알려 왔다, 중원의 사향, 안남의 산등유향
酸橙油香(라임오일 향), 천축의 침향沈香, 파사의 미질향迷迭香(로즈마
리 향), 왜국의 동백향冬柏香…… 그리고 그 모든 향기의 그늘에
진드기처럼 붙어 있는 부패의 악취로서.

"비각의 각주가 당도하였습니다."

안내해 온 두 남자 중 하나가 고하자 전각의 문의 열리고 그
안을 가리고 있던 휘장이 양쪽으로 거리를 벌렸다.

휘장 너머 스무 평 남짓한 실내에는 세 사람이 머물고 있
었다. 그중 두 사람은 휘장 근처에서 시립해 있다가 고개를 돌
려 문가에 선 이악을 쳐다보았다. 이악은 그들의 이름을 알고
있었다. 동창에서 좌우 첩형을 맡고 있는 무류도 조휘경과 사례
감의 소감 홍향. 이어 불경들이 꽂혀 있는 서가를 향해 돌아선
채 손에 쥔 문서를 내려다보던 세 번째 사람이 고개를 들고 천
천히 몸을 돌렸다. 이악은 그 사람을 향해, 더욱 강렬해진 냄새
들의 주인을 향해 정중히 읍례를 올렸다.

"태감 영감, 비각의 이악이 오랜만에 인사 올립니다."

환관들의 위세가 아무리 드세다고 해도, 북경 정가의 산중인
이라 할 수 있는 이악에게서 이런 인사를 받을 수 있는 환관은
오직 하나뿐이었다. 자금성 내 수천 명 환관들의 정점에 올라
있는 내궁의 지배자이자, 실질적으로는 천하의 지배자이기도
한 사례태감 왕진이 바로 그 환관이었다.

왕진의 얼굴은 무척이나 청수했다. 편편한 이마와 단정한 눈
매, 곧게 뻗은 콧날과 균형 잡힌 입술을 보고 있노라면 귀한 집
안에서 태어나 인격과 학식을 두루 쌓은 중년의 문사가 연상되
었다. 다만 두 가지, 모근조차 찾아볼 수 없는 수염자리와 지나
치게 하얀 낯빛만 제외한다면 말이다. 그 털 없는 하관에 버들

가지처럼 유연한 미소가 맺혔다.

"정월에 본 게 마지막이니 정말 오랜만이에요. 노각주의 신수는 여전히 좋아 보이는군요."

가늘면서도 울림이 있는 왕진의 목소리에는 여성의 단아함과 남성의 위엄이 함께 담겨 있었다. 이악은 굽힌 허리를 펴 올리며 공손히 답했다.

"태감 영감께서도 여전히 강녕하신 것 같습니다."

이 말에 왕진은 희고 긴 손가락들로 관자놀이를 짚으며 작게 한숨을 쉬었다.

"하, 아쉽게도 이 사람은 노각주처럼 강녕하지 못하답니다. 요사이 골치 아픈 일이 몇 가지 있어서…….'

하지만 왕진은 금세 본래의 미소를 회복했다.

"뭐, 그 얘기는 천천히 나누기로 하고, 바람이 참 고약하지요? 이런 날씨에 멀리까지 오시게 해 미안하군요. 이리로 앉으세요. 홍 소감, 차를 부탁해."

사례감 소감이자 동창 우첩형이면 나는 새도 떨어트릴 만한 막강한 자리임에 분명하지만, 그건 왕진이 없는 곳에서나 통하는 얘기였다. 왕진이 있는 곳에서 홍향은 차심부름을 하는 소동과 별반 나을 게 없었다.

"마장 건설을 반년 유보하는 사안에 대해 윤허해 주신 점, 감사히 여긴다는 데바 대법왕의 말이 있었습니다."

이악의 사례에 왕진은 묘한 표정을 지었다.

"마장……. 그것도 나를 골치 아프게 하는 문제 중 하나예요. 노각주께서는 내가 마장 건설에 왜 그리 안달을 내는지 이유를 아시나요?"

예상치 못한 질문이지만 이 정도를 받아넘길 언변은 있었다.

"마장이 중요한 것이 아니라 전례를 찾아볼 수 없는 최대의 규모라는 점이 중요한 것 아니겠습니까. 이 늙은이는 태감 영감의 웅대하신 포부에 찬사를 올리고 싶습니다."

왕진은 가볍게 코웃음을 쳤다.

"그 찬사란 게 한혈마에 푹 빠진 고자가 물정도 모르고 판을 벌인다는 말은 아니길 빌겠어요."

"허허, 어찌 그런 말씀을······."

왕진의 신랄한 말에 이악이 헛웃음을 흘릴 때, 다행히도 차가 준비되었다.

홍향이 내온 두 개의 찻잔은 밥그릇만큼이나 커다랬다. 이악은 그 안에 담긴 회백색의 탁한 찻물을 내려다보며 눈초리를 살짝 찌푸렸다.

"이 차는 북방의······."

"정확히는 서북방이겠지요. 맞아요, 그들이 즐겨 마신다는 효차酵茶(말 젖이나 낙타 젖을 발효하여 만든 차)예요. 이름이······ 애린차라고 했던가요?"

"그렇습니다."

떨떠름한 마음으로 대답하며, 이악은 차 시중을 마치고 뒤로 물러나는 홍향을 일별했다. 그는 지난 달 태원을 방문한 홍향에게 이 애린차를 대접한 적이 있었다. 그 일과 무관하지 않다는 생각이 들었다.

이악의 심중을 알아차린 듯 왕진이 소리 없이 웃었다.

"홍 소감이 얘기해 주더군요. 노각주로부터 풍미가 각별한 차를 대접받았다고 말이에요. 마침 공물로 들어온 것이 남아 있다기에 조석으로 내오라고 했지요. 한데······."

말을 멈춘 왕진이 애린차를 한 모금 머금어 보더니 고개를 살래살래 흔들었다.

"여러 날 먹어 봐도 내 입맛에는 여전히 안 맞는군요. 뭐랄까, 산미가 너무 강해요. 마치 그들처럼 말이에요."

'그들처럼?'

왕진의 마지막 말이 마음에 걸렸지만 이악은 내색하지 않고 담담히 대꾸했다.

"황야와 초원에서 갈증을 이기기 위해 마시는 차가 바로 아이린, 애린차지요. 존귀하신 태감 영감의 입맛에는 맞지 않는 것이 당연합니다."

"홍 소감과 똑같은 말을 하시는군요. 하지만 나는 당분간 이 차를 마실 작정이에요."

스스로 한 말을 증명해 보이듯 다시 한 모금의 애린차를 마신 왕진이 찻잔을 내려놓으며 이악에게 물었다.

"그 이유를 아시겠어요?"

이악은 탁자 위로 두 주먹을 모으며 말했다.

"송구하오만 잘 모르겠습니다. 우매한 늙은이에게 가르침을 내려 주시기 바랍니다."

이 반응이 의외인 듯 잠시 말이 없던 왕진이 갑자기 소리 내어 웃었다.

"하하, 몇 번쯤은 뜸을 들이려고 했는데 이렇게까지 저자세로 나오시니 무안해서라도 알려 드리지 않을 수 없군요. 그 이유는 내가 울주에 마장을 세우려는 이유와 같아요. 이게 답이에요."

탁자를 향해 숙인 이악의 눈이 실처럼 가늘어졌다. 애린차와 마장의 연관성을 찾기 위해 나름 머리를 굴려 보았지만 두드러진 접점이 나오지는 않았다. 하지만 왕진은, 최소한 지금은, 방금 한 대답 이상으로 설명해 줄 마음이 없는 것 같았다. 소매에서 꺼낸 손수건으로 입가를 꼼꼼히 닦은 그가 두 눈을 초승달처럼 둥글게 접으며 이악에게 말했다.

"맛도 없는 차 얘기는 이 정도로 끝내고, 본론으로 들어가도록 하지요. 실은 노각주의 조언을 구하고 싶은 사안이 있어서 궂은 날씨에도 불구하고 이렇게 지화사로 오시라고 청했어요."

천자의 명으로 두어 해 전에 건립된 지화사는 일견 왕진과 이악 같은 정계의 거물들이 회합하는 장소로 어울리는 공간이 아니었다. 하지만 지화사의 실제 용도는 세간에 알려진 것과 사뭇 달랐다. 동창이 북경성 내에 보유한 네 곳의 안가, 사방안가四方 安家 중 한 곳이 바로 이곳 지화사이기 때문이었다. 게다가 왕진은 자신이 진두지휘하여 건설한 이 사찰을 무척 마음에 들어 했다. 자금성의 어전에서 논의되고 결정되는 제국의 대소사 중 대부분이 지화사 내 장전藏殿이라 이름 붙인 이 작은 건물 안에서 사전 논의되고 결정된다는 사실을 이악은 잘 알고 있었다.

이악은 포권을 풀며 자세를 바로 했다.

"말씀해 보십시오. 부족한 지혜나마 보탬이 될 수 있도록 노력하겠습니다."

"제국의 모든 천자를 거치신 분께서 겸양이 지나치시군요."

작게 웃은 왕진이 휘장 근처에 시립한 조휘경과 홍향을 향해 슬쩍 손짓을 보냈다. 그 손짓에 담긴 의미를 즉시 파악한 두 사람이 허리를 깊이 숙인 뒤 건물 밖으로 물러갔다. 잠시 흘러들어 온 바람 소리가 문 닫히는 소리 뒤편으로 밀려난 뒤, 왕진이 은근한 목소리로 이악에게 말했다.

"다름 아니라, 지나치게 충용하신 병부시랑에 관한 문제예요."

"병부시랑이라면……."

작게 뇌까리는 이악의 안색은 약간 변해 있었다.

동창이 제독태감 밑에 두 명의 첩형을 두고 있듯이 육부의 각 부 또한 상서尚書(지금의 장관) 밑에 두 명의 시랑을 두고 있었다. 하지만 왕진이 언급한 '지나치게 충용한 병부시랑'이 두 명의 시랑 중 어느 쪽인지는 굳이 묻지 않아도 알 수 있었다. '절강의 호랑이[浙江虎]'라는 별명으로 유명한 군부의 실력자 우겸. 비각은 지난 십여 년간 각 성의 군영, 위소 들로부터 꾸준한 지지를 받아 온 그를 특급 요주의 인물로 꼽은 지 오래였다.

"우 시랑이 무슨 문제라도 일으켰습니까?"

"먼저 이것을 보세요."

왕진이 왼손에 들고 있던 문서를 탁자 위로 밀어 보냈다. 이악이 처음 이곳에 들어왔을 때 들여다보던 바로 그 문서였다. 이악은 두 손을 조심스레 내밀어 문서를 집어 들었다.

문서에 담긴 내용은 꽤나 놀라웠다. 문서를 읽는 데 걸린 시간은 그리 길지 않았지만, 이악은 어수선해진 머릿속을 정리하기 위해 한 번 더 반복해서 읽어야 했다. 그런 다음 문서를 탁자 중앙에 내려놓으며 신중하게 운을 떼었다.

"우 시랑의 역심을 진주하는 고변장이군요."

왕진이 고개를 갸웃거리며 물었다.

"그래서 놀라셨나요?"

"물론입니다. 게다가 고변장의 작성자가 절강성의 도지휘첨사都指揮僉事(지금의 지역 방위군 참모)라니……. 절강성이면 우 시랑의 고향 아닙니까?"

"내게는 저것과 비슷한 내용을 담은 고변장이 두 장 더 들어와 있어요. 두 장 모두 병부시랑이 순무巡撫로 파견되었던 지역에서 올라온 것들이지요. 어떤가요, 이만하면 병부시랑을 난처하게 만들 수 있을까요?"

하지만 이악은 저 고변장을 올린 절강성의 도지휘첨사가 오래전부터 중앙 정계에 든든한 뒷배를 만들기 위해 갖가지 수단을 동원해 온 모리배임을 알고 있었다. 이는 저 고변장의 신빙성에 심각한 문제가 있음을 의미했다. 왕진이 확보했다는 다른 두 장의 고변장도 마찬가지일 터.

　이악은 탁자 위에 깍지를 낀 자신의 통통한 손을 내려다보다가 왕진에게 물었다.

　"태감 영감께서는 우 시랑을 내칠 생각이십니까?"

　우겸으로 말하자면, 몸뚱이에서 충성심을 발라내면 뼈든 가죽이든 한 근도 채 안 남을 것 같은 충신의 표본 같은 인물이었다. 더구나 그가 지금까지 지방 군부로부터 확보해 낸 지지는 무시할 수 있는 수준이 결코 아니었다. 그럼에도 지방 도지휘사의 간부들이 역심 운운하며 그를 무고하고 나섰다는 것은, 이 일의 배후에 누군가의 입김이 작용했음을 의미했다. 이악은 그 입김이 누구의 입으로부터 나왔는지 능히 짐작할 수 있었다.

　그러나 상황은 이악의 예상대로 흘러가지 않았다. 그 입김의 장본인이라 믿어 의심치 않았던 인물이 한숨을 쉬더니 슬픈 표정으로 이렇게 말했기 때문이다.

　"노각주께서 오해하셨나 보군요. 내가 시킨 일이 아니랍니다."

　'이건 또 무슨 수작일까?'

　이악은 왕진의 부인 속에 담긴 진위를 알아내기 위해 다시 한번 머리를 굴려야만 했다. 다행히 왕진 쪽에서 손바닥을 내저어 그의 수고를 덜어 주었다.

　"병부시랑이 나를 어떻게 생각하든 간에 나는 그를 싫어하지 않아요. 아니, 오히려 좋아한다고 해야 맞을지도 모르겠군요.

선황先皇(선덕제)께서 내치에 주력하신 이래로 제국의 국경은 해가 다르게 허약해지고 있어요. 반면에 국경 너머의 이족들은 날이 갈수록 강성해지고 있고요. 이런 시국에 문무를 겸전한 병부시랑 같은 충신이 조정에 있다는 것은 황상 폐하와 제국을 위해 참으로 고마운 일일 거예요. 그런데 내 손으로 그를 내친다고요? 그것도 이따위 소인배들의 침방울을 통해서요? 당치 않아요, 당치 않아."

이악은 이 말에 놀란 자신의 얼굴이 어떨지 궁금했다. 환복천자라는 참람한 별명으로 불리는 왕진에게서 저런 말을 들을 줄은 꿈에도 예상하지 못했기 때문이다. 그런데 더욱 놀라운 사실은, 저 믿기 힘든 말이 마치 진심처럼 들린다는 점이었다.

희고 긴 손가락으로 수염 없는 턱을 문지르며 이악의 표정을 살피던 왕진이 우울한 기색으로 말했다.

"내 말을 안 믿으시나 보군요."

"아닙니다. 제가 어찌 감히……."

반사적으로 튀어 나간 이악의 말을 가벼운 손짓으로 자른 왕진이 말을 이었다.

"나는 궁에 들어오기 전까지 과거를 준비하던 유생이었어요. 덕분에 역사에 이름을 남긴 환관들 대부분이 악당이라는 사실을 배웠지요. 물론 영락 연간에 위명을 떨친 정화鄭和 태감 같은 분도 없지는 않지만. 어쨌거나, 입에 발린 말로 내 비위를 맞추려고 애쓰진 마세요. 다른 사람이라면 몰라도 내가 오래전부터 인정해 온 노각주 같은 분마저 나를 그렇게 대하신다면…… 내 삶은 정말로 피곤할 거예요."

오늘 만난 환복천자는 여느 때보다 감상적인 면모를 보여 주고 있었다. 내심 당황한 이악이 대꾸할 말을 찾는 사이, 왕진이 탁자 아래쪽을 내려다보더니 눈썹을 찡그렸다.

"아아, 조금만 우울해지면 이 모양이라니까. 잠시 실례할게요."

의자에서 일어난 왕진이 요대의 안주머니에서 작은 향낭을 꺼내어 상의 아랫자락에 대고 두드리기 시작했다. 그때마다 갓난아기의 주먹만 한 분홍빛 연기 뭉치가 퐁퐁 피어나고, 후각을 일시에 마비시키는 자극적인 향기가 탁자 위를 건너왔다. 이악은 코를 실룩거리지 않으려고 노력했다. 소금이 단맛을 끌어내듯, 향기가 악취를 끌어내고 있었다.

향수에 대한 왕진의 집착은 이미 널리 알려진 사실이지만 그 이면에 감춰진, 환관이 되기 위해 스스로 거세한 남자에게 닥친 천형에 대해 아는 사람이 극히 드물었다. 궁실宮室(거세를 담당하던 국가 기관)이 아닌 곳에서 임의로 거세한 부작용이 십여 년이 지난 뒤에야 나타나기 시작한 것은 자금성의 어의마저도 설명 못 하는 기사奇事라고 할 터였다. 잘린 하초 자리가 썩어 들어가는 것을 막기 위해 왕진이 들인 노력은 불로초를 구하기 위해 시황제가 들인 그것에 버금갔지만, 하늘은 두 명의 권력자 모두에게 결실을 내려 주지 않았다. 결국 왕진이 택할 수 있는 유일한 방편은 코를 찌르는 향기로써 자신의 하초에서 나는 악취를 덮는 것뿐이었다, 바로 지금처럼.

"미안해요."

왕진이 의자에 다시 앉으며 사과했고, 이악은 작은 목례로 상대의 사과를 받아 주었다.

분위기를 환기하듯 헛기침을 한 왕진이 본래의 화제로 돌아갔다.

"나를 정작 놀라게 만든 건 저 고변장을 읽은 노각주의 반응이었어요."

"이 늙은이가 어떤 반응을 보여야 한다고 생각하시는지요?"

"명색이 비각의 수장이신데, 최소한 놀라는 모습은 보이지 않아야 하지 않겠어요?"

이악의 얼굴이 순간적으로 딱딱해졌다. 처녀의 것처럼 상냥한 저 말에 잠룡야의 높은 자존심이 상처를 받은 것이다. 하지만 왕진의 분석은 가차 없었다.

"얼마 전 비각에 내환이 생겼다고 하더니만 생각보다 심각한 문제였나 봐요. 그래도 이번 병부시랑 건에 대해서는 어느 정도 파악하신 줄 알았는데……. 사실 군부 쪽에서도 눈치를 챘는지 반발하려는 움직임을 보이고 있거든요."

군부에서도 눈치챈 정보를 비각에서 입수하지 못한 책임은 전적으로 비이목에 있다고 봐야 옳았다. 문제는 그 책임을 져야 할 비이목의 총탐이 지난달 중순경 태원 경내에서 땅바닥에 머리통이 짓뭉개진 처참한 시신으로 발견되었다는 데에 있었다. 그 소식을 접한 이비영 문강은 직속 정보원인 팔서까지 동원하여 비이목의 무너진 보고 계통을 급히 수습하고 복원했지만, 그 과정에서 어쩔 수 없이 발생하게 된 공백마저 메우지는 못한 모양이었다.

'하긴 강이를 탓할 수만은 없는 일이지.'

지난 한 달 새 벌어진 사건이 비이목 총탐의 피살 하나뿐이라면 이악은 문강을 엄중히 문책했을지도 모른다. 하지만 사건은 그것 말고도 더 있었다. 바로 그 사건들이 지난 한 달 내내 문강의 심신을 분주하게 만들었고, 한 달이 지난 지금은 이악의 속을 쓰라리게 만들고 있었다.

"부끄럽습니다. 홍 소감에게 들어 아시겠지만, 지난달 태원에서 작은 문제가 벌어졌습니다. 지금은 거의 해결되었으니 너무 심려치 마시기 바랍니다."

왕진에게 한 말은 이러했지만, 실제로는 아직 해결되지 않은 부분들이 많았다. 그리고 그것들을 해결하기 위해 지금 이악은 이제껏 왕진에게 취했던 것 중에서 가장 낮은 자세를 자청하고 있었다. 그런 속내를 아는지 모르는지, 왕진이 그를 위로했다.

"부끄러워하지 마세요. 강호와 얽힌 일에는 아무래도 변수가 많은 법이니까요."

하지만 이 부드러운 위로에 담긴 은밀한 득의감이 이악의 속을 더욱 쓰라리게 만들었다. 북경의 정가가 왕진의 수중에 들어갔음은 오래전부터 인정한 바이나, 이악 본인만큼은 그 수중에서 어느 정도 벗어나 있다고 자부해 왔다. 오랜 역사를 통해 천하 깊숙이 뿌리내린 비각의 저력은 동창의 그것에 비할 바가 아니었고, 환복천자의 거칠 것 없는 권세도 그 영역에서는 미치지 못한다고 믿었기 때문이다. 그러나 불과 일 년 반 만에 그러한 믿음이 흔들리고 있었다. 비각과 그 주인은 현재 중대한 위기에 봉착해 있었다.

그러나 이악은 정계에서 잔뼈가 굵은 이무기. 정치의 첫걸음은 바로 '감춤'이었다. 잠깐 사이에 마음과 낯빛을 함께 추스른 그가 왕진에게 물었다.

"이번 일에 태감 영감의 의중이 개입하지 않았다는 말씀, 그대로 믿겠습니다. 하면 누가 계획한 일인가요?"

곤혹스럽다는 듯이 주저주저하던 왕진이 한참 만에야 대답을 내놓았다.

"공을 탐하는 것은 모든 젊은이들의 공통된 속성인 모양이에요. 남자든 여자든, 혹은 비남비녀非男非女든."

비남비녀라는 말에 이악은 자신도 모르게 문 쪽을 돌아보았다. 왕진은 그의 행동에 개의치 않고 안타까움이 밴 말소리를 나직이 이어 갔다.

"아문에서는 제법 자리를 잡았는데 동창에서는 그러지 못한 눈치였어요. 아문이야 우리 환관들 일색이라지만, 거칠고 무례한 사내들이 태반인 동창은 사정이 다르잖아요. 그래서 확실한 공을 세워 상관의 눈에 들기를 바란 거지요. 만일 한 번의 계교로써 상관의 정적을 몰락시킬 수만 있다면 그보다 확실한 공도 없지 않겠어요? 다만 아쉬운 점은, 상관은 그 사람을 단 한 번도 정적으로 여긴 적이 없다는 사실이겠지요. 세상에, 정적이라니요. 감히 나에게 말이에요."

고개를 절레절레 흔든 왕진이 빗살처럼 세운 손가락으로 이마를 괴며 탄식했다.

"아, 읍참마속泣斬馬謖을 하던 무후의 심정이 이러할까요."

이제 일의 전모는 파악했다. 이악은 그것으로부터 사고를 조금 더 진전시켰다. 왕진은 누가 보더라도 중대한 위기에 봉착한 이악을 불러다 놓고 굳이 밝히지 않아도 될 제 사람의 치부를 드러내며 우는 소리까지 하고 있었다. 대체 왜?

잠깐 사이에 생각을 정리한 이악이 왕진에게 말했다.

"비각에서 홍 소감을 처리하겠습니다."

왕진은 못 들을 소리라도 들은 사람처럼 눈을 크게 떴다.

"처리라고요? 설마하니 국자감에 머무는 회족이라도 풀겠다는 뜻은 아니겠지요?"

'국자감까지……. 이러다간 밑천도 남아나지 않겠군.'

이악은 저절로 배어 나오려는 쓴웃음을 억지로 삼킨 뒤 고개를 저었다.

"그럴 리가 있겠습니까. 안 그래도 홍 소감에 얽힌 몇 가지

추문이 비각에 입수되었는데, 재조사 단계에서 보류해 두던 참이었습니다. 그것들을 정리하여 진주할 테니, 아문 차원에서 적당히 처리하시면 해결되리라고 봅니다."

미간을 모으고 잠시 생각하던 왕진이 어쩔 수 없다는 듯 고개를 살며시 끄덕였다.

"의욕적인 젊은인데 꽤나 낙심하겠군요, 부디 흉한 마음은 품지 말아야 할 텐데."

못내 애석한 듯 말끝에 혀까지 차는 왕진을 보며 이악은 환관들을 세계에 대해 다시 한 번 생각하게 되었다. 우겸을 내칠 수 없기 때문에 읍참마속의 심정으로 홍향을 내치겠다는 왕진의 말이 진실인지 아닌지는, 그 세계의 기준에서 그리 중요한 요소가 아닐 것 같았다. 보다 중요한 요소는 사례감 소감인 홍향의 권세가 일이 년 사이 눈에 띄게 높아졌다는 점이 아닐까 싶었다. 지난여름에는 천자의 사냥에 왕진을 대신해 부름 받기까지 했다니, 홍향의 본심이 어떻든 간에 왕진의 입장에서는 견제하는 마음이 일 법도 했다.

천자는 아이를 낳을 수 있지만 환관은 아이를 낳을 수 없다. 이 말인즉, 환복천자에게는 후계자가 필요치 않음을 의미했다.

왕진이 탁자에 괸 손을 합장하듯 모으며 이악에게 말했다.

"아문의 고충을 노각주께서 해결해 주신다니 나로서는 고마운 일이 아닐 수 없군요."

빈말은 아닌 것으로 여겨졌다. 비록 천자를 쥐락펴락하는 왕진이지만, 그 권력의 밑바닥에는 자금성 내에 벼룩처럼 우글거리는 환관 집단이 도사리고 있는 것이 사실이었다. 그런 마당에 왕진이 직접 나서서 최측근인 홍향을 제거하는 일이 발생한다면, 결속력이 강하고 보신을 최고의 덕목으로 여기는 환관들로부터 절대적인 충성을 이끌어 내는 데 작지 않은 문제가 생길 게 뻔했다. 다시 말해, 이악은 왕진의 고충을 해소해 준 셈이 었다.

"그 수고를 어떻게 보답해 드려야 할지……."

그래서 왕진이 말끝을 길게 끌며 기회를 주었을 때, 이악은 놓치지 않고 손을 뻗어 그 기회를 붙잡았다.

"태감 영감께 한 가지 드릴 청이 있습니다."

그것은 이악이 황사 바람을 뚫고 이 지화사에 온 진짜 목적이 기도 했다.

"말씀해 보세요."

왕진은 의자의 등받이에 상체를 기대며 느긋한 미소를 지었다.

……짧은 이야기는 물론 아니었다.

이악은 제법 오랜 시간에 걸쳐 당금 강호의 촉급한 정세와 비 각이 처한 난국을 소상히 설명했고, 왕진은 환관다운 인내심을 발휘하여 그의 말을 끝까지 들어 주었다. 왕진이 보인 반응은 다감하면서도 풍부했다. 이야기의 초점이 백련교도들의 패악에 맞춰질 무렵에는 눈썹을 곤두세우며 분노를 보였고, 정파 영웅 들의 패퇴에 이르러서는 탄식을 토하며 아쉬움을 드러냈다. 그 러나 이악은 알고 있었다, 이러한 과정이 단지 요식행위에 불과 하다는 것을. 자신의 입에서 흘러나온 모든 이야기가 동창의 정 보망을 통해 왕진에게 이미 전해졌음은 불문가지의 일이었다.

마침내 긴 이야기도 막바지에 이르렀고, 이악은 국립장을 떠 날 때 준비해 온 요구 사항을 조심스럽게 꺼내 놓았다. 왕진은 미간을 좁히더니 소매 속에서 손수건을 다시 꺼내 이마를 훔치 는 시늉을 했다.

"금군禁軍을 움직여 달라니, 비각이 처한 상황이 정말로 심각한 모양이에요."

저 말에 담긴 것이 풍자든 조롱이든 따질 계제가 아니었다. 이악은 자존심을 모두 접고서 탁자 위로 머리를 조아렸다.

"이것이 비단 비각만의 문제가 아님을 헤아려 주십시오. 이대로 놔두었다가는 황제 폐하의 권위에 누를 끼치는 일이 벌어질지도 모릅니다. 국초 백련교도들에 의해 자행된 혈사를 유념하시기 바랍니다."

"국초의 혈사……. 그렇군요. 그런 일이 두 번 다시 생겨서는 곤란하겠지요."

"하면 이 늙은이의 청을 들어주시겠습니까?"

"동창의 인력이라면 지원해 드릴 용의가 있어요. 하지만…… 금군은 안 돼요."

이악은 평소의 그답지 않게 몸이 훅 달아오르는 것을 느꼈다. 금군을 동원할 수만 있다면! 물론 극단적인 방법을 사용한 데 대한 후유증은 치러야겠지만, 현재 그가 처한 난국을 단번에 타파하는 데에는 그보다 좋은 방법이 없을 것 같았다.

"금군은 안 된다고 하시는 이유를 말씀해 주십시오."

"이런, 또 이유 얘기로 돌아가는군요."

잠시 망설이던 왕진이 왼손 인지를 들어 입술에 갖다 댔다.

"들어 보세요."

이악은 왕진이 시키는 대로 입을 닫고 귀를 기울였다. 하지만 들리는 소리라고는 장전 건물의 기와와 외벽을 할퀴고 지나가는 세찬 바람 소리뿐이었다.

왕진이 속삭이듯이 물었다.

"저 소리, 저 바람 소리가 들리시나요?"

이악은 대답할 수밖에 없었다.

"들립니다만……."

"바로 서북풍이에요. 우리는 잊지 말아야 해요, 저 서북풍이 어디서 불어오는지를."

감춤의 덕목에 익숙한 이악임에도 이 순간만큼은 어깨가 움찔 떨리는 것을 막지 못했다. 황사 바람은 대륙의 서북 방면으로부터 불어오고 있었다. 그리고 대륙의 서북 방면에는 북원北元의 새로운 패자, 오이라트가 있었다.

"그것이 내가 금군을 움직이지 않으려는 이유예요. 아까 언급한 두 가지 이유, 내가 입에도 맞지 않는 그들의 차를 계속 마시려는 이유와 노각주를 비롯한 많은 분들의 우려를 무릅쓰고 울주에 대규모 마장을 세우려는 이유도 모두 같지요."

왕진은 이악을 향해 손가락 세 개를 세워 보였다. 이악은 그것들이 하나씩 접혀 가는 것을 굳은 얼굴로 바라보았다.

"날이 갈수록 강성해지는 오이라트. 그곳의 젊은 지도자 에센. 그리고 되로 받을 때마다 말로 내줘야 하는 불합리한 조공 무역. 이 세 가지가 하나의 줄에 달린 세 마리 맹견처럼 제국의 안위를 위협하고 있어요."

향기와 악취를 동시에 품고 살아가는 환복천자의 입가에 절대 권력의 상징과도 같은 하얀 미소가 맺혔다.

"나는 이제부터 그 맹견들을 통제해 볼 생각이에요."

(2)

"나포, 포나, 조포, 포조…… 포조?"

바람에 터 까칠해진 입술 위로 미소가 맺혔다.

"포조, 나쁘지 않군."

세상에 존재하지 않는 무공을 창조한다는 것은 물론 쉬운 일이 아니었다. 재능은 물론이거니와 오랜 시간이 필요했다. 재능은 차고 넘치는 그가 이날 이때까지 뭔가를 창조하지 못한 이유는 바로 그 시간이 부족했기 때문이다……라고 그는 믿어 왔다. 그가 살던 곳에서 그는 늘 공사다망했고 그래서 시간을 쪼개 가며 일해야 했다. 그러나 이곳에 온 뒤로 그의 생활은 완전히 달라졌다. 예전에 풍족하던 것은 부족해졌고, 예전에 부족하던 것은 풍족해졌다. 부족해진 것이 의식주를 구성하는 대부분의 요소들이라면, 풍족해진 것은 시간이었다. 이곳에서 그는 정말로 시간이 많았다. 무엇이라도 창조하지 않고서는 못 배길 만큼.

"포조삼십육박捕操三十六縛, 좋았어."

딱!

그는 양손에 말아 쥔 가죽끈을 잡아당겨 경쾌한 파공성을 냈다. 방금 완성한 포조삼십육박의 시작과 끝을 알리는 소리, 이름 하여 금승율풍金繩慄風이었다. 비록 지금은 비록 오랑캐 차림의 남자가 가축몰이용 채찍으로 내는 소리에 지나지 않지만, 장차 제복을 입은 늠름한 사내들이 금물 입힌 멋진 포승으로 이 금승율풍을 발휘하는 날이 오면 사람들은 관부일절官府一絕 포조삼십육박을 창조한 문무겸전의 천재를 칭송하게 되리라…….

휘이익.

그때 한 줄기 바람이 초원을 달려와 그가 쓰고 있던 무거운 털모자를 불어 날렸다. 그 차갑고 메마른 바람에 실린 놀라우리만치 생생한 현실감이 그의 두개골을 뚫고 들어와 달콤한 공상을 산산조각 냈다. 그는 털모자를 주우려 허리를 굽히다 말고 부르르 몸을 떨었다. 이곳의 바람은 이방인에게 더욱 혹독했다. 몸뚱이로 불어닥친 바람은 내공으로 막을 수 있지만, 마음으로 스며드는 바람은 무엇으로도 막을 수 없었다. 그는 외로움을 느꼈다. 인간에 대한 외로움이라기보다는 문명에 대한 외로움이었다. 그가 자조하듯 중얼거렸다.

"꼴좋다, 양진삼."

황량한 강둑에 서서 만 리 너머에 두고 온 문명에 대한 그리움으로 몸을 떨던 장년인, 양진삼은 땅바닥에서 주운 털모자를 탁탁 털어 머리에 쓴 뒤 들고 있던 가죽끈을 내려다보았다.

"포조는 얼어 죽을……."

가죽끈은 단지 가죽끈이었고, 포조삼십육박으로 묶을 수 있는 것은 가축의 다리밖에 없었다. 이곳은 그런 곳이었다. 양진삼은 가죽끈을 허리에 묶기 시작했다.

두두두.

말발굽 소리가 바람결에 실려 왔다. 고개를 들어 보니, 바람이 할퀴고 간 강둑 위로 키 작은 몽고마 한 필이 달려오고 있었다. 안장도 없는 말 등에 올라앉은 사람은 얼굴보다 더 큰 털모자를 눌러쓴 여자였다. 이방인으로 하여금 인간에 대한 외로움이나마 덜 수 있도록 도와준 고마운 여자. 토곤 타이시의 딸이자 에센 타이시의 누이인 하와르.

양진삼은 자신도 모르게 고개를 돌려 강둑 아래를 내려다보았다. 그가 이곳에 온 이후로 갈수록 쪼그라들던 마른강이 이제는 검푸른 철판들을 띄엄띄엄 뿌려 놓은 것 같은 몇 개의 웅덩이들로 바뀌어 있었다. 저 웅덩이들의 수가 둘이나 셋까지 줄어들었다가 다시 불어나 강줄기를 이루면 새로운 한 해가 시작되는 것이라고 하와르는 말했다. 그러면서 또 이런 말도 했다.

―웅덩이들이 강으로 돌아가는 때가 바로 하와르야. 나는 하와르에 태어났지.

그래서 이름도 하와르, 봄[春]이라고 했다.
그녀에게는 확실히 봄날을 닮은 면이 있었다. 덜 익은 복숭아처럼 작고 딴딴한 젖가슴 사이에 얼굴을 묻고 있을 때는 정말로 그런 기분이 들기도 했다. 그러나 그녀를 제외한 다른 것들은 아니었다. 이방인에게 있어서 북쪽 초원의 모든 것들은 화창하고 온유한 봄날과 너무나도 거리가 멀었다.
몽고마는 작지만 빨랐다. 양진삼이 잠시 강둑 아래를 돌아보는 사이 놈은 목전까지 이르렀고, 하와르는 놈이 속도를 줄일 무렵부터 놈의 옆구리에 매달리다가 네 개의 발굽이 완전히 멈추기도 전에 땅에 내려서는 놀라운 재주를 보여 주었다. 매번 탄복할 수밖에 없는 저 하마법下馬法은 무공의 산물이 아니었다. 걸음마와 비슷한 시기에 시작되어 더 이상 말 등에 오르지 못하는 나이가 되어서야 끝난다는 저들 특유의 마상 생활이 그것을 가능케 해 주었다.
"후렁잘로, 한참 찾았잖아."
하와르가 질책하듯 말했다. 그토록 빠르게 말을 달려 왔음에도 그녀의 호흡은 게르(몽골의 이동식 천막집) 안에 머물 때처럼 안정되어 있었다.
"날 찾았다고? 왜?"
양진삼이 물었다. 하와르는 대답 대신 왼손을 그의 얼굴로 뻗었다. 그는 반사적으로 물러서려다 말고 그녀의 손길을 기다렸다. 그녀는 후렁잘로가 자신의 손길을 거부하는 것을 좋아하지 않았다.

굳은살이 박인 하와르의 손이 북슬북슬하게 자란 양진삼의 구레나룻을 쓰다듬었다. 하와르가 눈을 찡그리며 말했다.

"수염을 깎아야겠어."

"응?"

놀라기도 전에 칼이 들어왔다. 이네들에게는 젓가락이요, 바늘이요, 악기이기도 한 그 한 뼘 남짓한 칼이 양진삼의 귓가에서 섬뜩한 음악을 연주하기 시작했다. 잠깐 사이에 양쪽 구레나룻을 밀려 버린 양진삼은, 내친김에 턱수염까지 잡아 오는 하와르의 손을 잡으며 말했다.

"이봐, 면도는 내 손으로 한다고 했잖아."

"당신이 하면 시간이 너무 오래 걸려."

이 말에 양진삼은 조금 놀랐다. 하와르에게서 시간이란 소리를 들은 것은 이번이 처음이기 때문이었다. 유목민의 시간 단위는 한족의 그것에 비해 지나치게 길었다. 짧으면 세 달, 길면 반년에 한 번씩 거주지를 옮겨 다니는 그들에게는 하루하루를 헤아리는 일이 그리 큰 의미를 갖지 못하는 모양이었다.

"무슨 일 있어?"

"당신을 만나러 남자들이 찾아왔어."

"나를? 몇 명인데?"

"두 명. 모두 한족이야."

양진삼은 깜짝 놀랐다.

"한족이 왔다고?"

"응."

짧은 대답과 함께 하와르가 양진삼의 손을 뿌리쳤다.

서걱서걱.

양진삼은 턱 밑에서 울려 나오는 수염 깎이는 소리가 끝날 때까지도 찌푸린 미간을 펴지 못했다. 그가 이곳에 머문다는 사실을 아는 한족은 세상을 통틀어도 몇 명 되지 않았고, 그중 절반 이상은 천지가 개벽하기 전까지는 장성을 넘어올 일이 없는 거물 중의 거물들이었다. 그런데 한족이 찾아왔다니?

양진삼은 칼에 베이지 않도록 입술을 가급적 작게 움직이며 하와르에게 물었다.

"어떻게 생겼어?"

하와르는 칼을 놀리던 손길을 멈추고 잠시 생각하다가 대답했다.

"콧수염만 예쁘고 나머지는 예쁘지 않았어. 젊지도 않았고."

양진삼은 쓰게 웃었다. 하와르는 예쁘고 젊은 남자, 저들 말로는 '후렁잘로'를 좋아했다.

"전사처럼 보였어?"

이 질문에 하와르가 주근깨에 덮인 콧잔등을 빠르게 두 번 찡그렸다. 뭔가가 명확하지 않을 때 그녀가 보이는 버릇이었다.

"무기는 가지고 있었는데……."

"그런데?"

"전사라기보다는 관리처럼 보였어."

"그걸 하와르가 어떻게 알아?"

"왜 몰라? 머거르 주위에 있는 작자들하고 비슷한 냄새를 풍기는데."

'물렁뼈'를 뜻하는 머거르는 북원 제국의 현임 칸(몽골의 대족장)이자 하와르에게는 형부가 되는 톡토아부카 타이손의 별명이었다. 하와르는 몽골어가 서툰 양진삼에게 그 별명의 뜻을 가르쳐 주며, 말의 앞다리에서 나온 큼직한 물렁뼈가 얼마나 쉽게 으스러지는지를 손수 보여 주었다.

"그 남자들에게 후렁잘로가 얼마나 예쁜지 보여 주고 싶었어. 그래서 수염을 깎는 거야."

난잡하던 턱수염을 남김없이 쳐 낸 칼이 인중으로 올라올 때 하와르가 한 말이었다. 양진삼은 울상이 되었다.

"콧수염까지?"

"예쁘게 만들어 줄게, 가만 좀 있어 봐."

양진삼은 간간이 모근이 뽑히는 통증 속에서도 하와르가 자신의 칼을 언제나 날카롭게 갈아 둔다는 점에 감사했다. 아니면 그녀가 손님들에게 선보이고 싶어 한 예쁘고 젊은 남자는 예쁘고 젊은 피투성이 남자가 되었을 테니까.

하와르를 대모大母로 받드는 삼십여 명의 유목민들은 강둑을 따라 상류 쪽으로 반 각쯤 말을 달리다 보면 나오는 넓고 편편한 초지를 이번 겨울을 보내는 터전으로 삼고 있었다. 이십여 보의 거리를 두고 설치된 여섯 개의 게르들 중에서 색색의 털가죽으로 지붕과 벽을 두른 중앙의 가장 큰 게르가 양진삼과 하와르가 사용하는 숙소이자 신방이었다.

"워어! 워!"

말이 멈추기 직전, 양진삼은 그 게르의 털가죽 문을 젖히며 검은 옷을 입은 남자 두 명이 밖으로 나오는 것을 발견했다. 하와르로서는 당연히 처음 보는 남자들이겠지만 양진삼은 아니었다. 그는 저 남자들을 잘 알고 있었다.

'콧수염이 정말 예쁘군.'

양진삼은 인중을 실룩거리며 생각했다. 반 각 전만 해도 하관을 덥수룩하게 뒤덮었던 그의 콧수염은 하와르의 칼에 의해 입꼬리 위에다 먹물 두 점을 찍어 놓은 형상으로 변한 뒤였다.

"몰골이 말이 아니외다, 양 형."

남자 중 하나가 웃음인지 비웃음인지 딱 구별 안 갈 만큼만 입술을 비틀며 말했다. 콧수염 얘기는 아닐 거라고 애써 자위하며 양진삼은 말에서 내렸다.

　　"귀하신 분들께서 이 오지에는 어인 일로 오셨소?"

　　"귀하기로 따지자면 우리 따위가 금의위의 부영반 나리를 어찌 당하겠소, 더구나 만세야의 외척이 되시는 분인데."

　　오랑캐의 차림에 오랑캐의 수염을 하고 있는 금의위의 부영반이자 만세야의 외척은 대답을 아끼며 두 남자의 눈치를 살폈다. 객쩍은 대화 몇 마디가 오가는 사이 열심히 머리를 굴려 보았지만 저들이 이곳에 나타난 곡절은 여전히 오리무중이었다. 다만 한 가지 짐작할 수 있는 것은······.

　　"제독태감께서 보내셨소?"

　　양진삼과 말을 섞던 남자, 동창의 당두 중 하나인 나문시가 당연한 것을 뭘 묻느냐는 듯이 고개를 크게 끄덕였다.

　　"따지고 보면 다 그분의 뜻이지요. 그분의 허락이 없었다면 우리가 어떻게 국경을 넘어 이 춥고 황량한 땅으로 들어올 수 있었겠소?"

　　그러자 나문시와 함께 온 동창의 또 다른 당두 초력이 땅바닥에 침을 뱉고는 불퉁스럽게 덧붙였다.

　　"하지만 하필 우리 두 사람이 오게 된 데에는 비각의 늙은 구렁이 입김이 크다고 할 수 있소. 그 늙은이가 우첨형을 부추기지 않았다면 망할 놈의 명령서는 작성되지 않았을 테고, 우리는 지금쯤 황도皇都의 화려한 기루에서 따끈한 술잔을 기울이며 기녀의 엉덩이를 두드리고 있을 테니 말이오."

　　"명령서?"

　　"자, 보시오."

초력이 품에서 네 절로 접힌 문서 한 장을 꺼내어 양진삼에게 내밀었다. 문서를 읽는 데는 그리 긴 시간이 필요하지 않았다. 양진삼은 문서를 다시 원래대로 접은 뒤 초력에게 돌려주었다.

"장성을 넘어 합라화림哈剌和林(카라코룸)으로 들어간 서역 상인들을 잡는 것이 두 분의 임무였구려."

양진삼의 말에 초력이 어깨를 으쓱거렸다.

"하지만 칸의 궁궐에 들어가 알아보니 서역 상단은 여름이 끝난 뒤로 온 적이 없다고 하더이다. 그래서 우리는 시장을 돌아다니며 수소문을 했소. 그 결과, 서역 상단이 도착했으리라고 짐작되는 시기에 한족 상인 둘이 서역인 노예들로 구성된 상단을 이끌고 합라화림으로 들어온 사실을 알아낼 수 있었소. 한 사람은 궁궐 근처에 머물고 한 사람은 합라화림 교외에 머문다고 하던데, 이곳 사람들은 그들을 가리켜 보대에치와 후령……."

양진삼은 급히 손을 내저었다.

"발음하기도 힘든 별명까지 일일이 읊어 주실 필요는 없소. 그 한족 상인들이 두 분께서 찾는 서역 상인들이고, 그들 중 하나가 바로 나니까. 이제 됐소?"

양진삼의 담백한 시인이 의외였던 듯 초력은 한쪽 눈을 찌푸렸다가 능청스러운 미소를 지으며 말했다.

"이거야 원, 이렇게 신분이 많아서야 뭐라고 불러 드려야 할지 모르겠구려. 금의위 부영반에 만세야의 외척 그리고 서역 상인, 한족 상인, 거기에 후령……."

"아, 됐다니까."

양진삼이 짜증을 냈지만 초력은 만면에 떠올린 미소를 지우지 않았다.

"그 명령서에는 적혀 있지 않지만 비각의 늙은 구렁이는 서역 상인들을 잡는 것에서 만족하지 않는 눈치였소.”

“만족하지 않으면?”

“정체를 캐낸 뒤에는 적당히 처리해 달라며 금붙이까지 넉넉히 찔러 주더이다.”

초력은 손칼로 목을 긋는 시늉을 해 보였다. 그 모습을 보며 양진삼은 맨송맨송해진 턱을 문질렀다.

‘일이 이상하게 돌아가는군.’

자타가 공인하는 금의위 최고 고수 양진삼에게는 동창의 당두 둘쯤 식후 간식 정도로 해치울 수 있는 능력이 있었다. 그 점을 모르지 않는 저들이 태연스레 찾아와 이 명령서를 내민다는 것은 이 일에 겉으로 드러나지 않은 속내가 숨어 있음을 의미했다.

그때 옆에 서 있던 하와르가 양진삼의 옆구리를 쿡 찔렀다.

“후렁잘로, 손님을 밖에서 맞이하는 건 예의가 아니야.”

예의보다는 알아듣지 못하는 한어로 대화를 나누는 것이 못마땅한 눈치였다. 주위를 돌아보니 각자의 게르에서 나온 십여 명의 늙고 어린 유목민들이 호기심에 찬 얼굴로 그들을 주시하고 있는 것이 보였다.

“두 분께서는 잠룡야가 말한 그 적당한 처리라는 것을 지금 할 생각이시오?”

양진삼이 표정을 굳히고 묻자 초력과 나문시 모두 한 발짝 물러서며 고개를 저었다.

“그럴 리가……. 우리 모두가 만세야를 위해 일하는 사람들인데 강호의 무뢰한들처럼 험한 꼴을 보여서야 쓰겠소?”

경계하는 듯한 나문시의 말에 양진삼은 씩 웃었다.

“아니라면 일단 안으로 들어갑시다. 한데에 오래 있다 와서 그런지 따끈한 차 한 잔 생각이 간절하구려."

양진삼은 동창의 두 당두를 데리고 게르 안으로 들어갔다.

유목민들이 마시는 차는 차라기보다 유탕乳湯에 가까웠다. 만드는 방법도 간단한 편이었다. 양이나 염소의 젖을 찻잎과 함께 끓이다가 약간의 소금을 타면 그것으로 끝. 하지만 귀한 손님이 찾아온 날에는 거기에 한 가지가 더해졌다. 양의 다리뼈를 고아낸 걸쭉한 국물이 들어가는 것이다. 문제는, 한족들에게는 안 그래도 껄끄러운 이들의 차가 그 국물까지 넣은 다음에는 거의 마시지 못할 수준까지 떨어져 버린다는 점이었다. 그 증거가 사발만 한 찻잔을 앞자리에 받아 놓은 채 눈썹을 한껏 모으고 있는 두 당두의 모습일 터였다.

양진삼은 하와르가 그의 몫으로 내준 찻잔을 집어 들며 그들에게 주의를 주었다.

"유목민들의 풍습에 대해서는 아시겠지요? 게르 밖으로 쫓겨나기 싫으면 남김없이 마셔야 할 거요."

그러면서 보란 듯이 자신의 찻잔을 단숨에 비워 버리니, 두 당두로서는 하와르에게 억지 미소를 지으며 찻잔을 입으로 가져갈 수밖에 없었을 것이다. 하와르가 이상하다는 얼굴로 양진삼에게 물었다.

"이상하네. 다른 날은 죽어도 안 마시려고 하더니 오늘은 웬일로 이렇게 잘 마시는 거지?"

양진삼은 그녀의 말을 무시하며 두 당두에게 어서 마시라고 손짓을 해 보였다.

고통의 시간이 지나간 뒤, 참고 있던 숨을 길게 내뱉는 두 당두에게 양진삼이 물었다.

"그 명령서를 쓴 사람이 우첩형이라고 하셨소?"

"그렇소. 사례감 소감 홍향이오."

초력이 대답하자 양진삼이 고개를 살짝 기울이며 다시 물었다.

"명령서에 적힌 내용 말고 따로 받은 지시는 없었소?"

초력은 나문시와 눈길을 교환한 뒤 양진삼을 향해 의미심장한 미소를 지었다.

"출발 전에 우리에게 귀띔해 준 사람은 비각의 늙은 구렁이만이 아니었소."

"하면 우첩형도?"

초력이 고개를 끄덕였다. 양진삼은 대화를 중단하고 하와르를 돌아보았다.

"손님들이 배가 고프다고 하는군. 음식을 준비해 주겠어?"

하와르의 얼굴에 반색이 떠올랐다. 알아듣지도 못하는 대화자리에 주인으로서 앉아 있기보다는 음식을 만드는 쪽이 훨씬 즐겁기 때문이리라.

"구트라가 오늘 아침에 양을 잡았어. 그걸로 허르헉을 만들어 줄게."

허르헉은 쇠로 만든 통 안에 불에 달군 돌을 겹겹이 깐 다음 그 위에 양고기와 뿌리채소를 넣고 쪄 내는 유목민의 잔치 음식이었다. 이곳의 음식을 그리 좋아하지 않는 양진삼이지만 허르헉만큼은 예외였다.

"손님들 덕분에 오랜만에 하와르의 허르헉을 맛볼 수 있겠네. 부탁인데 우월덱드는 넣지 말아 줘."

늦가을 양지 녘에 피는 용담화의 꽃잎과 뿌리를 말린 것이 우월덱드인데, 그것으로써 양고기의 누린내를 잡는 것이 하와르의 요리 비법 중 하나였다. 단점이 있다면, '용의 쓸개[龍膽]'라는 이름에서 알 수 있듯이 그 맛이 지독히도 쓰다는 것.

"내가 말했지, 당신이 아무리 예쁘고 젊어도 음식 투정은 받아 주지 않겠다고."

하지만 눈을 초승달처럼 접으며 자리에서 일어서는 하와르를 보자 오늘 나올 허르헉에서는 쓴맛이 나지 않으리라는 것을 짐작할 수 있었다.

하와르가 게르를 나가자 나문시가 음충맞은 웃음을 흘렸다.

"황도를 주름잡던 양 형의 풍류는 이 오랑캐의 땅에서도 여전히 잘 먹히는 모양이외다."

하지만 이 풍류는 그 풍류가 아니었다. 목적이 분명한 풍류는 풍류가 아니라 임무라고 보는 쪽이 옳았다. 양진삼은 대답 대신 미소만 지어 보인 뒤 시선을 초력에게 옮겼다. 그 눈길에 담긴 뜻을 알아차린 초력이 은근한 목소리로 운을 뗐다.

"소속이 엄연히 다른 만큼 우첩형이 한 말을 이 자리에서 그대로 옮기지는 않겠소. 다만 우첩형은, 나아가 태감 영감께서는 한혈마 한 쌍을 선물로 바친 서역 상인들이 실제로는 우리와 똑같은 한족임을 이미 눈치채고 계신다는 점을 알려 드리고자 하오."

그 점에 관해서는 양진삼도 어느 정도 예상하던 참이었다. 그가 아는 왕진은, 비록 무양문의 백변귀서생이 제조한 인조 각막과 역용액 뒤에 감춰진 그의 본색을 꿰뚫어 볼 만큼 고절한 안력을 지니지는 못할지라도, 한혈마 한 쌍에 마음이 혹해 장차 발생할 오이라트와의 외교 문제를 고려치 않고 국가 차원의 대규모 사업을 덜컥 저질러 버리는 무모한 인물은 아니었던 것이다. 보운장에서 공들여 장만한 한혈마 한 쌍은 왕진에게 그저 작은 단서만 제공했을 따름이었다. 조공무역으로 나날이 병들어 가는 제국의 경제를 지켜 낼 수 있는 합리적이면서도 효과적인 단서를. 그리고 그 단서가 어떤 열매로 바뀌어 가는지를, 그는 합라화림에 도착한 뒤 직접 확인할 수 있었다. 오이라트의 수령이자 북원 제국의 실권자는 조금씩 분노하고 있었다.

양진삼은 짐짓 심각한 표정을 지으며 팔짱을 끼었다.

"딴에는 은밀히 추진한 일이건만……. 이 일로 금의위 영반께서 태감 영감의 노여움을 사지나 않을지 두렵소이다."

초력은 손을 내둘렀다.

"그런 걱정은 내려 놓으셔도 될 것 같소. 태감 영감께는 금의위를 견제하실 의향이 전혀 없는 눈치였으니까."

"그게 정말이오?"

"정말이 아니면 계집애처럼 조심성 많은 우첩형이 명령서 외에 따로 지시를 내릴 까닭이 없지 않겠소. 우리는 양 형을 돕기 위해 온 것이지, 방해하기 위해 온 것이 아니오."

"그렇게 말씀해 주시니 마음이 조금 놓이는구려."

그러나 마음 놓을 단계는 물론 아니었다. 왕진이 현재 파악하고 있는 바는, 금의위에서 조공무역의 부조리를 타파하기 위해 자신에게 작은 술수를 부렸고, 그 결과를 확인하기 위해 정탐꾼을 합라화림으로 파견했다는 수준에 지나지 않았다. 만일 무양문의 군사 육건이 모색하고 금의위와 보운장이 실행에 옮기려고 하는 거대한 공작의 실체가 드러나는 날에는, 동창의 두 당두는 역불급임을 알면서도 양진삼을 죽이기 위해 무기를 뽑아 들지 않을 수 없을 터였다.

그때 나문시가 막 생각났다는 듯이 말했다.

"아, 황도에 계실 때 혹시 팔부중들을 만나 보신 적이 있소?"

뜻밖의 말이거니와 귀를 솔깃하게 만드는 말이기도 했다. 양진삼의 눈이 가늘어졌다.

"팔부중이라면……."

"올 초 토번의 조공단과 함께 들어온 서장의 낙타 대가리들 말이오. 본래는 여덟이었는데 하나가 죽어서 지금은 일곱이 되 었소."

죽었다는 그 하나가 자신이 생각하는 둘에 포함되지 않기를 바라며, 양진삼이 나문시에게 물었다.

"한데 팔부중 얘기는 갑자기 왜 꺼내시는 거요?"

"그들 중 둘이 우리와 비슷한 임무를 띠고 장성을 넘었다고 하더이다. 산서에서 곧바로 장성을 넘어온 우리와는 달리, 황도 에서 출발한 데다 들르는 부족들마다 활불님이 왕림하셨다며 법석法席을 여는 바람에 여러 날 뒤처진 모양이오. 뭐, 그렇다고 는 해도 수삼일 안에는 합라화림으로 들어올 텐데, 사전에 알고 계셔야 할 것 같아 이렇게 말씀드리는 것이오."

저들과 비슷한 임무라면 오이라트와의 화의를 깨트리려는 괘 씸한 서역 상인들을 잡아 죽이는 임무이리라. 양진삼은 지나가 는 투로 물었다.

"현세의 팔부중은 전설에 나오는 팔부중의 이름을 그대로 쓴다고 하던데, 이번에 온다는 자들은 그들 중 누구요?"

"그게 누구라더라……."

나문시가 어물거리자 초력이 대신 대답했다.

"건달바와 긴나라."

두 개의 이름은 곧장 한 종류의 향기로 이어졌다.

으드득.

아마도 동창의 두 당두는 그 순간 울려 나온 으스스한 소리를 게르의 지붕을 때리는 바람 소리라고 여겼을지도 모른다. 하지 만 그 소리가 울려 나온 곳은 맞은편에 앉은 양진삼의 어금니

사이였다.

　그러나 양진삼은 젊어 보이는 얼굴에 걸맞지 않게 노회한 관원이었고, 그래서 다시 입을 열 때는 두 개의 이름에 심동한 어떤 기미도 찾아볼 수 없었다.

　"하지만 그들이 찾는 것도 결국은 서역 상인일 테니, 이 사람이 곤란해할 만한 일은 벌어지지 않을 것 같소."

　양진삼의 담담한 대꾸에 초력과 나문시는 고개를 끄덕여 동의를 표했다. 양진삼은 그런 두 당두에게 포권을 올렸다.

　"어쨌거나 양 모를 도와주시려는 두 분의 배려, 진심으로 감사드리오."

　허르헉이 요리되는 데에는 한 시진이 넘는 시간이 걸렸다. 그사이 날이 저물었고, 마른강 건너 초원의 동편 가장자리에는 겨울의 성좌들이 찬란히 떠오르기 시작했다.

　하와르의 게르 안에서 열린 잔치는 조촐했지만 운치 있었고, 양진삼은 시큼한 마유주를 대신해 지난 두 달간 아껴 두었던 한 단지의 소흥주를 손님들을 위해 내놓았다.

　"허! 이런 곳에서 중원의 명주를 만나다니, 양 형께서 너무 손해 보는 장사 아니오?"

　나문시의 말에 양진삼은 겸손한 미소를 지었다.

　"이역만리까지 찾아와 도움을 주신 두 분을 대접하는 데 이깟 술이 무에 아깝겠소. 양이 많지 않아 송구할 따름이오."

　양진삼이 술 단지를 봉하고 있던 진흙 뚜껑을 깨트리자 구수한 고기 냄새 위로 진한 술 향기가 번져 나갔다. 하지만 이 순간까지도 그의 머릿속을 맴도는 냄새는 아까 팔부중의 두 이름으로부터 연상된 한 종류의 향기, 지난 귀월鬼月 북경 국자감 경내의 비원에서 바르라는 파면 밀승으로부터 전해 들은 바로 그 향기였다.

─건달바가 비록 신화에서 전하는 것처럼 천상의 향수만 먹고 사는 존재는 아니지만, 그의 심향인에 당하면 장미 향과 같은 독특한 향기가 남게 되네.

양진삼은 누구 못지않게 오만한 사람이었고, 그래서 심향인으로 말미암아 겪어야만 했던 수모를 백 일이 넘게 지난 오늘까지도 생생히 기억하고 있었다.

'장미 향이라……. 응? 장미 향?'

그런데 그 장미 향이 실제로 게르 안에서 풍기고 있었다. 환후幻嗅가 아니었다. 코를 벌름거리던 양진삼은 고개를 돌렸다. 그의 옆자리에 앉아 있는, 달짝지근한 소홍주 몇 잔에 취해 양볼이 발그레하게 달아오른 하와르에게서 풍겨 나오는 향기는 지난날 그의 집 정원에서 맡던 장미 향을 꼭 닮아 있었다.

'진짜?'

양진삼은 자신의 후각이 잘못되지 않았음을 확인하기 위해 하와르의 목덜미에 코를 들이밀었다. 역시 장미 향이 맞았다. 그러고 보니 처음으로 잠자리를 함께하던 날에도 그녀는 이와 비슷한 향기를 풍기고 있었다.

"후렁잘로, 왜 이래?"

손님들의 눈을 의식한 듯 몸을 빼내려는 하와르를 붙들어 앉히며, 양진삼이 물었다.

"이 냄새…… 뭐지?"

"응?"

"당신에게 나는 냄새 말이야. 대체 뭘 바른 거냐고?"

하와르는 집요하게 달라붙는 양진삼의 얼굴을 밀치더니 조금
화난 얼굴로 말했다.

"허르헉에 넣지 말라고 했지, 몸에도 바르지 말라고는 안 했
잖아."

"뭐?"

"우월덱드 말이야!"

양진삼은 하와르의 얼굴을 멀뚱히 쳐다보다가 물었다.

"우월덱드를 발랐다고? 그 쓴 걸?"

"먹으면 쓰지만 김을 쐐서 나온 즙을 바르면 냄새는 하나도
안 쓰다고!"

용담화는 파랗고 장미꽃은 빨갛다. 한데 늦게 피는 용담화의
향기가 장미꽃의 향기와 흡사하다니!

양진삼은 이 작은 발견이 가져다준 놀라움과 기쁨에 자신도
모르게 하와르를 힘껏 끌어안고 말았다.

"하와르, 사랑해!"

(3)

건초 냄새가 석양처럼 번지는 저녁이었다.

짙어지는 땅거미를 디디며 잰걸음을 옮기던 양진삼이 쿰쿰한
냄새가 밴 붉은 털가죽 문을 젖히고 커다란 게르 안에 들어섰을
때, 그 남자는 탁자 위에 수북이 쌓인 양피지 책자들 중 하나에
코를 박고 있었다.

"어, 춥다."

문가에 선 양진삼이 손바닥을 허벅지 사이에다 비비며 엄살
을 부리자 남자가 고개도 들지 않고 게르 중앙에 피워 놓은 몽

골식 화덕을 가리켰다. 양진삼은 화덕 쪽으로 총총히 다가가서 불기가 거의 사그라져 뜬숯만 남은 아궁이 안에 마른 토탄土炭을 두어 삽 떠 넣었다. 그러나 이곳 사람들이 누르센이라고 부르는 이 연료의 보잘것없는 화력에 대해서는 지난 한 달간의 유목 생활을 통해 충분히 배운 바여서 큰 기대는 하지 않았다.

화덕 위에 걸린 쇠솥에서 따뜻한 물 한 잔을 퍼 마심으로써 아쉬우나마 약간의 온기를 취한 양진삼이 여전히 탁자 앞에 앉아 있는 남자를 돌아보며 말했다.

"장부를 정리하기엔 집이 너무 어두운 거 아닙니까, 형님? 그러다 눈 버리겠습니다."

남자는 그제야 양피지 책자에 박고 있던 고개를 들었다. 고지의 강렬한 햇볕과 차가운 겨울바람에 그은 오십 대 초로인의 얼굴이 양진삼을 향했다.

"아우님도 이곳 사람 다 된 모양일세. 집이라는 소리가 그리 자연스럽게 나오는 모양이니."

사돈 남 말 한다고 대꾸해 주고 싶었다. 무양문에서 백변귀서생이 발라 준 역용액이 합라화림으로 오는 노중에 떨어져 나갔을 때, 양진삼은 그렇게 드러난 저 초로인의 얼굴이 얼마나 허여멀끔했는지를 기억하고 있었다. 귀품까지는 아니어도 천하제일 거상의 오른팔로서 오랜 세월 경륜을 쌓아 온 노련한 상인의 위엄과 영민함이 이목구비 전체에 감돌았던 것이다. 한데 지금은…… 저 꼴이 되었다. 만일 그 점진적인 변화의 과정을 꾸준히 지켜보지 않았다면, 두꺼운 털모자에 군데군데 징이 박힌 가죽 외투 차림을 하고 앉은 저 까무잡잡한 초로인이 한족인지 몽골족인지 정확히 구분하기 힘들었을 것이다.

탁자에 쌓인 양피지 책자들을 한쪽으로 가지런히 정리한 초로인, 북경 보운장의 총관이었다가 양진삼과 함께 합라화림으로 들어온 신걸용이 탁자 옆에 놓인 키 작은 서랍장에서 작은 목패 하나를 꺼내어 흔들어 보였다.

"입궁패入宮牌를 깜빡해서 사람을 다시 보내려던 참이었네. 궁궐에는 어떻게 들어왔나?"

양진삼은 대답 대신 씩 웃기만 했다. 그 웃음을 본 신걸용이 혀를 찼다.

"또 도둑고양이처럼 성벽을 넘은 모양이군. 그러다 들키는 날에는 내 일까지 곤란해진다는 점을 알아 두게나."

하지만 저것은 양진삼이 과거 무산巫山의 노인네들에게서 받은 학대에 가까운 수련이 얼마나 지독했는지를 모르기에 하는 소리였다. 성벽을 넘은 때가 훤한 대낮이라도 들키지 않을 판에 지금처럼 땅거미가 내린 다음이라면……

목패를 서랍장에 다시 넣은 신걸용이 양진삼에게 물었다.

"보아하니 식전인 모양인데, 만두 어떤가?"

"만두요?"

눈이 동그래진 양진삼이 반색하며 물었다.

"어디서 났는데요?"

"조석으로 고기만 먹어 댔더니 당최 속이 부대껴 못 견디겠더라고. 해서 아까 짬 난 김에 빚어 보았지. 먹어 볼 텐가?"

"주신다면야 고소원이지요."

양진삼이 굽실거리자 신걸용이 의자에서 일어섰다.

"잠시만 기다리게, 곧 쪄 줄 테니까."

불과 더운 물이 이미 준비된 마당이라 신걸용이 만두를 내오는 데에는 그리 긴 시간이 필요치 않았다. 안에 든 소라고는 소금에 절인 호박고지뿐인 만두지만 고기 누린내에 물린 입에는 그쪽이 오히려 반가웠다. 앉은자리에서 주먹만 한 만두 일곱 개를 해치 웠더니 배 속이 든든해졌다. 입가심으로 따끈한 차—가축의 젖 따위는 한 방울도 섞이지 않은 순수한 중원의 차였다—까지 한 잔 마시자 양진삼의 입가에는 흡족한 미소가 절로 맺혔다.

"정말로 엄마 같군요."

양진삼이 의자 등받이에 등을 묻으며 감탄하자 탁자 맞은편 에 앉아 만두를 우물거리던 신걸용이 시선을 들었다.

"방금 뭐라고 했는가?"

"여기 사람들이 형님을 보대에치라고 부른다면서요. 누가 지 었는지 몰라도 참 잘 지은 이름 같습니다."

보대에치는 이곳 말로 '밀가루 엄마'라는 뜻이었다. 만두를 손수 빚어 쪄 주는 사람에게는 참으로 어울리는 별명이 아닐 수 없었다. 놀림을 당했다 여겼는지 얼굴을 찌푸리던 신걸용이 돌 연 눈을 가늘게 뜨며 말했다.

"아우님이 놀릴 처지는 아니라고 보는데? 뭐라더라, 그 여자 가 아우님을 부르는 이름 말일세. 후렁……."

"아, 됐고요."

양진삼이 재빨리 손사래를 쳐서 신걸용의 입을 막았다. 하와 르 말고 다른 사람에게서 그 이름으로 불리는 건 가급적 사양하 고 싶었다. 다행히 신걸용은 객쩍은 소리를 별로 좋아하지 않는 사람이라 알아서 화제를 돌려 주었다.

"부탁한 물건을 구해 놓았네."

"부르신 걸 보고 그러리라 짐작했습니다."

"그 물건을 구하는 데 밀가루 다섯 부대와 메밀가루 여덟 부 대가 들었다네. 한 군데서 구입하면 더 유리한 흥정을 할 수 있 었을 텐데 굳이 여러 군데서 나눠 구입하라는 바람에……."

"그런 얘기는 요 장부에다가 하시고, 물건이나 보죠."

양진삼이 양피지 책자를 손바닥으로 탁탁 치며 말을 자르자 신걸용이 눈썹을 슬쩍 찡그렸다. 하지만 인내심이 많은 상인답게 상대의 경망스러운 언행을 탓하지는 않았다.

"이걸세."

신걸용이 서랍장에서 오리 알 하나가 들어갈 만한 나무 상자를 꺼내 탁자 위에 올려놓았다. 양진삼은 눈을 빛내며 상체를 앞으로 끌어당겨 나무 상자의 뚜껑을 열었다. 그 순간, 그는 자신도 모르게 콧구멍을 벌름거렸다. 향기가, 정확히 말하면 각기 다른 두 종류의 향기가 탁자를 중심으로 은은히 번져 나갔기 때문이다.

나무 상자 안벽에는 폭신폭신한 양털이 깔려 있었고, 손가락 두 개를 포개 놓은 것만 한 크기의 주석 병 두 개가 양털의 두툼하고 부드러운 보호 속에 똑바로 세워져 있었다. 양진삼은 주석 병을 하나씩 꺼내 마개를 연 뒤 코에 대고 냄새를 확인해 보았다.

"아우님이 찾던 냄새가 맞던가?"

신걸용이 물었다. 양진삼은 곧바로 대답하는 대신 주석 병을 바꿔 가며 한차례 더 냄새를 맡아 보았다.

"똑같다고는 할 수 없지만 거의 비슷합니다."

양진삼이 내민 두 개의 주석 병을 코에 대 본 신걸용이 어깨를 으쓱거렸다.

"박하 향이야 그렇다 쳐도, 용담화에서 장미 향을 뽑아낼 수 있다는 것은 이번에 처음 알았네."

양진삼은 바로 그 장미 향을 풍겨 내는 주석 병을 가볍게 흔들어 보고는 빙긋 웃으며 말했다.

"남녘의 용담화들은 주로 여름에 피잖습니까. 그것들은 향기가 엷어서 향수로 뽑아낼 수 없을 겁니다. 하지만 서리가 내린 뒤 초원에서 피는 우월덱드라는 종은 생명력이 강해서인지 향기도 더 짙은 모양입니다. 몇 마리 안 남은 벌들을 불러 모으려면 그럴 수밖에 없을 거라고, 하와르가 말해 주더군요."

하지만 하와르가 그다음에 한 말은 굳이 옮기지 않았다.

－내가 당신 앞에서 우월덱드 즙을 바르는 이유도 마찬가지야. 내 첫 남편은 좋은 남자였고 훌륭한 전사였지만, 내게 하나의 아이도 주지 못한 채 죽어 버렸지. 후렁잘로는 내게 아이를 줘야 해. 여름처럼 싱싱하고 건강한 아이를. 자, 맡아 봐. 나는 지금 우월덱드의 향기를 풍기고 있어. 당신을 부르기 위해서지. 그러니 벌처럼 침을 세우고 이리 오라고, 후렁잘로.

성숙한 여인의 도발적인 말 앞에 양진삼은 북경 최고의 풍류남아답지 않게 얼굴을 붉혀야만 했다.

"더운가? 어째 안색이 불그레하군."

신걸용의 말에 퍼뜩 현실로 돌아온 양진삼이 고개를 절레절레 흔들었다. 콧수염이 예쁘게 난 동창의 두 당두가 다녀간 날, 잔치 자리를 물리기도 전에 하와르와 나누었던 격렬한 정사를 머릿속에서 떨어내기 위해서였다.

양진삼은 각기 다른 향기를 담은 두 개 주석 병을 나무 상자 안에 넣은 뒤 뚜껑까지 단단히 덮고는 신걸용을 향해 고개를 깊이 숙였다.

"시간이 촉박해서 힘드셨을 텐데 구하느라고 수고하셨습니다, 형님."

"한배를 탄 사람끼리 수고는 무슨……. 아우님의 일이 곧 내 일일 텐데 말일세."

그러나 양진삼의 일과 신걸용의 일, 나아가 양진삼의 목표와 신걸용의 목표 사이에는 엄밀한 관점에서 볼 때 미묘한 차이가 존재했다. 무양문의 군사 육건은 두 사람을 하나로 묶어 장성 너머로 보내는 데에는 성공했지만 그 미묘한 차이까지 제거할 수는 없었다. 각자의 입장이랄까, 외견상 같은 일이라도 한 사람은 정치적인 관점에서, 다른 사람은 경제적인 관점에서 추진하다 보니 완전한 부합은 이루어질 수 없었던 것이다. 물론 두 사람 모두는 애초부터 이 점을 인지하고 있었고, 인정도 하고 있었다. 합라화림에 도착한 뒤 함께 움직이는 시간보다 따로 움직이는 시간이 더 많은 까닭과, 한 사람은 후렁잘로로 불리는데 다른 사람은 보대에치로 불리는 까닭도 모두 거기에서 비롯되었다. 그리고…….

'이런 종류의 동업에도 나름의 장점은 있지.'

거시적 차원에서 유사한 목표를 추구하는 두 사람 간의 느슨한 동업은 상대의 눈치를 보지 않아도 된다는 장점과 더불어 운신의 폭이 넓다는 장점 또한 가지고 있었다. 더구나 쾌찬 양진삼으로 말하자면 관과 강호가 함께 알아주는 운신의 달인이요, 경공술의 달인이 아니던가. 그는 오늘 밤 바로 그 경공술을 유감없이 발휘할 작정으로 합라화림의 심장인 이 '백색 궁궐'에 잠입했다.

나무 상자의 뚜껑을 닫자 은은하던 향기가 공기 중으로 흩어졌다. 양진삼은 오늘 밤 그가 펼칠 공작에서 가장 중요한 소품이 되어 줄 나무 상자를 허벅지 위에 조심히 내려놓은 뒤 신걸용을 바라보았다.

"향기로운 얘기가 끝났으니 이제는 그리 향기롭지 못한 얘기를 할 차례군요. 그 낙타 대가리들은 여전히 주지육림 속에서 헤엄치고 있나요?"

낙타 대가리란 말에 신걸용이 얼굴을 찡그렸다.

"내가 신실한 불제자는 아니네만, 그자들이 하고 다니는 꼴은 정말 못 봐주겠더군. 이 백색 궁궐이 그자들에게는 주왕紂王의 녹대鹿臺요, 시황始皇의 아방궁阿房宮이라네. 궁궐의 주인인 타이손 칸은 점잖은 성정이라 못마땅하게 여기는 모양이지만, 그자들의 황음을 방관할 수밖에 없다네. 그자들을 활불로 받들고 비호하는 에센 타이시를 두려워하기 때문이지."

칸[汗]은 황제고, 타이시[太師]는 족장이다. 신걸용의 말대로라면 이 나라에서는 황제가 족장의 눈치를 보고 있다는 얘기인데, 양진삼에게는 전혀 이상하게 들리지 않았다. 비슷한 상황이 고국인 명나라 궁정에서도 벌어지고 있는 데다, 북원 제국의 전권은 에센 타이시의 부친 대부터 이미 오이라트에게 넘어간 상태임을 알기 때문이었다.

한자로는 '와라[瓦剌]'라고 가차되는 오이라트는 몽골 서북부에 위치한 홉스굴 호수 인근의 삼림지대에서 발원하여 서몽골을 중심으로 세력을 키워 나간 네 부족(초로스, 코슈트, 토구트, 되벳)의 연합체였다. 북쪽으로는 아라사俄羅斯(러시아) 서쪽으로는 첩목아帖木兒(티무르), 남쪽으로는 신강新疆(위구르)의 척박하고 험준한 지형에 둘러싸인 그들이 결국 말 머리를 향한 곳은 같은 몽골 계열인 칸(칭기즈칸)의 일족이 통치하는 동쪽 초원이었고, 몽골 제국의 권력을 쟁취하기 위한 그들의 기나긴 투쟁은 그때부터 시작되었다고 할 수 있었다. 그리고 그 투쟁에서 가장 선봉적인 성과를 이룬 인물을 꼽으라면, 아마도 에센 타이시의 부친인 토곤 타이시일 터였다.

초로스 부족의 족장으로서 오이라트의 네 부족을 통합한 토곤 타이시가 짙푸른 몽골 초원 위에 본격적으로 이름을 드러낼 무렵, 북원 제국은 우구데이(칭기즈칸의 셋째 아들, 오고타이) 가문 출신인 아자이 칸의 통치하에 있었다. 명 태조 주원장에 의해 장성 너머로 쫓겨나 건립된 북원은 패망한 제국의 잔당이 으레 그러하듯이 반세기 남짓한 기간 동안 열 명이 넘는 칸이 교체될 만큼 극심한 내분에 시달려야 했다. 하지만 그런 가운데에도 인물은 나왔다. 피로 얼룩진 추악한 상잔의 역사를 일소하고 제국의 권좌에 오른 아자이 칸은 제 앞가림조차 변변히 하지 못하던 유약하고 무능한 전임 칸들과 달리 칭기즈칸이 달성한 '세계 목장 건설'의 꿈을 재현하겠다는 웅대한 야심을 가진 인물이었다. 그리고 그 야심의 뾰족한 창촉은 못난 선조가 잃어버린 옥토, 중원을 향하고 있었다.

만일 북쪽으로부터 재흥하는 과거의 악몽에 위협을 느낀 명나라 조정이 신속한 군사적 조치와 더불어 점차 세력을 쌓아 가는 오이라트의 토곤 타이시를 움직여 아자이 칸을 견제하지 않았다면 당시 중국의 역사는 어떻게 변했을까?

아마도 지금쯤 칭기즈칸의 후예들은 그네들의 선조가 그러하였듯 이곳보다 훨씬 남쪽에서 따뜻한 겨울을 맞이하고 있으리라는 것이 양진삼의 판단이었다. 그리고 양진삼은, 제국 간 역학의 틈새를 파고들어 온갖 공작을 시도한 끝에 마침내 토곤 타이시를 움직이는 데 성공한 대단한 인물이 누구인지를 알고 있는 몇 안 되는 사람들 중 하나였다.

같은 조직 내에서조차 얼굴과 본명을 아는 자가 없었다는 금의위의 전설적인 초대 영반, 무명십자검無名十字劍……

생각이 그 별호에 이르자 양진삼의 편편한 콧등에 잔주름들이 잡혔다.

'하긴 전설적이라고 해도 무방하겠지. 허리 꼬부라진 나이에도 장성을 넘나들며 온갖 못된 짓은 다 저지르고 다녔으니까.'

따지고 보면 양진삼이 이역만리의 타향에서 칼바람을 맞아가며 이 고생을 하는 근본적인 원인 또한 그 노인네들이 제공했다고 볼 수 있었다. 지금이야 천직처럼 여겨지기도 하지만, 처음에는 결코 자발하여 금의위의 제복을 입은 것이 아니기 때문이었다. 십여 년 전 겪은 악몽 같은 일이 어제 일처럼 떠올랐다.

─금의위에 들어가라고요? 왜요?

─가 보면 안다. 길은 우리들이 다 닦아 놓았으니까 넌 그냥 번쩍거리는 제복만 걸치면 돼.

─관리는 안 할 거라니까요. 개백정들뿐인 금의위는 더더욱 싫고요.

─뭐, 개백정?

─사실이 그렇잖아요. 미행에, 감시에, 그것도 모자라 사람 잡아다 놓고 고문하고, 죽이고……. 그런 게 개백정이 아니면 뭐겠어요?

─이놈이 감히 사부들을 욕해!

어찌나 진저리나는 추억인지 환통幻痛까지 일어나는 것 같았다. 양진삼은 그때 소소풍 사부에게 맞아 부러졌던 왼쪽 정강이를 문지르며 생각했다.

'평소에는 그렇게 아옹다옹하다가도 제자 놈 패는 데만큼은

기가 막히게 의기투합하던 고약한 노인네들이었지.'

그러고 보니 고약한 노인네는 그 노인네들만이 아니었다. 양진삼의 머릿속에는 지금쯤 대륙의 남부에서 따듯한 화롯불을 쬐며 만찬을 즐기고 있을 왜소한 노인네 하나가 그려졌다.

─청출어람까지는 기대하지 않지만 사부들이 이룩한 찬란한 업적에 먹칠을 하지 않으려면 열심히 뛰어야 할 게야. 명존의 가호가 함께하기를 빌겠네.

복건을 출발하기 직전, 그 노인네가 격려랍시고 건넨 한마디를 떠올린 양진삼은 어금니를 지그시 깨물었다.

'이번 일만 끝나면 그 노인네를 포함해 말끝마다 명존을 들먹이는 고약한 족속과는 기필코 작별할 테다!'

마음 같아서는 금의위까지 깨끗이 때려치우고 천지간의 자유인, 강호의 유랑기협으로 살고 싶었지만, 마님 노릇 좋아하는 조강지처를 독살하기 전에는 바라기 힘든 일일 테고……. 한번 자기 사람이라고 점찍으면 상사 걸린 처녀처럼 끈덕지게 들러붙는 문주 서문숭과 살아오는 동안 만난 사람들 중에서 가장 친애하고 존경하는 의형 제갈휘를 생각하면 무양문과 결별하는 것도 쉬운 일만은 아닐 것 같았다.

'한 번뿐인 청춘을 이 노인네 저 노인네에게 등 떠밀려 마감하다니, 내 팔자도 참…….'

생각이 여기에 미치자 양진삼은 우울해졌다. 그가 꿈꾸는 풍류의 낙원은 현실로부터 너무 멀리 떨어져 있었다.

그러는 사이 신걸용의 이야기는 계속 이어지고 있었다.

"……동창의 두 당두가 한 이야기를 곧이곧대로 믿어서는 안

될 일이네. 상대는 다름 아닌 환복천자가 아니던가. 지금이야 우리의 일에 호의를 보이는 것 같지만, 상황이 바뀌면 조변석개 朝變夕改로 안면을 바꿀 수 있는 자이니…… 이봐, 아우님, 지금 내 말 듣고 있는 건가?"

양진삼은 얼른 표정을 고치고 고개를 끄덕였다.

"물론 잘 듣고 있습니다. 설마하니 제가 동창 놈들을 믿는다고 생각하시는 건 아니겠지요? 우리는 서로를 절대로 안 믿습니다. 흔히들 금의위와 동창을 입과 똥구멍에 비유한다는 사실을 모르시나 보군요."

신걸용이 눈을 끔벅거렸다.

"입과 똥구멍?"

"서로 마주치는 일도 드물거니와, 혹시라도 마주치는 날에는 즉시 외면하니까요."

"어느 쪽이 똥구멍인가?"

양진삼은 제 얼굴을 손가락으로 가리키며 반문했다.

"이 얼굴이 똥구멍처럼 보이십니까?"

"적어도 금의위는 아니란 말이군. 기회가 오면 동창 사람들에게도 물어보겠네."

"물어보나 마나 구린내만 맡게 되실 겁니다."

작게 코웃음을 친 신걸용은 탁자 위에 쌓인 장부들 틈에서 양피지 두루마리 한 권을 뽑아내 탁자 위에 펼쳤다.

"영민하신 금의위 부영반님께 똥구멍을 걱정하란 잔소리를 해 봐야 헛고생일 테고, 자, 이게 아우님이 원한 백색 궁궐의 전도全圖라네."

신걸용이 펼친 양피지는 탁자의 폭을 거의 덮을 만큼 길었다. 양진삼은 문가로 걸어가 게르 바깥의 동정을 슬쩍 살핀 뒤, 문설주에 걸린 무쇠 등불을 들고 탁자로 돌아왔다. 하지만 의자에 앉지는 않았다. 양피지에 그려진 전도를 한눈에 담기 위해서는 일어선 채로 내려다볼 필요가 있었다.

"흠, 꽤나 깊숙이 들어가야겠군요."

전도에서 양진삼이 주목한 부분은 이 장 높이의 내벽에 둘러싸인 내궁, 그중에서도 칸의 직계 가족들이 머무는 별궁이었다. 내궁의 배치를 세심히 살피던 그가 신걸용에게 물었다.

"별궁이 여러 곳인데 맹가라는 아이가 머무는 곳은 이 중 어디입니까?"

"이곳 말로는 멩케지, 토구스멩케[脫古思猛可]. 그 아이가 머무는 별궁은 바로 이곳이라네."

신걸용이 전도에 그려진 건물들 중 한 곳을 손가락으로 짚었다.

"호위는 있나요?"

"정확히 파악하지는 못했지만 그리 대단한 호위는 아닐 거라고 보네. 사실 타이손 칸 주위에서 눈여겨볼 인물이라고는 오직 한 사람뿐이지."

"그게 누구죠?"

신걸용의 표정이 신중해졌다.

"타이손 칸의 호위대장인 아라아탄. 아우님도 이 이름을 들어 보았겠지?"

양진삼은 묵묵히 고개를 끄덕였다. 케튤렌 강 중류 지역을 기반으로 삼은 일개 왕족에 불과하던 톡토아부카[脫脫不花]가 오이라트의 토곤 타이시와 손을 잡고 아자이 칸을 몰아낸 내전 과정에서 톡토아부카 휘하의 장수로서 놀라운 전공을 세운 아라아탄 바투스는 북원에서 제일가는 전사로 알려져 있었다. 톡토아부카가 타이손 칸이 되는 데 결정적인 도움을 준 것은 누가 뭐래도 오이라트의 강병들이지만, 굶주린 호랑이처럼 위험한 그 야만의 강병들로부터 타이손 칸을 지켜 준 최후의 보루는 바로 '초원의 야수', 아라아탄이었던 것이다.

"이곳에 머무는 동안 나름대로 조사를 해 봤는데, 남쪽에 알려진 소문이 오히려 부족하다는 느낌마저 들 만큼 무서운 인물이었네. 전장에서 발휘하는 능력은 물론이거니와 일신에 쌓은 무공을 따져도 중원 강호의 절정 고수에게 결코 뒤지지 않는다고 하네. 게다가 황금혈黃金血에 대한 충성심은 그야말로 절대적이라고 할 수 있지. 나는 에센 타이시가 허수아비나 다름없는 타이손 칸에게 무례를 범하지 못하는 가장 큰 이유를 바로 그 야수라고 판단한다네. 야수의 숨소리가 들리는 곳에서는 천하의 타이시마저도 감히 경거망동을 못 하는 거지. 그러니 아우님도 그자를 만나면 각별히 주의하기 바라네."

신걸용의 경고에도 양진삼은 별반 의견을 밝히지 않았다. 양진삼의 반응을 잠시 기다리다가 어깨를 으쓱거린 신걸용이 화제를 다시 아이에게로 돌렸다.

"아홉 살밖에 안 된 아이인데도 얼굴에 커다란 칼자국이 두 줄이나 나 있다네. 이마와 왼뺨을 살펴보면 사람을 잘못 보는 일은 벌어지지 않을 걸세."

양진삼이 작게 휘파람을 불었다.

"아홉 살에 벌써 칼자국이 두 개라, 과연 이름에 '사나울 맹猛' 자가 들어갈 만하군요."

"칼자국만이 아니라 성질도 대단하지. 합라화림에서 에센 타이시를 두려워하지 않는 사람은 멩케 왕자밖에 없다는 얘기가 나돌 만큼 말일세. 덕분에 타이손 칸은 자신의 큰아들을 아끼면서도 염려하고 있다네. 혹시라도 에센 타이시의 눈 밖에 나서 해침을 당하지는 않을까 하고 말일세.”

“실제로는 어떤가요? 에센 타이시가 정말로 멩케 왕자를 눈엣가시로 여기고 있나요?”

이것은 무척 핵심적인 질문이었다.

신걸용은 털모자 속으로 손가락을 집어넣어 머리를 긁적거렸다.

“지금으로선 뭐라 단정하기 힘들겠지. 한 궁궐 안에 머문다고 해도 나는 어쨌거나 이방인, 에센 타이시의 속내를 낱낱이 알아낼 수는 없는 노릇 아니겠는가. 다만 분명한 점은, 에센 타이시는 자신의 누이동생 중 하나를 타이손 칸의 후궁으로 집어넣었고, 그 누이동생에게서 나온 갓난쟁이를 황태자로 책봉시키기 위해 타이손 칸을 다방면으로 압박하고 있다는 사실이지.”

양진삼은 팔짱을 꼈다.

“정황으로는 눈엣가시가 맞다는 뜻이군요.”

“정황으로는 그렇지. 자신의 조카가 황태자가 되는 데 가장 큰 걸림돌이 바로 멩케 왕자일 테니까. 하지만 에센 타이시는 심계가 깊은 인물이라네. 섣부른 행동으로 황금혈을 도모하여 몽골 제 부족들의 반감을 살 만큼 어리석지는 않지. 아우님은 이 점을 잊지 말아야 하네. 오늘 밤에는 더더욱 말일세.”

양진삼은 에센 타이시의 또 다른 누이동생인 하와르로부터 이 일에 대해 들은 바가 있었다.

─칸은 언니를 별로 안 좋아해. 오빠만 없었다면 벌써 궁궐에서 쫓아냈을걸. 그런 마당에 분신처럼 애지중지하는 큰아들을 젖혀 둔 채 언니가 낳은 젖먹이를 황태자로 책봉한다는 게 말이

된다고 생각해?

　몽고인들에게 있어서 칭기즈칸으로부터 이어져 내려오는 혈통, 일명 황금혈은 대단히 중요한 상징성을 차지하고 있었다. 하와르와 에센의 부친인 토곤 타이시에게는 당대의 황제인 아자이 칸을 제거할 수 있을 만큼 강성한 군대가 있었지만, 몽고인들이 숭상하는 순혈주의를 거스르고 스스로 칸에 오르는 엄두만큼은 감히 내지 못했다. 그 점은 에센 타이시도 마찬가지였다. 타타르(동몽골의 몽고인)를 복속시키는 것이 오이라트 모든 부족민의 오랜 열망임을 잘 알고 있음에도, 그는 부친이 옹립한 타이손 칸 뒤에서 막후의 실력자 노릇을 하는 것에 만족할 수밖에 없었다. 하지만 그 만족이 진심일 리는 물론 없었다.

　그래서 부심 끝에 궁리해 낸 계책이 자신의 핏줄을 다음 대 칸에 앉히는 것.

　에센이 취중을 빙자하여 누이동생 중 하나를 타이손 칸에게 반강제로 떠안긴 것도 바로 그 때문이었다. 천 리 길도 한 걸음부터라는 말처럼, 우선 조카를 칸에 앉힌 연후 이 백색 궁궐을 칸의 모계, 즉 오이라트의 인사들로 점차 채워 나가면 언젠가는 황금혈 전체를 자신의 혈통으로 교체할 수 있다는 것이 그 계책의 골자였다. 그리고 먼 미래를 내다본 그 계책의 첫걸음은, 최소한 하와르가 타이손 칸의 손길을 매몰차게 외면하기 전까지는 성공하는 것처럼 보였다.

　'초원의 봄은 남녘의 봄처럼 마냥 온화하지만은 않지.'

　문제는 하와르라는 여자가 선물로 주고받을 수 있을 만큼 만만한 성격이 아니라는 데에 있었다.

─우리 자매들도 그 술자리에 있었어. 오빠가 누이동생 중 하나를 가지라고 했을 때, 칸이 나를 쳐다보던 눈빛을 지금도 똑똑히 기억해. 과연 칸은 나를 지목했어. 난 단칼에 거절했지. 왜냐고? 머거르처럼 물렁물렁한 남자는 내 취향이 아니거든. 난 단단한 남자를 좋아해, 후렁잘로처럼.

당시의 술자리를 떠올린 듯 콧방귀를 차갑게 뀐 하와르는 이렇게 덧붙였다.

─당신은 잘 모르겠지만 오이라트는 여자가 살기 좋은 곳이 아니야. 아빠가 없는 여자는 오빠의 명령에 따라야 하고, 거역하면 그 자리에서 죽여도 상관없지. 하지만 나는 예외였어. 나는 아빠를 따라 전쟁에 참가한 적이 있는 전사고, 작지만 내 부족을 거느린 족장이거든. 누이동생은 죽일 수 있어도 전사와 족장은 함부로 못 죽여. 그게 초원의 법이야. 오빠는 별수 없이 나 대신 언니를 칸에게 주었고, 내게는 삼 년간 궁궐에 들어오지 못하는 벌을 내렸지.

그 뒤로도 초원의 해와 달은 쉼 없이 흘렀다. 하와르의 언니가 칸에게 시집가고, 몇 개월 뒤 사내아이가 태어나고, 그 사내아이가 이제는 젖을 뗄 때가 되었다. 그리고 하와르에게 내려진 삼 년의 벌도 이번 달로 끝이 나게 되었다.

양진삼은 고개를 들었다. 유목민들은 아무리 추운 날에도 토온이라 불리는 게르의 지붕 구멍을 닫지 않았다. 그는 게르의 천창天窓이자 환기구이기도 한 그 구멍을 통해 짙은 어둠이 깔린 밤하늘과 그 가운데 걸려 있는 그믐달을 올려다보았다.

저 그믐달이 지면 시월도 함께 끝나고, 하와르는 이 백색 궁궐에 들어올 자격을 되찾게 된다. 대놓고 말한 적은 없어도 하와르는 그때를 무척 기다리는 눈치였다.

─오빠는 사실 나를 좋아해. 머거르의 체면 때문에 어쩔 수 없이 벌을 내리긴 했지만, 다달이 어린 양과 새끼 염소를 한 마리씩 부족으로 보내 주는 것만 봐도 알 수 있지. 다음 초승달이 뜨는 날이 오면 궁궐 안에 나를 위한 잔치를 열어 줄 게 분명해. 양이나 염소만이 아니라 낙타까지 잡는 큰 잔치를 말이야. 나는 그 자리에서 후렁잘로를 오빠에게 소개할 생각이야. 다들 후렁잘로의 예쁜 얼굴을 보고 깜짝 놀라겠지. 내가 그랬던 것처럼 말이야.

그러면서 하와르는 열여섯 살 소녀처럼 까르르 웃었다. 게르 안의 건조한 공기 속에서 쾌활하게 부서지던 그녀의 웃음소리를 떠올린 양진삼은 어제보다 한층 더 초리가 가늘어진 그믐달을 올려다보며 미소를 지었다.
"낙타를 잡는 잔치라, 정말 기대되는군."

(4)

초원의 겨울로서는 드물게 바람이 잠든 날이었다.
아침부터 내리기 시작한 함박눈이 저녁을 앞당겨, 점심 배가 채 꺼지기도 전에 우중충한 어스름이 사방에 깔렸다. 하와르의 부족민들이 머물던 마른강 상류의 평지에는 일찌감치 철거된 게르의 부산물들을 산처럼 실은 몽고마와 노새 들이 함박눈을 맞으며 출발 명령을 기다리고 있었다. 평소에는 검은색이나 밤색, 혹은 회흑색의 윤기를 흘리던 갈기와 꼬리털이 군데군데 얼어붙은 눈송이 때문에 얼룩덜룩해 보였다. 눈은 소리를 멈추고 풍경을 멈추고 세상을 멈추었다. 눈이 부여한 완강하고 엄격한 통제 속에서도 쉴 새 없이 꼬무락거리는 존재는 오직 인간들뿐인 것 같았다.

그 반항적인 인간들 중 하나인 양진삼은 상체에 엇질러 맨 폭넓은 가죽 띠에서 작은 칼을 뽑아 잘 닦은 금속만이 가질 수 있는 매끈매끈한 표면에 얼굴을 비춰 보았다. 턱을 들고 고개를 좌우로 돌리던 그는 마음에 들지 않는다는 듯 입술을 비죽거렸다. 동창의 두 당두에게 예쁘게 보이고 싶다며 하와르가 닷새 전 잘라 낸 수염이 여전히 너무 짧았던 것이다. 마음에 들지 않는 점은 그것 한 가지만이 아니었다. 얼굴에 바른 염소 기름이 채 스며들지 않아 전체적으로 너무 번질거리고 있었다. 쿰쿰한 그 기름을 머리카락에까지 발라야 한다고 고집을 부리던 하와르는 평소에는 순종적이던 후렁잘로가 끝끝내 거부하자 조금 삐친 것 같았다. 하지만 그는 모른 척했다. 그녀의 요구를 끝도 없이 들어주다가는 그나마 마음에 들어 하는 지금의 가죽옷 대신 요란한 색동옷을 입힐지도 모르기 때문이었다. 그는 모처럼 만나는 친구들에게 비웃음을 당하고 싶지 않았다.

거울로 쓰던 칼을 가죽 띠에 다시 꽂아 넣은 양진삼은 허리에 묶어 놓은 가죽끈을 푼 다음, 그 끝을 양손에 말아 쥐고 두어 차례 가볍게 당겨 보았다. 팡, 팡, 하는 작은 파공성 위로 눈송이들이 작고 하얀 알갱이로 부서져 날렸다.

'이 가죽끈이 번쩍거리는 금빛 포승이면 얼마나 멋질까?'

하지만 이곳에서 그런 물건을 구하기란 사막에서 꿀물을 찾는 것만큼이나 부질없는 짓. 어젯밤 하와르에게 부탁해 철사 한 발을 구할 수 있었던 것만 해도 다행한 일일 터였다. 그 철사는 한 뼘 길이로 잘린 뒤 지금은 가죽끈 위에 손가락 마디 하나 폭으로 촘촘히 감겨 있었다. 그가 장만한 가죽끈은 기름에 여러 번 절인 무척이나 질긴 물건이지만, 낙타는 힘센 동물이었다. 그런 동물을 잡으려면 사전에 철저히 준비할 필요가 있었고, 철사를 분절로 감아 놓은 것은 그 때문이었다.

마지막으로 양진삼이 안쪽에 솜을 두툼히 덧댄 양쪽 가죽 견갑肩甲의 끈을 단단히 조일 무렵, 이동을 위한 점검을 마무리한 하와르가 그녀의 몽고마를 몰고 그에게로 다가왔다. 뒤끝이 없는 시원시원한 성격답게 아까의 삐친 기색은 이미 사라진 뒤였다.

양진삼의 앞에서 말을 세운 하와르가 안장에 앉은 채 코를 쿵긋거렸다.

"이게 무슨 냄새야?"

이런 눈 속에서는 소리건 냄새건 감지하기 힘들 텐데도 하와르는 용케 맡은 모양이었다. 양진삼은 양쪽 견갑 위로 번갈아 코를 댄 뒤 빙긋 웃었다.

"안에 뭘 좀 발랐어."

"우월렉드 즙 같은 거?"

"비슷해."

하와르는 눈살을 찌푸렸다.

"냄새가 안 좋아. 나한테 말하지 그랬어. 좋은 걸로 줄 수 있었을 텐데."

"잘 맡아 보면 그리 나쁜 냄새는 아닌데……."

견갑에 번갈아 코를 대고 쿵쿵거리던 양진삼이 변명하듯 덧붙였다.

"지난여름부터 가지고 다니던 물건이라서 이번 기회에 꼭 바르고 싶었어. 살갗에 전부 스며들면 냄새도 사라질 테니 신경 쓰지 마. 그건 그렇고……."

양진삼은 새로 산 옷을 남자에게 선보이려는 여자처럼 양팔을 가볍게 벌린 채 그 자리에서 맴을 돌았다.

"나 어때?"

하와르는 본래부터 가는 눈을 더욱 가늘게 접고 양진삼을 관찰하다가 말했다.

"한 가지만 빼면 통과야."

"뭔데?"

머리카락에 염소 기름을 바르는 것만 아니면 좋겠다고 생각하며 양진삼이 물었다.

"너무 약해 보여."

수염도 없으면서 마치 남자처럼 턱을 문지르던 하와르가 몽고마의 안장에 걸려 있던 도끼 한 자루를 뽑아 양진삼에게 던졌다.

"이걸 가지고 있으면 좀 강해 보일 거야."

서쪽 삼림지대에서 발원한 오이라트는 '숲에서 온 사람들'이라는 뜻이었다. 그래서인지 동쪽 초원의 몽고인들과는 달리 다종의 도끼들을 사용했고, 그것들을 다루는 기술 또한 발달되어 있었다. 하와르가 던져 준 것은 마상 전투용으로 만들어진 자루가 긴 양날 도끼인데, 부피도 크거니와 무게 또한 꽤나 나가는 물건이었다. 물론 날렵한 가운데에도 우아함을 추구하는 쾌찬 양진삼의 무기로는 어울리지 않았다.

도끼를 살펴보던 양진삼이 하와르에게 물었다.

"조금 손봐도 돼?"

"어떻게?"

"이렇게."

양진삼은 도낏자루를 다리 사이에 낀 뒤 도끼머리를 잡고 내공을 끌어 올렸다. 도끼머리를 고정한 나무 뭉치가 뿌드득 우그러들며 양쪽으로 날을 세운 크고 무거운 쇳덩이가 쑥 뽑혀 나왔다. 내공을 이용한 용력用力을 선보인 것은 처음이라서 하와르의 눈이 동그래졌다.

"후렁잘로, 힘 좀 쓸 줄 아네."

"매일 밤 겪어 보면서도 그걸 이제 알았어?"

도끼머리를 그녀에게 돌려준 양진삼이 팔 길이보다 조금 긴 도낏자루를 허공에 대고 휘둘러 보았다. 손잡이 부분이 미끈거리는 것은 마음에 들지 않았지만, 닳은 가죽으로 둘둘 감으면 해결될 문제 같았다.

"이거면 돼."

양진삼은 허리의 가죽끈에 도낏자루를 끼워 넣으며 말했다. 하와르가 못마땅한 듯 미간에 주름을 잡았다.

"그러니까 꼭 양몰이 작대기 같잖아."

"낙타도 몰 수 있지."

"낙타?"

"낙타를 몰아 보는 게 지난여름부터 소원이었거든."

하와르가 눈을 깜빡이다가 말했다.

"낙타가 그렇게 좋으면 오빠한테 말해서 구해 줄게."

양진삼은 웃었다.

"아, 하와르는 정말 친절하군. 오빠가 꼭 허락해 주면 좋겠네."

"허락해 줄 거야. 오빠는 나를 좋아하거든."

그 오빠는 누이동생을 좋아하는 것과는 다른 이유로 허락해 줄 것이 분명하지만, 양진삼은 굳이 그 말까지는 하지 않았다.

궁궐로 가는 길은 백일색白一色이었다.

양진삼은 이제껏 눈 오는 날을 많이 겪어 보았지만, 이처럼 세상 전부를 가둬 버린 백일색의 감옥에 갇혀 본 경험은 없었다. 눈은 길을 삼키고 강둑을 삼키고 지평선마저 삼켰다. 사방을 휘감은 눈의 장막은 하늘과 땅의 구별마저 모호하게 만드는 것 같았다. 말과 노새의 발이 간간이 눈구덩이에 빠지는 바람에 이동을 멈춰야만 한 적도 있었지만, 악천후로 지체될 시간까지 충분히 감안하고 출발한 덕인지 하와르와 그녀의 부족민들은 별로 조급해하지 않는 눈치였다. 어쩌면 삼 년 만에 궁궐로 돌아간다는 기쁨이 그들의 마음을 넉넉하게 만들어 주었을지도 모른다.

영원히 내릴 것만 같던 눈이 궁궐을 반 마장쯤 앞두었을 무렵 거짓말처럼 딱 그쳤다. 초원의 겨울 날씨는 북경의 그것에 비해 그리 변덕스럽지 않지만, 이번만큼은 달랐다. 층층이 쌓여 있던 눈구름이 솥 안에서 식어 가는 거품처럼 가시는가 싶더니 어느 순간 시야가 개이며 하늘이 활짝 열렸다. 안장 위에서 고개를 든 양진삼은 별들이 낱알처럼 뿌려진 밤하늘 한가운데 빛나는 십일월의 첫 번째 달을 목격할 수 있었다. 그 차가운 은빛 갈고리를 잠시 바라보던 그는 천천히 시선을 내렸다. 그러자 설원 위에 세워진 거대한 궁궐이 암천을 향해 진격하는 백색의 선봉장처럼 그의 망막을 파고들었다.

지금으로부터 대략 이백 년 전인 1251년 우구데이 칸에 의해 제국의 수도로서 건설된 합라화림은 그 후 수십 년간 국제적인 도시로서의 입지를 다져 나가다가, 쿠빌라이가 원나라 황제로

즉위하며 장성 남쪽의 대도大都(지금의 북경 인근)로 수도를 옮기면서부터 쇠퇴하기 시작했다. 화림, 혹은 화녕和寧이라는 명칭은 그 이후 얻게 된 행정구역상의 단위였다. 제국의 수도에서 일개 지방 도시로 전락한 합라화림이 다시금 몽골의 심장부로 자리잡게 된 것은 원나라의 마지막 황제인 순제의 아들 아유시리다라에 의해서였다. 고려인의 피를 이어받은 아유시리다라는 제국의 옛 수도인 합리화림에서 원나라의 잔존 세력을 정비함으로써 중토 수복을 꾀하였으나 아쉽게도 뜻을 이루지 못하였고, 합리화림은 아유시리다라의 사망 이후 벌어진 극심한 내분으로 말미암아 도시 자체가 황폐해졌다가 거의 오십 년 가까이 지난 타이손 칸 대에 이르러서야 비로소 옛 영화의 일부를 되찾게 되었다. 지금 양진삼이 바라보는 백색 궁궐은 그렇게 되찾은 옛 영화의 표상이라고 할 수 있었다.

검은 밤하늘과 하얀 설원의 뚜렷한 대비를 배경 삼아 양진삼에게로 점차 가까워져 오는 저 백색 궁궐의 정식 명칭은 만안궁萬安宮, 건립자인 우구데이 칸이 붙인 이름이었다. 재미있는 사실은, 백색 궁궐은 본래 백색이 아니라는 점이었다. 건립 당시에는 몽골의 초원을 상징하는 푸른색과 중원의 경사로움을 의미하는 붉은색이 잘 조화된 청홍의 궁궐이었는데, 고원의 거친 풍상에 겉에 입힌 칠들이 깎여 나가 지금의 백색이 되어 버렸다. 그 탈색이, 역사상 가장 광활한 영토를 차지했던 제국과 흥망을 함께한 고성古城의 우울한 퇴락이 보는 이의 마음에 기묘한 비감을 불러일으키고 있었다.

"하와르 아씨의 귀환을 축하드립니다."

백색 궁궐의 하얀 궐문 앞에서 칠팔 명의 병사와 함께 대기하고 있던 가죽 갑옷 차림의 초로인이 부족민을 이끌고 정문으로 나아가는 하와르를 향해 환영 인사를 올렸다. 이곳 사람답지 않게 기골이 장대한 그 초로인이 하와르를 향하는 태도는 무척 정중했지만, 예의를 표하기 위해 말에서 내리지는 않았다. 일상의 대부분을 안장 위에서 해결하는 저들에게는 예의 또한 예외가 아닌 모양이었다.

"안 보는 새 흰머리가 많아졌네, 옹코트. 꼭 영감처럼 보여."

"어떤 전사도 해와 달이 바뀌는 것을 막지 못하고, 초원에 부는 바람과 오르콘 강물의 흐름을 멈추지는 못합니다. 이 옹코트는 지난 삼 년 사이에 영감이 되었습니다."

"그래? 후렁잘로만 아니라면 그 말이 진짜인지 내 게르에서 확인해 보고 싶은걸."

중원이라면 상상하기 힘든 당돌한 말에 옹코트라는 초로인이 껄껄 웃었다.

"영광입니다만 사양하겠습니다."

"왜, 오빠가 무서워서?"

"이제는 타이시보다 마누라가 더 무섭답니다."

하와르가 콧방귀를 뀌었다.

"쳇, 진짜로 영감이 되었군."

곁에서 두 사람의 대화를 엿듣던 양진삼은 자신이 무서워하는 사람이 누구인지에 대해 생각하게 되었다. 궁궐 안에 있는 타이시도 아니고 북경에 두고 온 마누라도 아닌, 말 머리를 나란히 하고 있는 하와르가 그가 무서워하는 유일한 사람인 것 같았다. 진정한 풍류남아란 한 여자를 진심으로 사랑해서도, 진심으로 무서워해서도 안 된다는 것이 그의 평소 지론이지만, 하와르는 특별했다. 그는 자신의 화려한 엽색 편력을 통틀어 이토록 매력적이고 생기 넘치는 여자를 만난 적이 과연 있었는지를 돌아본 뒤 한숨을 쉬었다. 자신이 초원의 봄에 흠뻑 취해 있다는 사실을 부정할 수 없기 때문이었다.

'정신 차려라, 양진삼. 넌 사랑에 빠지려고 여기 온 게 아니야.'

오늘 밤은 더더욱 정신을 차릴 필요가 있었다.

그러는 사이 입궁을 위한 몇 가지 절차가 끝났다. 하와르의 일행은 옹코트의 안내로 을씨년스러울 만큼 거대한 백색의 궐문을 통과했다.

양진삼이 백색 궁궐에 들어온 것은 이번이 처음이 아니었다. 그는 궐문을 지나 조금만 더 나아가면 '칸타르바'라고 부르는 광장 하나가 나오고, 그 중심에는 사람과 말과 늑대로 이루어진 커다란 동상이 세워져 있음을 알고 있었다.

앞발을 힘차게 치켜든 말, 그 위에서 신월도를 치켜든 사람, 그 옆에서 포효하는 늑대.

군데군데 청록색 동록으로 물든 동상 윗부분에는 하얀 눈이 두껍게 쌓인 채 얼어붙어 있었다. 저 동상이 상징하는 인물에 대해 짐작하는 바가 있었지만, 양진삼은 시치미를 떼고 하와르에게 말 머리를 가까이하여 넌지시 물어 보았다.

"누구야?"

양진삼의 시선을 좇아 동상을 바라본 하와르가 말했다.

"위대한 칸. 한족들에게도 유명할걸."

칸은 많아도 위대한 칸은 오직 한 명뿐이었다. 몽골 제국의 시작이자 어쩌면 끝일지도 모르는 정복자 칭기즈칸. 하와르의 말처럼 한족들에게도 유명한 인물이었다, 그녀의 말에 담긴 어감과는 아주 다른 의미로.

양진삼이 하와르에게 물었다.

"말에서 내려서 경의를 표해야 하는 거 아닌가?"

"타타르인들은 몰라도 우린 그런 거 안 해."

칭기즈칸의 황금혈을 바라보는 오이라트의 시각을 보여 주는 단적인 발언이 아닐까 하는 생각이 들었다.

하와르가 정작 말에서 내린 것은 광장의 끄트머리에 자리 잡은 전혀 다른 조형물 앞이었다. 양진삼은 앞서 백색 궁궐에 들어왔을 때에는 그리 눈여겨보지 않았던 그 조형물을 새삼스러운 눈길로 살펴보았다. 붉게 칠한 나무 새 한 마리가 올라앉은 기다란 장대를 중심으로 둥글넓적한 돌들을 범종의 형상으로 층층이 쌓아 올린 조형물이었다. 장대의 중간에는 길이가 다른 수많은 헝겊 띠들이 묶여 있었는데 그것들 위에는 글자 같기도 하고 그림 같기도 한 기이한 도형들이 각기 다른 필치로 그려져 있었다. 심지어는 빗금 몇 줄만 죽죽 그어 놓은 것도 있었다.

하와르가 안장에 앉아 있는 양진삼을 돌아보며 말했다.

"오 보 앞에서는 위대한 칸이라도 말에서 내려야 해."

"오 보?"

"바람의 신께서 초원에서 죽은 자들을 위해 마련하신 쉼터야. 후렁잘로도 어서 내려."

양진삼은 타고 있던 구렁말에서 내려왔다.

하와르는 주변에서 넓적한 돌 하나를 주워 돌무더기 위에 올린 뒤 두 손을 모으고 눈을 감았다. 입술을 달싹거리는 품이 무엇인가를 발복하는 눈치였다.

"뭘 빌었어?"

눈을 뜬 하와르에게 양진삼이 묻자, 그녀는 평소답지 않게 얼굴까지 붉히며 우물거렸다. 양진삼 같은 무공 고수도 집중하여 귀를 기울여야 간신히 들릴 만한 작은 소리로.

"아이를 달라고 빌었어, 후렁잘로를 닮은 예쁜 사내아이를."

양진삼은 눈을 끔뻑이더니 주위를 두리번거리기 시작했다. 잠시 후 그가 솥뚜껑만큼이나 큼직한 돌을 들고 오 보 앞으로 돌아오자 하와르의 가느다란 눈이 휘둥그레졌다. 그녀가 그러거나 말거나, 그는 가져온 돌을 돌무더기 위에 쌓은 뒤 짝 소리 나게 손바닥을 모으고 눈을 감았다.

양진삼이 발복을 마치고 오 보 앞에서 물러 나오자 하와르가 눈동자를 빛내며 물었다.

"무슨 소원을 빌었기에 저렇게 큰 돌을 쌓았어?"

"낙타……."

"응?"

"오늘 밤 낙타를 잡게 해 달라고 빌었지."

하와르의 얼굴에 실망감이 떠올랐지만 양진삼은 또 한 번 모른 척했다. 진정한 풍류남아는 이처럼 모른 척을 잘해야 했다. 대부분의 여자는 다정한 남자를 좋아한다고 하지만 그 안의 여심은 무정한 남자에게 더욱 끌리는 법이란 점을 그는 잘 알고 있었다.

"우리는 잔치 자리에서 즉석으로 조리하는 것을 좋아하지만, 거기서 도축까지 하는 건 아니야. 잔치에 쓸 낙타는 벌써 잡았을 거라고."

짐짓 아무 상처도 받지 않은 듯한 하와르의 설명에 양진삼은 어깨를 으쓱거렸다.

"그래도 모르잖아, 따로 잡아야 할 낙타가 두 마리쯤 더 있을지."

"나 참, 머릿속에 낙타 생각밖엔 없나 보지? 이럴 땐 정말 후렁잘로가 아니라 만고잘로 같다니까."

하와르의 샐쭉해진 눈초리에는 본심의 신랄함이 담겨 있는 듯했다. 어휘가 풍부하지 못해 정확히는 모르지만, '만고'는 당연히 바보 멍청이라는 뜻이리라. 양진삼은 진짜 만고잘로가 된 것처럼 순박한 웃음을 지으며 생각했다.

'이래야 너답지, 양진삼.'

그즈음 사박사박 눈 밟은 소리를 내며 한 무리의 사람들이 하와르와 양진삼을 향해 다가왔다. 이곳에서는 보기 드문 홍황 원색의 화사한 비단옷에 금은 보옥의 번쩍이는 장신구들로 일신을 꾸민 귀부인과 그녀를 모시는 시녀로 보이는 다섯 명의 여자들. 여자들 중 하나는 폭신한 양털을 안쪽에 덧댄 비단 강보 하나를 품에 안고 있었다.

"귀찮게 됐군."

하와르의 혼잣말을 들으며, 양진삼은 선두에 서서 걸어오는 귀부인의 얼굴을 찬찬히 살펴보았다. 가느다란 눈과 오뚝한 코와 작은 입술. 하와르의 것과 닮기는 했지만 중요한 무엇 하나가 결여된 듯한 얼굴이었다.

"오랜만이야."

오 보 앞에서 걸음을 멈춘 귀부인이 다른 사람들에겐 눈길조차 주지 않은 채 하와르에게 말했다. 검은담비 목도리 위로 빳빳이 세운 얼굴에는 의도적으로 끌어 올린 것처럼 보이는 오만함이 그대로 드러나 있었다.

"오랜만이야, 언니. 아, 이제는 마마님이라고 불러야 하나?"

하와르가 대꾸했다. 양진삼은 그때 귀부인의 눈동자 속을 스쳐 간 차가운 기운을 놓치지 않았다.

"얼마 후면 황후마마님이라고 불러야 할 거야."

"오, 칸이 마침내 언니의 아이를 황태자로 책봉하기로 결정한 모양이지?"

비웃음이 담긴 하와르의 말에, 귀부인은 시녀가 안고 있는 강보를 돌아본 뒤 입술을 비틀었다.

"그는 그렇게 결정할 수밖에 없을 거야. 그가 황태자로 밀던 왕자는 며칠 안에 이 오 보 안에서 쉬어야 하는 신세가 될 테니까."

이 말에 담긴 의미를 곱씹던 하와르가 심각한 얼굴로 귀부인에게 물었다.

"멩케 왕자에게 무슨 일이라도 생겼어?"

귀부인은 오만한 미소만 지을 뿐 대답하지 않았다. 그러자 하와르가 어깨를 부르르 떨더니 소리쳤다.

"오빠구나! 오빠가 그 아이에게 무슨 짓을 했구나!"

귀부인이 주위를 둘러본 뒤 낮게 경고했다.

"말조심해. 오빠는 타이시고, 칸도 증거 없이는 타이시를 고발할 수 없어."

"머거르의 고발 따위는 아무 문제도 안 돼. 황금혈은 절대적이야. 아무리 타이시라도 몽골의 대다수를 차지하는 타타르인들로부터 쏟아질 비난을 모두 막아 내지는 못할걸. 정말 믿을 수가 없어, 사막의 여우처럼 영리한 오빠가 지금 같은 때에 그렇게 무모한 짓을 저질렀다는 것이."

매서운 눈으로 하와르를 노려보던 귀부인이 돌연 표정을 펴며 웃음을 지었다.

"하와르, 너는 어릴 적부터 그 조그만 머리로 온갖 괴상한 이야기를 만들어 내는 것을 좋아했지. 하지만 잠시 후 만날 칸과 오빠 앞에서는 그런 이야기를 꺼내지 않는 편이 좋을 거야. 그들은 네 이야기를 전혀 재미있어하지 않을 테니까."

하와르가 콧등을 찡그렸다.

"그 점을 알려 주려고 이렇게 나온 거야?"

"너의 후렁잘로를 미리 보고 싶기도 했고."

귀부인의 시선이 자신 쪽을 향했을 때, 양진삼은 중원 풍류 남아의 진가를 가르쳐 주기 위해 자신이 꺼낼 수 있는 가장 멋지고 우아한 미소를 지었다. 역시나 귀부인의 눈동자가 살짝 흔들리는 것이 보였다.

　'이다음에는 생전 처음 보는 잘생긴 남자라고 칭찬하겠지.'

　양진삼은 당연히 기대했다. 그러나…….

　"뭐야, 머거르보다 더 머거르 같잖아."

　귀부인의 혹평에 양진삼은 충격을 받았고 하와르는 화를 냈다.

　"머거르? 후렁잘로가 얼마나 단단한 줄 알아?"

　'내 사랑, 제발 그것만은…….'

　벌의 침은 언제나 단단할지 모르지만 남자의 침은 그렇지 못했다. 양진삼은 자신의 바지춤으로 동시에 다가오는 하와르의 손길과 귀부인의 눈길을 번갈아 쳐다보며 울상을 지었다.

　"흠흠, 연회장에 칸과 타이시보다 늦게 입장하는 것은 예의가 아닙니다."

　안내를 맡은 옹코트의 점잖은 말에 하와르는 손길을 멈추고 귀부인은 한숨을 쉬었다. 양진삼은 가련한 후렁잘로를 곤경에서 구해 준 고마운 몽골 영감에게 뽀뽀라도 해 주고 싶어졌다.

　하와르가 강보를 안고 있는 시녀를 턱짓으로 가리키며 물었다.

　"언니 아이야?"

　"그래."

　"처음 보네. 이리 줘, 내가 안고 갈게."

　시녀에게서 강보를 받아 안는 하와르를 바라보던 귀부인이 주저주저하며 말을 꺼냈다.

"하와르, 지난 삼 년간 내가 너를 만나러 가지 못했던 건……."

"됐어, 언니도 힘들었다는 거 다 아니까. 따지고 보면 나 때문이잖아. 근데 얘, 언니를 많이 닮았네. 어르르르, 왁꿍."

하와르가 강보에 얼굴을 들이대고 조카애를 얼렀다. 동생을 향한 귀부인의 눈빛이 조금은 따뜻해진 것 같았다.

잔치가 열리는 커다란 단층 건물에는 과거 원나라의 국사國師 파스파가 만든 몽골 문자 대신 한자로 '풍락전風樂殿'이라는 현액이 걸려 있었다. 건물의 외곽을 지키는 여덟 명의 건장한 남자들은 몽고 병사 특유의 징 박힌 가죽 갑옷과 칼등이 크게 휘어진 신월도로 무장하고 있었다. 특이한 점은 그들이 쓴 털모자의 귀가리개에 덩굴 장식이 녹색의 실로 수놓여 있다는 것이었다. 양진삼은 저 덩굴 장식이 오이라트를 대표하는 네 개 부족 중 초로스 부족의 강병이자 타이시의 호위대이기도 한 '녹림군綠林軍'의 상징임을 알아보았다. 눈이 그친 지 제법 오래되었음에도 그들의 털모자와 가죽 견갑의 윗부분에는 하얀 눈이 쌓여 있었다. 타이시의 명을 받고 건물을 지키는 내내 쌓이는 눈을 털어 내지도 않을 정도로 부동의 자세를 유지하고 있었다는 증거였다.

'상대도 안 되겠군.'

토용土俑의 환생처럼 엄격한 백색 궁궐의 녹림군과 환관들의 눈치만 살피는 자금성의 근위병들을 마음속으로 비교해 본 양진삼은 한숨을 쉬고 말았다. 군기에도 관성이란 게 작용하는 것 같았다. 강병은 갈수록 강해지고 약졸은 갈수록 약해진다.

풍락전 입구에서 옹코트는 일행 중 입장이 허락된 사람의 명단을 알려 주었다. 하와르와 양진삼 그리고 항시 찌무룩한 표정을 짓고 있는 전사 구트라와 부족민 중 가장 연장자인 부케라는 노인이었다. 이 점에 대해서는 사전에 협의가 있었던 듯 하와르는 별다른 이의를 제기하지 않았다. 오직 구트라만이 '후렁잘로가 저긴 왜 들어가?'라며 투덜거리다가 하와르의 매서운 눈총을 샀을 뿐이었다. 네 사람을 제외한 남은 부족민들은 옹코트가 이끌고 온 부하 중 한 명의 안내로 술과 음식을 먹으며 몸을 녹일 만한 장소로 떠났다.

하와르가 언니를 돌아보았다.

"같이 들어갈 거야?"

귀부인은 고개를 저었다.

"나는 칸과 함께 들어가야 해."

"그렇게 해. 나는 먼저 들어가 있을게."

강보를 시녀에게 넘긴 하와르가 옹코트를 앞세워 건물 안으로 들어갔다. 귀부인이 양진삼을 돌아보며 어서 따라가라는 듯이 미소를 보냈다. 그 미소에 담긴 몇 가지 감정 중에 최소한 물렁한 남자를 대하는 경멸감은 빠져 있음에 감사하며, 양진삼은 하와르를 쫓아 걸음을 옮겼다.

돌기둥들이 늘어선 회랑을 지나 옹코트와 네 사람이 당도한 곳은 양쪽에 횃불을 여럿 밝혔음에도 나무인지 돌인지 재질을 짐작하기 힘든 커다란 양여닫이 문 앞이었다. 옹코트가 눈짓을 보내자 문 양쪽을 지키고 있던 병사들이 무쇠로 만든 둥근 문고리를 잡아당겼다.

드릉.

돌쩌귀에 기름칠을 잘해 놓았는지 예상보다 작은 마찰음과 함께 문이 열리고, 고함과 노랫소리가 뒤섞인 왁자한 소음과 습기를 머금은 자욱한 연기와 비위를 긁어 대는 강렬한 누린내가 탈옥을 갈망하는 죄수처럼 바깥쪽을 향해 뛰쳐나왔다. 양진삼은 자신도 모르게 손을 들어 코와 입을 가렸다.

건물 바깥의 날씨는 쌓인 함박눈을 눈송이 모양 그대로 얼어붙게 만들 만큼 쌀쌀한데도 연회장 안은 후끈한 열기가 넘쳐흘렀다. 연기가 가라앉자 연회장 내부의 정경이 서서히 드러났다. 타이시가 누이동생을 위해 베푼 잔치는 천장의 높이가 세 길이나 되는 석조 대전에 차려져 있었는데, 회칠을 해 본래는 하얬을 천장과 들보들이 기름 검댕에 시커멓게 덧칠된 것으로 미루어 잔치에 자주 쓰이는 장소임을 짐작게 해 주었다.

'난장판이군.'

넓은 연회장 내부를 가득 채운 사람들의 수는 얼핏 보아도 이백 명이 훨씬 넘는 것 같았다. 몽골식 잔치가 어떠한지에 대해서는 세 명의 사부를 통해 몇 차례 들은 바가 있지만, 직접 눈으로 보니 중원의 그것에 비해 지나치게 소란스럽고 어수선하다는 것을 실감할 수 있었다. 심지어 주최자와 주빈 모두가 입장하기 전인데도 말이었다.

그중 주빈이 이제 막 도착한 것이다.

"하와르 아씨가 오셨다!"

"여어, 하와르! 예뻐졌는걸. 그 옆은 새신랑인가?"

"다시 입궐하시게 된 것을 축하드립니다, 아씨."

문가에 자리 잡은 몇 명의 남자들이 하와르를 알아보고 앞다투어 인사를 건네 왔다. 그들의 인사에 답한 하와르가 양진삼을 돌아보며 속삭였다.

"오빠가 많이도 불렀네. 합리화림 일대에서 겨울을 보내는 오이라트와 타타르의 족장들은 전부 온 것 같아."

'다다익선多多益善이겠지.'

본시 배우는 관객이 많아야 흥이 나는 법이었다. 양진삼은 그렇게 생각하며 주인공이 단역들에게 밀려 여주인공으로부터 떨어지는 일이 벌어지지 않게 하기 위해 두 다리에 힘을 주었다.

연회장의 배치는 무척 단순했다. 대전의 중앙 공간을 넓게 비워 놓은 채 양쪽 벽면을 따라 두 줄의 긴—수십 개를 일렬로 붙여 놓아 정말로 긴— 탁자를 배치하였고, 그 탁자의 모든 자리에서 바라볼 수 있는 입구 맞은편에는 열 개의 탁자를 나란히 붙여 상석을 마련해 두었다. 글자로 표현하자면 뒤집어진 '요凸' 자 형의 배치인 셈이었다. 그러나 입구에서 가장 먼저 보이는 것은 정면의 상석이 아니었다. 양진삼이 그러했듯이, 입구로 들어선 사람의 눈에 가장 먼저 띄는 것은 상석 앞쪽의 중앙 공간에서 조리되고 있는 커다란 짐승일 것이 분명했다. 사두마차의 바닥만큼이나 넓은 숯불 화덕 위에 거꾸로 매달린 채 천천히 돌아가는 그 짐승을 바라보던 양진삼은 콧등을 긁었다.

'진짜 낙타잖아.'

이곳 사람들은 잔치 자리에서 즉석으로 조리하는 것을 좋아한다는 하와르의 말은 옳았다. 머리에 동그란 모자를 쓴 십여 명의 요리사들에 의해 구워지는 낙타는 신기하게도 머리부터 발굽까지 생전의 모습을 그대로 유지하고 있었다. 숯불을 피운 임시 화덕은 그것 하나만이 아니었다. 여덟 개의 작은 화덕들이 낙타가 구워지는 커다란 화덕 좌우로 줄지어 늘어서 있는데, 그 위에서 기름을 뚝뚝 흘리며 익어 가는 것들은 양진삼이 이곳에 도착한 뒤로 신물 나게 먹어 댄 양과 염소 들인 것 같았다. 물론 그가 주로 먹은 것은 삶거나 찐 고기여서 지금 조리되는 것들과는 차이가 있다고 할 터였다. 하지만 삶든 찌든 아니면 굽든 고기는 고기. 냄새만 맡고도 입맛이 떨어져 버린 양진삼은 그제 저녁 친절한 보대에치로부터 대접받은 호박고지 만두가 그리워졌다.

옹코트가 주빈인 하와르 일행을 안내한 자리는 당연히 상석이었다. 하와르가 상석의 오른편 끄트머리에 자리를 잡자 양진삼은 그 뒤편으로 돌아가서 얌전히 시립했다. 그는 금의위에서 뼈가 굵은 사람답게 관찰력이 좋았고, 덕분에 입구에서 상석까지 오는 동안 대전 안의 사람 수와 의자 수가 불균형을 이룬다는 사실을 간파할 수 있었다. 백 개가 채 안 돼 보이는 의자들은 아마도 족장들의 몫으로 마련된 것 같았고, 수행원으로 참가한 자들은 모시는 죽장의 뒤편에 선 채로 잔치에 참가해야 하는 모양이었다. 그래서인지 구트라와 부케도 양진삼의 옆에 서 있는 상태였다.

"후렁잘로는 앉아도 돼."

하와르가 고개를 돌려 양진삼에게 말했다.

"하지만……."

"앉아도 된다니까."

하와르는 의자 하나를 옆으로 당기더니 양진삼의 손목을 잡아 그 위에 앉혔다. 양진삼은 안내를 맡은 옹코트의 눈치를 살폈지만 사람 좋은 옹코트는 못 본 척 외면해 주었다.

"뭐, 그렇다면……."

굳이 다리 피곤하게 서서 기다릴 필요는 없을 것 같아 양진삼은 의자 등받이에 느긋하게 허리를 기댔다. 전투를 앞둔 장수에게는 휴식이 필요했다.

대전 중앙에서 숯불로 조리되는 고기는 아직 나오지 않았지만 술은 탁자마다 넉넉히 비치되어 있었다. 양의 위장으로 만든 주머니에 담긴 술은 이곳 사람들이 '아이락'이라고 부르는 마유주였다. 홍벽 사부 왈, 한번 맛들이면 밍밍한 중원 술은 돌아보지도 않게 만드는 게 바로 저 마유주라는데, 술이라면 종류 불문하고 석 잔이 한계인 양진삼으로서는 동의하고 싶어도 그럴 방도가 없었다.

탁자 위에는 한족식 요리에서 전채에 해당하는 음식도 몇 가지 차려져 있었다. 아쉬운 점은 그 전채의 대부분도 육류라는 것. 양진삼은 하와르가 집어 준 넓적한 양고기 육포를 내려다보다가 뒤쪽에 서 있는 구트라와 부케에게 넘긴 뒤, 육포 옆의 나무 쟁반에 놓인 크기도 손가락만 하고 생김새도 손가락을 닮은 허연 가락 하나를 집어 입으로 가져갔다. 우유를 끓일 때 나오는 유막乳膜을 돌돌 말아 건조시킨 이 주전부리를 이곳 사람들은 '아롤'이라고 불렀다. 맛은 꼭 굳은 돼지기름을 씹는 것 같았다.

그때 상석에서 정면으로 보이는 대전 입구가 다시 한 번 열렸다. 그러고는 시종 차림의 중늙은이 하나가 종종걸음으로 들어오더니 대전 안을 향해 큰 소리로 고하는 것이었다.

"바람의 신의 아들이시자 모든 초원의 지배자이신 타이손 칸께서 입장하십니다!"

왁자하던 소음이 칼로 자른 듯 뚝 끊겼다. 그 자리를 채운 것은 그 옛날 칭기즈칸이 출정식 때 군가로 연주했다는 마두금馬頭琴(몽골의 전통 현악기. 목이 긴 비파 모양이며 끝부분에 말 머리가 장식되어 있음. 첼로와 비슷한 소리를 냄)의 높은 선율이었다.

"좋군."

양진삼은 저도 모르게 중얼거렸다. 음악이라고는 목동들이 부는 피리 소리만 듣다가 제대로 된 악공들의 연주를 들으니 마음이 흔쾌해진 모양이었다. 하와르가 양진삼을 돌아보았다.

"하와르도 머링호로 연주할 줄 아는데."

마두금이 이곳 말로는 '머링호로'인 모양이었다.

"그래? 그럼 오늘 밤에 들려줘, 기왕이면 침대 위에서 발가벗고서."

"발가벗고서?"

양진삼이 미소를 지으며 고개를 끄덕이자 하와르의 얼굴이 발그레해졌다.

"후렁잘로는 정말……."

"싫어?"

"아니, 해 줄게. 하지만 이 궁궐 안에서는 못할지도 몰라. 오빠가 후렁잘로를 좋아하지 않으면 우린 다시 쫓겨나 밤새도록 눈밭을 헤매야 할 테니까."

"그건 재미없군. 하지만……."

양진삼은 말끝을 길게 늘이며 시선을 입구 쪽으로 돌렸다. 마두금을 끌어안고 입장한 십여 명의 악공들은 두 패로 나뉘어 입구 안벽으로 죽 벌려 선 뒤였고, 이어서 상석을 차지할 주인공들이 본격적으로 입장하고 있었다. 칸으로 짐작되는 동글동글한 얼굴의 남자가 네 명의 여자들과 문무관 십여 명을 거느리고 입장하고, 잠시 시차를 둔 뒤 모자를 쓰지 않아 몽골식 변발을 그대로 드러낸 남자가 검은 관복에 검은 관모를 쓴 두 명의 한족과 금란가사에 기다란 금강저를 쥔 두 명의 밀승을 거느리고 대전 안으로 성큼성큼 모습을 드러냈다. 삼십 대 후반에서 사십 대 초반쯤으로 보이는 변발의 그 남자는 거무튀튀한 피부색과 밤송이처럼 뻗친 수염 그리고 앞으로 구부정하게 튀어나온 고개 때문에 일견 미욱할 것 같은 외모를 가지고 있었다. 하지만 실제로는 전혀 그렇지 않았다. 그 남자를 미욱해 보이도록 만드는 모든 요소들은 기실 그 남자의 외모를 결정하는 데 아무런 영향도 끼치지 못했다. 남다른 눈썰미를 가진 양진삼은 그 남자의 외모를 결정하는 유일하면서도 진정한 요인이 따로 있음을 한눈에 알아볼 수 있었다.

바로 눈빛!

그 남자의 눈빛은 초원의 밤하늘에서 반짝이는 별빛을 연상케 할 만큼 맑고 강렬했다.

눈 속에 초원의 별을 품은 남자, 오이라트의 영웅이자 북원 제국의 실권자인 에센 타이시에게 시선을 거두지 않은 채, 양진삼은 하와르에게 미뤘던 말을 마무리했다.

"……걱정하지 않아도 돼. 오빠는 후렁잘로를 좋아하게 될 테니까."

에센 타이시가 눈 속에 초원의 별을 품은 남자라면 타이손 칸은 눈 속에 양을 키우는 것 같은 남자였다. 엇비슷한 나이로 보이는 두 남자는 그것 말고도 여러 방면에서 대조적이었다. 한쪽은 크고 한쪽은 작았다. 한쪽은 각지고 한쪽은 동그랬다. 무엇보다도 한쪽은 여름처럼 활기차고 한쪽은 겨울처럼 우중충했다.

작고 동그랗고 우중충한 타이손 칸이 상석으로 다가오자 하와르가 자리에서 일어서서 의자 옆에 무릎을 꿇었다. 양진삼은 순종적인 후렁잘로가 되어 얼른 그녀를 따라 했다.

"칸 폐하 만세! 하와르가 바람의 신의 아들이시자 모든 초원의 지배자이신 칸 폐하를 뵙습니다."

하와르가 고개를 숙이며 말했다. 양진삼은 이름만 후렁잘로로 바꿔 그녀의 말을 그대로 따라 했다.

"오랜만이다, 하와르."

머리 위에서 울린 타이손 칸의 목소리는 다리 사이에 물렁뼈

닭은 것이라도 달려 있는지 의심스러울 만큼 가늘고 맥이 없었다. 게다가 사전에 아는 바가 있기 때문에 그렇게 들리는 것인지는 몰라도, 그 목소리 안에는 장마철에 부는 바람처럼 눅눅한 근심마저 배어 있는 듯했다. 그런 목소리로 타이손 칸이 이어 말했다.

"그리고 후렁잘로라고? 고개를 들어 보아라."

양진삼은 고개를 들고 타이손 칸의 눈을, 그 안에 자리 잡은 작고 유순한 양을 바라보았다. 아쉽게도 그 양은 질투조차 제대로 하지 못하는 것 같았다.

"그렇군. 됐다."

뭐가 그렇고 뭐가 됐는지는 모르겠지만, 타이손 칸은 그 말만을 남긴 채 하와르의 자리로부터 의자 여남은 개가 떨어진 상석 정중앙의 자리에 앉았다. 양진삼은 하와르가 일어서기를 기다려 몸을 일으켰다. 그러고는 '별'을 보았다.

"잔치는 마음에 드느냐, 하와르?"

어느새 상석으로 다가온 에센 타이시가 삼 년 만에 만난 누이동생에게 물었다. 하와르가 그를 향해 활짝 웃었다.

"마음에 들고말고요. 고마워요, 오빠."

"지난번 보름달이 뜨는 날에는 양과 염소를 보내 주지 못해 미안하다. 귀한 손님을 마중하기 위해 남쪽으로 내려간 사이 아랫것들이 그만 잊어버린 모양이더구나. 말채찍으로 등가죽이 벗겨지도록 때려 줬으니 화를 풀려무나."

"하와르는 그런 일로 화내지 않아요."

남매는 다정해 보였다. 하지만 양진삼은 그들에게 신경을 쓸 여유가 없었다. 에센 타이시를 뒤따라 상석으로 온 반가운 친구들과 대면해야 했기 때문이다. 너무 뜻밖의 장소에서 만난 탓인지, 그 친구들은 눈을 휘둥그레 뜬 채 입까지 약간 벌리고 있었다. 양진삼은 개기름이 번질거리는 그 머리통을 향해 우아한 미소를 지어 주었다. 벌어진 입들 중 하나로부터 더듬거리는 한어가 흘러나왔다.

"너는…… 그, 금의위의……."

양진삼은 한어로 대꾸했다.

"머리가 나빠 그런가, 한어가 영 늘지 않는군요, 건달바 법왕."

서장어로 대꾸해 주면 더욱 통쾌한 일이겠지만, 아쉽게도 양진삼의 서장어 실력은 저들의 한어 실력보다 그리 나을 게 없었다.

"이익!"

양진삼은 지난 귀월 국자감에서 만난 두 밀승 중 긴나라 쪽이 더 난폭했음을 잊지 않고 있었다. 과연 그 난폭한 중은 달리는 한어로 응수하는 대신 어금니를 악물며 오른손에 쥔 금강저를 번쩍 치켜들었다.

"어허."

양진삼은 고개를 살래살래 저으며 눈짓으로 상석을 가리켰다. 누이동생과 회포를 풀던 에센 타이시는 물론이거니와 자리를 잡고 앉은 타이손 칸까지도 괴이하다는 눈빛으로 이쪽을 쳐다보고 있었다. 그중에서도 양진삼의 관심을 끈 것은 타이손 칸이 앉은 의자 뒤에 시립한 호리호리한 체구의 중년 남자였다. 이마, 뺨, 턱 가릴 것 없이 얼굴 전체가 크고 작은 흉터들로 뒤덮인 그 남자는 가슴 띠에 엇질러 꽂은 두 자루 단도의 손잡이를 움켜쥔 채 실처럼 가늘게 뜬 눈으로 이쪽의 동향을 살피고 있었다. 그 모습이 마치 초원의 풀숲에 웅크리고 있는 한 마리 위험한 야수를 보는 것 같았다. '초원의 야수'라고도 불리는 북원 제일의 전사 아라아탄 바투스가 바로 저 남자이리라.

"후렁잘로, 무슨 일이야?"

하와르가 두 밀승에게 경계하는 눈빛을 보내며 물어 왔다. 양진삼은 미소를 지으며 대답했다.

"반가워서 그런 거야, 우리는 구면이거든."

두 밀승보다야 덜 반갑긴 해도 구면인 친구는 두 명 더 있었다. 백색의 궁궐과 대비되는 검은 복식으로 인해 더욱 눈에 띄는 동창의 두 당두, 초력과 나문시가 건달바에게 다가가 몇 마디를 건넸다. 애써 공력을 일으켜 엿듣지 않아도 무슨 소리를 하는지는 짐작할 수 있었다. 남쪽에서의 일로 여기서 소란을 일으키는 것은 바람직하지 않으니, 대충 그런 소리겠지. 이윽고 건달바가 어색한 웃음을 흘리며 긴나라의 오른팔을 잡아 내렸고, 긴나라 또한 상석의 눈치를 보며 비슷한 종류의 선웃음을 흘렸다. 몽고인이 개최한 연회장의 상석에서 한족과 서장승 간에 벌어진 소리장도笑裏藏刀의 상봉은, 최소한 지금은 이렇게 마무리되는 듯 보였다.

상석의 착석이 모두 끝난 뒤, 잔치의 주요리인 낙타 통구이가 여러 사람의 요리사들에 의해 커다란 나무판 위로 옮겨지더니 상석으로 운반되었다. 그 압도적인 광경은 가히 '고기의 산'이 다가오는 것 같았다고 표현할 만했다.

타이손 칸이 옆자리의 에센 타이시를 돌아보며 말했다.

"오늘 밤 잔치의 주인은 그대이니 그대가 시작하게."

에센 타이시는 사양하지 않았다. 마유주가 든 가죽 주머니를 왼손에 움켜쥐고 낙타가 놓인 나무판 앞으로 나선 그는 허리의 신월도를 뽑아 위로 치켜 올렸다.

"가진 것이 많은 자, 대추야자나무처럼 베풀겠나이다. 가진 것이 없는 자, 삼나무처럼 자유로워지겠나이다. 얼어붙은 강과 호수가 녹으면 우리의 초원은 다시 풍성해지리니. 바람의 신이여, 겨울은 더욱 짧아지게, 여름은 더욱 길어지게 하소서!"

하와르의 입을 통해 들어 본 적이 있는 오이라트의 전래 축사와 함께 에센 타이시가 낙타의 머리에 마유주를 콸콸 부었다. 천장을 향해 솟구친 그의 칼이 호쾌하게 떨어진 것은 그다음이었다. 낙타의 머리가 몸통에서 잘려 나오자 옆에 있던 요리사 하나가 얼른 쟁반에 받았다. 신월도를 칼집에 돌려 넣은 타이시가 칸에게 물었다.

"첫 번째 고기를 오늘 밤 잔치의 주빈인 제 누이동생에게 주어도 되겠습니까?"

타이시는 가벼운 손짓으로 허락을 표했다. 하와르가 양진삼에게 속삭였다.

"잔치에서 낙타의 머리를 받는 것은 이번이 처음이야."

흥분한 듯 볼까지 달아오른 하와르와는 달리, 양진삼은 뜨악한 눈으로 요리사 하나가 쟁반에 담아 가져오는 낙타 머리를 노려보았다.

'저게 그렇게 맛있나?'

놀랍게도 맛있었다. 고기에 물릴 만큼 물린 양진삼마저도 도구로 쓰는 작은 칼을 쉬지 않고 놀릴 만큼. 하지만 마유주는 한 모금도 마시지 않았다. 배는 든든하게, 머리는 가볍게. 오늘 밤 잔치에 임하는 그의 강령이었다.

몽고인들의 고기 사랑은 놀라웠다. 양진삼이, 이들에 비하면 나는 초식동물이었구나, 싶은 생각을 떠올린 것은 이번이 처음이 아니었다. 커다란 사막 동물 한 마리와 장정 몸통만 한 초원 동물 삼십 마리가 앙상한 뼈다귀들로 바뀌는 데 걸린 시간은 반 시진에 불과했다. 그사이 요리사들은 땀을 줄줄 흘리면서도 쉴 새 없이 칼을 놀려 고기를 잘랐고, 일꾼들은 술이 떨어진 탁자 위에 마유주가 담긴 주머니를 부지런히 날라다 놓았다.

먹고 마시기가 어느 정도 그치고 배가 **빵빵**해진 손님들이 숨을 몰아쉬며 허리띠를 느슨하게 만들 무렵, 양진삼은 건달바가 에센 타이시에게 얼굴을 기울여 뭐라고 속살거리는 모습을 보았다. 에센 타이시가 수염으로 뒤덮인 턱을 갸웃거리더니 양진삼 쪽으로 고개를 돌렸다.

'슬슬 시작인가.'

양진삼은 자신을 향한 에센 타이시의 눈길을 외면하지 않았다. 에센 타이시의 눈에는 분노나 적개심 같은 것이 전혀 담겨 있지 않았다. 오히려 신기한 장난감을 발견한 아이의 것처럼 흥미와 호기심으로 반짝거리고 있었다.

그때 타이손 칸이 에센 타이시에게 말했다.

"다들 배가 찬 모양인데 그 아이 일도 있고 하니 짐은 이만 내궁으로 돌아가겠네."

양진삼의 입장에선 낭패할 소리였지만, 다행히 에센 타이시가 그의 낭패를 막아 주었다.

"청컨대 조금만 더 머물러 주십시오, 폐하. 재미있는 여흥이 준비되어 있으니까요."

"여흥?"

"폐하께서 허락만 해 주신다면 곧바로 자리를 마련하겠습니다."

칸은 별 기대를 안 했는지 떨떠름한 얼굴이었지만 타이시의 청을 거절하지 못하고 손을 까닥거렸다.

"성은이 망극하옵니다."

칸에게 고개를 숙여 보인 에센 타이시가 자리에서 일어섰다. 그가 고개를 천천히 돌려 연회장을 한 바퀴 둘러보자 좌중에서 웅성거리던 소음이 소나기를 맞은 잔불처럼 수그러들었다.

"오늘은 내 누이동생이 삼 년 만에 궁궐로 돌아온 날이오."

에센 타이시가 좌중을 향해 말문을 열었다.

"아시다시피 내 누이동생은 바람의 신의 아들이시자 모든 초원의 지배자이신 칸 폐하의 은총을 거부했소. 이미 한 번 결혼한 몸으로 칸의 내궁에 들어갈 수 없다는 것이 그 이유였지만, 어쨌거나 칸의 드높은 존엄을 손상시킨 죄는 물어야 하기에 나는 오라비로서 그녀에게 금궁禁宮의 벌을 내렸던 것이오. 이제 삼 년이 지나고 내 누이동생은 다시 이곳에 들어왔소. 그런데 그녀의 옆에는 우습게도 한 남자가, 아니, 남쪽의 하얀 수퇘지 한 마리가 자리를 잡고 있는 것이었소."

은총 운운하는 대목에서는 칸의 이마가, 수퇘지 운운하는 대목에서는 양진삼의 이마가 쫑긋거렸다. 에센 타이시의 눈길이 연회장을 빙 돌아 양진삼의 탁자 쪽에 고정되었다.

"하와르, 칸 폐하의 은총마저도 외면한 네가 하얀 수퇘지를 고른 데에는 이유가 있을 거라고 생각한다."

에센 타이시의 말에 하와르가 날카롭게 반박했다.

"후렁잘로는 하얀 수퇘지가 아니에요."

"아무리 잘생겨도 돼지는 돼지일 뿐. 나는 전사이자 족장인 네가 외모에 혹해 남쪽의 수퇘지를 배필로 삼았다는 것이 마음에 들지 않는다."

"오빠!"

에센 타이시는 손을 들어 하와르의 말을 막았다.

"하지만 오늘은 축제의 날, 새로 태어난 달이 초원을 비추는 상서로운 날이다. 그래서 나는 너에게 기회를 주려고 한다. 이 자리에서 너의 후렁잘로가 하얀 수퇘지에 불과하지 않다는 것을 증명할 수 있는 기회를 주겠다는 뜻이다."

잠시 말을 멈춘 에센 타이시가 건달바를 돌아보았다. 건달바가 합장하고 서장어로 불호를 외더니 자리에서 일어섰다. 에센 타이시가 하와르에게 다시 말했다.

"감사하게도 게룩파[黃帽派]Dgelukpa의 지고하신 활불께서 도움을 주겠다고 말씀하셨다. 너는 후렁잘로를 네 품에서 잠시 떼어보내 활불을 상대로 힘과 용기를 시험하도록 할 의향이 있느냐?"

"그, 그런……."

양진삼은 탁자 아래로 손을 뻗어 하와르의 손을 잡았다. 하와르가 돌아보자 그는 미소를 지었다. 걱정하지 말라니까. 눈빛과 미소로 무언의 말을 건넨 그가 자리에서 일어섰다.

"나, 후렁잘로는 활불의 시험을 감사히 받아들이겠습니다."

에센 타이시와 양진삼의 눈이 상석을 따라 늘어앉은 사람들의 머리 위 어디쯤인가에서 세차게 얽혔다. 에센 타이시는 아까보다 더 큰 흥미와 호기심을 느끼고 있는 것이 분명했다. 그의 두 눈 속에서 별빛이 춤을 추고 있었다. 그 별빛을 향해 양진삼은 씩 웃어 주었다.

'잠시 후면 더 재미있어질 걸세, 처남.'

에센 타이시가 연회장 쪽으로 고개를 돌린 뒤 소리쳤다.

"시험대를 만들어라!"

연회장 중앙 공간의 임시 화덕들과 조리대들이 치워지는 데에는 약간의 시간이 필요했다. 하와르의 남자에 대해서는 다들 궁금했는지, 손님으로 참석한 족장들도 소매를 걷어붙이고 나와 벽돌을 허물고 숯불을 나르는 등 장내 정리를 도왔다. 그렇게 하여 마련된 공터는 웬만한 명문세가의 연무장을 방불할 만큼 넓었다. 누군가가 시험을 받을 공간으로는 전혀 부족함이 없어 보였다. 문제는 그 누군가가 과연 누구인가일 텐데, 공터를 내려다보던 양진삼은 최소한 자신은 아닐 거라고 믿었다.

긴나라만큼은 아니더라도 건달바의 성격도 무척 급한 모양이었다. 양진삼은 아직 상석을 떠나지 않았는데도, 벌써부터 금강저를 꼬나 쥐고 나와 공터 한편에 자리를 잡고 있었다. 밀종의 기공을 끌어 올리는 듯 낙타의 혹을 닮은 머리통 위로 불그레한 홍조가 어른거리고 있었다.

"후령잘로, 너의 무기는 무엇이냐?"

에센 타이시가 물었다. 양진삼은 허리에 끼워 둔 기다란 물건을 뽑았다.

"지금은 이것입니다."

하와르의 손때로 반질반질한 도낏자루를 바라본 에센 타이시가 콧등을 찡그렸다.

"그건 양을 모는 데 쓰는 작대기가 아니냐?"

"낙타도 몰 수 있지요."

"낙타?"

양진삼은 대답 대신 미소를 지은 뒤 공터를 향해 걸음을 옮겼다. 상석을 떠나며 슬쩍 고개를 돌리자 구트라만큼이나 찌무룩한 표정으로 공터를 내려다보는 타이손 칸의 모습이 보였다. 저 양을 닮은 황제의 눈에는 지금 벌어지고 있는 모든 일들이 지루하고 무의미하게만 비치는 모양이었다. 하지만 잠시 후에도 그럴까?

양진삼은 영민하고 유능한 관원이기에 앞서 다년간의 혹독한 단련을 거친 강호 고수였다. 덕분에 공터에 내려서서 건달바와 마주한 순간부터는 하와르, 타이시, 칸 등 외인들에 대한 상념을 깨끗이 밀어내고 상대에게 집중할 수 있었다. 건달바, 저 낙타 대가리가 강적임은 두말할 필요도 없었다. 그는 지난 귀월 국자감에서 당한 수모를 잊지 않고 있었다. 오늘 설욕하지 못한다면 죽을 때까지 그 수모를 마음속에 새겨 놓은 채 살아야할지도 몰랐다. 낙천적인 삶을 추구하는 그가 이토록 독하게 어금니를 사려 무는 이유도 바로 거기에 있었다.

대저 싸움이란 주먹을 내지르고 발로 걷어차는 것으로만 시작되는 게 아니었다. 우선 신경전.

"미처 몰랐는데 게룩파였소? 술과 여자라면 환장하신다기에 최소한 게룩파는 아닌 줄 알았는데."

해가 갈수록 문란해지는 교단의 기강을 확립하자는 취지로 일어난 황모파는 수행자가 지켜야 할 금욕의 계율을 엄격히 따지는 것으로 유명했다. 양진삼이 몽고말로 그 점을 지적, 풍자하자 건달바의 얼굴이 더욱 붉어졌다.

"하기야 국자감에 계실 때도 풀방구리에 쥐 드나들 듯 비원 출입에 열중하셨다고 들었으니, 남녘에서 새는 쪽박이 북녘이라고 멀쩡할 리는 없겠지요."

사실 건달바가 국자감에 있을 때 무엇으로 소일했는지에 관해서는 양진삼도 아는 바가 없었다. 다만 두 눈에 불똥을 피우며 어헝, 노성을 터뜨리는 걸 보니 생판 없는 일을 말한 것은 아닌 모양이었다. 양진삼은 내친김에 한 번 더 이죽거렸다.

"그래, 만안궁 처자들의 살 냄새는 남다른 데가 있더이까?"

붕!

저런, 칸의 궁녀와도 뭔 짓을 벌인 모양이었다. 세찬 파공성을 매달고 수직으로 떨어져 내리는 금강저의 황금빛 연꽃 머리가 그 사실을 밀고해 주고 있었다. 배산도해의 위맹한 공격, 하지만 이미 대비하고 있던 양진삼을 곤란에 빠트리기에는 지나치게 직선적인 공격이기도 했다. 산영팔법散影八法을 펼치고도 저런 몽둥이질을 피해 내지 못한다면, 무덤에 들어간 홍벽 사부가 못난 제자 놈을 두들겨 패기 위해 벌떡 일어날지도 모른다. 아, 다른 두 사부도 함께 불러내려나? 직접 패지는 않고 남이 패는 것을 감상하는 게 취미인 양반이니 말이다. 어쨌거나 저 몽둥이질을 피해 버리면 그만. 예쁜이 기둥서방 후렁잘로는 잠시 물러나시라. 이 공터에 내려온 양진삼은 남패지존 서문숭도 감탄해 마지않던 신법의 대가 쾌찬이었다!

산영팔법 중 제이법 청와도방靑蛙跳方과 제삼법 수류요요垂柳嫋嫋로써 금강저의 몽둥이질을 네 차례 피해 낸 양진삼이 버들가지처럼 하늘거리던 신형을 왼발 앞굽을 축으로 날쌔게 반전, 오른손에 쥐고 있던 도낏자루를 곧바로 찔러 냈다. 콧방귀를 풍 뀐 건달바가 금강저를 비틀어 무겁게 도낏자루의 진격을 막으려 했다. 하나 대수롭지 않아 보이는 양진삼의 이 일 초에는 건달바가 깜짝 놀랄 만한 변화가 숨겨져 있었다.

치이익!

날카로운 소리와 함께 도낏자루에서 일어난 회백색 기운이 십자 모양으로 확산되며 건달바를 덮쳤다. 양진삼의 신경전에 말려들어 평정심이 흔들려 있던 건달바는 이 갑작스러운 변화에 속절없이 당하고 말았다.

"크으."

호화로운 금란가사의 가슴팍을 십자로 길게 찢긴 건달바가 침음을 삼키며 쿵쿵 뒤로 물러났다. 그 모습을 바라본 양진삼은 입맛을 다셨다. 천성적으로 경망스러운 그에게는 무엇보다도 진중함이 요구되는 검객으로서의 자질이 부족했다. 자죽 사부가 그 경망스러운 제자를 붙잡아 놓고 무명십자검의 성명 절기이기도 한 구주종횡검법九州縱橫劍法을 전수하는 과정에서 내쉰한숨을 모두 합한다면 천 석짜리 거선마저 밀어낼 정도였다. 그가 방금 전 적중시킨 부위들은 인체에 있어서 요혈이라 부를 만한 곳이었다. 만일 이 도낏자루의 주인이 그가 아닌 자죽 사부라서 십자광흔十字光痕의 촘촘한 검기를 제대로 일으킬 수만 있었다면 저 낙타 대가리는 지금쯤 자신이 게워 낸 핏물 속에서 허우적거리고 있을 터였다. 하지만…….

'그렇게 되지 않은 게 오히려 다행이겠지.'

쾌찬이 아닌 금의위 부영반의 관점에서 볼 때, 낙타 대가리의 용도는 단순한 폐기가 아니었다. 낙타 대가리가 금의위 부영반을 위해 해 줘야 할 진짜 큰일은 아직 시작조차 되지 않았던 것이다.

눈이 뒤집혀 달려들었다가 혼쭐이 난 건달바는 이제 팔부중으로서의 본령을 회복한 듯 보였다. 사실 한 계절 전에 꺾어 본 적이 있는 상대인 만큼 얕잡아 보기도 했을 것이다. 그러나 기습과 합공에 속절없이 기선을 제압당한 그때와는 여러모로 상황이 달랐다. 게다가 그때의 국자감은 양진삼 혼자에게만 적지였지만, 지금의 이 백색 궁궐은 누구에게 적지가 될지 아직 미지수였다. 뭐, 건달바 본인의 생각은 어떨지 모르지만.

"옴! 오오옴!"

건달바가 금강저로 전개하는 봉법이 바뀌었다. 밀종의 기공을 본격적으로 발휘하기 시작한 듯, 금강저가 붕붕 휘돌아갈 때마다 싯누런 금광이 먹구름 속의 번갯불처럼 번뜩이고 있었다. 하나 양진삼은 건달바가 진정한 능력을 여전히 드러내지 않았음을 알고 있었다. 그는 귀월이 시작되는 날 건달바의 공세로부터 풍겨 나오던 향기를, 워낙 창졸간이라 제대로 인지하지도 못했다가 그를 치료해 준 '화 누이'로부터 전해 들은 다음에야 비로소 알게 된 그 향기를 한시바삐 맡고 싶었다, 바로 심향인의 향기를.

"핫! 핫!"

양진삼은 수세를 버리고 맞공세에 나섰다. 자죽 사부의 구주종횡검법이 그와 건달바 사이의 공간에 회백색 십자 검기를 어지러이 뿌려 내기 시작했다. 검법과 동시에 펼친 산영팔법의 절묘한 운신술이 그의 신형을 허깨비처럼 어른거리게 만들었다. 발바닥이 뜨거워진 것이 화경에 접어든 신법 때문인지 아까 피웠던 숯불 때문인지 분간할 수 없었다.

그럼에도 전황은 썩 좋지 못했다. 정강으로 만든 금강저와 나무로 만든 도낏자루 간의 우열은 누가 보더라도 명백했다. 부득불 열세를 떠안을 수밖에 없는 양진삼은 무기끼리 맞부딪치는 것을 가급적 피하려 했고, 건달바는 당연히 그의 의도를 거스르려 했다. 그 때문에 둘 사이에서 울려 나오는 격돌음은 대부분 금속과 나무가 비껴 맞는 맥없는 수준에 지나지 않았다.

양진삼이 노리던 기회를 잡은 것은, 상대의 무기를 때리려는 자와 그것을 피하려는 자 간의 삼십여 회 수합手合이 지나간 이후였다.

"이야압!"

중기 가득한 기합을 터뜨린 건달바가 금강저의 가운데를 양손으로 모아 쥐고 풍차처럼 휘돌리기 시작했다. 금강저의 길이와 지름을 함께하는 금빛의 거대한 원이 걸리는 모든 것을 뭉개 버리겠는 듯한 우악스러운 기세로 양진삼을 향해 닥쳐들었다.

심장을 움츠러들게 만드는 이 무시무시한 광경 속에서도 양진삼은 눈을 빛냈다.

'모든 원에는 중심이 있지!'

광풍 같은 경력이 전신을 우박처럼 두드리는 가운데, 양진삼은 산영팔법의 제육법, 진이부동進而不動을 발휘해 금강저의 그늘 속으로 뛰어들었다.

파라라락!

두더지 가죽으로 만든 투수와 각반으로 단단히 동여맨 상하의 옷자락이 미친년 머리카락처럼 나풀거리는 가운데, 하와르의 손때 묻은 도낏자루가 금빛의 거대한 원을 정통으로 꿰뚫었다.

"엇!"

건달바의 묵직한 경호성과 함께 꽈다다닥, 하는 요란한 소음이 울렸다. 풍차의 중심에 해당하는 건달바의 양손 사이 대추만한 한 점을 양진삼의 도낏자루가 정확히 직자直刺한 결과였다. 물론 무기의 우열에 더한 내공의 고하는 이 시점에서도 뚜렷이 나타났다. 금강저의 맹렬한 회전력을 견디지 못한 도낏자루가 끄트머리부터 자잘한 목편으로 쪼개져 비산하기 시작했다. 하지만 상대라고 온전한 것은 아니었다. 도낏자루로 인한 반탄력에 손아귀가 진동된 건달바가 얼굴을 일그러뜨리며 금강저를 놓쳐 버렸다. 순간적으로 회전력을 상실한 금강저가 허공으로 붕 솟구쳐 올랐다.

무기를 잃어버린 두 사람의 시선이 대여섯 자 남짓한 근거리에서 마주쳤다. 그 순간 양진삼은 건달바의 부릅뜬 눈 속으로 흉악하기 짝이 없는 살기가 스쳐 가는 것을 발견했다.

"오옴!"

활짝 펼쳐진 건달바의 오른손 손바닥이 양진삼의 가슴을 향해 섬전 같은 속도로 밀려왔다.

후아아앙!

세찬 파공성에 실려 날아든 것은 살인적인 압력만이 아니었다. 마음을 황홀하게 만드는 그윽한 장미 향……. 바로 심향인이었다!

양진삼은 소소풍 사부로부터 전수받은 백련교의 호교신공, 등신성화결燈神聖火訣을 급히 운용하는 한편, 진이부동의 보법을 풀며 허리를 틀었다. 건달바가 회심으로 쏘아 낸 심향인이 당초 목표한 그의 심장으로부터 한 치쯤 빗나간 위치에 꽂히고, 다음 순간 그는 왼쪽 어깨 위에 작렬한 섬뜩한 이물감에 외마디 신음을 토하며 뒤로 밀려나야만 했다.

"큭!"

밀종 내가중수법의 정화라 부를 만한 심향인의 위력은 과연 놀라웠다. 얼음으로 빚은 송곳에 어깨를 관통당한 기분이랄까. 직후에 시작된, 차가운 갈고리가 전신 혈맥을 헤집고 내려가는 듯한 고통은 군마軍馬의 것처럼 강건한 양진삼의 하체를 부들부들 떨리게 만들었다.

'그래, 그때도 이런 느낌이었어.'

심향인에 당한 몸뚱이를 가까스로 추스르며 흉악한 낙타 대가리들로부터 필사적으로 달아나던 개귀문開鬼門의 밤이 떠올랐다. 양진삼은 어찔어찔한 신지를 다잡고 소소풍 사부의 등신성화결을 다시 한 번 운용했다. 단전에서 일어난 성화의 모닥불이 한독寒毒에 침습당해 얼어붙어 가는 혈맥을 보호하기 시작했다. 여기까지의 상황은 그날 밤과 비슷했지만 이후에 맞이할 상황은 무척 달랐다. 오늘 밤에는 그에게 도움을 줄 두 가지 외물이 준비되어 있었기 때문이다.

첫 번째는 양쪽 어깨를 가린 견갑. 하와르의 부족민들 중 바느질 솜씨가 제일 뛰어난 부케 영감의 마누라가 만들어 준 그 견갑 안에는 천자의 이불을 짓는 데 사용되는 부드러운 촉서蜀絮와 서역 물소의 질긴 목덜미 가죽이 번갈아 가며 다섯 층이나 겹쳐져 있었다. 성질이 반대인 솜과 가죽을 층층이 겹쳐 안감으로 댄 까닭은 '벽을 격하여 소를 때리는[隔山打牛]' 묘용이 담긴 내가중수법의 침투력을 완화시키기 위함이었다. 하지만 견갑만으로는 부족했다. 건달바의 심향인은 밀종에서도 괴공이학怪功異學으로 손꼽히는 공부였고, 쥐 떼가 파먹은 것처럼 너덜너덜해진 왼쪽 견갑으로써 그 점을 입증해 보였다.

심향인을 상대로 정작 주효했던 것은 두 번째 준비물, 바로 보심고補心膏였다. 국자감에서 낭패를 겪은 이후 심향인이라면 자다가도 벌떡 일어날 만큼 치를 떨게 된 양진삼이 천축의 비방을 공부한 내의원에게 큰돈을 주고 구한 건달바용 대비책이자 특효약이 바로 보심고였다. 양진삼은 귀월의 그날 밤 화 누이에게서 들은 말을 똑똑히 기억하고 있었던 것이다.

─건달바의 심향인에 당하면 반나절 안에 심장의 피가 굳어 죽게 되죠. 오직 천축의 보심고만이 그 횡액을 방지할 수 있어요.

속담에 '원수를 만나 칼을 가지러 달려가는 자는 친구로 삼지 마라.'라는 말이 있다. 원수가 있다면 항시 칼을 품고 다녀야지, 정작 만난 뒤에야 칼을 찾아 우왕좌왕해서는 안 된다는 의미였다. 양진삼은 보심고를 구한 날부터 그 속담을 실천에 옮겼다. 만일 이 합리화림에서 낙타 대가리들과 조우하지 않았다면 그는 평생토록 보심고가 담긴 약통을 품에 지니고 다녔을지도 모른다. 그 보심고는 지금 그의 상체 구석구석에 빈틈없이 발려진 상태였다. 마른강 상류의 유목지를 출발하기 전 하와르의 얼굴을 찡그리게 만든 냄새는 보심고 특유의 박하 향이었던 것이다.

견갑과 보심고, 거기에 등신성화결이 더해지자 몸뚱이를 저절로 떨리게 만들던 심향인의 지독한 한독이 점차 사그라지는 것이 느껴졌다. 비로소 웅크린 상체를 편 양진삼은 건달바를 향해 똑바로 몸을 세웠다.

"두 번째라 그런지 견딜 만한걸."

건달바의 우락부락한 얼굴에 불신의 기색이 어렸다. 심향인에 적중당하고도 멀쩡히 버티는 자가 존재한다는 것이 믿기지 않는 눈치였다. 양진삼은 히죽 웃으며 건달바를 도발했다.

"몇 대 더 맞아 드릴 의향도 있는데, 법왕의 뜻은 어떠시오?"

이 연회장은 장미 한 송이로 향기를 채우기에 너무 넓었다. 꽃다발이 필요했다.

"옴! 오오옴!"

흉포한 서장 낙타는 과연 기대를 저버리지 않았다. 육자진언 六字眞言에서 머리만 따온 특유의 기성과 함께 건달바의 공격이 재개되었다. 자기가 자랑하는 심향인에 대한 불신을 반드시 씻어 내겠다는 양, 위맹하게 쪼개 내는 매 장력마다 장미 향이 넘실거리고 있었다.

"쳇."

기대대로 반응해 준 것은 고마운 일이나 그 고마움을 표하기엔 현실이 너무 급박했다. 양진삼은 서너 합도 지나기 전에 수세에 몰릴 수밖에 없었다. 내기를 완전히 추스르는 데는 시간이 약간 필요했다. 유목민의 바느질 솜씨와 천축의 묘약과 백련교의 호신공으로 보호받았다고 해도 밀종의 무학 종사가 회심으로 때려 낸 절기를 고스란히 허락한 대가는 결코 가볍지 않았던 것이다.

"오빠, 이만하면 됐잖아요! 이제 멈추라고 하세요!"

상석에서 하와르가 외쳤다. 하지만 수비에 급급한 와중에도 힐끔 살펴본 에센 타이시는 팔짱을 끼고 바위처럼 앉은 채 두 사람의 싸움을 구경만 할 뿐, 후렁잘로를 위기에서 구해 줄 마음은 없는 것 같았다.

후렁잘로를 위기에서 구해 준 사람은 '양'이었다.

"멈춰라!"

상석 한가운데에서 터져 나온 타이손 칸의 이 한마디가 '야수'를 해방시켰다. 야수가 자신의 존재를 알리기 위해 내지른 금속의 포효는 날카로웠다.

챙! 챙! 챙! 챙! 챙! 챙! 챙!

상석의 탁자를 건너뛴 야수는 가슴 띠에서 뽑아 낸 두 자루 단도를 서로 부딪치며 공터로 들이닥쳤다. 팽이처럼 몸을 회전시키며 양진삼과 건달바의 사이를 가르고 들어온 야수, 북원 제일의 전사 아라아탄 바투스는 금의위에 알려진 대로 단도술의 명인이었다. 원나라 황실무고에 연원을 두었다는 그의 절기, 육합망六合網은 근신육박으로 동서남북상하의 여섯 방위를 동시에 공격하고 방어할 수 있는 위험천만한 수법이었다. 톱니처럼 돌아가는 삼엄한 칼 빛과 귀청을 긁어 대는 요란한 쇳소리에 두 사람은 싸움을 멈추고 뒤로 물러날 수밖에 없었다. 분노한 건달바가 서장어로 빠른 몇 마디를, 아마도 욕설을 퍼부었다. 그 순간 빠르게 회전하던 아라아탄의 신형이 망치로 내리친 듯 딱 정지했다. 상처로 뒤덮인 중년 남자의 눈이 두 사람을 차갑게 훑어보았다.

"폐하께서 멈추라고 말씀하셨소. 그대들은 멈춰야 하오. 아니면 죽을 것이오."

아라아탄 바투스의 목소리는 그의 단도들이 울리던 금속의 포효를 닮은 것 같았다. 높고 날카롭고 위협적이었다. 성질을 못 이겨 씨근덕거리는 건달바와는 달리, 양진삼은 암암리에 내기를 다독이며 상석을 바라보았다. 타이손 칸이 의자에서 일어서 있었다. 아까까지만 해도 찌무룩하던 그의 얼굴이 지금은 충격과 분노 사이에 끼어 경련을 일으키고 있었다.

"짐은 향기를 맡았다."

타이손 칸이 떨리는 목소리로 공터를 향해 말했다.

"계룩파의 활불에게 묻겠노라. 짐이 맡은 이 장미 향과 그대가 방금 펼친 수법 사이에는 무슨 관계가 있는가?"

건달바는 당황한 눈치였다. 영문을 알지 못한 상태에서 황제로부터 직접 추궁을 당하고 있으니 누구라도 당황할 만한 일이었다. 건달바가 얼른 대답하지 않자 야수가 송곳니를 드러냈다. 바닥을 향해 섬뜩한 칼 빛을 떨어뜨렸던 두 자루 단도가 방향을 바꿔 건달바의 요처를 겨누었다.

"폐하께서 물으셨소. 그대는 대답해야 하오. 아니면 죽을 것이오."

아라아탄 바투스의 목소리에는 판관의 집행력이 담겨 있었다. 그의 말은 반드시 실천될 것 같았다. 이에 위축된 듯, 건달바가 서툰 몽고어를 더듬더듬 꺼내 놓았다.

"본좌는 천상의 약신藥神인 건달바의 화신. 본좌가 신공을 펼치면 천상의 향기가 뒤따르게 되오."

이 대답이 충격과 분노 사이에서 갈팡질팡하던 타이손 칸을 분노 쪽으로 돌려세운 모양이었다.

"달이 죽어 가던 날 밤, 그대는 내궁에 들어왔을 것이다."

타이손 칸이 건달바를 노려보며 말했다. 건달바가 흠칫 어깨를 떨더니 급히 변명을 늘어놓았다.

"그, 그것은 타이시께서 허락하신 일입니다."

이 대답에 양진삼은 조금 놀랐다. 백색 궁궐에 들어온 이래 계집질에 여념이 없었다는 얘기는 들었지만, 진짜로 내궁의 궁녀까지 건드렸을 줄은 몰랐던 것이다. 일이 잘 풀리려니까 별별 것들까지 도와주고 있었다.

타이손 칸이 옆자리에 앉아 있는 에센 타이시를 내려다보았다.

"타이시, 그대가 활불을 내궁으로 들여보냈다는 것인가?"

얼굴을 딱딱하게 굳힌 에센 타이시는 이 상황이 담고 있는 중의重意를 파악하기 위해 고심하는 것처럼 보였다. 이윽고 그가 칸에게 대답했다.

"활불께 궁궐 구경을 시켜 드려도 된다고 허락하신 분은 폐하이십니다."

"그 허락이 내 장자를 해쳐도 된다는 허락은 아니었다!"

분노한 양은 무서웠다. 하지만 에센 타이시를 당혹감에 빠트린 것은 분노 자체가 아니라 분노의 원인일 터였다. 칸이 저러는 것이 낙타 대가리들의 엽색 행각 때문이라 추측하고 있던 그로서는 예상치 못한 일격을 얻어맞은 셈이었다.

"장자라고요? 멩케 왕자님을 말씀하시는 겁니까?"

타이손 칸은 에센 타이시의 질문을 묵살했다.

"말하라! 정녕 그대인가? 정녕 타이시 그대가 저 활불을 내 장자에게 보낸 것인가?"

이대로 핍박당하기만 하는 것은 좋지 않다고 판단한 듯, 타이시가 자리에서 일어나 칸을 향해 대서는 자세를 취했다. 그 모습이 마치 검은 곰과 하얀 양이 얼굴을 맞대고 으르렁거리는 것처럼 보였다.

"그게 무슨 말씀이십니까? 대체 건달바 활불께서 무슨 일을 했다는 것입니까?"

타이손 칸의 고개가 공황에 빠진 얼굴로 공터에 우두커니 서 있는 건달바를 향해 홱 돌아갔다. 혈색이 좋지 못한 창백한 손가락이 건달바를 찌르듯이 가리켰다.

"짐은 그날 밤 똑똑히 맡았다. 두 명의 호위를 죽이고 왕자의 몸에 독수를 가한 범인은 오직 향기만을 남겼을 뿐이다. 저 향기였다. 저자가 신공을 펼칠 때 뒤따른다는 바로 저 향기였다."

황제의 입에서 직접 흘러나온 이 충격적인 증언 앞에 에센 타이시가 놀라고, 건달바가 놀라고, 그날 밤 참극에 대해 미처 전해 듣지 못한 모든 족장들이 놀랐다. 하지만 그날 밤 참극을 자행한 진짜 범인은 놀란 척 연기를 했을 뿐이다.

'아아, 춤이라도 추고 싶은 심정이군.'

타이손 칸과 함께 입장한 네 명의 귀부인들 중 하나—멩케 왕자의 친모가 아닐까?—가 울음을 터뜨리는 광경을 바라보며 양진삼은 자꾸 실룩거리려는 입꼬리를 붙잡으려 애쓰는 한편, 그제 밤 자신이 내궁에서 행한 공작이 어떤 결과를 야기하는지를 흡족히 즐겼다. 일면식도 없는 몽고 병사 둘을 죽이고 아홉 살밖에 안 먹은 아이에게 독수를 베푼 데 대한 가책도 느끼지 않느냐고 누군가 묻는다면, 하하, 금의위를 몰라서 하는 소리라고 대답해 줄 것이다. 금의위는 개백정이 맞았다. 사부들이 그 소리에 발작을 일으킨 건 젊은 제자에게 자신들의 치부를 적시

당했기 때문이었다. 금의위에서 이제껏 모색한 수많은 공작들이 모두 정당하고 합법적인 방식으로 행해졌을 거라고 믿는 사람이 있다면, 홍벽 사부의 가학적인 자부심이 듬뿍 담긴 금의위의 특별 고문실을 견학시켜 주고 싶었다. 아마도 생지옥이 어떤 곳인지를 배우게 되겠지.

양진삼의 연기는 여기서 끝나지 않았다. 이처럼 성대한 공연에서 주인공이 해야 할 일은 꽤나 많았다. 하지만 모름지기 주인공쯤 되는 배우라면 자신이 등장할 시점을 알아야 하는 법. 양진삼은 수확을 기다리는 농부의 마음으로 배우들이 '황금 시간'이라 부르는 적기가 무르익기를 기다렸다.

그러는 사이에도 상석의 반목은 계속 이어졌다.

"신은 모르는 일입니다."

노기를 애써 억누르는 듯한 에센 타이시의 말에 타이손 칸은 냉소를 터뜨렸다.

"모른다고? 짐은 그 아이의 존재를 달가워하지 않는 사람이 누구인지 알고 있네. 그리고 저 활불들을 가장 환대한 사람이 누구라는 것도 알고 있고. 설마 그 사람이 누구인지 모른다고 부정하지는 않겠지?"

"폐하, 믿어 주십시오!"

"상황이 이런데도 그대는 어떻게 믿어 달라는 소리를 하는 것인가!"

타이손 칸의 거듭된 추궁에 에센 타이시의 얼굴에도 마침내 노기가 떠올랐다. 그러나 제아무리 무소불위의 권력을 자랑하는 타이시라도 몽골의 제 족장들이 지켜보는 자리에서 칸에게 무례를 범할 수는 없는 노릇이었다. 에센 타이시는 연회장을 둘러싼 족장들을 돌아보며 비장한 목소리로 외쳤다.

"여기에는 무슨 오해가 있는 것이 분명하오! 나, 토곤의 아들 에센은 감히 영웅을 자처하지는 못하나 어둠을 틈타 자객을 보냄으로써 나이 어린 왕자님을 해치는 파렴치한은 절대 아니오! 바람의 신과 전사의 영혼들께서 이를 증명해 주실 것이오!"

에센 타이시가 파렴치한이든 아니든 그것은 이미 중요한 문제가 아닌 것 같았다. 지금의 형국은 타이시 개인을 뛰어넘어 정치적이고 계파적인 갈등으로 비화할 조짐을 보이고 있었다. 아까까지만 해도 한 핏줄처럼 뒤섞여 술과 음식을 나누어 먹던 족장들이지만, 지금은 누가 타타르족이고 누가 오이라트족인지 명확히 구별할 수 있었다. 칸의 고발에 함께 분노한 자들은 타타르족, 타이시의 웅변에 박수를 보내는 자들은 오이라트족이었다. 오래전부터 암묵적으로 서로를 숙적이라 여겨 온 동쪽과 서쪽의 두 계파는 섶 더미에 붙은 불길만큼이나 빠르게 전의를 곤두세우고 있었다. 신월도의 날카로운 광채를 드러낸 자는 아직 없지만, 이대로 두었다가는 무슨 냄새가 이 장미 향의 뒤를 이어 연회장을 채울지 능히 짐작할 수 있었다.

'피비린내겠지.'

깔끔한 성격의 양진삼은 피비린내를 과히 좋아하지 않았다. 그래서 판단했다. 지금이 바로 황금 시간이라고.

"후렁잘로가 한 말씀 드리겠습니다!"

굳이 되새기고 싶지는 않지만, 후렁잘로란 예쁘고 잘생긴 남자라는 뜻이었다. 살풍경한 공기 중에 울려 퍼진 이 우스꽝스러운 이름은 놀라운 주목 효과를 발휘했다. 연회장에 있던 모든 사람들의 시선이 양진삼에게로 쏟아졌다. 그중에는 칸과 타이시의 것도 포함되어 있었다.

"왕자님의 처소에서 이 장미 향이 풍겼다면 건달바 법왕의 소행이 맞을 겁니다. 천하에 이처럼 특이한 신공을 익힌 사람이 두 명일 리 없기 때문입니다."

"이, 이놈! 무슨 말도 안 되는 소리를……."

양진삼은 건달바의 서툰 항변을 무시했다.

"하지만 그것만으로 타이시께서 법왕을 사주했다고 속단하기에는 무리가 있다고 생각합니다. 서장에서 신처럼 추앙받는 건달바 법왕은 성정이 광오하여 누구의 사주를 받고 움직이는 자가 아닙니다. 그런 그를 움직이게 할 사람은 오직 한 명, 팔부중의 수좌이자 아두랍찰의 주지인 데바 대법왕뿐일 겁니다. 그리고 데바 대법왕은 타이시께 호감을 가지고 있지요."

이 말을 하며, 양진삼은 에센 타이시의 눈을 정시했다. 타이시의 눈 속에 담긴 별이 짧게 흔들렸다. 양진삼은 마음속으로 말했다. 어이, 처남, 머리 좀 굴려 보라고.

"제 생각에 건달바와 긴나라 두 법왕이 이 합라화림에 온 본연의 목적도 바로 왕자님을 해치기 위함이었다고 봅니다. 그것이 타이시께서 원하는 일이라고 판단했기 때문입니다. 초원의 아들은 파렴치한 짓을 저지르지 않는 당당한 전사라는 점을 책략만 쓸 줄 아는 서장의 승려들은 미처 알지 못했던 것입니다."

그 순간 건달바의 눈 속으로 독살스러운 기운이 떠오르더니 한 줄기 음풍이 양진삼에게로 소리 없이 날아들었다. 양진삼은 기쁘게 받아들였다, 아직 멀쩡한 오른쪽 견갑으로. 그러고는 비명을 질렀다. 혀끝을 물어 핏물을 조금 뿌리는 것도 잊지 않았다. 아, 실로 명배우로다.

"퀵!"

소리 없는 방귀가 냄새가 더 지독하듯 소리 없는 심향인의 향기는 더 강렬했다. 두 사람의 가운데에서 그 향기를 가장 먼저 맡게 된 야수가 눈을 번뜩였다.

"폐하의 증인에게 살수를 쓰다니!"

채챙! 챙! 챙! 챙! 챙!

단도의 칼 빛이 건달바에게 폭우처럼 쏟아졌다. 건달바가 크게 놀라 쌍장을 휘두르며 뒤로 물러섰다.

"머, 멈추십시오. 저는 괜찮습니다."

양진삼의 성격은 대체로 너그러운 편이지만 아끼던 주요리를 남에게 양보할 만큼 너그러운 것은 아니었다. 그가 입술에 묻은 핏물을 손등으로 훔치며 말하자, 아라아탄 바투스가 단도를 멈추고 납작하게 주저앉은 자세를 곧게 세웠다.

건달바가 눈물이라도 흘릴 것 같은 얼굴로 양진삼에게 물었다.

"너, 교활한 중생은 어떻게 본좌의 신공에 맞고도 멀쩡한 거지?"

"바로 이것 덕분이오."

양진삼은 가슴 깁 안으로 손을 넣어 나무로 만든 동그란 약통을 꺼냈다.

"천축의 보심고."

양진삼이 한 자 한 자 또박또박 말하자 건달바의 눈이 더 이상 커질 수 없을 만큼 휘둥그레졌다.

"보, 보, 보심고?"

"법왕의 심향인을 치료할 수 있는 유일한 약이오. 나는 이 자리에 오기 전 보심고를 이미 바르고 있었소."

그 순간 상석의 타이손 칸에게서 비명 같은 외침이 터져 나왔다.

"그 독수를 치료할 수 있는 약이라고?"

양진삼은 상석을 향해 천천히 돌아섰다. 아라아탄 바투스가 아까의 실수를 되풀이하지 않게 위해 단도를 꼬나 쥔 채 그와 건달바 사이를 엄밀히 막아섰다. 하지만 불필요한 조치였다. 이처럼 탁 트인 공간에서 느려 터진 낙타가 쾌찬 같은 신법의 대가를 때리기란 소경 지팡이질에 동전 걸리는 것만큼이나 힘들었다. 일부러 맞아 주지 않는다면 말이다.

"그렇습니다. 저, 후령잘로는 남쪽에서 하얀 수퇘지로 살던 당시 건달바 법왕의 심향인에 한 번 당한 적이 있었습니다. 피가 얼고 심장이 굳어 꼼짝없이 죽을 뻔했는데 하늘의 도움으로 이 보심고를 구한 덕에 살아날 수 있었습니다. 그래서 그날 이후 저는 언제나 이 보심고를 가지고 다니게 되었습니다."

양진삼의 차분하고 낭랑한 대답에 칸의 상체가 탁자 위로 바짝 기울어졌다.

"그, 그렇다면 그 보심고로 짐의 장자도 치료할 수 있다는 말인가?"

"왕자님의 목숨이 아직 붙어 있다면 충분히 가능합니다."

사실 이 진단에는 사실과 다른 부분이 제법 있었다. 밀종의 심향인을 익혔을 리 없는 양진삼이 그제 밤 아홉 살짜리 왕자에게 가한 것은 홍벽 사부의 독문 금제술인 봉천폐맥수封天廢脈手였기 때문이다. 하지만 그러한 공작이 드러날 염려는 전혀 없었다. 심향인보다는 느리게 진행되지만 혈맥을 굳게 만드는 증상만큼은 유사한 봉천폐맥수와 사상자들의 신체를 비롯해 왕자의 침소 여기저기에 뿌려 놓은 장미 향 향수는 건달바를 범인으로 몰아가는 완벽한 증거들이 되어 줄 것이기에. 아마 그 현장을 살펴본다면 건달바 본인마저도 자신이 한 짓이라고 인정하지 않고는 못 배길 터였다. 어떠냐, 금의위 부영반의 생사람 잡는 솜씨가.

양진삼의 눈길이 칸에서 타이시에게로 슬쩍 옮아 갔다.

"제가 이 보심고로 왕자님을 치료해 드려도 되겠습니까?"

본래 칸이 있는 자리에서 이 질문을 타이시에게 하는 것은 경우에 맞지 않았다. 그러나 양진삼은 타이시의 대답이 필요했고, 때로는 필요가 경우에 우선했다.

에센 타이시의 표정이 잠깐 사이에 수차례 바뀌었다. 하지만 마지막에 드러난 표정은 양진삼의 기대에 부합하는 것이었다.

"물론이다, 후렁잘로. 너는 폐하께서 아끼시는 왕자님을 반드시 치료해야 한다."

'이제야 사태를 파악한 모양이군.'

양진삼이 회심의 미소를 지을 때, 에센 타이시가 타이손 칸을 돌아보며 말했다.

"폐하, 후렁잘로의 말대로 서장 승려들의 오판이 이번 일을 만들어 낸 것 같습니다. 폐하와 폐하의 황금혈에 대한 신의 충정은 저 초원이 사라지지 않는 한 변치 않을 것입니다. 이 점을 통촉하여 주십시오."

왕자를 치료할 수 있다는 기대가 양에게서 분노를 걷어 간 것 같았다. 분노를 지운 양은, 그냥 양이었다. 타이손 칸이 핼쑥한 얼굴로 손을 내저었다.

"짐이 타이시, 그대의 충정을 의심한 것은 아니었소. 다만……."

"아닙니다. 드러난 증거가 저 향기처럼 명백하니 폐하께서 그렇게 오해하신 것도 어쩔 수 없다고 생각합니다."

타이시가 상석에 앉아 어쩔 줄 몰라 하는 또 한 마리의 낙타, 긴나라를 돌아보았다.

"신은 이 자리에서 폐하와 왕자님께 참람한 죄를 저지른 범인들을 참하여 신에게 씌워진 누명을 깨끗이 씻어 낼 작정입니다."

양진삼은 타이시의 저 판단이 어떤 의도에서 비롯되었는지를 짐작할 수 있었다. 타이시는 이번 사태를 팔부중의 과잉 충성이 빚어낸 우발적인 사건으로 몰아갈 셈이었다. 이는 양진삼이 바라는 바이기도 했다.

'마음에 드는군, 처남.'

그때 긴나라가 의미를 알기 힘든 서장말로 고함을 지르더니 자리를 박차고 일어나 탁자에 기대 둔 금강저를 집어 들었다. 에센 타이시의 뒤에 시립해 있던 십여 명의 녹림군들이 신월도를 뽑아 들며 긴나라와 타이시 사이를 차단했다. 동창에서 나온 두 당두 또한 안색을 굳히며 일어서서 긴나라의 행동을 견제했다. 하지만 긴나라의 목적은 그들이 우려한 것보다 훨씬 단순했다. 궁지에 몰린 쥐는 고양이를 물지만, 궁지에 몰린 낙타는 무작정 달아나기만 하는 것이다.

"으하압!"

긴나라는 금강저를 삽질하듯 크게 휘저어 자신의 앞에 있던 탁자를 뒤엎은 뒤 공터를 향해 뛰쳐나왔다. 그곳에 있는 건달바와 합류하여 이 연회장을 빠져나갈 의도로 보였다. 그의 돌발적인 행동에 모든 사람들은 눈만 부릅뜬 채 지켜보기만 할 따름이었다. 이럴 때 필요한 것이 위기 대처 능력이었고, 금의위 부영반은 그 점에서 발군이었다.

"저자를 막으십시오. 건달바는 내가 맡겠습니다."

이 말에 아라아탄 바투스가 양진삼을 돌아보았다. 상처들로 뒤덮인 그의 얼굴에는 처음 후렁잘로를 대할 때의 경멸감 같은 것을 일절 찾아볼 수 없었다.

"그러지."

아라아탄 바투스가 짧게 대답하고 시선을 돌렸다.

챙! 챙! 챙! 챙! 챙! 챙! 챙!

금속의 날카로운 포효와 함께 단도의 칼 빛이 회오리로 맴돌며 긴나라를 덮쳐 갔다. 긴나라의 얼굴에 당황한 기색이 어렸다.

두 사람 사이를 가리고 있던 아라아탄이 자리를 떠나자 양진삼은 아무 장애물 없이 건달바의 얼굴을 똑바로 바라볼 수 있게 되었다. 이제 건달바의 얼굴에는 아무런 표정도 떠올라 있지 않았다. 거듭된 충격에 혼이 빠져나간 모양이었다. 양진삼은 허리에 묶어 놓은 가죽끈의 매듭을 풀며 건달바에게 물었다. 이번에는 한어였다.

"일이 왜 이렇게 됐는지 이상하겠지?"

멍한 표정을 짓고 있던 건달바가 어느 순간 입을 딱 벌렸다.

"너……."

양진삼은 가죽끈의 끝을 양손에 감아쥐며 차가운 미소를 지었다.

"자, 복수전이다."

금빛 포승이 아니란 점은 여전히 아쉬웠지만, 가죽끈은 만족스러운 파공성으로 주인의 아쉬움을 달래 주었다.

파앙!

장차 금승위金繩衛라는 별정 조직을 탄생시키는 데 결정적인 역할을 하게 될 관부일절官府一絕, 포조삼십육박이 세상에 첫선을 보이는 순간이었다.

━━◆━━

오보를 관장하는 바람의 신은 양진삼의 소원을 들어주었다.

그는 오늘 밤 두 마리 낙타를 잡았다. 한 마리는 그의 포조삼십 육박으로, 다른 한 마리는 야수의 육합망으로.

초원의 야수는 명불허전이었다. 긴나라의 목덜미에 피 구멍을 만들어 낸 아라아탄 바투스가 부러진 왼팔을 덜렁거리며 다가왔을 때, 양진삼은 양손에 감아쥔 가죽끈을 통해 전달되어 오는 둔중한 느낌을 만끽하고 있었다.

뚝!

낙타의 목뼈가 부러질 때 울리는 소리를 들은 적은 없지만, 아마도 저만큼 크지 않을까 싶었다. 심향인에 몇 대 스친 대가로 온몸이 욱신거리기는 했지만, 그래도 그는 부러진 왼팔 대신 이빨 사이에 단도 한 자루를 물고 다가온 아라아탄 바투스를 향해 밝게 웃어 줄 수 있었다.

멩케 왕자를 치료하는 데에는 약간의 추가적인 연출이 필요했다. 왕자의 몸 구석구석에 보심고를 발라 준 뒤, 신걸용이 밀가루와 메밀가루로 구해 준 박하 향수를 뜨거운 물에 풀어 왕자를 담갔다. 심향인의 치료법을 정확히 아는 사람이 이 궁궐 안에 있을 리 없겠지만, 좋은 배우는 세심한 부분까지 신경을 써야 하기에 양진삼은 화 누이에게서 전해 들은 모든 절차 그대로를 시행에 옮겼다. 칸과 황후가 지켜보는 자리였지만, 왕자를 주무르는 그의 손길에 담긴 해혈解穴의 묘용을 그들이 알아볼 가능성은 전무했다. 시간이 조금 지나 시퍼렇게 죽어 있던 왕자의 혈색이 본래대로 돌아오는 기미를 보이자 황후는 기쁨의 눈물을 흘렸고 칸은 감격한 얼굴로 양진삼을 꽉 끌어안았다. 금의위가 개백정이란 신조에는 변함이 없지만, 솔직히 이때만큼은 약간의 가책을 느꼈다.

연극이 끝나면 배우는 무대에 다시 올라 자신을 소개해야 했다. 왕자의 치료를 마친 뒤, 백색 궁궐 내 가장 호화로운 집무실에서 한 남자와 마주앉은 양진삼은 상대의 눈동자를 똑바로 바라보며 자신을 소개했다.

"명나라 금의위의 부영반, 양진삼입니다."

남자가 별처럼 빛나는 눈으로 양진삼을 바라보았다.

"오이라트의 타이시, 에센이오."

초원의 겨울로서는 드물게 바람이 잠든 날이었다. 그러나 합라화림의 백색 궁궐 깊숙한 곳에서는 삼 년 후 거대한 서북풍으로 자라나 대륙을 강타할 바람이 불기 시작했다.

혈랑기血狼旗(一)

(1)

느릅나무의 하루와 하루살이의 하루는 같지 않다. 느릅나무에게 하루는 뿌리털에서 빨아들인 물을 가장 낮은 잎사귀까지 끌어 올리는 시간에 불과한 반면, 하루살이에게 하루는 탄생과 번식과 종말을 두루 경험하게 해 주는 일생에 해당되는 시간이기 때문이다.

현실 세계에서의 이십 일과 무문관에서의 이십 일도 같지 않았다. 현실세계에서의 이십 일이 시나브로 쌀쌀해진 기온에 옷장 속 솜옷을 꺼내 손질하는 짧은 환절기에 지나지 않았다면, 무문관에서 보낸 이십 일은 수없이 많은 종류의 생을 무시로 윤전輪轉해야만 했던 영원에 가까웠다.

이렇듯 시간은 자신의 무한한 길 위에 올라선 모든 존재들에게 동일한 척도로 작용하지 않을 때도 있다. 작용하는 대상에 따라, 또 그 대상이 처한 환경에 따라 다르게 인지되고 다르게 체감되기도 한다. 그래서일까…….

끼이익.

석대원은 등 뒤로 나무 문이 닫히는 소리를 들으며 주위를 천천히 둘러보았다. 모시던 부처를 한두 해 전인가 다른 곳으로 옮기고 폐쇄되었다는 이 불당 안에는 바깥세상의 것과 또 다른 시간이 흐르는 것 같았다. 십여 개의 낡은 측창들을 널빤지로 일일이 틀어막아 채광과 통기가 순조롭지 못한 이 어둡고 퀴퀴한 공간 속을 흐르는 시간은 바깥세상의 것보다 더 느리고 더 무겁고 더 음울한 느낌을 주었다.

달라진 시간에 적응하기 위해 문가에 잠시 서 있던 석대원은 대전 구석에 웅크린 어둠을 향해 천천히 머리를 숙였다. 석대원을 이곳으로 인도해 온 소림의 지객당주 적심 또한 그쪽을 향해 자세를 바로 하며 반장례를 올렸다.

"사숙을 뵙습니다."

대전 구석에 웅크린 어둠이 조금 덜 짙은 어둠으로 분화하더니 하나의 그림자가 만들어졌다. 칙칙한 회흑색 승복에 왼쪽 눈을 검은 안대로 가린 노승이 어둠을 벗어나 두 사람을 향해 걸어왔다. 범제였다.

"왔군."

석대원은 고개를 들고 범제를 바라보았다. 보름 전만 해도 불제자와는 너무나도 어울리지 않는 맹렬한 마기에 휩싸여 있던 그였지만, 지금은 크고 깊은 호수처럼 평화로운 기운만을 풍기고 있었다. 번갯불처럼 찾아온 각성은 수십 년간 마승으로 살아온 그를 한순간에 바꿔 놓은 것 같았다.

"매불 대사께서는 어떠하신지요?"

석대원의 질문에 범제가 연기처럼 희미한 미소를 지었다.

"늦게 거두신 제자가 둘씩이나 되는 바람에 편찮으신 티도 마음 놓고 못 내신다네. 지금은 적인에게 상법相法(관상을 보는 방법)을 가르치고 계실 걸세."

석대원이 무문관에서 나와 통령귀를 소멸시키고 범제의 업을 풀어 준 그날, 매불이 제자로 거둔 것은 범제 하나만이 아니었다. 천기를 훔쳐보다 신벌을 맞아 노망이 들어 버렸다는 소림사 계율원주까지도 덩달아 문하로 받아들인 것이다. 사숙과 사질이 졸지에 한 문하의 사형제가 되었으니 전통을 숭상하고 항렬에 엄격한 소림사로서는 참으로 황당하고 기괴한 일이 아닐 수 없겠지만, 매불 자체가 워낙 황당하고 기괴한 인물이라 그런지 아니면 사찰 내에 범제와 적인에게 감히 뭐라 할 만한 어른이 남아 있지 않아서 그런지, 별다른 문제없이 넘어가는 분위기였다. 거기에는 매불의 한마디도 크게 작용한 것 같았다.

─길어야 명년 봄까지일 걸세. 그 안에 성복술星卜術을 제외한 모든 것을 물려줄 생각이야.

성복술을 제외한 것은 지나치게 위험하기 때문이라는데, 그에 관한 산증인이 매불 본인인 탓에 누구도 토를 달지 못했다. 명년 봄이라 못 박은 것도 그 안에 가르칠 자신이 있기 때문만은 아닌 것 같았다. 석대원의 눈에도 매불은 이번 겨울을 넘기기 힘들어 보였다. 신기한 사실 하나는, 매불의 가르침을 받기 시작한 뒤부터 적인의 노망기가 눈에 띄게 줄어들었다는 점이다. 이를 의아히 여긴 의승 하나가 묻자 매불은 이렇게 답했다고 한다.

─신기神氣라는 게 원래 그렇다네. 처음에 제대로 자리 잡지 못하면 사람을 미치게 만들지. 명년 봄이 되면 적인도 맑은 정신을 되찾을 수 있을 걸세. 암, 당연히 그래야지. 그래야 이 죄인이 젯밥이라도 제 날짜에 얻어먹을 수 있을 테니까.

매불에게 젯밥을 차려 줄 또 한 명의 제자, 범제에게는 봉양의 의무만이 맡겨진 것 같았다. 그러나 범제는 사부가 거하는 찰각암의 선방을 정성으로 지키며 스스로 떠맡은 의무에 최선을 다했다. 지난 보름간 그가 찰각암을 떠난 경우는 오직 세 번, 석대원이 이 폐쇄된 문수전을 방문한 때뿐이었다. 그러므로 이번이 네 번째.
"소질의 무례를 용서해 주시길."
범제에게 양해를 구한 적심이 가사 안쪽 허리띠에 끼워 두었던 단봉을 꺼냈다. 석대원은 비췻빛 영롱한 광채가 감도는 저 단봉이 강호에서 얼마나 유명한 물건인지 알고 있었다.
"사질이 사과할 일은 아니지."
하지만 마음이 편치는 않은 듯 범제는 적심의 손에 들린 녹옥불장에 시선을 맞추려 하지 않았다. 매불이 던진 짚신 한 짝으로부터 대각을 이룬 범제가 한낱 신외지물에 불과한 녹옥불장을 저리도 불편해하는 이유에 대해서는 짐작 가는 바가 있었다. 범제는 지난 반백년간 두 개의 족쇄를 차고 살아왔다. 하나는 스스로 감옥이 되어 받아들인 통령귀요, 다른 하나는 선대로부터 이어진 녹옥불장에 의한 금제였다. 두 개의 족쇄 중 하나는 석대원에 의해 벗겨졌다. 그러니 남은 하나를 불편해하는 것은 이해할 만한 일이었다.

적송이 범제의 눈앞에서 녹옥불장을 거두며 송구한 표정으로 고개를 조아렸다.

"기일이 아직 남아 있긴 하지만, 오늘 일만 잘 풀리면 이곳에 외인이 찾아올 일은 없을 터이니 사숙께서도 번거로움을 피하실 수 있을 겁니다."

소림으로 돌아온 광비 대사가 녹옥불장의 권위로써 범제에게 내린 명은 이 문수전을 지키라는 것이었다. 오직 녹옥불장이 인정한 자에게만 출입을 허락하라는 것인데, 광비 대사가 입적한 뒤 임시 방장직에 올라 녹옥불장을 인수하게 된 적심은 사람을 자주 상대하는 지객당주답게 꽉 막힌 사람이 아니었다. 그래서 범제가 원한다면 문수전을 지키는 것을 포함, 녹옥불장으로부터 비롯된 모든 금제를 풀어 주겠다고 제안했다.

하지만 범제가 거부했다.

─오십 년을 기다린 노납이 어찌 오십 일을 기다리지 못할까. 노납은 소림으로부터 어떤 배려도 받고 싶지 않다네.

죽어 가는 사부의 수발을 들면서도 지금처럼 석대원의 방문 시간에 맞춰 문수전에 내려와 대기하고 있는 것은 단순히 금제를 지키기 위한 요식행위만이 아니었다. 거기에는 한 인간이 사문에 대해 오십 년에 걸쳐 쌓아 온 애증과 회한이 담겨 있었던 것이다.

"오늘 일이라……."

이제는 검붉은 혈기를 남김없이 씻어 낸 범제의 외눈이 석대원을 향했다.

"결국 석 시주에게 달린 건가?"

"그런 셈이지요."

적심의 대답에 범제가 고개를 작게 끄덕이고는 제단 쪽으로 몸을 돌렸다. 그때 석대원이 불쑥 말했다.

"오늘은 함께 들어가시는 것이 좋겠습니다."

범제가 걸음을 멈추고 석대원을 돌아보았다.

"노납도?"

"그렇습니다."

석대원이 고개를 끄덕이자 범제의 얼굴에 난색이 떠올랐다.

"사숙의 명을 받아 한 해가 넘도록 이 자리를 지키면서도 저 아래로는 한 번도 내려가 본 적이 없다네. 장문영부가 노납의 출입을 허락하지 않은 데다 적공寂空 안에 있는 것을 대한 순간 노납이 어떤 행동을 보일지 노납조차도 장담할 수 없었기 때문이지."

그러리라고 짐작했다. 태고의 망령들에 대한 범제의 증오심은 인간에게 통용되는 범주를 넘어선 것이기에. 하지만…….

"지금도 그러십니까?"

석대원이 물었다.

"지금은……."

범제는 습관처럼 왼쪽 눈을 가린 안대 쪽으로 손을 올리다가 멈췄다. 작게 한숨을 쉰 그가 고개를 천천히 저었다.

"지금은 그렇지 않네."

"그렇다면 함께 들어가셔도 상관없잖습니까."

범제가 적심을 돌아보았다. 적심이 가사 안에 숨겨 두었던 녹옥불장을 다시 꺼내 들었다.

"석 시주에게 무슨 복안이라도 있는 모양이군요. 사숙께서 원하신다면 함께 들어가셔도 됩니다."

잠시 망설이던 범제가 고개를 끄덕였다.

"알았네. 그렇게 하지."

제단 위에는 동록이 퍼렇게 오른 청동 향로가 놓여 있었다. 범제가 그 향로를 잡고 좌측으로 한 바퀴 돌리자 제단 한쪽이 둔중한 소음과 함께 옆으로 밀려나며 사람 하나가 겨우 들어갈 만한 크기의 구멍이 모습을 드러냈다. 오래된 먼지 냄새와 눅눅한 곰팡이 냄새, 거기에 약향藥香과 병취病臭가 뒤엉킨 불쾌한 냄새로 자신의 존재를 알려 오는 구멍. 폐쇄된 문수전이 품고 있는 비밀은 바로 그 구멍 아래에 숨어 있었다.

앞선 두 소림승을 따라 구멍 안으로 들어가기 전, 석대원은 고개를 돌려 문수전의 내부를 한 바퀴 둘러보았다. 소림을 위해서라도, 그리고 범제를 위해서라도, 그는 이 어둡고 퀴퀴한 공간 속을 흐르는 느리고 무겁고 음울한 시간이 오늘부로 끝나기를 바랐다. 그러기 위해서는……

'미끼를 반드시 물어야 할 텐데.'

자신의 왼손을 슬쩍 내려다본 석대원은 허리를 낮추고 구멍 안으로 발을 내디뎠다.

───❦───

그 남자가 나타났을 때, 한로는 문수전 앞 돌사자상 아래 쪼그려 앉아 혈랑검의 검집에 감긴 가죽끈의 매듭을 손질하고 있었다. 일에 집중하기도 했거니와 싸락눈이 간간이 날리는 탓에 주변에서 들리는 소리에 신경 쓰기 힘든 것은 사실이지만, 그렇다고 해도 그 남자는 믿을 수 없을 만큼 기척 없이, 마치 허깨비라도 되는 양 한로의 일 장 앞 빈 공간에서 불쑥 몸을 드러냈다. 그것만으로도 충분히 놀랄 만한 일인데, 설상가상 그 남자는 외모 또한 심상치 않았다. 몸에 걸친 기이한 복장은 접어두고라도 말인지 인간인지 구분하기 힘든 생김새는 인세에 보기 드문 것이라 아니할 수 없었다.

그러나 한로는 그 남자의 출현에 전혀 놀라지 않았다. 저 양각천마 최당이란 인간은 주로, 어쩌면 항상, 이런 식으로 등장했기 때문이었다. 게다가 최당이 찾아오기를 기다리고 있기도 했다. 석대원이 무문관을 열고 세상에 다시 나온 다음 날 정주鄭州에 있는 표국까지 나가 최당에게 연락을 취한 사람이 한로 본인이었기 때문이다. 석대원이 무문관에서 영영 나오지 않았다면 최당에게 연락할 일은 없었을 것이다. 아마도 한로는 조석으로 향을 사르던 소림사 관음전에 불을 지른 다음 그 불구덩이 속으로 뛰어들었을 것이다. 그런 비극이 벌어지지 않은 것은 한로를 위해서나 소림을 위해서나 다행한 일이었다.

"형편없군, 형편없어."

유난히 긴 하체로 짝다리를 짚고 선 채 잠시 한로를 내려다보던 최당이 특유의 꿀쩍거리는 목소리로 툭 내뱉었다. 한로는 매듭에 파묻은 고개를 들지도 않고 심드렁하게 대꾸했다.

"또 뭐가?"

"시국이 급박하니 검주를 잘 보필하라는 운 노사부의 말씀을 전한 것이 백 일도 안 되었는데, 검주는 죽을 고비를 넘기고 검동은 불목하니 신세가 되었으니 형편없다는 소리가 어찌 안 나올까."

그제야 검집에서 고개를 든 한로가 최당의 말 닮은 얼굴을 올려다보았다.

"이 불목하니가 지난 백 일간 무슨 고생을 했는지 안다면 감히 형편없다는 소리는 못할걸세."

"어, 춥다."

한로의 목소리에 담긴 으스스한 기운을 읽었는지, 아니면 정말로 날씨가 추워서인지 최당은 어깨를 좁히며 가볍게 진저리를 쳤다.

사실 최당의 방문은 한로의 예상보다 늦은 편이라고 할 수 있었다. 최당과 그의 동료들은 중원의 각 성省마다 한 군데씩 거점을 보유하고 있었다. 이곳 소림사가 위치한 하남성에도 부농가富農家로 위장한 거점이 있었고, 한로가 작성한 서찰이 정주의 표국을 통해 그곳에 당도하는 데 걸린 시간은 길게 잡아도 닷새를 넘지 않았을 터였다. 그럼에도 보름 가까이 지난 오늘에야 모습을 나타냈다는 것은, 다른 누군가에게 의견을 구할 시간이 필요했다는 뜻이었다. 멀리 강남에 거하는, 늙고 지혜로운 누군가에게 말이다.

차가운 눈으로 최당을 노려보던 한로가 다시 검집의 매듭으로 시선을 내리며 말했다.

"검주의 가형을 중심으로 중앙회라는 조직을 만들었다는 얘기는 들었네."

"흠? 아직 세상에는 알려지지 않은 이름일 텐데, 그 소식은 어디서 들었는가?"

"이곳에 얼마 전까지 개방 방주가 머물고 있었네."

"철포결이 소림에?"

좌우로 갸웃거리던 최당의 고개가 '아!' 하는 탄성과 함께 아래위로 움직였다.

"신무전에서 만난 황우란 놈이 말하기를 제 사부가 잔칫상마다하고 절밥 먹으러 갔다더니만, 이곳을 다녀갔던 게로군."

"신무전에서 있었던 일도 들었네. 주인을 문 못된 호랑이의 껍질을 벗겼다고?"

한로의 말에 최당이 반색을 하며 물었다.

"그것도 철포결이 말해 주던가?"

매듭을 거듭하여 옭맨 한로가 고개를 들고 대답했다.

"정주의 표국에서 귀동냥을 했지. 굳이 개방을 통하지 않더라도 온 천하에 소문이 쫙 퍼졌더군."

최당이 잘난 체하는 아이처럼 어깨를 으쓱거렸다.

"못된 호랑이를 잡는 일에는 이 몸도 활약 좀 했지."

한로는 하체에 비해 지나치게 빈약한 최당의 상체를 훑어보며 피식 웃었다. 최당이 '좀' 했다는 활약이 어떤 종류의 것인지 충분히 짐작할 수 있었기 때문이다. 하지만 이어진 최당의 질문에는 그 시원찮은 웃음조차 거둘 수밖에 없었다.

"그래, 거지 왕초가 소림에는 뭐 하러 왔다던가?"

한로는 잠시 머뭇거리다가 대답했다.

"이곳에 검주의 부친이 있었네."

"검주의 부친? 석가장주 말인가?"

최당이 말한 석가장주는 당대의 석가장주가 아니라 전대의 석가장주, 검군자 석안을 가리키는 호칭이었다. 한로가 고개를 끄덕이자 가뜩이나 동그란 최당의 눈이 휘둥그레졌다.

"석가장주가 소림에는 왜 있어?"

"공교롭게도 검주가 태원에 갔을 때 석가장주도 그곳에 있었던 모양이야. 그때 그는 큰 부상을 입었다네. 그래서 나와 소림 승들이 이곳으로 데려왔지. 개방 방주는 그를 악양의 신의에게 데려다 주기 위해 소림에 온 거라네."

"검주와 석가장주가 모두 이 절에 있었다면, 부자가 소림에서 상봉한 건가?"

결국 이 얘기로 흐르리라는 것을 알기에 웃음을 거둘 수밖에 없었던 것이다. 한로가 침울한 목소리로 대답했다.

"부자가 이 절에서 하룻밤 함께 머문 것은 맞지만 서로 만나지는 않았다네."

"함께 머문 것은 맞지만 만나지는 않았다? 하면 검주는 부친이 살아 있다는 사실을 아직 모르는가?"

"그건 아닌 것 같네. 은밀히 움직여야 할 검주가 적당들 앞에 모습을 드러낸 까닭이 바로 석가장주를 구하기 위함이었다고 하니까. 아니, 검주를 구한 사람이 석가장주라고 해야 할까? 검주의 왼팔에 이 혈랑검을 박은 사람이 바로 석가장주라고 하니 말일세. 그러니 자네가 말한 부자 상봉은 태원에서 이미 이뤄진 셈이겠지."

그 얘기를 한로에게 들려준 사람은 석대원 본인이었다. 그날 밤 석대원을 둘러싸고 벌어진 비극적이고도 괴이한 사건에 대해 한로가 직접 목격한 것은 거의 없다고 봐도 무방했다. 태원 교외에서 남립이라는 자에게 핍박을 받아 의식을 잃은 그를 구한 것은 매불과 소림승들이었고, 이후 매불의 파자점을 좇아 찾아간 천문관에서 마침내 만난 석대원은 천선자가 그토록 경계하던 혈마귀에게 영혼까지 잡아먹힌 뒤였다. 그러니 그 전에 벌어진 일에 대해서는 알 도리가 없는 게 당연했다. 따지고 보면, 그다음에 벌어진 일도 모르기는 마찬가지였다. 다만 드러난 결과로써 알 수 있는 몇 가지 사실은, 석대원을 지배하던 혈마귀가 연벽제의 벼락 아래 소멸되었다는 점, 그 과정에서 연벽제도 목숨을 잃었다는 점 그리고 연벽제가 천문관에 들어가기 전 넘겨준 파면승의 정체가 석대원의 부친인 석안이라는 점 정도였다. 만일 비각의 본거지에서 벌어진 사건에 대해 석대원으로부터 단편적으로나마 전해 듣지 않았다면, 그가 아는 것은 겨우 그 수준에 그쳤을 것이다.

"부친이 살아 있는 것을 알았다면…… 검주가 받은 충격이 이만저만이 아니었겠군. 그래서 만나지 않으려고 한 건가?"

최당이 어두운 표정으로 물었다.

"아니. 만나지 않으려고 한 쪽은 검주의 부친이었네. 자기가 이곳에 머무는 것을 검주에게 알리지 말아 달라고 몇 번씩이나 당부하더군. 검주가 회복한 다음 날 부리나케 악양으로 떠난 것도 아마 그래서였을걸세."

한로는 그 당부대로 석안의 존재에 대해 함구했고, 석대원은 부친이 지근거리에 있었다는 사실을 아는지 모르는지 그 점에 관해서는 일절 언급하지 않았다. 만일 몰랐다면 슬픈 일이고, 알면서도 모르는 척했다면 더욱 슬픈 일이었다.

"지금 검주의 상태는 어떤가?"

최당이 조심스럽게 물었다. 한로는 저 질문이 조심스러울 수밖에 없는 까닭을 알고 있었다. 석대원은, 본인은 모르겠지만, '혈랑곡'이라는 이름으로 뭉친 한 무리의 사람들에게 대단한 상징성을 가지고 있었고, 때문에 그의 안위와 현재의 상태에 대해 관심을 갖는 것은 당연한 일이었다.

"글쎄……."

한로가 말꼬리를 흐리자 최당이 눈살을 찌푸렸다.

"글쎄라니? 가까이서 모시는 자네가 검주의 상태도 파악하지 못한단 말인가?"

"가까이서 모신다고 모든 것을 파악할 수는 없지. 게다가 몸의 상태와 마음의 상태가 극단적으로 달라서 나로서도 어떻게 받아들여야 할지 난감하다네."

동그란 눈을 끔뻑거리던 최당이 투덜거렸다.

"무슨 소리를 하는지 당최 모르겠군. 검주의 몸과 마음이 나뉘기라도 했다는 말인가?"

"실제로도 그랬다고 하더군. 몸이 토굴 안에서 말라 가는 동안 마음은 수없이 많은 삶을 살았다고 하니 말일세."

최당의 두툼한 콧잔등에 주름이 잡혔다.

"수없이 많은 삶? 그건 또 무슨 소리야?"

한로는 최당의 짜증을 받아 주고 싶지 않았다. 정말로 짜증을 부려야 할 사람은 최당이 아니라 한로였다. 석대원이 무문관에 있을 때도 그랬거니와, 무문관을 나온 뒤로도 늙고 쇠약한 종복은 얼마나 속을 끓여야 했던지…….

"나도 몰라. 정 궁금하면 검주에게 직접 물어보게."

한로가 퉁명스럽게 대꾸하자 최당이 표정과 목소리를 은근히 꾸며 재차 졸랐다.

"마음은 그렇다 치고, 몸 상태라도 알려 주게나."

한로는 못마땅한 눈으로 최당을 쳐다보다가 다시 한 번 한숨을 쉬었다. 생각해 보니, 명색이 전령으로 왔는데 운 노사부와 동료들에게 전해 줄 말 몇 마디는 가져가야 할 것 같았다.

"저번에 무양문에서 만났을 때 내가 마지막으로 한 말을 기억하는가?"

한로가 물었다. 눈동자를 위로 올려 기억을 더듬던 최당이 더듬거리며 대답했다.

"그 뭐냐…… 검주가 이전보다 강해졌다는 말 말인가?"

"맞아, 그 말을 이번에도 그대로 해 주고 싶네."

"응?"

"검주는 그때보다 더 강해졌다네. 아니, 강하다는 표현만으로는 모자랄 것 같군. 마치 전대의 검주를 뵙는 것 같았으니까."

말의 것처럼 앞으로 툭 불거진 최당의 입이 딱 벌어졌다.

———※———

사방의 길이가 오 장 남짓한 정방형의 석실 안은 차가운 바깥 날씨와는 달리 후끈한 열기로 가득 차 있었다. 석실 중앙에 놓인 침상 위에는 앙상한 몸뚱이를 적나라하게 드러낸 노승 하나가 의식을 잃은 채 누워 있었고, 그 주위에는 소림의 약왕당주 적통이 초조한 기색으로 대기하고 있다가 철문을 열고 석실로 들어서는 범제를 발견하고는 눈을 크게 떴다. 이 석실을 출입하는 과정에서 범제를 본 적은 여러 번이지만, 정작 석실 안에서 마주친 것은 이번이 처음이기 때문이리라.

"사숙을 뵙습니다."

적통의 인사를 본체만체, 범제가 침상 쪽으로 성큼성큼 다가갔다. 침상 위에 누운 노승을 어두운 얼굴로 내려다보던 그가 혼잣말처럼 중얼거렸다.

"사람의 몰골을 되찾은 걸 보니 지난봄에 다녀간 신무전 도사가 돌팔이는 아닌 모양이군."

곁에서 안절부절못하던 적통이 황급히 말했다.

"소질도 놀랐습니다. 신무전 약사가 준 영단에는 중양진인重陽眞人(도가팔선 중 하나인 여동빈)의 묘리가 담겼다고 하던데, 그게 도사들이 흔히 하는 허풍이 아님을 알게 되었지요. 그 영단을 보름에 한 알씩 아홉 차례 복용시킨 결과 화독火毒이 가라앉고 농

액膿液이 가셨습니다. 현재 주화입마의 증상은 거의 사라졌다고 봐도 됩니다."

"육체는 거의 나았다 이 말인가?"

"소질이 진맥한 바로는 그렇습니다."

"그렇다면 남은 건 마음이겠군."

석실 안에 들어와 범제가 하는 양을 바라보고 있던 석대원이 한마디를 덧붙였다.

"마음과 그 마음에 깃든 쥐지요."

노승의 나체에 고정되어 있던 범제의 외눈이 석대원을 향했다.

"이 세상에서 '그것'들을 쥐라고 부를 수 있는 사람은 아마도 자네밖에 없을 것 같군. 하지만……."

어처구니없다는 표정으로 석대원을 바라보던 범제가 고개를 끄덕였다.

"오직 자네만이 그렇게 말할 자격이 있겠지. 벼락의 주인에게는 그럴 자격이 있어."

석대원은 고소를 지었다. 벼락을 상속받는 대가가 외백부의 목숨이라는 것을 알았다면 그는 결코 벼락의 주인이 되려고 하지 않았을 것이다. 그러나 외백부는 죽었고, 그는 벼락을 상속받았다. 오늘 그가 해야 하는 일은 그 상속에 대한 또 다른 대가일지도 모른다.

적공이 누운 침상 쪽으로 한 걸음 다가선 석대원이 석실 안에 있는 소림승들을 둘러보았다.

"쥐에 대항하는 방법은 여러 가지가 있습니다. 소생은 어린 시절에 받은 외부의 도움으로 놈의 활동 범위를 극도로 위축시켰고, 범제 대사께서는 초인적인 인내심과 의지력으로 놈의 유혹을 반백년간 이겨 내셨습니다. 반면에 여기 계신 적공 대사께서는 자신이 익히려 한 마공 속에 숨어 있는 놈을 어느 순간 발견하시고는, 소림의 강맹순양한 내공으로써 놈을 억제하려 하신 것 같습니다. 이분께 나타난 주화입마의 증상은 그 투쟁의 결과일 겁니다. 오늘 치료를 시작함에 앞서, 소생은 망령에게 끝까지 굴복하지 않으신 이분의 굳센 심지에 경의를 표하고 싶습니다."

지난 세 번의 방문에도 불구하고, 석대원은 명왕혈세공冥王血洗功이라는 이름의 마공 속에 숨어 있던 태고의 망령이 정확히 어떤 존재인지는 파악하지 못했다. 그럼에도 한 가지 짐작할 수 있는 점은 있었다. 놈이 인간의 능력으로는 정면에서 맞설 수 없는 사악한 존재라는 점. 그런 사악한 존재를 상대로 오직 본신의 무공만으로 두 해째 격렬히 저항해 온 적공이기에, 정상으로 돌아온 뒤에 보여 줄 경지는 상상하기 힘들었다. 어쩌면 구품연대의 신화를 재현한 범제의 성취를 넘어설지도 몰랐다.

적심이 석대원에게 물었다.

"오늘은 가능할 것 같소?"

"장담을 드리기는 어렵지만, 범제 대사께서 거들어 주신다면 조금 더 가능성이 높아지리라 기대합니다."

석대원이 신중히 대답하자 약왕당주 적통이 합장을 하며 자신이 추종하는 신불을 찾았다.

"약사여래불, 약사여래불, 반드시 그렇게 되도록 도와주소서."

범제가 석대원에게 물었다.

"노납이 무엇을 거들면 되는가?"

석대원은 자신의 왼손을 일별한 뒤 범제에게 말했다.

"소생의 경험에 비추어 드리는 말씀입니다만, 대사께서는 통령귀가 가진 힘의 일부를 지금도 사용하실 수 있다고 생각합니다. 맞습니까?"

범제가 안대에 덮인 좌반면을 바늘에 찔린 것처럼 움찔거렸다.

"통령귀는 소멸되었지만 놈의 흔적은…… 음, 흔적이라는 표현이 어울리는지 모르겠군, 어쨌거나 놈이 가지고 있던 기운의 일부는 노납의 몸 안에 여전히 남아 있다네. 시도해 보지는 않았지만 그것을 사용하는 것도 가능하리라고 보네."

"소생도 그렇습니다. 그래서 지난 보름간 세 번에 걸친 방문을 통해 소생은 소생의 내부에 남아 있는 혈마귀의 기운으로 쥐를 잡기 위한 미끼를 놓았습니다."

"미끼?"

"환자의 내면 깊숙한 곳으로 숨어 버린 쥐를 바깥으로 끌어낼 미끼지요."

적공은 신무전 약사가 숭양崇陽의 묘리로 구워 냈다는 영단을 장복한 상태였다. 숭양의 묘리는 천하제일 도관이라는 태백관의 비전이었고, 석대원은 매불이 복용시킨 세심단을 통해 그 효능을 체득한 바 있었다. 적공의 경우도 마찬가지였다. 본래에는 커다란 고름 주머니와 같은 형상이었다는데 지금은 초췌하기는 해도 인간의 몰골을 되찾았으니, 그것만으로도 그 영단의 영험함을 짐작할 수 있을 터였다. 문제는, 그 영단이 적공의 주화입마 증상은 호전시킬 수 있을망정 명왕혈세공 안에 숨어 있던 태고의 망령까지 어쩌지는 못한다는 점이었다. 영단의 효능은, 비유하자면 은근한 군불과 같아서 방바닥에 핀 곰팡이를 서서히 제거할 수는 있어도 구들장을 갉아먹는 쥐까지 없앨 수는 없던 것이다.

적공이 보인 격렬한 저항에 적잖이 당황하던 쥐로서는 적공의 주화입마 증세가 나아가는 것을 반가운 심정으로 지켜보았으리라. 지난바 권능이 아무리 강력하다고 한들 고름 주머니 같은 몸뚱이를 가지고는 할 수 있는 일이 별로 없을 테니까. 잠시 숨을 죽이고 기다리다가 숙주의 병세가 완전히 회복되면 활동을 재개하여 더욱 은밀하고 더욱 교묘한 방식으로 몸뚱이를 차지하려는 것이 쥐의 속셈이 아닐까 추측되었다. 석대원은 상황이 그 속셈대로 흘러가는 것을 원치 않았다. 그래서 미끼를 놓았다. 적공의 육신, 혹은 마음 깊숙한 곳에 숨어든 쥐를 유인해 내기 위한 미끼를.

　이른바 타초경사打草驚蛇, 풀을 두드려 뱀을 몰아내는 것이다.

　"제가 신호를 보내면 통령귀의 힘을 적공 대사의 체내로 불어넣어 주십시오."

　석대원이 범제에게 말했다.

　"죽는 날까지 그 기운을 되살리는 일은 없으리라고 생각했는데……. 하지만 '그것'을 제거하기 위함이라니 어쩔 수 없지."

　씁쓸하게 웃은 범제가 왼손을 들어 안대를 벗겨 냈다.

　"음, 아미타불."

　"약사여래불, 약사여래불."

　적심과 적통이 작게 신음하며 불호를 외웠다. 범제의 좌반면에 자리한 어린아이의 주먹이 들락거릴 수 있을 만큼이나 커다란 공동을 무심히 대하는 것은, 수양 깊은 적 자 배 고승들로서도 힘든 일이었나 보다.

　"그럼 시작하겠습니다."

　석대원은 왼손의 소매를 둘둘 걷어붙였다. 그러자 팔꿈치 한 뼘 아래로부터 죽은 나뭇가지처럼 말라비틀어진 왼손이 중인들의 눈앞에 끔찍한 몰골을 드러냈다. 하지만 그것보다 더욱 끔찍한 범제의 경우를 목격한 직후라 그런지 불호 소리는 들리지 않았다. 그쪽이 오히려 마음 편했다. 한로의 헌신적인 수발에 힘입어 무문관에서 나올 당시의 초췌한 몰골은 떨쳐 낼 수 있었지만, 이 왼손만은 예외였다. 그는 자신이 남은 생애 동안 이 왼손을 가지고 살아야만 한다는 것을 알고 있었다.

치료가 시작되었다.

석대원은 왼손을 뻗어 침상 위에 누워 있는 적공의 맨 가슴을 조심히 덮어 갔다. 비록 말라비틀어졌다고는 해도 그의 손은 솥뚜껑만큼이나 커다랬고, 그것에 덮인 적공의 맨 가슴은 긴 병치레로 말미암아 쪼그라들 대로 쪼그라든 상태였다. 그래서인지 그가 적공의 가슴을 누르는 모습은 마치 저승에서 나온 거대한 사신이 임종을 맞은 환자로부터 최후의 생기를 짜내려고 하는 것처럼 보였다. 벽면에서 가늘게 흔들리는 촛불들의 그림자와, 약향과 병취로 뒤엉킨 석실 내부의 불쾌한 공기가 그런 분위기를 조성하는 데 일조하고 있었다.

그러나 말라비틀어진 왼손을 가진 거대한 사신이 환자로부터 짜내려는 것은 생기가 아니었다.

스으. 스으.

얼마나 지났을까. 헝겊 인형에 달린 팔다리처럼 힘없이 늘어져 있던 적공의 사지가 곤봉처럼 뻣뻣해지기 시작했다. 잠자듯 평온하던 얼굴 또한 함부로 이겨 대는 밀가루 반죽처럼 울퉁불퉁 일그러지고 있었다. 이를 내려다보던 소림승들의 얼굴에 긴장감이 떠올랐다.

석대원은 청동빛 기운으로 물들어 가는 적공의 살색을 내려다보며 잠시 상념에 잠겼다.

'이분도 지금 방 안에 있을까?'

석대원은 적공이 소림 방장이라는 지고한 신분에도 불구하고 금단의 마공에 손을 뻗어야만 했던 이유를 적심으로부터 들었다. 욕망의 굴레로부터 자유로울 수 없는 것이 인간이라면, 갖가지 욕망 중에서도 가장 뚜렷한 목표 의식을 부여하는 것은 바로 복수심이었다. 은혜는 돌에 새기고 원한은 물에 새기라는 것이 성현의 가르침이지만, 인간은 그러지 못한다. 혈육을 해치고 사문에 치욕을 안겨 준 원수에게 복수해야 한다는 마음은 해를 쌓아 가는 과정에서 신념의 수준을 넘어 천명天命의 단계까지 이르렀을 터였다. 태고의 사악한 존재들은 인간의 그러한 본성을 잘 알고 있었다. 어쩌면 지금 적공은 놈이 그의 복수심을 빚어 만들어 낸 방에 갇힌 채 원수의 모든 것을 명왕혈세공으로 산산이 파괴하는 환상 속에서 허우적거리고 있을지도 모른다. 그러면서 필생의 목표를 이룬 데 대한 짜릿한 통쾌감에 겨운 나머지 마두처럼 광소를 터뜨리고 있을지도 모른다.

'방을 나서면 과연 행복할 수 있을까? 어쩌면 환상 속에서나마 통쾌할 수 있는 방 안에 남아 있는 편이 더 행복한 게 아닐까?'

이것은 석대원이 스스로에게 수없이 던진 질문이기도 했다. 답은 '모른다.'였다. 어쩌면 그 답을 찾는 것이 다시 시작한 이 삶 속에서 그가 추구해야 하는 가장 중요한 과제일지도 몰랐다.

샤아아. 샤아아.

적공의 가슴에서 울려 나오는 기성이 점차 강렬해지고 있었다. 석대원은 업구렁이의 혓소리를 닮은 그것으로부터 당혹감과 적대감을 동시에 읽어 낼 수 있었다. 인간과 함께 사는 과정에서 원하든 원하지 않든 인간에게 동화되어 버린 태고의 망령이 인간의 원초적인 습속들로부터 자유롭지 못하리라는 그의 예상은 들어맞았다. 인간은 독점하기를 좋아한다. 놈도 마찬가지였다. 한데 놈이 독점하고 있던 숙주 안으로 놈이 가진 것과 유사한 기운이 흘러들어 오기 시작한 것이다.

앞선 세 번에 걸친 시도에도 불구하고, 놈은 입질만 하고 달아나는 얄미운 물고기처럼 적공 안에 존재한다는 기척만을 남긴 채 더 깊은 내면으로 숨어들어 갔다. 하지만 이번 네 번째 시도에서는 놈의 조심성이 조금씩 흔들리고 있다는 것을 느낄 수 있었다. 장시간 공을 들인 숙주를 다른 망령에게 빼앗길지도 모른다는 위기감이 놈의 견고한 조심성을 위협하고 있었다. 석대원은 놈이 지금 받고 있는 위기감을 한층 더 부채질할 때가 왔음을 알아차렸다.

-지금입니다!

석대원은 범제에게 전음을 보냈다. 그러자 범제의 뻥 뚫린 왼쪽 눈구멍에서 검붉은 실오라기들이 뭉클뭉클 흘러나오더니 적공의 왼쪽 눈을 안개처럼 덮어 갔다.

드득. 우드드득.

침상 위에 반듯이 누워 있던 적공의 몸이 간질에 걸린 것처럼 경련을 일으키기 시작했다.

샤아아아아앗!

적공으로부터 울려 나오던 기성이 귀청을 찢을 듯이 가파르게 치솟았다. 다음 순간, 적공이 감고 있던 두 눈을 번쩍 떴다. 시퍼런 청동빛으로 물든 한 쌍의 눈이 얼굴 위에 자리한 석대원을 똑바로 올려다보고 있었다.

-너는 누구냐아아!

석대원의 머릿속으로 혈마귀의 것과도 다르고 통령귀의 것과도 다른, 그러나 전적으로 다르다고만은 할 수 없는 중요한 무

엇인가를 공통점으로 삼고 있는 사이한 목소리가 위협적으로
울려 퍼졌다.

―내 먹잇감을 가로채려는 내 욕심 많은 동족들은 어디에 있
느냐아아!

예상이 맞았다. 조심성 많은 쥐가 마침내 미끼를 문 것이다.
석대원은 자신을 올려다보는 시퍼런 두 눈을 향해 차갑게 웃
었다.

우우웅.

석대원의 미간에 새겨진 바즈라―우파야의 세 송이 화인이
뇌정의 광채를 머금기 시작했다.

(2)

문수전의 나무 문이 껄끄러운 마찰음과 함께 밖으로 열렸을
때, 최당은 한자고와 이야기를 나누던 낡은 돌사자상 앞을 떠나
근방의 송림 속에 몸을 감추고 있었다. 한자고는 지금 문수전
안에는 검주 외에도 소림의 고승들이 다수 있으니 검주의 거처
에서 기다리는 편이 나을 거라고 말했지만, 최당은 그 권유를
코웃음으로 무시했다.

―들킬 일은 없을 테니 걱정 말라고.

양각천마 최당은 한때 강호 제일의 신투神偸 소리를 듣던 위
인이었다. 선천적으로 발달한 하체를 통해 발휘되는 천마답공
天馬踏空의 쾌속한 신법은 그로 하여금 천하의 온갖 요처와 중지
들을 제집 안방처럼 들락거리게 해 주었다. 하지만 도둑이 갖춰

야 할 덕목은 쾌속함 한 가지만이 아니었다. 몸놀림이 아무리 빨라도 종적을 감추지 못하면 결국에 가서는 덜미를 잡히고 마는 게 도둑이 아니던가. 때문에 그는 장안귀둔藏眼龜遁의 요체를 터득하기 위해 후천적인 노력을 쏟았고, 그 결과 신법 대가들 사이에서는 천마답공 못지않게 명성을 얻은 절세의 은신술, 장어구지藏於九地를 창안하는 데 성공했다.

장어구지가 최당을 실망시킨 적은 이제껏 딱 한 번밖에 없었다. 아니, 그 한 번조차도 급박한 주변 상황으로 말미암아 장어구지의 묘리를 제대로 살리지 못한 탓이라고 자위해 왔다. 그러니 지금처럼 시간을 충분히 들여 펼친 장어구지가 누군가에게 발각 날 일은 없으리라 믿는 것도 자만심의 발로만은 아닐 터였다.

문수전에서 나온 사람은 모두 다섯이었다. 몸에 걸친 무복이 장포처럼 푸해 보일 만큼 깡마른 거한 하나와 승려 넷. 승려 중 하나는 깡마른 거한의 등에 업혀 있었다. 그들 중 최당의 눈길을 잡아끈 사람은 깡마른 거한이었다.

'죽을 고비를 넘겼다더니 몰골이 말이 아니네.'

최당은 깡마른 거한을 금세 알아보았다. 그와 동지들의 해묵은 포한을 풀어 줄 '검주'가 바로 저 깡마른 거한이었다. 한자고가 보낸 편지를 통해 검주가 태원에서 범상치 않은 변고를 겪었다는 사실은 아는 바이나, 그래도 그 건장하던 육신이 저렇게 형편없이 짜부라질 정도라고는 생각하지 못했다.

'그런데도 더 강해졌다고?'

최당은 한자고의 말이 믿기지 않았다.

그때 검주가 송림 쪽을 향해 고개를 돌렸다. 그러고는 최당과 눈을 마주쳤다.

'에이, 그럴 리가.'

최당은 자신이 착각한 거라고 생각했다. 희끗희끗하게 날리는 싸락눈은 접어 두고라도, 시각과 청각을 통해 드러나는 모든 흔적을 감추고, 나아가 생기의 미세한 파동마저도 감쪽같이 지워 낸 그를 대체 누가 감지할 수 있단 말인가! 만일 그런 존재가 있다면 사람이 아니라 귀신이라 불러야 옳을 터였다. 그런데…….

……진짜로 그런 귀신이 있었다. 그것도 둘씩이나!

문수전에서 나온 네 승려 중 한쪽 눈을 안대로 가린 노승이 말했다.

"이것이 문수전을 지키는 임무 중 마지막 일이 될 것 같군."

흉상凶相인 독안 노승과 비교하면 부처님 같다고 해야 좋을 후덕한 얼굴의 승려가 고개를 갸웃거리며 물었다.

"무슨 말씀이신지?"

독안 노승은 말이 아니라 행동으로 대답했다. 그리고 그 행동은 최당을 똑바로 겨냥하고 있었다.

휘이익.

문수전 돌계단을 박찬 회흑색 인영이 허공을 새처럼 가로질러 자신이 숨어 있는 송림 쪽으로 날아오는 것을 목격한 최당은 기겁을 하여 장어구지의 은신술을 풀었다.

"흠?"

창응박토蒼鷹搏兎로 내리꽂은 금나수를 최당이 피해 내자 독안 노승의 입에서 작은 탄성이 새어 나왔다.

"스, 스님, 잠시만…… 힉!"

양 손바닥을 내저으며 뭐라 말하려는 최당에게 독안 노승의 금나수가 재차 삼차로 날아들었다. 소림외가의 강맹함이야 수백 년 전부터 강호의 으뜸으로 알려져 왔다. 이를 증명하듯, 굳은살이 숭숭 박인 거무스름한 손가락이 허공을 휘저을 때마다 비단을 찢어발기는 듯한 매서운 파공성이 짝짝 울려 나왔다. 반면에 최당의 몸뚱이는 그리 튼튼한 편이 아니었다. 저 무시무시한 손가락에 걸려 근골이 상하지 않으려면 죽을힘을 다해 보법을 전개할 수밖에 없었다.

"마지막 일이 제법 번거롭군."

미간을 슬쩍 찌푸린 독안 노승이 두 발바닥을 지면에 붙이더니 최당을 향해 걸음을 내디뎠다. 일 보, 이 보, 삼 보, 매 걸음마다 하나씩 분화하며—그것도 전혀 다른 자세로!— 자신의 퇴로를 속속 차단해 가는 독안 노승을 보며 최당은 거의 환장할 지경이 되었다. 양각천마라는 명호를 얻은 뒤로 이처럼 짧은 시간 안에 궁지에 몰린 적은 없었다.

'뭐냐, 이 괴물 같은 늙은이는?'

어금니를 질끈 깨문 최당이 가진바 최고의 신법을 펼쳐 독안 노승이 걸음으로써 만들어 낸 '인간 그물'과 한판 승부를 각오할 즈음, 누군가의 목소리가 송림 쪽으로 날아들었다.

"그만하십시오, 대사. 소생을 만나러 온 사람이라고 합니다."

"자네를?"

시간을 거꾸로 돌린 듯, 일곱 명으로 불어난 독안 노승이 하나씩 사라지더니 이내 합장을 하고 선 본체 하나만 남았다. 최당은 참고 있던 숨을 훅 내쉬며 일신에 끌어 올린 공력을 풀었다. 어찌나 놀라고 긴장했는지, 심장은 벌렁벌렁 오금까지 새큰거리고 있었다.

"하늘 높은 줄 모르고 까불던 원숭이가 부처님 손바닥에 갇힌 격이로다. 그분 앞에 있어 봐야 얻을 건 망신밖에 없을 테니어서 이리 오게."

문수전 앞에 있던 한자고가 최당에게 손짓을 보냈다. 최당은 독안 노승을 힐끔 돌아보았다. 독안 노승은 나이답지 않게 흑백이 분명한 외눈으로 그를 쳐다보기만 할 뿐 별다른 행동을 보이지 않았다. 하지만 그 눈길만으로도 충분히 두려워진 최당은 두 번 다시 돌아보지 않고 한자고를 향해 잰걸음을 놀렸다.

　최당이 다가가자 검주의 뒷전에 서 있던 두 명의 소림승 중 하나가 미소를 지으며 알은체를 해 왔다.

　"사숙을 번거롭게 만든 대단한 신법가가 뉘신가 했더니만, 양각천마 최 대협이셨군요. 소림의 적심이 오랜만에 인사 올립니다, 아미타불."

　그제야 승려를 알아본 최당이 반색을 하며 두 주먹을 모아 보였다.

　"아! 적심 대사시로군요. 지객당주가 되셨다는 이야기는 들었습니다."

　"하하, 벌써 이십 년도 더 된 일인걸요. 그 일을 언급하시는 걸 보니 최 대협께서 강호 활동을 그만두셨다는 소문이 사실이었나 봅니다."

　젊은 시절 한두 번 안면이 있다고 친근한 미소로 대해 주는 적심과 달리, 그 곁에 있는 후덕한 얼굴의 승려는 표정이 그리 좋지 않았다.

　"사람을 만나러 왔으면 산문에서 정식으로 통지하고 기다릴 일이지, 본사에서 금지로 정하여 피객승避客繩(방문을 사절하는 줄)까지 두른 이곳에 어찌 무단히 숨어들어 왔단 말입니까?"

　대답이 궁해진 최당이 도움을 바라는 심정으로 주위를 둘러보았으나 얄미운 한자고는 고소하다는 듯 입술을 비죽거릴 따름이었다. 최당에게 도움을 준 것은 친절한 지객당주였다.

"세월이 이렇게 흘렀는데도 적통 사형께는 최 대협을 경계하는 마음이 여전히 남아 있는 모양입니다."

"적통 대사라면 약왕당의……?"

"그렇습니다."

고개를 끄덕이는 적심을 보며 최당은 쓰게 웃었다.

소림사가 자랑하는 대환단大丸丹이 천하에서 가장 효과 좋은 영약은 아닐지 모르지만, 천하에서 가장 유명한 영약인 것만은 분명했다. 그래서 신투로 이름을 날리던 시절, 최당은 대환단을 소림에서 훔쳐 내겠노라 몇 차례나 큰소리를 치고 다녔다. 하기야 그 분방한 호기가 표적으로 삼은 것이 어디 대환단 하나뿐이었을까? 천하에 이름난 귀물은 모두 내 것처럼 여겨졌고, 원주인이란 나를 대신해 잠시 보관해 주는 사람에 지나지 않았었다. ……그런 때도 있었다.

자신만만하던 그 시절의 기억을 작은 한숨으로 흩어 버린 최당이 적통을 향해 진솔하게 사과했다.

"배운 게 도둑질이라 이 나이 먹고도 귀물을 보면 마음이 동하는 것은 사실이지만, 소림사에서 뭘 훔쳐 갈 용기는 검은 머리와 함께 사라진 지 오래니 적통 대사께서는 경계심을 푸시기 바랍니다. 젊은 혈기에 부린 주제넘은 호기를 늙은 나이에나마 사죄드리겠습니다."

다행히 소림의 약왕당주는 인상만큼이나 너그러운 성품인 것 같았다. 찌푸린 눈매를 편 적통이 최당을 향해 독장례를 올렸다.

"아닙니다. 소승이 외려 최 대협께 무례를 저지른 것 같군요. 하물며 오늘처럼 경사스러운 날에……. 소승의 수양이 아직 모자란 탓입니다."

그때 문수전으로 이어지는 오솔길에서 타닥타닥 발소리가 울렸다. 고개를 돌려 보니 잿빛 승복을 입은 장년승 둘이 달려오고 있었다. 최당은 그 장년승들이 저 아래 피객승 앞을 지키던 네 명의 승려들 중 두 명임을 어렵지 않게 알아보았다. 안광에 정기가 충만하고 태양혈이 불룩하니 솟구친 것으로 미루어 나한당에서 수련을 쌓은 무승인 듯했다.

"방장님!"

"방장 사백을 뵙습니다!"

달려온 장년승들이 굴신한 곳은 뜻밖에도 검주의 면전이었다. 최당은 잠시 어리둥절해졌지만, 이내 그들의 극진한 예가 향한 사람이 검주의 등에 업힌 승려임을 알게 되었다. 검버섯이 군데군데 핀 혈색 나쁜 머리통을 검주의 왼쪽 어깨 위에 힘없이 얹은 채 죽은 듯이 눈을 감고 있는 저 초췌한 승려가 소림사의 방장 대사라니 놀랄 만한 일이 아닐 수 없었다.

"아직 의식이 없으시다. 처소로 모실 터이니 이제부터는 해담, 네가 업도록 해라."

"예, 사백."

적통의 말에 해담이라 불린 장년승이 검주의 뒤로 돌아가 소림의 방장 대사를 받아 업었다. 자신이 걸치고 있던 황색 가사를 벗어 방장 대사의 등 위에 덮어 준 적통이 검주를 돌아보며 말했다.

"한데에서 오래 머무는 것은 방장 사형께 좋지 않을 것 같소이다. 소승들은 방장 사형을 모시고 먼저 들어갈 테니 석 시주께서는 손님분과 더불어 편안히 이야기를 나누도록 하십시오."

적심이 검주에게 독장례를 올린 뒤 덧붙였다.

"오늘 석 시주께서 베푸신 은덕을 소림은 결코 잊지 않을 것이오.”

문수전에서 나온 네 명의 소림승 중 셋이 두 장년승을 앞세워 자리를 떠났다. 남은 것은 괴물 같은 독안 노승 하나인데, 그제야 생각이 미친 최당이 주위를 둘러보았지만 독안 노승의 종적은 어디에도 보이지 않았다.

“범제 대사를 찾는다면 헛수골세. 자네가 이리로 올 때 떠나셨으니까.”

그랬나 싶어 대수롭지 않게 고개를 끄덕이던 최당이 어느 순간 화들짝 놀라 한자고를 바라보았다.

“범제라고? 범 자 항렬을 쓰는 승려가 소림에 아직 남아 있단 말인가?”

세상에 알려지기로, 신승이라는 칭송을 받던 불문제일인 범도가 입적한 뒤 소림에 범 자 항렬은 남아 있지 않았다. 한자고가 고개를 끄덕였다.

“역사가 오래돼서 그런지 이 절 안에는 많은 사연들이 숨어 있더군. 그분도 그런 사연 중 하나라네.”

“허!”

“소주께서 기다리시네. 실없는 호기심은 접고 어서 할 일이나 하게.”

최당은 한자고에게 한마디 듣고서야 검주와 시선을 맞췄다. 사지가 길쭉길쭉한 그는 한자고처럼 단신이 아니었다. 하지만 검주와 시선을 맞추려면 목 관절이 거북할 만큼 올려다보아야만 했다.

검주가 최당에게 말했다.

“작년에 강호오괴의 한 분인 모용풍 노인으로부터 비세록이라는 책을 받았습니다. 덕분에 전대의 기인들에 대해 얕은 지식이나마 얻게 되었지요."

　그 목소리며 말투, 그리고 최당을 내려다보는 눈빛은 주위에 흩날리는 싸락눈을 닮은 것 같았다. 검주에게서는 작은 온기라도 접하면 금세 사라져 버릴 것 같은 공허함이 자연스럽게 풍겨 나오고 있었다. 최당은 신법으로 이름을 떨친 사람답게 보통 사람은 상상도 하기 힘든 거리를 돌아다녔고, 수많은 사람들을 만나 보았다. 하지만 이십 대 중반의 나이에 저처럼 공허해져 버린 사람은 본 적이 없는 것 같았다.

　'태원에서 겪었다는 변고가 대체 무엇이기에…….'

　무엇인지는 몰라도 검주로부터 젊음의 모든 화사한 색깔을 앗아 갈 만큼 충격적인 사건임에는 분명하리라. 최당은 저절로 어두워지려는 마음을 떨치기 위해 짐짓 밝은 목소리로 검주에게 물었다.

　"비세록이라고요? 양각천마 최당이란 이름도 그 책 안에 담겨 있었습니까?"

　"그렇습니다."

　"흠, 모용풍이 이 늙은이의 체면을 세워 주었군요."

　한자고가 이죽거리며 끼어들었다.

　"그 늙은이가 정신 나간 거지. 도둑놈 체면 따위를 세워서 어디다 쓰려고."

　최당의 성난 눈이 한자고를 향했다.

　"주인도 제대로 보필 못 한 늙은이가 뭘 잘났다고 입방정을 떨어?"

　"배운 게 도둑질이라면서 그거 하나 제대로 못해 신세 망친 도둑놈보다야 잘났지."

　"아니, 이 늙은이가!"

두 사람 간의 의례적이고도 무가치한 말다툼은 검주가 말라 비틀어진 왼손을 슬쩍 쳐든 순간 뚝 그쳤다.

"한로에게 들었습니다. 소생에게 전할 말이 있다고요?"

검주가 최당에게 물었다. 최당이 무안함을 헛기침으로 감추며 대답했다.

"그렇습니다."

"누구의 말입니까?"

"윤리학 노사부께서 하신 말씀입니다."

이 이름을 듣고서 검주가 최소한 어떤 반응을 보일 것이라 예상했지만, 최당의 예상은 빗나갔다. 검주는 오직 무감하기만 했다.

"그분이 뭐라고 하시던가요?"

"지금부터 그분의 말씀을 전해 올리겠습니다."

최당은 검주 앞에 몸을 똑바로 세웠다. 전령으로서의 임무를 행할 때 그가 늘 취하는 자세였다.

"마침내 때가 되었다. 검주는 양각천마 최당과 함께 소림을 나와서 나를 만나러 오라."

같은 말을 세 차례 반복하는 동안 최당은 검주의 얼굴을 유심히 살폈지만, 그 얼굴에 떠오른 표정은 처음 그대로였다.

잠시 무거운 침묵이 주변에 내려앉았다. 그 침묵을 깨트린 것은 한자고였다.

"가셔야 하오."

한자고의 말은 짧았지만, 그 안에는 많은 사연들이 함축되어 있는 것 같았다.

검주가 한자고를 내려다보았다. 그 눈빛을 훔쳐본 최당은 언젠가 산길에서 마주친 주인 모를 묘비를 떠올렸다. 풍상에 닳고

닳은 광물의 고적함…….

이윽고 검주의 입술이 달싹거렸다.

"숙소로 가서 행장을 꾸리시오."

최당은 안도의 한숨을 내쉬었다. 소림으로 숨어들 때만 해도 단 한 번도 머릿속에 떠올리지 않았던 걱정, 검주가 운 노사부를 만나지 않겠다고 하면 어쩌나 하는 걱정이 사라졌기 때문이다. 그런 최당에게 검주가 말했다.

"소생의 숙소에서 기다리고 계십시오."

"예? 하면…… 검주께서는?"

검주는 대답하지 않았다. 그저 눈구름이 낮게 깔린 우중충한 하늘을 무심히 올려다본 뒤 최당과 한자고로부터 몸을 돌릴 뿐이었다.

싸락눈을 맞으며 점점 멀어져 가는 검주의 뒷모습을 바라보던 최당이 한자고에게 물었다.

"원래 저렇게 무덤덤한 분이었던가?"

한자고는 대답 대신 한숨만 쉬었다.

───❦───

석대원이 찰각암을 찾은 것은 이번이 처음이었다. 무문관에서 나와 상면한 순간부터 스스로를 죄인이라 칭하던 매불은 새로이 제자로 거둔 두 소림승을 제외한 다른 사람의 찰각암 방문을 허락하지 않았다. 이승에서 만날 사람은 모두 만났다는 게 그 이유인데, 다만 석대원에게만큼은 소림을 떠나기 전에 한 번 찾아오라는 말을 남겼다. 이유는 알지 못하지만, 매불을 포함한 공문삼기로부터 은혜를 입었다고 여기는 석대원으로서는 그 말을 따를 수밖에 없었다.

찰각암에 당도하니, 매불이 거하는 선방 앞 섬돌 위에 노승 하나가 쪼그려 앉아 알아듣기 힘든 입속말을 쉴 새 없이 중얼거리고 있었다. 처음 보는 얼굴이지만 누구인지는 알 것 같았다. 석대원은 노승을 향해 고개를 숙였다.

"적인 대사시군요. 석대원이 인사 올립니다."

노승의 흐리멍덩한 두 눈이 석대원을 향했다.

"매불 대사님을 뵈러 왔습니다."

천기를 엿본 대가로 노망이 들었다는 소림사의 계율원주가 히죽 웃었다.

"범제 대사께서는 어디 가셨는지요?"

재삼 말을 걸어 보아도 돌아오는 것이라고는 온전해 보이지 않는 눈길과 웃음뿐이었다.

"그럼……."

가벼운 목례로 적인을 지나쳐 마루로 올라서는데, 노인의 것이라기에는 너무도 해맑은 목소리가 석대원의 뒷덜미를 붙들었다.

"오늘 떠난다며?"

석대원이 돌아보자 적인이 말했다.

"사부님이 그랬다. 무문의 수인이었던 자가 오늘 소림을 떠날 거라고. 나중에, 아주 나중에 다시 올 텐데 사부님은 못 만날 거라고 그랬다. 사부님은 그때 없을 거란다. 그런 얘기를 하고 나면 사부님이 더 아프다. 그래서 나는 그런 얘기 듣고 싶지 않다."

골난 아이처럼 볼을 부풀리던 적인이 다시 히죽 웃었다.

"사형은 사부님이 심부름 보냈다."

적인은 적 자 배에서도 서열이 높아 장문 방장 다음이었다. 그러니 그에게 사형이라면 적공이 유일할 텐데, 의식을 잃고 업혀 간 적공이 매불의 심부름에 동원될 리는 없었다. 그러다 문득 떠오르는 바가 있어 석대원이 물었다.

"사형이라면 범제 대사를 말씀하시는 건가요?"

노망기의 시작은 남의 말을 도통 안 듣는 것이었다. 적인도 석대원이 뭐라고 묻건 제 할 말만 하는 것 같았다.

"무문의 수인이었던 자에게 줄 선물을 가져오라고 했다."

'선물?'

"나는 선물을 좋아한다. 하지만 적통은 안 좋아할 거다."

석대원은 적인이 한 말을 곱씹어 보았다. 하지만 소림사 약왕당주가 좋아하지 않을 선물이란 게 대체 무엇일지 짐작이 가지 않았다.

그때 선방 안에서 가느다란 목소리가 새어 나왔다.

"제정신도 아닌 사람 말에 신경 쓰지 말고 들어오시게."

이 말을 듣고 다시 섬돌 쪽을 내려다보니, 적인은 처음의 자세로 쪼그려 앉아 손가락 마디 점을 짚으며 뭐라 뭐라 중얼거리고 있었다. 매불의 예지력을 의심하는 것은 아니지만, 저런 적인이 몇 개월 뒤 멀쩡해질 거라는 말만큼은 믿음이 가지 않았다.

'하긴 그것 또한 내가 신경 쓸 문제는 아니지.'

석대원은 적인에게서 시선을 거두고 멈췄던 걸음을 옮겨 놓기 시작했다.

보름 만에 다시 본 매불의 상태는 예상했던 것 이상으로 안 좋아 보였다. 석대원은 자그마한 선방 중앙에 누워 있는, 덮고 있는 두툼한 솜이불까지 합쳐 봐야 팔십 근도 채 안 나갈 것 같은 작고 마른 노인을 내려다보았다. 하늘의 이치가 의인에게 특별히 살갑지 않음을 자신의 육신으로써 입증해 보인 저 노인은 하루하루, 아니 일각일각 죽음을 향해 나아가고 있는 것처럼 보였다.

"오셨는가."

매불의 눈 부분은 폭이 두 치쯤 되는 베천으로 가려져 있었다. 몸속 어딘가에서 솟아나 눈구멍을 통해 끊임없이 흘러나오는 고름 때문에 취한 조치 같았다.

"바람이 차갑군. 눈 냄새도 나는 것 같고. 방문을 닫아 주시겠는가?"

방문을 닫은 석대원이 자리에 앉았다. 매불이 누런 진물로 더러워진 베천을 석대원 쪽으로 돌리며 말했다.

"범제에게 들었네. 적공에게 깃든 망령을 마침내 소멸시켰다지?"

"범제 대사께서 도와주신 덕분입니다."

"소림의 일 아닌가. 도움을 준 쪽은 오히려 석 시주라고 해야 옳겠지. 어쨌거나 수고하셨네. 석 시주도 알겠지만 석 시주의 선조는 소림에 작지 않은 빛을 졌다네. 그러니 석 시주가 그 빛의 일부를 대신 갚은 셈이라고 할 수 있겠지."

석대원은 범업이라는 법명으로 불렸던 범제의 사형이 누구인지 알고 있었다.

"소림에 빛을 진 사람은 그분만이 아니지요."

석대원의 말에 매불이 합죽한 웃음을 지었다.

"광비 도우를 생각해서 한 말이라면, 잘못 생각한 거라고 말해 주고 싶군. 인간의 마음은 작은 우주라고 하지 않던가. 그는 무문관을 오가며 석 시주 속의 우주를 유전하는 과정에서 탈각의 대과大果를 이루었네. 그 일로 고마워해야 할 사람은 광비 도우지, 석 시주가 아니네."

하지만 탈각의 대과란 게 과연 인간의 목숨과 갈음할 만큼 가치 있는지에 관해서는 생각해 본 적이 없었고, 그래서 판단을 내릴 수도 없었다. 석대원은 화제를 돌렸다.

"오늘 소멸시킨 망령은 범제 대사의 사제분들에게서 빠져나온 것이 아니었습니다."

"범제는 그 점을 무척 아쉬워하더군. 하지만 이 망령이면 어떻고 저 망령이면 어떤가. 인간 세상에 해를 끼치는 악근惡根을 제거한 것은 매한가지일진대."

말끝에 딸꾹질을 하는 것 같은 웃음소리를 흘린 매불이 이불 속에서 꺼낸 오른손을 석대원에게로 힘겹게 뻗었다.

"이리 와서 좀 일으켜 주게나. 손님 앉혀 놓고 늙은이 티를 내고 싶지는 않으니까."

이제는 혼자 힘으로 일어나 앉는 것도 버거운 모양이었다. 석대원이 다가가 매불을 일으켜 앉혔다. 상체를 위태롭게 건들거리던 매불이 허리를 받쳐 주는 석대원의 도움으로 가까스로 중심을 잡았다.

"됐네. 송장 냄새 배기 전에 물러나 앉으시게."

매불에서 풍기는 병취를 딱히 꺼린 것은 아니지만 석대원은 그 말을 따랐다.

"적공도 치료했겠다, 이제는 홀가분하게 이 고리타분한 절간을 떠날 수 있겠구먼."

홀가분하다는 것이 어떤 느낌인지 와 닿지 않았다. 무문관을 나온 뒤, 석대원은 그동안 자신에게 얽혀 있던 수많은 끈들이 일시에 사라져 버린 것 같은 허탈감에 사로잡혀 있었다. 모든 인간성을 송두리째 버리게 할 만큼 통절했던 그날의 아픔조차도 지금은 먼 과거의 일처럼 아득하기만 했다. 상처에 익숙해지기 위해 필요한 것이 시간이라면, 그는 무문관 속에서 너무도 긴 시간을 보냈던 것이다. 바깥세상의 시간을 살던 사람들은 그런 그를 무정하다고 손가락질할지도 모른다. 하기야 인정이 없는 것만 아니라 감정이 없어진 것도 무정이라고 표현할 수 있다면, 맞는 말이었다.

"소생을 만나자는 분이 있습니다. 만나면 소생이 어떤 반응을 보일지 두렵기도 하지만…… 그래도 만나 보려고 합니다."

매불이 고개를 끄덕였다.

"만나야 할 사람은 만나야겠지. 저번처럼 그냥 보내서는 안 되네."

저번에 그냥 보낸 사람이 누구인지 석대원은 잘 알고 있었다. 매불을 잠시 쳐다보던 석대원이 말했다.

"그분을 만나는 일은 없을 겁니다."

"석 시주에게 천고살天孤煞이 낀 것은 알지만, 인간의 운수가 언제나 정해진 대로 흘러가는 것만은 아니네."

"저는 그분을 용서할 수 없습니다."

자신의 입에서 흘러나온 목소리가 너무도 단호하게 들려 석대원은 조금 놀랐다. 그러나 매불은 놀라지 않았다. 그저 담담히 말할 뿐이었다.

"힘들겠지만 용서할 수 있도록 노력해 보시게."

노력한다고 해서 과연 용서할 수 있을까? 석대원은 그 점에 대해 회의적일 수밖에 없었다.

그때 방문 밖에서 적인의 목소리가 들렸다.

"오셨습니까, 사숙."

심부름을 간 범제가 돌아온 모양인데, 아까는 사형이라더니 지금은 사숙이었다. 정신이 오락가락할 때마다 호칭도 오락가락하는 듯했다.

"벌써 다녀온 게로군. 말년에 거둔 제자가 부지런도 하지."

석대원을 향해 웃은 매불이 방문을 향해 말했다.

"들어오게."

범제가 선방 안으로 들어왔다. 그사이 눈발이 거세지기라도 했는지 승복의 어깨 자락이 거무죽죽하게 젖어 있었다.

"가져왔는가?"

매불이 범제에게 물었다.

"예."

공손히 대답한 범제가 품속에서 작은 목갑 하나를 꺼내 매불과 석대원 사이의 방바닥에 내려놓았다.

"점심때가 되었습니다. 제자는 미음을 쑤러 공양간에 다녀오겠습니다."

매불에게 고한 범제가 고개를 숙인 뒤 방을 나가려는데, 석대원이 그를 향해 말했다.

"망령을 태워 버린 벼락이 무엇에서 비롯되었는지 아십니까?"

범제의 몸이 우뚝 멈췄다. 그의 외눈이 석대원을 향했다.

"정확히는 모르네. 다만 자네의 몸 안에 벼락을 만들어 내는 근원이 존재한다는 것만 알 뿐이지."

"외백부께서 물려주신 힘입니다. 그리고 그분께서는……."

석대원이 외백부에게 물려받은 것은 힘만이 아니었다. 그 힘에 얽힌 사연 또한 소리와 장면을 포함한 어렴풋한 기억들로 이어져 있었다.

"……그분께서는 한때 소림에 적을 두셨던 소생의 증조부로부터 그 힘을 받으셨습니다."

이 말에 범제의 표정이 가볍게 변했다.

"범업 사형으로부터?"

"그렇습니다."

석대원이 시인하자 범제가 그에게로 바짝 다가왔다.

"더 자세히 말해 보게."

"증조부께서는 천축에서 바즈라—우파야, 벼락의 힘을 얻으셨습니다. 하지만 몸속에 숨어 있는 혈마귀로 인해 그 힘을 직접 익히지 못하시고 소생의 외백부에게 전하셨지요. 그리고 소생의 외백부께서는 지난번 태원에서 벌어진 사건을 통해 그 힘을 소생에게 물려주셨습니다."

이게 외백부로부터 물려받은 기억의 전부였지만 그것으로 충분했다. 석대원은 말을 이어 갔다.

"소생은 이 기묘한 인연을 소림의 오랜 난제를 해결하라는 하늘의 뜻으로 받아들이고자 합니다. 그래서 소생이 가진 벼락의 힘을 소림에 넘겨 드릴 작정입니다. 다만, 현재의 소생은 그 힘을 발휘할 수만 있을 뿐, 외백부께서 하신 것처럼 타인에게 넘겨주는 방법은 알아내지 못했습니다. 하지만 시간이 지나면 결국 알아낼 수 있으리라고 봅니다. 그때가 되면 소림으로 돌아와 그 힘을 넘겨 드리겠습니다."

"하지만 자네가 가진 그 벼락의 힘은…… 그토록 강력한 힘을 어찌……."

"그 힘이 소생에게 남아 있는 한 석씨가 소림에 진 빚은 영원히 사라지지 않을 겁니다."

'그리고 그 힘은 애당초 내 것이 아니었다.'

석대원은 그렇게 생각했다.

"자네……."

석대원의 얼굴에 고정된 범제의 외눈이 가늘게 떨렸다. 그러나 그 떨림이 구구한 말로 바뀌어 나오지는 않았다.

"고맙네."

짧은 사례 한마디로 마음을 표현한 범제가 선방을 나갔다.

"벼락의 힘을 그토록 간단히 포기하겠다니, 강호인으로는 실격일세그려."

매불이 고개를 절레절레 저으며 말했다. 석대원은 그를 돌아보며 희미한 미소를 지었다.

"소생이 그렇게 하리라는 것을 아시고 계셨지 않습니까."

찔끔한 듯 어깨를 움츠린 매불이 이내 합죽하게 웃었다.

"물론 알고 있었네. 그래서 답례품을 준비한 것 아니겠는가."

"답례품……."

석대원은 자신과 매불 사이에 놓인 작은 목갑 위로 시선을 얹었다. 매불이 말했다.

"열어 보시게."

석대원은 목갑을 열었다. 목갑 안에는 백황색 밀랍으로 싸인 단약 한 알이 들어 있었다.

"이것은……?"

"소림은 가난뱅이라네. 지난해 장사치 하나가 농간을 부린 탓도 있지만, 그전부터도 결코 번듯하다고는 하기 힘든 빈한한 살림이었지. 하지만 그런 소림이라도 세상에 자랑할 만한 귀물 하나쯤은 가지고 있다네."

소림사 대환단. 약왕당주 적통으로서는 펄쩍 뛸 만큼 엄청난 선물이 아닐 수 없었다. 하지만 천하에서 가장 유명한 영약을 앞두고도 석대원의 무심한 표정은 바뀌지 않았다. 석대원은 들고 있던 목갑을 방바닥에 다시 내려놓으며 말했다.

"이것이 얼마나 귀한 물건인지는 모르지 않습니다만, 소생에게는 필요 없는 것 같습니다."

"석 시주에게는 필요 없을지 모르지만 석 시주의 후인에게는 그렇지 않을걸세."

"제…… 후인이라고요?"

뜻밖의 말에 석대원의 미간이 슬쩍 모였다. 앙상한 팔을 뻗어 방바닥을 더듬거리던 매불이 손가락 끝에 걸린 목갑을 석대원에게로 밀어 보냈다.

"석 시주의 일신에는 고금을 통틀어도 짝을 찾기 힘든 위대한 힘들이 모여 있네. 그중 벼락의 힘은 소림에 넘겨준다 쳐도, 다른 힘들은 어찌할 셈인가? 무덤 속까지 가져갈 작정이신가?"

매불이 말에도 일리는 있었다. 그리고 석대원은 기구하고도 기묘한 인연을 통해 자신에게 이어진 절대적인 무공들을 무덤 속까지 가져갈 의도가 전혀 없었다. 하지만, 그렇다고 해도, 난데없이 후인이라니?

매불은 보이지 않는 눈 위에 베천까지 친친 감은 상태로도 석대원의 마음쯤은 훤히 들여다본다는 듯 의미심장한 미소를 지었다.

"추운 산을 내려와 따뜻한 계단에 오르면 이 죄인의 말이 무슨 뜻인지 알게 될걸세. 그때가 오면 이 약이 필요할 테니 사양 말고 가져가시게나."

매불의 예언은 주로 이런 식이었다. 듣는 당시에는 무슨 뜻인지 종잡을 수 없지만, 때가 되면 그 속에 숨어 있는 참뜻을 깨닫게 되는 것이다. 잠시 망설이던 석대원이 대환단이 담긴 목갑을 품 안으로 갈무리했다.

"대사님의 말씀을 따르겠습니다."

흡족한 듯 고개를 끄덕이던 매불이 입매를 비틀며 석대원에게 말했다.

"오래 앉아 있었더니 힘에 부치는구먼. 미안하지만 이 죄인을 좀 도와주시게나."

석대원이 다가가 매불을 자리에 눕힌 뒤 베개를 바로잡고 이불을 덮어 주었다.

"괄비 도우가 장작더미에 올라가기 전 마지막으로 이 죄인에게 마음을 전해 오더군. 가장 가련한 운명을 타고난 소년을 세상 속으로, 삶 속으로 돌려보내겠노라고."

이불 속에서 몸을 부스럭거리던 매불이 천천히 돌아누웠다.

"세상으로 나가시게. 삶으로 나가시게."

매불의 마른 옆구리가 만들어 낸 초라한 곡선을 물끄러미 바라보던 석대원이 몸을 일으켰다. 그러고는 매불을 향해 절을 올리기 시작했다. 한 번, 두 번, 세 번.

삼배를 마치고 몸을 세운 석대원은 하늘조차 시기하고 경계하여 목숨을 앗아 가려고 하는 일세의 천재에게 마음으로 작별 인사를 고했다.

'부디 편히 가십시오.'

(3)

십일월도 보름을 훌쩍 넘겨 동지에 가까워지자 낮의 길이가 눈에 띄게 줄어들었다.

시각은 유시酉時(오후 5시~7시) 초. 병자의 안색처럼 누렇게 뜬 태양이 서쪽 봉우리들 위에 지친 고개를 기대고, 요 며칠 더욱 싸늘해진 만량晩涼이 사람들의 옷깃을 여미게 만들고 있었다.

갈수기에 접어들어 특유의 유속을 잃어버린 삼협의 강물은 북쪽의 황하라도 닮으려는 듯이 하루하루 탁해져 갔다.

콰라락.

삼협의 골짜기를 달려 내려온 돌풍 한 덩어리가 부벽애斧劈涯의 깎아지른 절벽을 타고 올라오더니 이 장 높이로 세워진 참나무 깃대를 세차게 훑고 하늘로 솟구쳤다. 깃대 끝에 달려 있던 커다란 깃발이 요란한 비명을 내며 자지러졌다. 거꾸로 세운 장도의 칼자루 끝에 두 손바닥을 포개어 괸 채 깃대 밑에 서 있던 마척은 고개를 들었다. 돌풍의 희롱에서 막 벗어나 아래를 향해 묵직하니 늘어지는 깃발이 불그스름해진 서쪽 하늘을 배경으로 눈에 들어왔다. 검은 기폭 위에 금실로 수놓인 네 글자가 깃대에 휘감기며 이리저리 구겨지고 있었다. 마척은 길쭉한 눈구멍 안에서 자리 잡은 작고 까만 눈동자로 그 글자들을 음울하게 더듬어 갔다.

'행전집법行戰執法.'

무양문 삼로군이 복건을 출발한 지도 벌써 다섯 달. '사천의 나무장수'들의 도움으로 삼협을 도보도강徒步渡江하여 강북 땅을 밟은 것이 구월 초순의 일이니 장강의 북안에 진을 친 것도 어느새 백 일을 넘기고 있었다.

처음 도강을 할 때만 해도 그 맹룡 같은 기세를 살려 강북 전체를 질풍처럼 휘몰아치고 다닐 줄 알았었다. 하지만 무양문의 군사 육건으로부터 내려온 명은 뜻밖에도 '전선을 유지하며 별도의 지시가 있기 전까지 대기'하라는 것이었다. 몇몇 수뇌부들, 특히 칠군장 반외암이나 십군장 마석산 같은 호전파들은 몰두해 있던 놀이를 제지당한 개구쟁이처럼 앙앙불락했지만, 삼로군의 각 군을 이끄는 세 명의 군장들, 그중에서도 총주장을 맡은 일군장 제갈휘는 당연하다는 듯이 그 명에 따랐다. 이전까지 건정회가 사용하던 숙영지가 보수 확장되었고, 무양문의 기습적인 도강에 놀란 메뚜기들처럼 흩어졌던 떠돌이 상인들이 하나둘 다시 모여들었으며, 건정회에 짓눌려 숨조차 제대로 크게 못 쉬던 인근 마을의 가여운 주민들은 이제 무양문 삼로군의 눈치를 살펴야 하는 처지가 되었다.

들짐승처럼 사나운 남자들 수천 명이 지닌바 용력을 제대로 발산하지 못한 채 야지에서 오랜 시간 머물다 보니 여러 가지 문제들이 발생할 수밖에 없었다. 계획에 없던 장기 주둔에 들어간 무양문 삼로군 내에서 이른바 군기 문란에 해당하는 사건과 사고 들이 일어나기 시작한 것은, 삼협의 탕탕한 물소리를 자장가 삼아 한 계절을 고스란히 보내고 본격적인 겨울 준비에 들어선 시월 말부터였다. 수뇌부에서는 문도들의 욕구 불만을 해소할 목적으로 각 군별로 순번을 정해 강도 높은 훈련을 실시했지만, 고삐 풀린 야생마처럼 거칠어진 남자들을 달래기에 채찍 한 가지로는 부족한 감이 있었다. 그러나 본거지인 복건으로부터 까마득히 떨어진 타향에서 그들을 달래 줄 적당한 당근을 구할 방도는 찾기 어려웠다. 보급을 담당한 삼군장 도세형의 분전과 북경 보운장으로부터 암암리에 지원되는 자금 그리고 대륙 각지에 흩어져 있는 민간 백련교도들의 십시일반 같은 갸륵한 보시까지 더해졌지만, 나날이 위태로워지는 군대의 기강을 바로잡기란 힘들어 보였다.

군사 개개인이 아무리 강병이어도 기강이 무너지면 그 군대는 오합지졸로 전락하는 법…….

'저들이 그 증거겠지.'

행전집법의 구겨진 네 글자를 더듬던 눈길을 아래로 내린 마척이 전방의 공터에 끌려나온 다섯 명의 산발 남자들을 바라보았다. 사건과 사고를 일으키고 벌을 기다리는 죄인들. 그 벌이 어쩌면 자신이 짚고 선 이 장도일지도 모른다고 생각하니 마척의 마음은 더욱 무거워질 수밖에 없었다.

단상 위에 등받이가 높은 의자를 놓고 앉아 죄인들을 굽어보던 말상의 노도인이 학의 울음소리처럼 카랑카랑한 고성으로 말했다.

"다음 죄인의 죄목을 고하라."

행전집법이란 야전의 집법관을 가리켰다. 이번 삼로군의 행전집법 임무는 마척이 몸담은 사군에 내려졌고, 그 우두머리인 총집법은 사군장이자 마척의 사부인 마경도인이 맡게 되었다. 삼로군에 참가한 군장들 중 보급관인 삼군장 도세형을 제외하면 가장 연장자라는 이유도 있겠지만, 그보다는 엄정한 성품과 금욕적인 평소 생활 태도가 더 큰 이유로 작용한 듯했다.

마경도인의 지시가 떨어지자 집법서기를 맡은 사군의 간부 하나가 두루마리를 들고 앞으로 나서서 큰 소리로 고했다.

"팔군의 염방과 십군의 호연육. 사흘 전 밤 양노삼이 운영하는 술집에서 사사로운 언쟁을 벌이던 중 격분하여 싸움을 시작하였고, 끝내 형제들 간의 패싸움까지 유발한 죄입니다."

팔군과 십군은 본래 사이가 좋지 않았다. 신임 팔군장인 투패 탈명공자 봉장평과 십군장인 무쇠소 마석산이 앙숙지간인 탓인데, 이번 패싸움 건도 바로 그 문제에서 비롯된 것으로 알려졌다.

다중의 진술을 취집하여 밝혀낸 사건의 전모인 즉, 각자의 동료 몇몇과 더불어 술자리를 갖던 팔군과 십군의 중간 간부 둘이서, 진술이 엇갈린 탓에 먼저 불을 붙인 사람이 어느 쪽인지는 밝혀지지 않았지만, 옆자리에서 들려온 제 상관을 비아냥거리는 언사에 흥분하여 말다툼을 시작했다고 한다. 그러다 판이 커져서 술을 뿌리고 잔을 던지며 주먹질이 붙었고, 결국에는 술자리에 참가하지도 않던 다른 놈들까지 불러 모아 대대적인 패싸움으로 번지게 되었다는 것이다. 마척이 보기에 봉장평은 잘난 체하기 좋아하는 도박쟁이요, 마석산은 천하가 다 아는 돌대가리였다. 그런 작자들에게 대체 무슨 미덕이 있다고 부하들이 저처럼 떼거리로 나서 대리전까지 펼쳐 주는지 그로서는 의아할 따름이었다.

제자와 비슷한 심경인 듯 한심해하는 눈으로 두 남자를 내려다보던 마경도인이 그 흔한 훈계마저 생략한 채 집법의 절차를 진행했다.

"죄인들은 자변自辯하라."

공터에 무릎을 꿇고 앉은 염방과 호연육은 산발한 머리를 더욱 깊이 조아릴 뿐 아무 말도 하지 못했다. 잠시 기다려 주던 마경도인이 행전집법의 신물인 흑옥규黑玉圭를 가슴 앞에 치켜올리며 말했다.

"자변이 없다는 것은 죄를 인정한다는 뜻. 행전 율법에 따라 패싸움을 주동한 두 명의 죄인에게 태형 삼십 대와 십오 일 하옥을 선고하고, 패싸움에 참가한 모든 자들에게 삼 개월 감봉을 선고한다."

군법은 평시의 법보다 더욱 엄하다. 무양문의 행전 율법 또한 평시의 율법보다 엄했다. 그럼에도 저 정도 처벌로 그친 것은 난투로 인한 사망자나 중상자가 나오지 않았다는 점이 십분 참작된 것 같았다. 짐작건대, 제대로 마음먹고 붙은 것은 주동자 두 명뿐이고—그나마 병기를 쓰지 않은 맨몸뚱이로— 나머지는 고함과 욕설과 별 효과 없는 빈 주먹질로 분위기만 잡은 것이 아닌가 싶었다. 보고를 받고 십군 쪽에서 달려온 사람이 무쇠소가 아니라 사리를 분간할 줄 아는 부군장이라는 점도 사태를 수습하는 데 큰 몫을 한 것 같았다.

—우리 군장님의 별호가 납자철오蠟子鐵午(낮에는 강철 같지만 밤에는 맥을 못 춤) 아니겠습니까. 그분의 잠귀가 조금만 더 밝았다면 어젯밤 대체 무슨 사단이 일어났을지…… 지금 생각해도 가슴이 떨립니다.

사건 발생 다음 날 아침, 마경도인 앞에 호출되어 온 십군의 부군장 추임이 진술 말미에 안도의 한숨과 함께 덧붙인 말이었다. 사부의 곁에서 그 말을 들은 마척 또한 가슴이 서늘해지는 것을 느꼈다. 무쇠소가 등장했더라도 동원되었을 것은 맨몸뚱이에 불과했겠지만, 어떤 종류의 맨몸뚱이는 능히 뼈를 조각내고 사람을 죽일 무서운 흉기임을 알기 때문이었다. 어쨌거나 이번 판결로 인해 장도를 칼집 안에 계속 넣어 둘 수 있게 된 마척으로서는 다행한 일이라 할 수 있는데…….

그러나 다음에 기다리고 있는 판결은 그렇게 가볍지 않을 것임을 알기에 마척의 음울한 눈빛은 밝아질 수 없었다.

염방과 호연육이 두 명의 집법사령에 의해 끌려간 뒤, 마경도인이 아까보다 한층 더 엄중해진 표정으로 단상 아래를 향해 지시했다.

"다음 죄인의 죄목을 고하라."

집법서기가 두루마리를 아래로 펼쳤다.

"칠군의 이동양과 황광. 이틀 전 밤 숙영지를 무단으로 이탈하여 동쪽 하안의 심가촌尋家村에 잠입, 유부녀 한 명을 윤간하고 그 남편에게 중상을 입힌 죄입니다."

　상황의 심각함을 대변하듯, 조금 전까지만 해도 웅성거리던 구경꾼들 쥐 죽은 듯 조용해졌다. 갑갑한 침묵 속으로 집법서기의 낭독이 이어졌다.

　"어제 아침 심가촌의 촌장이 찾아와 고발장을 접수함에 따라 집법사령 삼 인이 심가촌으로 파견되어 수사에 착수했고, 현장에서 범인 중 한 명이 범행 중 흘린 것으로 판단되는 남방진주 귀걸이 한 짝을 발견했습니다. 입수한 증거물과 피해자들이 진술한 용모파기를 바탕으로 탐문한 결과, 증거물의 주인이 칠군 소속 평무사인 황광임을 파악하였고, 황광을 취조하여 공범이자 주범인 이동양까지 체포할 수 있었습니다."

　행전집법의 이름으로 발부된 영장을 가지고 칠군의 숙영지에 들어가 황광의 신병을 인수받은 사람도 마척이었고, 황광을 취조하여 공범의 이름을 자백받은 사람도 마척이었으며, 새로 발부된 영장을 가지고 칠군의 숙영지에 다시 들어가 이동양마저 체포해 나온 사람 또한 마척이었다.

　칠군은 군장인 철삭교 반외암 이하 문도들 대부분이 해적 출신으로 이루어진 탓에 노략과 엽색에 대한 시각이 일반인들의 것과는 크게 다를 수밖에 없었다. 그들에게 있어서 노략은 일용하는 양식과 같았고, 엽색은 심신의 피로를 풀어 주는 보약이나 다름없었다. 그래서인지 두 명의 수하를 한 시진 간격으로 내줘야만 했던 반외암의 표정은 불만으로 일그러져 있었고, 칠군의 숙영지에 두 차례나 들어가 포박한 범인을 인계받아 나와야 했던 마척은 사방으로부터 날아오는 적대적인 시선들을 묵묵히 견뎌 낼 수밖에 없었다.

　"광명의 밝은 법을 좇기로 맹세한 자가 여염의 여인을 강간하고 그 가족에게 해를 끼친 죄는 굳이 행전 율법의 엄격함을 적용하지 않더라도 참수를 면치 못할 중죄에 해당한다. 죄인들은 자변하라."

단상으로부터 떨어진 마경도인의 말에 이동양과 황광이 숙이고 있던 고개를 부스스 치켜들었다. 앞서 패싸움에 대해 내려진 판결이 일말의 기대감을 안겨 주기라도 한 것인지, 그들의 얼굴은 충격과 당혹으로 하얗게 질려 있었다.

"살려 주십시오, 사군장님! 출병 이후 이날 이때까지 명존을 위해 목숨을 걸고 싸워 온 저입니다! 명존을 위해 싸우다가 적의 화살에 입은 상처가 여기, 여기 이 어깨에 아직도 뚜렷이 남아 있습니다! 술김에 저지른 단 한 번의 잘못으로 목이 잘린다면 너무 억울해서 죽어도 눈을 감지 못할 겁니다! 제발 살려 주십시오!"

뒤로 결박된 이동양이 턱짓으로 어깨를 까 내리려 애를 쓰며 부르짖었다.

"저, 저는 형님을 따라가기만 했을 뿐입니다! 너도 하라고 형님이 자꾸 권하는 바람에…… 정말로 저는 망만 보려고 따라간 거였습니다!"

황광은 울먹이면서 이동양에게로 탓을 돌렸다.

그때 공터 주위에 모여 있던 구경꾼들을 거칠게 밀치며 한 남자가 앞으로 나섰다. 안대를 한 얼굴 위로 붉은 머리카락을 어지러이 늘어뜨린 그 남자는 칠군의 부군장인 독안수 태황이었다. 기울어진 반신을 왼손에 쥔 지팡이로 버티고 있는 태황의 안색은 과히 좋아 보이지 않았다. 하지만 그 이유가 완전히 회복되지 못한 전상戰傷 탓만은 아닌 것 같았다.

"저들은 두 달 전 장강 도하 때 나와 함께 최전선에 나서서 속옷 한 장 걸치지 않은 맨몸뚱이로 통나무 다리를 놓던 용사들이오! 그런 용사들이 계집질 한 번 했다고 목숨을 내놓아야만 한다면, 누구도 명존의 기치 아래 싸우려 들지 않을 것이오!"

대강을 건너는 방법이라고는 오직 배편밖에 없는 시대였다. 그럼에도 무양문 삼로군이 도보도하로써 장강을 건너기 위해서는 기발한 계책뿐 아니라 그 계책을 현실로 옮길 노력과 각오 또한 필요했다. 그 노력과 각오를 감당한 이들이 바로 칠군의 해적들이었다. 격류와 적 사병射兵의 위협 앞에 목숨을 내던진 채 일백팔십 명의 별동대를 이끌고 통나무 다리를 건설하는 데 성공한 주역이기에, 태황의 항변에는 분노를 넘어 배신감까지 깃들어 있었다. 그러나 단상 위에 앉아서 그를 내려다보는 마경도인의 엄숙한 눈매는 꿈적도 하지 않았다.

"신상필벌信賞必罰, 공 있는 자는 상을 내리고 죄 지은 자는 벌을 내린다. 장강 도하로 세운 공은 작전이 끝난 직후 내려진 상으로써 청산되었네. 이미 청산된 공으로써 새로운 죄를 덮으려 하는 것은 이치에 맞지 않네."

마경도인의 담담하지만 냉혹한 말에 태황의 외눈이 불을 뿜었다.

"마경도인, 당신은 정말로 저들을 죽이겠다는 것이오!"

나이도 나이거니와 교내에서 차지하는 배분이 무척이나 높은 마경도인은 일군장인 제갈휘로부터도 깍듯한 대접을 받는 존장이었다. 태황 같은 타군의 부군장에게 명호를 함부로 불릴 만큼 만만한 인물이 아니라는 뜻이다. 하지만 마경도인 본인은 태황의 불경을 문제 삼지 않았고, 마경도인을 친부 이상으로 받들어 모시는 마척 또한 그 점은 마찬가지였다. 태황이 지금 느끼는 비분을 충분히 이해할 수 있기 때문이었다.

"저들은 죽이는 건 내가 아니라 율법이라네."

마경도인의 입술 사이로 씁쓸히 흘러나온 저 말로부터 마척은 사부의 심중 또한 헤아릴 수 있었다. 팔은 본시 안으로 굽는 법인데, 마경도인이 무슨 억하심정이 있다고 생사를 함께한 문도를 죽음으로 몰아넣고 싶겠는가. 그러나 공과 사는 엄연히 구분되어야 했고, 그 점을 가장 철저히 지켜야 하는 자리가 바로 집법이었다. 마척은 출병 직전 광명전으로부터 내려온 행전집법의 자리를 사부가 왜 그토록 사양하려 했는지를 이제는 알 것 같았다.

"이동양과 황광에 대한 판결을 선고한다. 두 사람을 즉시 참수하고 숙영지 입구에 삼 일간 효시함으로써 행전 율법의 엄정함을 전 문도들에게 알리도록 하라. 그리고 두 사람에게 기 지급된 녹봉과 상을 몰수하여 피해자들에게 배상하도록 하라. 마척, 형을 집행하라."

마경도인의 판결이 냉정하게 떨어지고, 마척은 합죽한 하관을 둥글게 부풀렸다. 그토록 피하고 싶었건만 문도를 향해 장도를 뽑아야 할 때가 마침내 닥친 것이다. 그러나 그는 행전집법으로부터 내려온 명을 받드는 집행사령, 자신의 판단과 감정에 따라 행동의 가부를 결정할 수 있는 입장이 아니었다.

"명을 받들겠습니다."

장도의 칼집을 왼손에 움켜 든 마척이 잠시 후 형장으로 바뀔 공터를 향해 성큼 나섰다.

"살려 주십시오! 살려 주십시오!"

"흐흑!"

"마척, 너까지 그러긴가!"

이동양은 목숨을 구걸했고, 황광은 울음을 터뜨렸으며, 태황은 마척을 향해 외눈을 부라렸다. 마척은 천지역벽天地力劈이란 별호가 말해 주듯 단호한 사람이지만, 이 순간만큼은 세 사람 중 누구와도 눈을 마주치지 못했다.

단상 아래 짚자리가 넓게 깔리고, 죄인들이 그 위로 끌려나왔다. 넋이 나간 듯 동공이 풀린 황광과 달리, 이동양은 악을 쓰며 발버둥을 치기 시작했다.

"안 돼! 난 죽을 수 없어! 살려 줘! 부군장님, 살려 주세요!"

집법사령 둘이서 철봉을 휘둘러 이동양을 다시 무릎 꿇게 만들었다. 마척은 이 불편한 시간을 빨리 끝내고 싶었다. 마음을 모질게 먹은 그가 죄인들의 뒤에 섰다. 그를 돌아다본 이동양의 눈에 공포가 맺혔다.

"마척, 멈춰라."

뒷전에서 다시금 날아든 태황의 목소리가 장도의 칼자루를 움켜 가는 마척의 손길을 멈추게 만들었다. 마척이 태황을 향해 고개를 돌렸지만, 태황은 그를 바라보고 있지 않았다.

"사군장님, 두 가지 청이 있소이다. 저들을 살려 달라는 것은 아니니 반드시 들어주시기를 바라오."

태황이 단상 위의 마경도인을 노려보며 으르렁거리듯이 말했다.

"말하게."

"첫 번째는, 해적에게는 해적의 장례법이 있소. 삼 일간 효시가 끝난 뒤 저들의 시신을 칠군에 넘겨주시오."

"허락하겠네."

"두 번째는……."

태황이 이빨을 으드득 갈더니 말을 이었다.

"내 부하들이 동료라고 믿었던 자의 손에 죽는 꼴은 도저히 못 보겠소. 마 부군장 대신 내가 형을 집행하게 해 주시오."

이제껏 견고하기만 하던 마경도인의 눈매가 약간 흔들렸다.

"자네가?"

"저들도 그쪽을 바랄 것이오."

잠시 생각하던 마경도인이 고개를 끄덕였다.

"허락하겠네."

지팡이에 반신을 의지한 태황이 비척걸음으로 힘겹게 마척에게 다가와 오른손을 내밀었다.

"칼 좀 빌리세."

호형호제할 만큼 친한 사이는 아니지만 태황은 마척보다 여러 살 연상이었다. 마척이 태황에게 물었다.

"정말로 괜찮겠소?"

"자네와 얘기할 기분 아니니까 그 칼 주고 물러나게."

불그죽죽하게 달아오른 태황의 외눈을 대한 마척은 더 이상 말을 붙이지 못하고 장도를 넘겨주었다. 장도를 칼집에서 뽑아든 태황이 자신을 돌아보는 이동양을 내려다보며 말했다.

"빌어먹을 새끼들, 해적질이나 해 처먹을 것이지 뭍에는 뭐하러 기어 올라와서……."

"부군장님, 정말로, 정말로 저희를……."

눈물이 그렁그렁 고인 부하의 눈을 향해 태황이 버럭 고함을 질렀다.

"닥치고 앞이나 봐, 새끼야!"

비록 짐승이라 불릴 만큼 거칠고 난폭해도 의리 하나만큼은 누구보다 두터워 칠군 문도들에게는 군장 이상 가는 신망을 얻고 있는 태황이었다. 그의 말대로 고개를 돌린 이동양이 눈물을 뚝뚝 떨어뜨리며 중얼거렸다.

"노모께서 저를 위해 정토극락의 문을 열어 주시겠지요?"

"정토극락은 얼어 죽을……. 하지만 네놈들 뼛가루는 내가 반드시 바다에 뿌려 주겠노라고 약속하마."

"바다……."

그 순간 장도의 칼자루를 움켜쥔 태황의 오른손이 아래로 떨어져 내렸다. 몽롱해진 이동양의 눈동자가 허공으로 둥실 떠올랐다가 짚자리 위에 떨어졌다. 피 화살을 뿜어내는 그의 시신이 머리를 좇아 앞으로 고꾸라질 때, 옆에 있던 황광의 머리 또한 몸통으로부터 잘려 나갔다.

"씨팔! 씨팔! 씨팔!"

욕설과 함께 장도를 짚자리에 거칠게 박아 넣은 태황이 뒤도 돌아보지 않고 공터를 떠났다.

'내 손으로 베지는 않았지만, 그것보다 더 참담하구나.'

멀어져 가는 태황의 뒷모습을 무거운 마음으로 응시하던 마척은 고개를 힘없이 젓고는 근처에 대기하고 있던 집법사령들에게 지시를 내렸다.

"죄인들의 시신을 수습하라."

시신이 수습되는 동안 짚자리에 박힌 장도를 뽑아 칼집 안에 수습한 마척이 단상 위를 올려다보았다. 눈을 지그시 감은 채 입속말로 경문을 읊조리는 사부의 모습이 짙어져 가는 겨울 황혼처럼 쓸쓸해 보였다. 그러나 행전집법의 피곤한 임무는 아직 끝난 것이 아니었다.

마경도인이 감았던 눈을 다시 뜰 즈음, 마척은 고개를 돌려 마지막으로 남은 죄인 하나를 돌아보았다. 이제까지 판결한 죄인들과는 사뭇 다른, 죄목은 달려 있되 그 밖의 사항들은 무엇 하나 밝혀 내지 못한 특이한 죄인이었다.

"다음 죄인의 죄목을 고하라."

그래서인지 두루마리의 끝부분을 펼치는 집법서기의 얼굴에는 옅은 곤혹감이 배어 있었다.

"다음 죄인은 본 문의 문도가 아니라 외인입니다. 어젯밤 자정 무렵 일군의 숙영지에 잠입하였다가 번초에게 발각, 체포되었습니다. 밤사이 진행된 일체의 심문에 대해 묵비로 일관하고 있어 아직까지 알아낸 사실이 없습니다. 혓바닥은 달려 있지만 벙어리일지도 모른다는 것이 저자를 심문한 집법사령의 의견이었습니다."

그 죄인의 특이한 점은 그것만이 아니었다. 앞선 죄인들과 마찬가지로 산발을 한 채 무릎 꿇고 있긴 했지만, 얼굴에 떠오른 표정만큼은 동네잔치에 참석한 한량의 그것처럼 태연하기만 했다. 눈앞에서 두 개의 머리통이 잘려 나가는 광경을 목격했음에도 그자의 연원 모를 태연함은 흔들리지 않는 것 같았다.

"행전 율법의 무서움은 죄인 또한 똑똑히 보았을 터, 계속 묵비로 일관하면 적의 첩자로 간주하여 이 자리에서 참수할 것이다."

마경도인이 말했다. 그러자 죄인이 묵비를 허물고 말문을 열었다. 하지만 행전 율법의 무서움에 겁을 먹은 탓은 아니었다.

"적이라면 구체적으로 어디를 가리키시는 겁니까?"

"감히! 죄인에게 질문은 허락되지 않는다!"

죄인은 날카롭게 제지하고 나선 집법서기에게 시선조차 돌리지 않았다.

"만일 건정회를 가리키신 말씀이라면, 아니라고 답변드리겠습니다."

죄인을 향한 마경도인의 눈에 이채가 떠올랐다.

"벙어리도 아닌 자가 벙어리 행세를 한 이유가 무엇이냐?"

죄인은 망설이지 않고 곧바로 대답했다.

"밀사는 은밀해야 합니다. 은밀함을 잃어버린 밀사는 더 이상 밀사가 아니겠지요. 그동안 묵비를 지킨 까닭은 밀사로서의 책무를 다하기 위함이었습니다. 하지만 소생의 부주위로 인해 종적을 발각당해 이처럼 공개재판에 회부된 바, 계속 묵비를 지킬 수 없게 되었습니다. 밀사 노릇도 머리통이 제자리에 달려 있어야 가능하지 않겠습니까?"

"네가 밀사라고?"

"그렇습니다. 이 결박을 풀어 주시면 제가 밀사임을 입증해 보이겠습니다."

마경도인이 마척에게 눈짓을 보냈다. 그 뜻을 알아들은 마척이 죄인에게 다가가 결박의 매듭을 풀어 주었다. 자리에서 일어서던 죄인이 하지에 피가 통하지 않는지 몸을 한차례 휘청거렸다.

"허튼수작을 부리면 즉시 벨 것이다."

마척이 낮게 경고하자 죄인이 그를 돌아보며 여유로운 미소를 지었다.

"당신은 나를 베지 못하오."

마척의 길쭉한 눈이 한층 더 길쭉해졌다. 하지만 죄인에게는 어떤 위협도 주지 못한 것 같았다.

"이것을 보면 왜 나를 베지 못하는지 알게 될 것이오."

죄인이 입고 있던 회색 옷의 가슴 깁을 따라 난 바늘땀들을 손톱으로 뜯어내더니 분리된 겉감과 안감 사이에서 납작하고 길쭉한 물건 하나를 꺼내 마척에게 내밀었다. 마척이 받아 살펴보니 봉인封印이 된 서찰 한 통이었다.

"영명하신 행전집법님께 이것을 보여 드리시오. 단, 서찰의 봉인을 손상시키지 않도록 주의하시오. 봉인을 뜯을 수 있는 사람은 귀하들의 총주장인 고검 대협 한 분뿐이라는 좌첩형 나리의 말씀이 계셨으니까."

죄인이 몸을 기울여 마척의 귓전에 속삭인 말은, 그러나 마
척의 머리로는 제대로 전달되지 않았다. 서찰의 봉인 자리에 선
명하게 찍혀 있는 어떤 관인官印이 가져온 거대한 충격으로부터
벗어나지 못했기 때문이다.

마척에게는 지난해 여름부터 올여름까지 일 년간 북경 보운
장에 파견 나간 경력이 있었다. 덕분에 북경의 정계에서 통용되
는 각종 관인들을 판별할 수 있는 안목을 갖추게 되었다. 지금
그가 뚫어지게 내려다보는, 창고 모양을 한 오각형의 테두리 안
에 전서로 쓰인 동녘 '동東' 자가 들어앉은 관인은 당금 천하에
서 무소불위의 권력을 휘두르는 환복천자가 공 들여 키워 낸 무
자비한 사냥개 집단, 동창을 상징하는 표지였던 것이다.

동창의 관인에서 가까스로 눈을 뗀 마척이 죄인을 향해 물
었다.

"당신은…… 누구요?"

죄인이 싱긋 웃었다.

"본명은 잊은 지 오래니 정 부르고 싶다면 첫째 쥐[鼠一]라고
불러 주시오."

━━◆◆◆━━

저녁 식사를 위해 숙소로 돌아가는 길에도 마척의 머릿속은
아까 보았던 동창의 관인에 온통 사로잡혀 있었다. 동창의 좌첩
형이 누구인지는 알고 있었다. 무류도 조휘경. 절정의 도객으로
이름을 날리다가 명리를 좇아 관에 투신한 그자의 명성, 혹은
악명은 북경의 정가뿐 아니라 강호에도 널리 알려진 상태였다.

하지만 조휘경이 삼로군의 총주장인 제갈휘에게 밀서를 보낼 만한 이유는 아무리 생각해도 떠오르지 않았다.

대저 한 가지 생각에 골몰하면 주변 환경의 변화가 눈에 잘 들어오지 않는 법이었다. 그래서 마척은 노중에 위치한 숙영지 입구에서 벌어진 작은 소란을 그대로 지나칠 뻔했다. 그를 퍼뜩 일깨운 것은 소란 통에 끼어 나온 누군가의 노성이었다.

"나는 탁발을 온 것이 아니라고 했다!"

마척은 눈썰미 못지않게 좋은 기억력을 가지고 있었다. 과거에 한번 들은 목소리, 그것도 강렬한 인상을 안겨 준 어떤 사람의 목소리를 잊지 않는 것은 당연하다고 할 수 있었다. 방금 울린, 지긋한 연륜과 기이한 위풍을 동시에 갖춘 저 목소리는 분명 기억에 남아 있었다.

'게다가 탁발이라…….'

탁발이란 게 중이 하는 것이 맞다면, 마척은 저 목소리의 주인과 만난 적이 있었다.

"탁발할 게 아니면 다 늙은 중놈이 무슨 까닭으로 우리 진영을 기웃거린단 말이냐?"

입구를 지키는 누군가의 추궁에 아까의 노성이 곧바로 받아치고 나왔다.

"나는 이곳의 대장인 제갈휘란 사람을 만나러 왔다."

오늘따라 제갈휘를 만나려는 외인이 많은 모양이었다. 더욱 공교로운 것은 하나같이 예사로운 인물들이 아니라는 점이리라. 마척은 쓴웃음을 지으며 소란이 벌어진 입구 쪽으로 발길을 돌렸다. 아니나 다를까, 그는 입구를 지키는 문도들에게 둘러싸인 노승 한 명을 발견할 수 있었다.

'맞아, 그때도 저렇게 추했지.'

마척의 시선이 노승의 발치로 향했다.

'그때도 저렇게 맨발이었고.'

혹처럼 튀어나온 뒤통수와 초승달처럼 휘어진 아래턱, 그것도 부족했는지 오른쪽 반면에 흉측한 화상 자국까지 달고 있는 저 노승은 지난봄 보운장에 단신으로 쳐들어와 불문곡직하고 장주를 만나겠노라 우기던 소림승이 분명했다. 이름이…… 망아라고 했던가? 마경도인이 창안한 함선육합진을 견뎌 낸 것도 모자라 마척 본인의 저지선까지 돌파한 저 노승을 향해 보운장의 장주 왕고가 보인 반응은 너무나도 이상했다. 처음에는 더러운 벌레를 보듯 경멸 어린 태도로 대하다가 노승이 시구 몇 마디를 읊자 오래전에 죽은 조상이라도 만난 듯 전신을 와들와들 떨더니 마척의 입이 딱 벌어질 만큼 엄청난 거금을 공물 바치듯 황급히 내주었던 것이다.

"불러내지 않을 거면 비켜라. 나는 제갈휘를 반드시 만날 것이다."

"아니, 이 늙은이가…… 어, 어? 멈추지 못해!"

입씨름이 몸싸움으로 번질 기미가 보이자 마척이 더 이상 지켜보지 못하고 앞으로 나섰다.

"내가 처리하겠다."

나직하지만 내공을 실은 마척의 한마디에 소란이 거짓말처럼 가라앉았다. 그를 돌아본 문도들이 혹자는 어처구니없다는 듯이, 혹자는 반색을 하며 앞다투어 입을 벌렸다.

"부군장님이셨군요."

"아, 글쎄 이 중놈이 막무가내로 일군장님을 불러 오라지 뭡니까."

그러는 동안에도 마척의 눈길은 추면 노승의 얼굴에서 떨어

지지 않았다. 추면 노승 망아가 얼굴의 화상 자국을 실룩거리다
가 마척에게 말했다.

"본 적이 있는 얼굴이군."

"본 적만 있는 것이 아니라 싸운 적도 있지요. 그때 스님께
맞은 일 장에 갈비뼈가 세 대나 나가는 바람에 한동안 숨쉬기도
힘들었소이다."

"나도 멀쩡하지는 않았다."

그랬을 것이다. 천지역벽의 애도愛刀를 부러뜨린 대가가 결코
가볍지는 않았을 테니 말이다. 그때의 기억을 떠올린 마척이 팔
짱을 끼며 망아에게 물었다.

"제갈휘 군장님을 만나야 한다고 하셨소?"

"그렇다."

"스님의 취향이 독특하신 건지 아니면 우리의 인연이 기묘한
건지, 어째 마주칠 때마다 본인이 들어 드리기 어려운 요구만
하시는 것 같소. 이번에 스님께서 찾는 분은 이 진영의 총주장
이시오. 군대로 말하면 대장군이나 다름없지요. 만나고자 하여
간단히 만날 수 있는 분이 아니라는 뜻이오."

망아의 두 눈에 나이답지 않은 강렬한 빛이 떠올랐다.

"나는 제갈휘를 반드시 만나야 한다."

마척이 헛웃음을 흘렸다.

"앵무새도 아니고 이거야 원. 자초지종 없이 그렇게 한 말씀
만 고집하다가는 저번처럼 이 사람을 뚫고 지나가야 할 텐
데…… 괜찮으시겠소?"

망아의 지독한 집념에 대해서는 이미 겪어 본 바 있지만, 마
척 또한 지난 몇 개월간 논 것은 아니었다. 강호에 이름 한 자
알려지지 않은 늙은 중을 상대로 양패구상의 결과밖에 거두지

못한 것에 절치부심, 새롭게 장만한 장도를 더욱 갈고닦은 끝에 지금은 사부인 마경도인으로부터 물려받은 가르침을 거의 깨우친 상태였다.

정광이 번뜩이는 눈으로 마척을 노려보던 망아가 어느 순간 한숨을 내쉬더니 고개를 절레절레 흔들었다.

"사부님께서 말씀하셨다. 죽어 가는 여우가 굴 쪽으로 머리를 돌리듯 망아의 껍질로 사바를 떠돌던 중생도 이제는 본래의 모습으로 돌아갈 때가 왔다고. 소림으로부터 받은 무공은 소림의 산문 안에 모두 남겨 두고 왔다. 나는 너와 싸우지 않을 것이다."

마척은 길쭉한 턱을 손가락으로 북북 긁다가 물었다.

"그것참, 그러면 무슨 재주로 일군장님을 만나시겠다는 말씀이오? 저번에 보운장에서 그랬던 것처럼 시구라도 읊으실 작정이시오?"

이 질문에 대해 망아가 꺼낸 것은 시구가 아니었다. 그것은 형체를 갖춘 물건이었고, 삼실에 꿰여 망아의 목에 걸려 있었다. 망아가 그 물건을 꺼내어 마척에게 내밀었다.

"이 열쇠를 제갈휘에게 보여 주고 전해라. 석씨 성을 가진 동생에게 받은 대포의 열쇠라고."

<hr />

삼협의 골짜기를 따라 달려 내려온 동장군의 군마가 음산한 바람 소리를 기치처럼 앞세워 삼로군의 숙영지를 덮쳤다. 해풍 냄새 깃든 남녘의 따뜻한 겨울에 길들여진 무양문도들로서는 눈물 콧물을 절로 뽑아낼 만큼 모질고 매서운 한파였다. 번을 서는 이들을 제외한 대부분의 병력은 갑작스러운 추위를 피하

기 위해 초저녁부터 숙소에 틀어박혀야만 했고, 그들이 몸을 감춘 천막과 가옥假屋의 굴뚝들마다에는 화목을 태우는 하얀 연기가 덩어리져 피어올랐다. 사방에서 뿜어내는 그 자욱한 연기에 삼협으로부터 올라온 물안개까지 더해지니, 숙영지 전체가 흡사 거대한 구름에 잠겨 버린 듯했다.

해시亥時(오후 9시~11시)로 접어든 지 반 각쯤 지난 시각.

"쉬펄 놈의 날씨, 우라지게도 춥네. 얘, 화로에 장작 좀 팍팍 넣어라. 사내새끼가 쩨쩨하게 조게 뭐니."

걸쭉한 욕설과 함께 무양문 삼로군의 주장인 제갈휘가 숙소 겸 집무실로 사용하는 통나무 가옥 안으로 몸뚱이를 들이민 대머리 남자가 자신을 위해 문을 열어 준 청의 장년인에게 다짜고짜 타박을 날렸다. 용 꼬리와 뱀 머리의 관계라고나 해야 할까. 대머리 사내는 군장들 중 꼴등이요, 청의 장년인은 부군장들 중 일등인데, 용 꼬리가 뱀 머리를 대하는 품이 숫제 상전 종 부리는 것 같았다. 그러나 뱀 머리는 이를 전혀 모욕으로 받아들이지 않는 듯 용 꼬리의 말에 순순히 따랐다.

"그러지요."

가옥의 측벽에 설치한 두 군데 벽난로에 장작을 더 집어넣는 일군의 부군장 종리관음의 얼굴에는 십군장 마석산을 겪어 본 사람이라면 누구라도 공감하지 않고는 못 배길 달관의 표정이 떠올라 있었다.

"늦었군."

마석산에게 이번에도 가장 먼저 알은체를 해 준 사람은 오늘 밤 소집된 군장들 중 도덕군자에 가장 근접한 인격자, 이군장 좌웅이었다.

"오밤중이잖수. 이 아우, 밤잠 많은 거 다 아시면서."

두툼한 입술을 비죽거리며 제 몫으로 마련된 의자 위에 털썩 몸을 싣는 마석산에게서는 주장의 소집령에 반 각이나 늦은 데 대한 송구함 따위는 눈곱만큼도 찾아볼 수 없었다. 하기야 마석산으로부터 그런 걸 기대한 사람도 없을 터였다. 아예 오지 않기를 기대했다면 몰라도.

심지어 이 낯짝 두꺼운 무쇠소는 자리에 앉는 순간 제 놈 지각한 일은 깡그리 잊어버린 것 같았다. 탁자에 둘러앉은 대단한 면면을 인사 한마디 없이 죽죽 훑어 가던 마석산이 어느 순간 흰자를 불량스럽게 번득이며 눈을 부라렸다.

"어라? 봉가 놈이 안 보이네. 새끼가, 일군장님이 부른 자린데 군령 무서운 줄 모르고……."

팔군장 봉장평이 자리에 없는 것을 두고 하는 말 같았다.

"그는 일군장님의 급령急令을 받고 척후를 나갔네. 그리고 자네는 언사를 가려서 할 필요가 있겠군. 같은 군장의 반열에 앉은 사람에게 새끼라니? 듣기 거북하군."

좌응이 답변 말미에 훈계를 조금 붙였더니 마석산의 얼굴이 와락 우그러졌다.

"아니 형님, 같은 닭이라도 장닭과 병아리가 엄연히 다른 법인데, 군장 자리에 앉은 지 일 년이 넘는 이 아우가 이제 갓 백일 된 후배한테 새끼 소리도 맘대로 못 붙인단 말이우?"

일 년과 백 일 사이에 넘을 수 없는 벽이라도 있는 양, 당당하기 그지없는 항변이었다. 좌응이 한숨을 참는 얼굴로 말했다.

"사석에서는 뭐라 부르든 개의치 않겠네만, 지금과 같은 공석에서는 주의하라는 얘길세."

"힝, 이 아우는 예의를 못 배워서 어디가 사석이고 어디가 공석인지 분간하지 못한다우. 그리고 형님도 이 아우 앞에서 봉가 놈 두둔할 생각일랑 마시우. 그 새끼네 애새끼들이 우리 애들한 테 한 짓을 생각하면 그 새끼네 기둥뿌리를 뽑아도 시원찮은 판 국이우."

"그래? 딱히 중상자는 나오지 않았고 그나마 경상자도 팔군 에서 더 나왔다고 하던데, 내가 잘못 알고 있는 건가?"

"잘못 알긴, 제대로 알고 계시구면. 그게 당연하지요. 도박쟁 이 밑에서 야료만 배운 쭉정이들하고 차돌맹이 같은 우리 애들 이 같은 줄 아시우? 술집 주인한테 물어보니 아주 작살을 내 났다고 하더구려. 크흐흐."

고소해 죽겠다는 얼굴로 음소까지 흘리는 마석산은 제 말이 얼마나 앞뒤 안 맞는지도 모르는 게 분명했다. 더는 상대할 가 치를 못 느꼈는지 좌웅이 상석에 앉은 제갈휘를 향해 눈짓을 보 냈다. 하던 얘기나 계속하자는 뜻이리라. 좌웅을 향해 작게 고 개를 끄덕인 제갈휘가 헛기침으로 주위를 환기시켰다.

"다시 말하겠습니다. 동창의 좌첩형 조휘경이 본 문에 밀서 를 보낸 것은, 밀서에 적힌 내용대로 강호의 분란을 가라앉히고 남북 간의 대립을 풀어 보겠다는 의미라기보다는, 본 문에서 행 하는 대규모 군사행동을 더 이상은 용납하지 않겠다는 협박의 의미가 담겨 있다고 생각합니다."

"감히 우리에게 협박을 해? 언놈이 그런 간 큰 짓을 했단 말 이우?"

그 간 큰 놈이 누구인지는 말머리에 분명 밝혔건만, 저 듣고 싶은 말만 듣는 마석산이 발끈하고 나섰다. 물론 제갈휘는 깨끗 이 무시했다. 그는 일로군을 이끌고 삼협까지 진군하는 동안 마 석산이란 인간을 어떻게 다뤄야 하는지 터득한 바 있었다.

"밀서에 적힌, 현재 형문荊門의 접경지에 건정회의 새로운 병력이 속속 집결 중이고, 거기에 정난칙사靖難勅使의 권한으로 동창이 참가하였다는 대목이 그 증거라고 봅니다. 그것의 진위를 확인하기 위해 팔군장을 급파하기는 했지만, 무류도 조휘경의 안하무인적인 성정과 밀사로 파견된 서일이라는 자의 태도로 미루어 허풍은 아닐 것으로 봅니다."

형문은 이곳 삼협이 있는 선창宣昌과 부의 경계를 같이하는, 마편으로 이동하면 반나절 안에 당도할 수 있는 인접지였다. 그곳을 거점으로 건정회의 전선이 구축되는 날에는, 무양문 삼로군은 원하든 원하지 않든 장강을 등진 상태로 배수진을 치는 셈이 된다.

불룩 솟은 몽치 상투 덕분에 좌중에서 가장 커 보이는 사군장 마경도인이 혼잣말처럼 중얼거렸다.

"상대가 동창이면…… 우리가 알아서 양보할 수밖에 없을 거라 이건가?"

호피 갓옷을 걸친 상체를 잔뜩 웅크리고 있던 칠군장 반외암이 이 말에 반발하듯 목청을 높였다.

"고자 똥구멍이나 핥는 놈들이 뭐가 대단하다고! 올 테면 오라고 하시오. 깡그리 물고기 밥으로 만들어 줄 테니까."

마경도인의 눈이 반외암을 향했다.

"동창의 뒤에는 금군이 있고 금군의 뒤에는 제국이 있네. 본문의 힘이 아무리 강성해도 제국을 상대로 병기를 겨눌 수는 없는 일일세."

반외암은 흉포함이 번들거리는 눈알로 마경도인의 평명한 도안道眼에 맞섰다.

"하면! 그런 대단한 나리들이 나섰으니 꼬리를 말고 이대로 회군하자는 말이오? 이런 문제가 생기리라는 것은 처음 출병할 때부터 예상했던 일 아니오?"

제갈휘는 오늘따라 유독 마경도인에게 날을 세우는 반외암의 심정을 이해할 수 있었다. 해 질 무렵 칠군의 강간범 이 인에게 내려진 행전집법의 판결과 집행에 대해서는 그 또한 보고받은 바 있기 때문이었다. 마찬가지로 그 점을 헤아린 듯, 좌웅이 부드러운 목소리로 두 사람의 언쟁에 끼어들었다.

"두 분 말씀 모두 일리가 있습니다. 한 가지 시각만으로는 대처하기 고약한 일이기도 하고요. 그래서 우리가 이 늦은 시각에 모인 것 아니겠습니까."

늦은 시각이란 말이 사실임을 입증하듯 마석산이 큰 소리로 하품을 했다. 그 눈치 없는 인간을 일별한 제갈휘가 내로라하는 강호 고수들이 모인 이곳에서 가장 이질적인 분위기를 풍기고 있는 초로인에게 시선을 옮겼다. 검은 망건에 유복 차림을 한 그 초로인은 특이하게도 한쪽 눈을 안대로 가리고 있었다.

"행전참모行戰參謀께서는 어찌 생각하시오?"

무양문 삼로군이 건정회의 저지선을 격파하고 이곳 삼협 북단에 주둔을 시작한 뒤, 무양문의 군사 육건은 장기 주둔에 필요한 보급품과 더불어 휘하에서 부리는 여섯 명의 책사, 육대관두六大觀頭 중 한 사람을 행전참모의 자격으로 전선에 파견했다. 육대관두 중 수석의 자리를 차지하고 있는 독안쌍뇌 정단요가 바로 그 사람이었다.

의자 등받이에 붙였던 등을 떼고 자세를 슬쩍 고쳐 앉은 정단요가 사람들을 향해 말을 꺼냈다.

"건정회는 본 문에 의해 한 차례 패배를 맛본 적이 있습니다. 팔군장님이 돌아오시면 보다 정확한 상황을 파악할 수 있겠지만, 이번에 형문으로 모여드는 전력은 과거 장강 전선을 형성하던 때보다 강하면 강하지 약하지는 않으리라고 봅니다. 거기에 동창의 지원이 더해졌다면 명분이 자신들에게 있다고 믿을 터. 사기 또한 예사롭지 않을 겁니다. 무당을 위시한 백도의 제 세력들은 물론이거니와 과거에는 본격적인 참전을 주저하던 태행산의 칠성노조도 본 문의 기세를 꺾어 누를 수 있는 이 호기를 놓치려 들지 않겠지요. 그나마 다행인 것은, 신무전까지 저들의 연합에 참가하지는 않으리라는 점입니다."

강호에 널리 알려진 바, 배신한 호랑이의 가죽을 벗기고 신무전주 자리에 오른 철인협 도정은 사부인 신무대종의 원수를 갚기 전까지 일체의 대외 활동을 중지한다고 선언했다. 하지만 그 이면에 숨어 있는 어떤 거래, 신무전의 신임 전주와 무양문 삼로군의 주장, 그리고 그들을 연결해 준 중양회라는 신생 단체의 회주 사이에 이루어진 놀라운 삼자 거래에 대해서는 강호에 전혀 알려진 바가 없었다. 독안호군 이창이 신임 전주가 되었다면 북악과의 전면전을 피할 수 없었던 제갈휘로서는 과연 다행한 일이 아닐 수 없는데, 세상에 공짜는 없다는 말처럼 무양문 삼로군에서는 가운데에서 수고해 준 중양회에 가볍지 않은 거간비를 지불해야만 했다. 그 거간비로 인해 두 명의 부군장을 포함한 이백 명의 문도들은 지난달 말부터 이 숙영지를 벗어나 제갈휘도 알지 못하는 모처에서 무양문의 이익과는 무관한 일에 품을 팔고 있는 중이었다.

정단요의 말은 계속 이어졌다.

"본 문의 전력은 물론 최강입니다. 건정회에 참가한 모든 문파들에 녹림을 더한다 해도 본 문이 열세에 처하는 일은 없으리라고 판단합니다. 그러나 동창의 개입은 전력상의 모든 판단을 무

위로 돌릴 만큼 파급력이 큰 요소입니다. 밀서에서 밝혔듯 동창의 좌첩형은 정난칙사, 즉 천자를 대리하여 나라의 병란을 진압하는 지위임을 자처하였습니다. 이는 이번 한 번만이 아니라 향후 강호 도상에서 벌어지는 각종 분쟁에 적극 개입함으로써 자신들의 권세와 위상을 더욱 공고히 하겠다는 의도로 풀이되며, 건정회 측에서는 그런 의도에 이미 동의한 것으로 판단됩니다."

제갈휘는 화산파의 제자였고, 지금은 거의 몰락했지만 화산파는 과거 무당과 어깨를 나란히 하던 백도의 명문이었다. 사사로운 이익을 우선시하는 흑도와 달리, 백도란 명분과 의기 그리고 그것들로부터 비롯되는 드높은 자긍심을 먹고사는 이들이었다. 한데 환복천자가 전횡하는 부조리한 국가권력에 고분고분 순응하는, 아니, 한발 더 나아가 얼씨구나 하며 반기는 백도라니……. 북악남패로 고착된 강호에서 오랜 세월 유지되어 온 평화가 생각보다 많은 덕목들을 저들로부터 앗아 간 모양이었다. 그래서 제갈휘는 씁쓸함을 느꼈다. 쓰레기장으로 변해 버린 고향 집을 본 듯한 기분이랄까.

"동창의 좌첩형은 밀서 말미에 일군장님을 형문의 옥천관玉泉關으로 초청하였습니다. 동짓날이니 사흘 뒤지요. 건정회주인 무당파 장문진인이 직접 맞이할 것이라 하며, 양측 모두 피 묻은 검을 끌러 놓은 채로 강호의 평화와 제국의 안녕을 위해 허심탄회한 대화를 나눠 보자는 게 초청의 명분입니다."

정단요의 말에 마석산이 힝 하고 콧방귀를 뀌었다.

"새끼들, 속 보이는 짓하고 자빠졌네. 술 준다고 사람 불러다 앉혀 놓고 뒤에서 슥삭 해치워 버리려는 시커먼 심보를 내가 모를 줄 알고."

정단요가 고개를 끄덕였다.

"옛날 범증이 패공을 제거하기 위해 썼던 수법이기도 하지요. 우리는 그 가능성에 대해서도 염두에 둘 필요가 있습니다."

아무리 그래도 백도 연맹을 자처하는 건정회에서 그런 후안무치한 짓까지 저지를까? 제갈휘는 잠시 생각해 보았지만 쉽게 답을 얻을 수 없었다.

사실 범증이 유방을 제거하기 위해 연 홍문지연鴻門之宴과 사흘 뒤 옥천관에서 열릴 화해의 자리는 본질적인 부분에서 차이점이 있었다. 범증은 유방만 제거하면 그를 좇는 세력이 와해될 것이라고 판단했고, 당시의 정세에 비추어 그 판단은 옳은 것이었다. 하지만 제갈휘는 유방과 달리 무양문의 주인이 아니었다. 무양문의 주인인 서문숭은 복건에 건재했으며, 그는 서문숭이 가진 검 중 가장 날카로운 한 자루에 지나지 않았다. 만에 하나 옥천관에 그의 피가 뿌려지는 일이 생긴다면 당장 이곳에 주둔하고 있는 무양문 삼로군부터 가만있지 않을 터. 서문숭 또한 복건에 남아 있는 전력을 휘몰아 강호로 뛰쳐나올 것이고, 그럼으로써 야기될 강호대란江湖大亂은 지난여름 이래 그의 주도로 진행되어 온 것과는 비교할 수 없을 만큼 격렬할 것이 불 보듯 뻔했다.

'그렇게 되어서 동창이 얻을 이익이 뭐지?'

동창의 입장에서 최선의 상황이라면, 무양문과 건정회 양측이 저들의 중재를 순순히 받아들임으로써 정난칙사로서 맡은 첫 번째 임무를 성공리에 마치는 것이 아니겠는가. 그런 의미에서 볼 때, 정단요의 걱정은 기우일 공산이 컸다. 하지만…….

동창과는 또 다른 배후가 이번 일을 주재하고 있다면?

탁자 위에 두었던 시선을 든 제갈휘는 때마침 자신을 바라보고 있는 정단요와 눈이 마주쳤다. 이신전심이라는 듯 작게 고개를 끄덕인 정단요가 차분한 목소리로 말했다.

"비각이라면 능히 그럴 수 있지요."

"비각⋯⋯."

제갈휘는, 육건이 가장 신임하는 책사를 전선으로 파견한 가장 큰 목적이 어떤 방식으로 전개될지 모르는 비각의 책동에 발빠르게 대처하기 위함임을 알고 있었다.

육건은 서문숭의 손녀를 납치함으로써 무양문 출정에 원인을 제공한 흉수들의 배후에 비각이 존재한다고 확신하고 있었다. 한 해 전 곡리에서 비각의 마수에 걸려 죽을 위기를 넘긴 제갈휘로서는 가벼이 넘길 이야기가 결코 아니었다. 게다가 비각에 대해 경고해 준 사람은 무양문의 늙은 군사만이 아니었다.

−그들은 보이지 않는 배후자로서 강호의 각종 사건에 오랫동안 개입해 왔습니다. 소생은 신무전에서 벌어진 변고의 배후에도 그들의 입김이 작용했다고 보고 있습니다. 예사롭지 않은 일이 벌어지면 일단 그들을 의심하십시오. 그 일이 어떤 종류의 것이든, 그들은 능히 그럴 수 있습니다.

지난달 말 이 숙영지를 찾아와 병력을 지원받아 간 중양회주가 남긴 말은 방금 정단요가 한 말과 묘하게 일치하고 있었다. 제갈휘의 미간에 난 흉터가 굵은 주름에 말려 이지러졌다.

"으음."

제갈휘의 자신감을 말하자면, 옥천관에 어떤 함정이 베풀어져 있다고 해도 방심만 하지 않는다면 위험에 처하는 일은 벌어지지 않을 터였다. 문제는, 그의 안위와는 무관하게, 일단 상황이 그 지경에 이르면 건정회와의 전면전을 피할 수 없게 된다는 점이었다. 그것은 대파국의 시작. 육건은 더 이상 판이 커지는 것을 극도로 경계했고, 그 점에 대해서는 제갈휘도 공감하고 있었다. 하물며 동창까지 경고하고 나선 마당이었다. 확전은 금군이 개입할 빌미를 줄 것이고, 결국 무양문은 홍무 연간에 그들을 좌절시켰던 철벽같은 명제 앞에, 제국과는 맞설 수 없다는 명제 앞에 다시금 무릎을 꿇을 수밖에 없게 될 것이다. 그런 일이 벌어져서는 안 된다는 것을 모르지는 않지만……

"행전참모를 맡은 몸으로 뚜렷한 해결책을 제시해 드리지 못해 죄송합니다. 변명을 하자면, 이번 사안은 그만큼 고약합니다. 저들에게 어떤 의도가 감춰져 있는지를 떠나서, 우리로서는 저들의 요구를 거부할 수도 그렇다고 받아들일 수도 없는 입장이니까요."

정단요의 말이 옳았다.

현재로서는 짐작에 불과한 비각의 암수는 접어 둔다고 쳐도, 동창 한 군데만으로도 충분히 고약한 상황이었다. 밀서를 무시하고 초청에 응하지 않는다면 조휘경은 정난칙사의 위세를 앞세워 본격적으로 핍박해 들어올 것이고, 이는 확전을 뜻한다. 그렇다고 밀서에 따라 초청을 받아들인다면 울며 겨자 먹기 식의 화친과 회군이 불가피해진다. 어디 그뿐일까. 정난칙사의 권위를 무양문에서도 인정한 꼴이니, 향후 사사건건 뒤따를 동창의 간섭에서 벗어날 수 없을 터였다. 이러지도 저러지도 못하는 상황. 장기에 빗대면 외통수인 셈인데, 여기에 비각의 암수까지 고려해야 하는 판국이니……

"에잇, 별것도 아닌 일로 괜한 고민들 하고 계시네. 동짓날까지 기다릴 것도 없이 내일 날 밝는 대로 애들 몰고 가서 싹 쓸어 버리고 옵시다. 동창이고 건정회고 죄다 죽여서 땅에 묻어 버리면, 우리가 했는지 누가 알겠수?"

마석산이 탁자를 내리치며 호기롭게 소리쳤다. 놈의 말대로 저질러 버린다면 필시 수십 년 내에 강호에서 벌어진 모든 사건들 중 가장 유명한 것이 될 텐데도, '누가 알겠수.'란다. 그럼에도 저 말 같지도 않은 말에 귀가 솔깃해지는 스스로를 보며 제갈휘는 고소를 머금을 수밖에 없었다. 세상에 드러나지만 않는다면, 저런 무식한 방법을 동원해서라도 목전에 닥친 난제를 해결하고 싶었던 것이다.

"어찌하시겠습니까, 일군장?"

조심스럽게 묻는 좌응을 돌아보며 제갈휘는 맥 풀린 미소를 지었다.

"참으로 난감하오. 어디서 도깨비라도 나타나 저들을 치워 주었으면 좋으련만."

답답한 마음에 푸념처럼 꺼낸 말이었다.

그러나 제갈휘는 자신이 꺼낸 이 황당한 말이 머지않아 현실로 이루어지리라고는 꿈에도 생각하지 못했다.

(4)

칠성노조 곽조의 밑에는 칠성장군만 있는 것이 아니었다.

칠성장군이 곽조가 녹림맹주의 자리에 오른 뒤 키워 낸 부하이자 제자라면, 칠성채의 세 공봉인 태행삼신太行三辰은 곽조와 동시대를 살아오며 고난과 영광을 함께해 온 공신이자 동반자라고 할 수 있었다. 연배도 곽조에 버금가 어느덧 환갑을 훌쩍 넘긴 그들이지만, 곽조로부터 하사받아 젊은 시절부터 부단히 수련해 온 절공絶功 덕택에 한창때를 능가하는 강건함을 유지할 수 있었다. 그래서인지 곽조에 대한 그들의 충성심은 절대적이었다. 일신에 쌓은 심후한 무공에도 불구하고 그들의 명호가 강호에 널리 알려지지 않은 것은 바로 그러한 충성심에 기인한다고 볼 수 있었다. 녹림맹주의 본거지를 철통같이 지키라는 곽조의 명에 따라 태행산 일대를 일절 벗어난 적이 없었기 때문이다.

'하지만 반드시 충성심 때문이라고만은 할 수 없겠지.'

귀문도 우낙은 세 채의 가마에 각각 올라 자신의 뒤를 따라오는 세 명의 괴인을 힐끔거리며 그렇게 생각했다.

괴인들은 하나같이 불구자였다. 곱사등이에 외팔이에 짝다리. 짝다리는 심지어 벙어리이기도 했다. 녹림 사정에 정통한 이들이 태행삼신이라는 멋들어진 명호 대신 태행삼잔太行三殘이라는 아름답지 못한 명호로 저들을 부르는 데에는 그럴 만한 이유가 있었던 것이다. 외양이 저 꼴이다 보니, 체면 따지기를 좋아하는 칠성노조가 저들의 바깥출입을 허락하지 않은 것도 충분히 이해할 수 있었다. 저들에게 칠성장군을 상회하는 대단한 능력이 있다는 사실을 사전에 전해 듣지 못했다면, 우낙은 비영으로 복귀한 뒤 첫 번째로 맡은 이번 임무에 대해 무척이나 실망했을 것이다.

"오는 길에 동전이라도 흘리셨나, 갈 길 바쁘다고 야행까지 재촉하신 나리께서 왜 그리 뒤를 힐끔거리시나?"

세 채의 가마 중 선두의 가마에 올라탄 곱사등이, 태행삼신의 첫째인 음부귀타陰府鬼駝 단요용段要用이 우낙을 향해 말했다. 찔끔한 우낙이 고개를 얼른 돌리는데, 두 번째 가마를 차지한 외팔이, 태행삼신의 둘째인 독비겁살獨臂劫煞 호절胡截의 음산한 목소리가 뒤통수에 실렸다.

"우리 형제들의 늠름한 풍모가 못내 부러운 모양이오."

그러자 마지막 가마에 오른 짝다리 벙어리, 태행삼신의 셋째인 소면건아笑面蹇啞 홍지청洪志淸이 딸꾹질 소리를 닮은 괴이한 웃음소리를 꺽꺽 흘렸다. 그 웃음이 사그라지기를 기다려 단요용의 가느다란 목소리가 우낙의 고막을 후벼 왔다.

"검왕의 배신 이후 비각의 위세가 예전 같지 않다는 것은 태행산에까지 이미 알려진 터. 하물며 너 같은 하급 비영 따위가 무엇을 믿고 우리 앞에서 방자하게 구는지 궁금하구나. 노조와 잠룡야의 오랜 교분을 생각해서 지금까지의 무례는 용서해 주겠다만, 한 번만 더 그 뱀눈으로 우리를 힐끔거리면 눈알 없는 채로 여생을 살아가게 만들어 주겠다."

우낙은 마음 한구석이 서늘해지는 것을 느꼈다. 태행산에서 내려온 녹림도를 마중하여 건정회의 집결지인 형문의 옥천관까지 안내하는 것이 그에게 내려진 임무였다. 그가 안내할 일행 중에 칠성장군보다도 윗길이라는 태행삼신이 포함되었다는 것을 안 뒤에는 쟁쟁한 실력자들을 인솔하게 된 데 대한 우쭐함까지 느낄 수 있었다. 그러나 태행산의 험준한 산세에 평생을 묻다 나온 세 늙은이들은 육신만 불구인 게 아니라 인격도 뒤틀린 게 분명했다. 그 점을 미처 예상하지 못한 그는 인사를 마치기 무섭게 촉박한 일정을 이유로 야행을 재촉했고, 별로 대수로울 것도 없는 그 한마디가 그의 얼굴에 미운털이 돋도록 만들었다. 아마도 하급 비영 따위에게 지시를 받은 것에 자존심이 상한 모양이었다.

산적 주제에 국록을 받는 관원을 상대로 감히 자존심을 내세우다니!

하지만 그 산적이 칠성노조 곽조의 심복이라면, 그리고 하급 비영쯤은 눈 하나 깜짝 않고 불구로 만들어 놓을 만한 무공과 독심을 함께 갖춘 자들이라면 얘기가 달라졌다.

'조심해야지. 어떻게 올라온 자리인데.'

지난해의 작전 실패로 비영 자리를 박탈당한 뒤, 일비영의 비복을 자처하며 와신상담해 온 우낙이었다. 그러던 중 하늘의 도움으로 두전이란 놈의 비밀을 염탐하여 역천뢰에 잠입한 자들을 제압하는 데 공을 세우게 되었고, 비록 연벽제라는 거물을 잡는 데는 성공하지 못했지만, 나름의 공을 인정받아 비영 자리에 복귀할 수 있게 되었다. 서열은 과거와 마찬가지인 사십일 위에 지나지 않았지만, 어쨌거나 이비영으로부터 눈도장을 받았다는 점이 중요했다.

'아무렴. 내 이름이 이번 작전에 파견된 열두 명의 비영 명단에 포함된 것만 봐도 알 수 있는 일이지. 이번 작전만 잘 마무리되면 최소 두세 등급은 더 올라갈 수 있지 않을까?'

지난해부터 비각이 강호 일에 본격적으로 개입함에 따라 작전 중 사망하거나 부상당한 비영들이 속속 나오기 시작했고, 사십구비영의 서열에도 변동이 불가피하게 되었다. 정상적인 승급의 계제가 무너진 것은 우낙 같은 하급자의 입장에서는 오히려 환영할 일이었다. 물이 스며들려면 틈새가 있어야 하는 법. 공석으로 구멍이 숭숭 뚫린 사십구비영의 전체 명부를 들여다볼 때마다, 우낙은 앞으로 닥칠 한두 해가 자신에게는 커다란 호기로 작용할 수도 있음을 예감했다. 이번 작전이 무사히 끝나면 삼십 위권, 거기서 몇 번만 더 공을 세우면 이십 위권에도 오를 수 있을 터. 이십 위권 이상의 비영들에게는 하급 비영에게 주어지지 않는 몇 가지 특혜들이 허용되는데, 그중에는 우낙이 가장 탐내는 정식 관원으로의 전직도 포함되어 있었다. 물론 그러기 위해서는 정해진 시험을 통과해야 하고, 퇴직하는 날까지 비각을 위해 은밀히 일해야 한다는 조건이 붙기도 하지만, 그래도 그는 그것을 여생의 목표로 삼았다.

'거기까지만 가면 돼, 거기까지만.'

화산파의 기명 제자로 입문하여 백도인으로도 살아 봤고, 귀문도라는 악명을 쓴 흑도인으로도 살아 봤다. 그것도 모자라 관부도 아니고 강호 문파도 아닌 비각이라는 조직에 투신, 친구하나 제대로 사귈 수 없는 음지인으로서 살아가는 중이었다. 하나같이 고달픈 삶. 한쪽이 충족되면 다른 한쪽은 허전할 수밖에 없는 절름발이의 삶이었다. 이제 우낙은 자신의 고달픈 삶에도 평안과 만족이 깃들기를 간절히 바랐고, 그 시기를 앞당겨 줄 첩경이 이십 위권의 비영 자리라고 믿었다.

'오냐, 너희 병신 늙은이들이 자존심을 세우겠다면 맞춰 주마. 원한다면 가마에서 내릴 때 등짝이라도 대 주지. 하지만 나중에 가서 웃게 될 사람은 너희들이 아닐 거야. 삶이란 긴 안목으로 바라봐야 하는 거니까.'

그 울음소리가 들려온 것은, 우낙이 자신을 기다리고 있는 평화롭고 안락한 노후를 떠올리며 강퍅한 입술 끝에 흐뭇한 미소를 머금을 무렵이었다.

우오오오오오.

'늑대……인가?'

늑대는 물론이거니와 호랑이도 심심찮게 출몰하는 시절이기는 하지만, 이곳은 도회로 이어지는 관도였고 우낙이 인솔해 가는 녹림도들의 수는 자그마치 일백이 넘었다. 보안에 만전을 기하기 위해 횃불을 앞세우지는 않았어도 그 당당한 기세만큼은 감출 수 없었으니, 설령 주변에 맹수가 다가왔다 해도 제 풀에 겁먹고 꼬리를 말 상황인 것이다.

우낙은 순간적으로 움츠렸던 어깨를 펴고 전방을 살펴보았다. 희끄무레한 빛을 내려 주던 하현달이 때마침 구름 뒤로 들어간 탓에 왼편에 송림을 낀 관도 전방은 침침하기만 했다. 하지만 오랜 세월 내공을 수련한 강호인의 안력은 거리와 어둠에 큰 구애를 받지 않았다. 그는 십오륙 장 전방에 석상처럼 버티고 서 있는 어떤 그림자 하나를 발견할 수 있었다.

'저게 뭐지?'

우낙이 가뜩이나 가는 눈을 더욱 찌푸리는데, 뒷전에서 음부귀타 단요용의 중얼거림이 들렸다.

"저렇게 큰 자는 처음 보는군."

독비겁살 호절이 맞장구를 쳤다.

"그러게 말이오."

저들의 말대로 저것이 사람의 그림자라면 무척이나 큰 사람임에 분명했다. 먼 거리임에도 알아볼 수 있는 장대한 신형은 태원에서 근신 중인 거경 제초온의 것과 비교해도 부족함이 없을 것 같았다. 그리고 그 사람의 오른쪽에 축 늘어져 있는 물건은…….

"깃발이군."

"그렇소. 흰 바탕에 붉은 색으로 그림이 그려져 있는 것 같은데…… 무슨 그림인지는 알아보기 힘들군요."

그때, 무슨 운명적인 힘이 작용하기라도 한 것처럼, 한 줄기 바람이 관도 위를 가로질렀다. 아래로 축 늘어져 있던 깃발이 바람을 타고 펄럭거렸다. 그리고 뒤이어 들려온 단요용의 말에 우낙의 눈빛 또한 깃발처럼 흔들릴 수밖에 없었다.

"짐승일세, 늑대의 머리."

흰 바탕에 붉은 늑대의 머리가 그려진 깃발!

'그럴 리가 없다!'

우낙은 그 깃발의 이름을 알고 있었고, 본 적도 있었으며, 심지어는 모종의 목적을 위해 직접 사용한 적도 있었다. 그러나 이 시간, 이 장소에서 그 깃발과 마주친다는 것은 도저히 납득할 수 없었다.

생각해 보라!

혈랑곡을 사칭하여 혈겁을 일으킬 목적으로 비각에서 제작한 혈랑기血狼旗가 지금 이 자리에 어떻게 나타났단 말인가!

구름이 흩어졌다. 달이 제 빛을 되찾았다. 혈랑기를 오른손에 움켜쥔 장대한 그림자가 어스름한 달빛 아래 천천히 본모습을 드러냈다.

붉은 신발.

붉은 장포.

그리고 얼굴을 가린 붉은 늑대 탈.

길게 찢어진 우낙의 뱀눈이 왕방울처럼 툭 불거져 나왔다. 덜덜 떨리던 그의 입술은 더 이상 견디지 못하고 비명 같은 한마디를 토해 놓고 말았다.

"혀, 혈랑곡주?"

그때 붉은 늑대 탈을 쓴 거한이 땅바닥에 꽂아 두었던 혈랑기를 머리 위로 번쩍 치켜들었다. 다음 순간 밤의 정적을 찢는 늑대의 울음소리가 사방으로부터 들려오기 시작했다.

우오오오. 우오오오오오오.

그 울음소리가 채 끝나기도 전, 누군가의 카랑카랑한 목소리가 밤하늘 높이 울려 퍼졌다.

"혈랑곡주우우우- 재리이이임再臨-!"

혈랑기血狼旗 (二)

(1)

"혈랑곡주…… 혈랑곡주라니……."

그간 혈랑의 이름으로 자행된 혈겁들의 대부분은 진짜 혈랑과 무관한 것이었다. 혈랑곡도로 위장한 채 그 혈겁들에 참가함으로써 그러한 사실을 누구보다 잘 알고 있는 우낙은 무양문도들이 주둔한 삼협과 그리 떨어지지 않은 이 황량한 겨울 벌판에서 혈랑곡주의 재림을 직접 목격하고 있다는 지금의 현실이 믿어지지 않았다.

게다가 혈랑곡주를 한낱 과거의 전설 정도로 여기는 동료들과는 달리, 우낙은 혈랑곡주의 무서움을 두 차례나 겪어 본 바 있었다. 첫 번째는 작전 실패에 다른 강등의 쓰라림을 안겨 준 작년 초여름 사천에서였고, 두 번째는 지금 이 순간까지도 마치 어제의 일인 양 생생히 떠오르는 두 달 전 태원에서였다. 그중 태원에서 그가 마지막으로 보았던 혈랑곡주—정확히는 이 대 혈랑곡주—는 인간이라기보다 괴물, 아니 마왕에 가까운 존재였다. 강적들에게 둘러싸인 고립무원의 상황에서도 각 내 최강자 반열에 오른 일비영과 사비영 부자를 일방적으로 몰아붙이던 엄청난 무위는 오히려 인간적이라고 봐줄 수도 있을 터였다. 자신의 앞을 가로막은 여자의 아랫배에 붉은 검을 박아 넣은 이 대 혈랑곡주가 웅크리고 있던 몸을 펼친 다음부터는…….

아아! 우낙은 죽는 날까지 잊지 못할 것이다. 피눈물을 매단 붉은 눈으로 검은 하늘을 향해 웃음을 터뜨리던 사악한 거인을. 그런 거인에게 맞선 죄과로 개구쟁이의 손에 걸린 곤충처럼 머리통이 끊겨 나간 둥지의 주인을. 그리고 붉은 눈이 한층 더 붉어진 뒤, 혼백을 잃은 꼭두각시처럼 거인에게 제 발로 다가가 하나하나 짓이겨지던 각원들의 처참한 죽음을.

그 모든 광경을 똑똑히 목격한 우낙에게 있어서 혈랑곡주는 더 이상 과거의 전설이 아니었다. 그것은 실재하는 악몽, 언제 닥칠지 모르는 재앙이었다.

바로 그 혈랑곡주가 나타났다!

옷차림이 달라졌다 한들, 늑대 탈로 얼굴을 가렸다 한들, 온 세상을 굽어보는 듯한 어마어마한 몸뚱이는 어디 가지 않았다. 우낙은 붉은 깃발을 치켜든 저 거한이 이 대 혈랑곡주임을 금세 알아볼 수 있었다.

턱.

우낙은 뭔가에 등을 부딪친 뒤에야 자신이 뒷걸음질을 치고 있었다는 것을 깨달았다. 소스라치며 뒤를 돌아보니 돌멩이처럼 굳은 얼굴로 전방을 응시하는 곱사등이의 노추한 얼굴이 보

였다. 어느새 가마에서 내려온 태행삼신의 첫째, 음부귀타 단요
용이었다. 팔짱을 낀 양팔 안쪽에 제 키보다 세 배 가까이 긴
동추銅鎚의 자루를 끼우고 선 단요용의 양옆으로는 그의 의형제
이자 동료인 독비겹살 호절과 소면건아 홍지청이 불구인 몸을
세우고 있었다.

"힉."

앞은 마왕이요, 뒤는 귀졸인 형국이라, 기겁을 하여 그들의
앞에서 비켜나려는데 별안간 오금에서 맥이 탁 풀렸다. 다리를
꺾으며 그 자리에 주저앉는 우낙의 뒷덜미를 호절의 하나뿐인
팔이 우악스럽게 움켜잡았다.

"저자가 혈랑곡주라고?"

호절이 우낙에게 물었다.

"그, 그렇습니다."

우낙이 대답하자 호절이 잡고 있던 뒷덜미를 바싹 끌어당
겼다. 호절의 퀴퀴한 입김이 그의 얼굴로 쏟아졌다.

"개소리. 신비혈랑이 아직도 살아 있다면, 신무전의 소 늙은
이를 따라 들어갈 묏자리나 알아보러 다니고 있겠지."

신비혈랑神秘血狼이란 곤륜지회의 다섯 절대자를 가리키는 스
무 자구 중 혈랑곡주에 해당하는 구절이었다.

"혈랑곡주 본인이 아니라 그 후인입니다. 그, 그러니까 이 대
혈랑곡주라고 할 수 있는데…… 이름은 서, 석대원…… 맞아요!
석대원이라고 합니다!"

상급 비영들로부터 귀동냥한 이 대 혈랑곡주의 이름을 가까
스로 떠올린 우낙이 자신도 모르게 목소리를 높였다.

"석대원이라."

단요용이 네발짐승의 것처럼 앞으로 구부정 튀어나온 고개를

천천히 까닥거렸다.

"들어 본 적이 있는 이름이군. 지난해부턴가 비각의 이비영이 놈으로 인해 골치깨나 썩였다지?"

"그, 그렇습니다. 저자가 바로 그자입니다."

그때 앞서 혈랑곡주의 재림을 알린 카랑카랑한 목소리가 재차 울려왔다.

"설한雪恨의 때가 마침내 왔나니, 혈랑의 형제들이여! 준비되었느냐?"

이 말이 나오기를 기다렸다는 듯, 조금 전까지만 해도 늑대의 음산한 울음소리를 쏟아 내던 관도 좌우편에서 인간의 그림자들이 하나둘 모습을 드러내기 시작했다. 체형은 제각각이지만 붉은 옷에 붉은 늑대 탈, 하나같이 혈랑을 상징하는 복식이었다. 인광燐鑛이라도 발랐는지 늑대 탈의 눈구멍 주위로 시허연 광망이 귀화처럼 어른거리고 있었다.

"혈랑곡주 본인이든 후인이든 광오한 자인 것만은 분명하군. 겨우 저깟 머릿수로 우리를 상대하겠다니."

단요용이 어이없다는 듯이 중얼거렸다. 이 말에 퍼뜩 정신을 차린 우낙은 공포로 오그라든 목을 길게 빼어 주위를 둘러보았다. 과연 어둠 속에서 나타난 낭면인狼面人들의 수는 그리 많지 않았다. 기껏해야 열두세 명. 이 대 혈랑곡주를 합쳐도 열다섯을 넘지는 않을 터였다. 그에 반해 이쪽은 일백이 넘었다. 게다가 그 일백은 칠성노조가 공들여 키워 낸 칠성채의 호虎, 표豹, 취鷲, 세 친위 부대 중 가장 용맹하다는 검은 산의 호랑이들로 이루어져 있었다. 이름하여 흑산호일백위黑山虎一百衛.

"저따위가 무슨 대단한 적이라고. 쯧쯧, 가마에서 공연히 내려온 것 같소."

외팔이가 흙길을 디딘 두 발을 내려다보며 투덜거리자 벙어리가 딸꾹질 소리 같은 키득거림으로 호응했다. 그 면면을 둘러보며 우낙은 눈알을 굴렸다. 흑산호일백위에 이들 태행삼신까지 더한다면? 다음 순간 그는 두 손을 앞으로 모으며 간사한 미소를 지었다.

"혈랑곡주는 각에서 대적大敵으로 낙인찍은 자입니다. 세 분께서 신공을 발휘하여 제거한다면 칠성노조의 위엄은 하늘을 찌르게 될 겁니다."

단요용이 뒤를 돌아보며 입술을 비틀었다.

"우리 아이들이 저렇게나 많은데, 노부들까지 나설 필요가 있겠는가?"

"어르신께서는 대적을 잡는 공을 어찌 아랫것들에게 양보하려 하십니까?"

재빨리 덧붙이는 우낙에게는, 그러나 말과는 전혀 다른 속셈이 숨어 있었다. 태행삼신은 심산유곡에 틀어박혀 평생을 보낸 자들이었다. 이 대 혈랑곡주의 무서움에 대해 제대로 알지 못하는 것은 당연했고, 그래서 저처럼 여유를 부릴 수 있는 것이었다. 하지만 우낙은 태행삼신과 달랐다. 그는 알고 있었다. 설령 이 자리에 칠성노조와 칠성장군, 거기에 남은 두 친위 부대가 모조리 모여 있다고 해도 여유를 부릴 수 있는 상황은 결코 아니라는 것을.

이 세상에는 머릿수에 따른 우열을 완전히 무의미하게 만드는 용 같은 인물도 존재했다. 그날 밤, 하늘을 나는 한 자루 검으로써 노각주와 세 법왕을 농락한 검왕 연벽제가 바로 그런 인물이었다. 이 대 혈랑곡주는 또 어떻고? 우낙이 판단하기에 검왕에 결코 뒤지지 않는 인물이었다. 검왕이 용이라면 이 대 혈랑곡주는 악룡. 그런 자를 상대로 언감생심 여유라니!

'대체 어떻게 알고 여기에…… 아니, 지금 그런 것을 따질 때가 아니지.'

이번 행로가 어떤 경로로 외부에 새어 나갔는지는 중요하지 않았다. 중요한 점은 이 대 혈랑곡주가 자신들을 기다리고 있다는 점이었고, 그리하여 충돌이 불가피하다는 점이었다. 충돌의 결과가 어떠할는지는 목덜미에 오톨도톨 돋아난 소름이 말해 주고 있었다. 이 위기에서 무사히 벗어나기 위해서는 가급적 전장을 대대적으로, 그리고 어지럽게 만들 필요가 있었다. 미꾸라지가 황새의 부리를 피하려면 흙탕물이 있어야 하는 것과 같은 이치였다.

'보통 흙탕물로는 안 돼. 그 황새는 내 얼굴을 알고 있으니까.'

지난해 사천에서 얼굴을 마주친 일로 자칫 발목이 잡힐지도 모른다는 생각에 애써 전방을 외면하며, 우낙이 다시 말했다.

"이런 말씀 드리기 송구스럽습니다만, 관부에서는 아무래도 녹림을 얕보는 경향이 있지요. 녹림이 쥐라면 자신들은 고양이라고 여긴다고 할까요."

예상했던 대로 단요용의 눈썹이 꿈틀거렸다.

"뭐라?"

"그러니 이번 기회에 세 분께서 대공을 세우셔서 각은 물론이거니와 동창에서 나온 인사들까지도 녹림을 보는 눈이 달라지도록 만든다면 그 또한 통쾌한 일이 아닐까 싶습니다."

격장지계를 곁들인 우낙의 달변에 세 늙은이들의 눈빛이 바뀌었다. 회갈색이 듬성듬성 섞인 볼품없는 턱수염을 쓸어내리던 단요용이 혼잣말처럼 말했다.

"하긴 곤륜지회의 신비혈랑을 우리 녹림에서 잡는다면 노조께서도 꽤나 기뻐하시겠지."

우낙은 내심 쾌재를 불렀다.

"여부가 있겠습니까."

"흠, 그럼 무양문 아이들과 본격적으로 놀아 보기 전에 어디 몸 좀 풀어 볼까?"

'됐다!'

곱사등이와 외팔이와 벙어리가 거드름을 피우는 모습은 몹시도 꼴사나웠지만, 우낙은 그런 내색을 일절 비치지 않고 허리를 조심히 숙이며 뒤로 물러섰다. 가능한 한 이곳으로부터 멀리 물러설 수 있기를 바라면서.

밤바람이 불고 멈추기를 거듭할 때마다 기폭 끝에 매달린 수십 개의 지네발들이 성을 내며 곤두섰다가 맥을 풀고 늘어지기를 반복하고 있었다. 혈랑기의 강철 깃봉을 움켜쥔 오른손에 밤바람이 만들어 낸 묵직한 중량감이 더해지는 것을 느끼면서도, 석대원은 전방에 고정한 시선을 거두지 않았다.

왼쪽으로는 추수를 오래전에 마친 밀밭, 오른쪽으로는 한파에 몸을 움츠린 송림, 그 가운데로 난 폭넓은 관도 위에 멈춰 선 일백여 명의 건장한 남자들이 적대감으로 무장된 눈빛으로 석대원이 보내는 무감한 시선을 맞이하고 있었다. 사십여 년 만에 모습을 드러낸 혈랑기가 목표로 삼은 첫 번째 제물. 그들은 태행산에서 나온 녹림도들이라고 했다.

─녹림도라면 산적이 아닙니까?

─태행산 칠성채의 녹림도는 여타 산적들과 다르다. 강호육사가 삼사三社이던 시절도 있고 사사四社이던 시절도 있지만, 어

느 때건 비각의 가장 든든하고 강력한 협력자는 그 명단에 포함되지 않는 태행산 칠성채였다. 그리고 그 중심에는 이악의 오랜 친구이자 동료인 녹림의 맹주, 칠성노조 곽조가 있지.

ㅡ칠성노조 곽조…….

ㅡ이악과 곽조는 오랜 세월 공생 관계를 유지해 왔다. 녹림 내에서 곽조에 반하는 세력이 준동하면 비각이 관을 부채질해 그 싹을 제거해 주었고, 이악이 정치적으로 위기에 처하면 곽조가 녹림의 일부를 과감히 희생함으로써 비각의 입지를 다져 준 적도 여러 차례 있다. 지난 구월 건정회가 구축한 장강 저지선이 고검이 이끄는 무양문 삼로군에 의해 격파당하기 직전, 비각이 칠성채의 전력을 전선에서 빼돌린 것도 그 때문이라고 볼 수 있지.

ㅡ그것은 이적행위가 아닙니까?

ㅡ반드시 그렇게 볼 수만은 없는 것이, 비각의 입장에서 볼 때 건정회는 그들이 바라는 강호 대란을 촉발시킬 희생양으로 얼마든지 소모할 수 있지만, 녹림 전체를 언제라도 움직일 수 있는 칠성채는 쉽사리 포기할 수 없는 패이기 때문이다. 이를 입증하듯 비각에서는 곽조와 칠성채에 대한 지원을 아끼지 않았지. 원나라의 황실 근위대에서 전해 내려오던 고목인枯木印과 쌍응절雙鷹絕이 곽조의 양대 절기로 바뀌어 세상에 모습을 드러낸 것만 보아도 알 수 있는 일이다. 곽조의 휘하에서 태행삼신이니 칠성장군이니 하는 재목들이 나온 이면에도 비각의 보이지 않는 지원이 반드시 작용했을 것이라고 본다.

ㅡ그래서 칠성채를 치라는 겁니까?

ㅡ현재 비각이 보유한 대외 전력은 천산철마방과 태행산 칠성채, 이 두 군데로 압축할 수 있다. 그들을 제거하면 비각은

손발 잘린 신세가 될 수밖에 없겠지. 네 형이 동맹들과 함께 장성으로 간 것은 그중 천산철마방을 치기 위함이다. 그렇다면 남은 것은 하나, 태행산 칠성채인데, 마침 그 정예 중 일부가 세상에 나왔다고 하는구나. 그자들을 아원, 네가 맡아 주었으면 한다.

이 말을 하던 운 노사부는 하얀 광목으로 덮인 작은 오지단지 하나를 끌어안고 있었다. 신무전에서 가져 나왔다는, 아들의 유골이 담긴 단지였다.

양각천마 최당의 안내로 하남의 어떤 낡은 장원에서 십이 년 만에 재회한 그 순간에도, 노인은 그 단지를 소중히 끌어안고 있었다. 예상보다 훨씬 더 늙어 버린 것도 모자라 삶을 지탱하는 중요한 버팀목 하나가 통째로 뽑혀 나간 듯한 노인의 초라한 그 몰골이 석대원의 말문을 막아 놓았다. 묻고 싶은 것이 많았지만, 분노하며 질타해야 할 일도 분명 있었지만, 아들의 유골 단지를 끌어안은 채 죽은 물고기의 것처럼 생기 없는 눈으로 자신을 바라보는 노인을 상대로는 차마 입을 뗄 수 없었던 것이다.

그리고 무엇보다도…… 그 끈…….

운 노사부의 가슴 어디쯤인가로부터 흘러나와 유골 단지에 연결된 한 가닥 어스레한 끈을 보았을 때, 석대원은 몸속에 자리 잡은 천선기가 가늘게 진동하는 것을 느꼈다. 천선기는 끈이 속삭이는 이명耳鳴 같은 이야기들을 들을 수 있었고, 끈이 그려 내는 환몽幻夢 같은 장면들을 볼 수 있었다. 들었으되 말할 수 없고 보았으되 전할 수 없는 그 이야기와 장면 들이 석대원의 입을 더더욱 닫게 만들었다. 그는 자신이 겪은 불행이, 저 끈을 통해 어렴풋이나마 들여다보게 된 노인의 그것보다 더하다고는 감히 주장할 수 없었다. 노인이 더욱 불행한 점은, 감당해야 할 불행이 아직 끝나지 않았다는 데 있었다. 저토록 늙었음에도 말이다.

결국 석대원은 자신의 모든 한을 가슴에 묻어 둔 채 이렇게 대답할 수밖에 없었다.

─노사부님께서 원하시는 대로 해 드리겠습니다.

그때 운 노사부의 눈 속에서 피어난 작은 생기를 바라보며, 석대원은 차마 꺼내지 못한 뒷말을 목 안으로 삼켰다.

'얼음벽 위에 붉은 꽃이 필 때까지만.'

아직까지는 얼음벽 위에 핀 붉은 꽃이 구체적으로 무엇을 의미하는지 알 수 없었다. 끈 위에 얼핏 나타났다 사라진 그 꽃이 운 노사부의 삶에 있어서 무척이나 결정적인 순간에 피어나리라는 점만을 예감할 따름이었다.

그때 석대원의 귓전에서 울린 가느다란 전음이 노인과 유골 단지와 끈에 얽힌 상념을 허물어뜨렸다.

─소주, 때가 되었소이다.

석대원은 잠시 망연하던 시선의 초점을 관도 전방에 다시 맞췄다. 길잡이로 나선 낯설지 않은 중늙은이가 뒷전으로 물러나고, 일견하기에도 정상이 아닌 세 늙은이가 대적하듯 앞으로 나서는 모습이 보였다.

칠성노조 곽조의 심복이라 할 수 있는 태행삼신.

칠성노조가 비각을 통해 얻은 사파의 절공을 장기간 수련하는 과정에서 각각 척추와 한쪽 팔과 성대가 망가지기는 했지만,

그 반대급부로 일방을 주름잡을 만한 괴력을 한 가지씩 얻게 되었다는 녹림의 이무기들이었다. 거기에 더하여, 불구인 육신을 서로에게 의지하며 늘 함께 움직이는 까닭에 합격술에도 능한 것으로 알려져 있었다.

'셋이 모이면 곽조라도 감당할 수 있다고 했던가.'

모용풍에게 받은 비세록의 한 구절을 떠올리며, 석대원은 왼손을 들어 얼굴을 가린 늑대 탈을 바로잡았다. 번거로운 광대놀음에 주인공이 된 것 같아 거북살스러웠지만, 나아가 일면식도 없는 자들에게 살수를 써야 한다는 사실이 내키지 않았지만, 운 노사부의 바람을 들어주기로 약속한 이상 그 뜻에 충실히 따르기로 다시 한 번 마음먹었다.

'그것으로써 나와 운 노사부 사이의 끈은 정리되는 셈이겠지.'

세상에 대 놓은 끈이 이렇듯 하나씩 사라져 간다는 생각에 씁쓸한 웃음이 새어 나왔다. 하지만 그 누구도, 그 어떤 삶도 결국은 이렇게 흘러갈 수밖에 없을 터였다. 영속이란 인간에게 허용된 덕목이 아니기에. 인연이란 언젠가는 인연人煙처럼 흩어질 수밖에 없기에. 무문관의 무수한 윤생을 통해 그 이치를 체득한 석대원은 남들보다 쉽게 포기할 수 있었다.

―소주, 명을 내려 주시오! 형제들이 기다리고 있소!

한로의 재촉 섞인 전음이 다시금 날아들었다. 무문관에서 나온 뒤로 석대원을 대하는 모든 이들의 시각이 바뀌었지만 오직 한 사람, 저 살갑고도 성가신 노복의 눈에는 자신의 잔소리와 도움 없이는 아무것도 하지 못하는 서툴고 모자란 젊은 주인으로 남아 있는 모양이었다.

실소를 흘린 석대원이 입을 열었다.

"단 한 명의 산적이라도 살려 보낸다면 나는 그대들에게 실망할 것이오."

늑대 탈 안쪽을 맴돌 때는 작은 진동에 불과하던 이 말이 나무 가면 밖으로 나가 전방으로 퍼질 때에는 사방을 짓누르는 뇌성이 되었다. 그리고 그 굉장한 울림의 여음餘音을 가르며, 석대원의 장대한 신형이 움직이기 시작했다. 퍼져 나가는 음파를 온몸에 받아 미친 듯이 펄럭이는 혈랑기를 서 있던 자리에 굳건히 박아 넣은 채, 석대원은 천천히 걸음을 내디뎠다.

그러나 그것을 어찌 '천천히'라고 표현할 수 있겠는가!

한 걸음에 일 장이 사라지고 두 걸음에 오 장이 사라졌다. 모든 움직임은 하나의 흐름으로 연결되어 있었지만, 동시에 인간의 시각 반응을 뛰어넘는 분절을 보이고 있었다.

호말처럼 뭉쳐진 석대원의 의지가 시간의 장단과 공간의 원근이 무의미해진 공허 속을 무애하게 질주했다. 급속도로 가까워지는 태행삼신의 얼굴 위로 경악에 물든 일그러짐이 떠올랐다.

그리고 십 장을 지워 버린 세 걸음째…….

석대원은 오른손을 어깨 넘어로 돌려 등에 멘 혈랑검의 검자루를 움켜잡았다. 그에게는 하나하나가 가히 절대적이라고 이를 만한 검법이 세 가지나 있었다. 곤륜지회 이후 천하제일의 마검법으로 공인받은 혈랑검법과 원말 명초에 비검술의 최고봉으로 명성을 떨친 연가비검과 인간 중 누구도 거역하지 못한 태고의 망령을 소멸시킨 검왕 연벽제의 검뢰대구식이 바로 그것들이었다. 그중 무엇으로써 혈랑곡주의 재림을 기념할지는 굳이 생각하지 않아도 알 수 있었다.

석대원은 검집 밖으로 뽑아낸 혈랑검으로 전방을 곧게 찌르며 나직이 읊조렸다.

"혈랑출세血狼出世."

강철로 만들어진 검신을 따라 물머리처럼 쭉 밀려 나간 혈랑 검기가 붉은 검의 검봉 위에서 뾰족하게 뭉쳐졌다.

별호만으로도 알 수 있듯이 독비겁살 호절에게는 팔이 하나 밖에 없었다. 칠성노조 곽조로부터 하사받은 겁천봉劫天棒의 절공을 극성까지 수련하여 강철 같은 오른팔을 얻은 대가로 왼팔 전체가 괴사되었기 때문이다. 그래도 그는, 비슷한 처지인 의형과 의제가 그러하듯이, 곽조에 대한 원망을 눈곱만치도 품지 않았다. 그들은 짐승의 논리에 의해 지배되는 녹림에서 잔뼈가 굵은 들개 같은 남자들이었고, 약한 들개에게 돌아가는 것은 강한 들개가 먹다 남은 찌꺼기밖에 없다는 것을 일찌감치 터득하고 있었다. 그런 그들이기에 온전하되 나약한 육신 대신 불구이되 강력한 육신을 과감히 선택한 것이었다.

"어딜!"

그럼으로써 탄생한 호절의 오른팔이 보검으로도 손상시키지 못하는 겁천봉의 공력을 피갑처럼 두른 채 힘차게 뻗어 나갔다. 목표는 혈랑곡주가 곧게 찔러 낸 일 검을 막아 내는 것.

짐승의 세계에서 합공은 결코 수치스러운 일이 아니었다. 그래서인지, 사전에 약속이라도 한 것처럼 호절의 좌우로 벌려 서며 각기 수련한 절공을 쏟아 내는 그의 의형제들에게서는 일말의 거리낌도 찾아볼 수 없었다.

꾹. 꾸르륵. 꾸르륵.

소면건아 홍지청의 굵은 목덜미가 두꺼비의 명낭鳴囊처럼 둥글게 부풀어 올랐다. 눈알을 뒤룩뒤룩 굴리던 그가 어느 순간 턱이 빠져라 입을 쩍 벌렸다.

"워어어어어어어엉!"

성대가 망가지는 고통을 감수해 가며 홍지청이 연성한 음공吸功, 하마후蝦蟆吼가 천지를 뒤흔드는 벽력성을 동반한 채 혈랑곡주를 폭풍우처럼 휩쓸어 가고.

"끼엽!"

곽조로부터 하사받은 유명염마진력幽冥閻魔眞力을 대성하여 곧은 척추 대신 역발산의 신력을 얻은 음부귀타 단요용이 백팔 근이나 나가는 살인동추殺人銅錘를 도끼질하듯 휘둘러 혈랑곡주의 머리통을 찍어 갔다.

외팔이가 막고, 벙어리가 묶고, 곱사등이가 죽인다. 강적의 공격에 대한 반격의 수단으로 태행삼신이 수도 없이 연습한 합격술이었다. 일단 걸려들기만 하면 설령 호교십군의 군장이라도 죽음을 피하지는 못하리라. 그들은 이렇게 자신하며, 참으로 드물게 찾아온 이번 외유에서 자신들이 세울 공에 대한 기대감을 한껏 끌어 올린 바 있었다.

하지만 과연 그럴까?

기대와 현실이 언제나 맞아떨어지지 않는다는 점을 맨 처음 배운 자는 자신이 불괴不壞의 겁천봉을 소유했다고 믿어 온 외팔이였다.

푹!

큰 작두로 내리찍어도 작두의 날만 깨져 나가는 호절의 오른팔이 혈랑곡주가 찔러 낸 붉은 검 앞에서는 별안간 두부 뭉치로 바뀐 모양이었다. 보자기처럼 활짝 펼친 오른손 장심에 붉은 검의 검봉이 부딪친 순간, 그는 겁천봉을 수련하는 과정에서 느꼈던 고통, 장시간에 걸쳐 왼팔이 서서히 죽어 가는 고통을 그때와는 비교할 수 없는 짧은 시간 안에 고스란히 느낄 수 있었다.

파사사사.

검봉을 중심으로 퍼져 나가는 거대한 와선渦旋의 힘이 장심을 뚫고 들어왔다. 손바닥에서 떨어져 나간 다섯 개의 손가락이 핏물을 꼬리처럼 매단 채 허공에 붉은 소용돌이를 그렸다. 장심이 뚫리고, 상박과 하박을 연결하는 팔꿈치의 복잡한 관절이 으스러지고, 상완골을 축 방향으로 쪼개며 탕탕히 밀고 들어온 검봉이 오른쪽 어깨와 그것에 붙은 쇄골이며 견갑골의 일부를 동체로부터 분리시켰을 때, 독비인獨臂人에서 무비인無臂人으로 전락한 호절의 목숨도 함께 끊어지고 말았다.

다음 순간, 소면건아 홍지청의 하마후가 혈랑곡주의 좌측신을 덮치고, 음부귀타 단요용의 살인동추가 늑대 탈의 정수리를 내리찍었다. 그러나 두 사람이 혈랑곡주로부터 들을 수 있었던 것은 단말마의 비명이나 고통 어린 신음이 아니었다.

"이로일살二路一殺."

타인에게 알려 주기 위함이라기보다는 스스로에게 다짐하는 듯한 나직한 한마디가 울린 순간, 하마후와 살인동추가 아무도 없는 빈 공간에서 엇갈렸다.

"흡!"

"으헛!"

아군의 공세에 간섭당한 여파로 진기가 흐트러진 홍지청과 단요용이 헛숨을 들이켜며 뒤로 물러서려는데, 좌우 두 개로 갈라진 장대한 붉은 그림자로부터 붉은 검기가 붉은 반원을 그리며 뿜어져 나왔다. 그 소름 끼치도록 단일한 붉음이 어둠 속으로 자취를 감춘 뒤…….

털썩. 털썩.

머리통을 잃어버린 곱사등이와 벙어리가 관도 위에 한층 더

불구로 바뀐 육신을 무겁게 무너뜨렸다.

하나의 목숨을 끊어 놓는 데 있어서 결코 두 개의 초식이 필요하지 않았다.

이것이 바로 재림한 혈랑곡주의 신위였다.

호랑이와 늑대가 싸우면 어느 쪽이 이길까?

대개의 경우 호랑이는 한 마리고 늑대는 무리일 테니 반드시 어느 쪽이 이긴다고 단정하기 곤란할 것이다.

하지만 만일 호랑이 쪽이 머릿수가 많다면? 그것도 한두 마리 많은 것이 아니라 일고여덟 배나 많다면?

바보가 아니고서야 늑대 쪽이 이긴다고 대답하는 자는 없을 터였다. 그래서 우낙은 바보가 된 듯한 기분을 느꼈다. 이 대혈랑곡주가 막적莫敵의 존재임은 이미 아는 터이나, 그자가 부리는 수하들까지도 상급 비영에 뒤지지 않는 고수라는 점은 그의 예상에 포함되어 있지 않던 일이었다. 칠성노조가 공들여 키워 냈다는 백 마리의 호랑이들을 검으로 찔러 죽이고, 도로 베어 죽이고, 심지어는 맨손으로 때려죽이는 열몇 마리의 늑대들은 가뜩이나 쪼그라든 그의 간담을 콩알만 하게 만들어 놓았다. 호랑이들이 약해서가 아니었다. 늑대들이 터무니없이 강했다.

'어쩌다 이 지경이 되었지?'

흑산호들 가운데 몸을 숨기고 있다가 스리슬쩍 몸을 빼내 관도 왼편의 송림으로 달아나려던 당초의 계획은 격전이 벌어짐과 동시에 너무도 간단히 죽어 나가는 호랑이들로 인해 틀어져 버렸다. 난전으로써 시간을 벌어 줘야 뭔가를 시도해 볼 틈이 생길 텐데, 접전과 동시에 다섯씩 열씩 뭉텅뭉텅 나자빠지는 마당이라 남은 호랑이들은 원하든 원하지 않든 어깨를 맞댄 원진

圓陣을 펼쳐 늑대들의 무자비한 살수에 대항해야 했고, 졸지에 원진 한가운데로 휩쓸려 들어간 우낙은 적군과 아군의 이중 포위망에 갇힌 처지가 되고 만 것이다.

'제기랄! 제기랄!'

호랑이들의 구슬픈 비명이 사방으로부터 가까워지고 있었다. 갈수록 생생해지는 공포가 우낙의 위아래 이빨들을 다다닥 부딪치게 만들고 있었다. 적과 싸우기 위해서가 아니라 심중의 공포와 싸우기 위해 우낙은 허리에 찬 칼을 뽑아 들었다. 이번 출정을 위해 각의 전속 대장장이 고 노인에게서 새로 맞춘 칼이었다.

'맞아, 내 칼도 그랬어.'

떨리는 손가락에 억지로 힘을 주어 생경한 느낌의 칼자루를 그러쥐려니 문득 동병상련과 비슷한 처량한 기분이 들었다. 그가 오랫동안 사용해 온 귀문도는 두 달 전의 그날 밤 산산조각이 났다. 일비영에게 빌려 주었다가 갑자기 난입한 이 대 혈랑곡주 석대원에 의해 부서지고 만 것이다. 칼과 주인이 같은 길을 걷게 되다니…….

'석대원, 저자와 나 사이에 대체 무슨 악연이 얽혀 있기에!'

고개를 세차게 내저어 처량한 기분을 떨어낸 우낙이 주위를 향해 노성을 터뜨렸다.

"이 빙충이들아! 흑산호라는 이름이 부끄럽지도 않으냐! 제대로 좀 싸워 보란 말이다!"

그러나 이름값도 못 하는 무력한 호랑이들은 속속 이어지는 허망한 죽음으로써 우낙의 독려에 응답할 따름이었다.

퍼퍼펑!

우낙의 전방을 가로막고 있던 세 마리 호랑이를 삼 권의 눈부신 연타로 때려눕히며, 건장한 체격을 가진 늑대 한 마리가 모습을 드러냈다.

'이판사판이다!'

지난해부터 인간 같지도 않은 자들에게 하도 시달림을 당하다 보니 예전의 자신감이 많이 사그라지기는 했지만, 그래도 고수 소리를 밥 먹듯이 듣고 살아온 우낙이 아니던가. 그는 이를 악물고 마음을 다잡은 뒤, 수중의 칼을 치켜 올려 그의 성명절기인 귀문삼십육도鬼紋三十六刀의 기수식을 취했다.

그런 우낙을 잠시 훑어보던 낭면인이 불쑥 물었다.

"호신강기를 익혔느냐?"

너무 뜻밖의 질문이라 우낙은 얼른 알아듣지 못했다.

"뭐?"

"이제까지 상대한 자들과는 달리 한가락 하는 자로 보여서 묻는 것이다. 너는 호신강기를 익혔느냐?"

우낙은 어이가 없어졌다. 저게 이 아수라장에서 할 소린가?

"익히지 않은 모양이군."

실망했다는 듯 어깨를 축 늘어뜨리는 낭면인을 향해 우낙이 노호를 터뜨리며 칼을 맹렬히 휘둘렀다.

"미친놈!"

미친놈이 분명한 것이, 솜씨 좋은 대장장이가 며칠 전에 벼려 낸 따끈따끈한 칼날을 맨주먹으로 막으려는 자가 어찌 정상일 수 있겠는가. 하지만 십여 마리의 늑대들이 백 마리의 호랑이들을 물어 죽이는 일이 벌어질 수 있듯이, 피륙으로 이루어진 맨주먹이 정강을 단련해 만든 칼날을 부러뜨리는 일도 얼마든지 벌어질 수 있다는 사실을 우낙은 오늘에야 알게 되었다.

쩌껑!

절반으로 줄어든 도신을 매단 칼자루가 우낙의 손아귀 안에서 야생마처럼 날뛰다가 허공으로 튀어 나갔다. 마비된 오른손을 왼손으로 감싸 쥔 우낙은 불신에 찬 눈으로 자신을 향해 내밀어진 맨주먹을 쳐다보았다.

권심拳心이 호두알처럼 툭 불거진 그 거무튀튀한 맨주먹의 주인이 자세를 고쳤다. 두 무릎을 슬쩍 구부리고 어깨와 허리를 둥글게 웅크린 낭면인이 우낙을 향해 말했다.

"호신강기를 익히지 않은 자에게 뇌격권雷擊拳을 쓰고 싶지는 않다만, 오늘도 써 보지 못한다면 내가 정말로 미칠지도 모르겠구나."

후방으로 살짝 뺀 낭면인의 오른쪽 어깨 위로 작은 진동이 일어나기 시작했다.

부우우웃!

문풍지가 삭풍에 떨리는 듯한 기음이 울려나오고, 우낙은 달려오는 거대한 충차衝車 앞에 맨몸뚱이로 나선 듯한 무시무시한 압박감에 사로잡혔다. 뇌격권이 대체 무슨 수법인지는 알지 못하지만, 일단 펼쳐지고 난 뒤에는 만사가 끝장나리라는 것을 충분히 짐작할 수 있었다. 그러나 달아날 재주가 없었다. 낭면인이 겨드랑이 아래로 당겨 넣은 오른 주먹은 우낙이 움직일 수 있는 모든 방위를 사정권 안에 두고 있는 것 같았다.

"으으……."

우낙의 뱀눈이 공포를 견디지 못하고 눈구멍 밖으로 툭 불거져 나올 때.

"하후 형은 뇌격권을 거두시오. 그자를 살려 두라는 검주의 명이 방금 내려졌소."

늑대 탈 옆으로 또 하나의 늑대 탈이 나타났다. 새로이 나타난 낭면인은 체구가 작고 등이 구부정하여 바람만 불어도 날아갈 것처럼 비실비실해 보였다. 그러나 쇳소리가 섞인 그 목소리를 기억하는 우낙은 오히려 식은땀을 흘려야만 했다. 아까 혈랑곡주의 재림을 선포하던 목소리. 그리고…….

─십 초를 버티면 살려 주마.

지난해 사천의 청류산에서 자신에게 광오하기 짝이 없는 선언을 하던 그 카랑카랑한 목소리를 우낙이 어찌 잊을 수 있으랴.

"다, 당신은…….

늑대 탈이 슥 위로 올라갔다. 우낙의 것만큼이나 찢어진 눈매에 콧잔등이 툭 꺾인 매부리코, 움푹하게 꺼진 볼과 날붙이처럼 얄팍한 입술이 늑대 탈의 그늘 아래 순차적으로 드러났다. 과연 그 늙은이였다!

"노부에게는 그래도 삼 초를 버티더니 하후 형에게는 일 초도 못 버티는구나."

"으헉!"

그 늙은이일 것이라고 짐작하고는 있었지만, 실제로 대면하게 되니 밭은 비명이 절로 나왔다. 우낙은 더 이상 버티지 못하고 그 자리에 엉덩방아를 찧고 말았다.

"단 한 명의 산적도 살려 보내지 말라고 명하시지 않았소?"

"이자는 산적이 아니오."

처음의 낭면인에게 대답한 늙은이가 우낙을 굽어보며 말했다.

"가라. 그리고 네 동료들에게 똑똑히 전해라. 동짓날 새벽별이 저무는 시각에 혈랑곡주께서 옥천관을 방문하실 것이다. 그곳에

있는 자들은 관과 강호를 막론하고 무릎을 꿇고 혈랑곡주의 왕
림을 맞이하여야 한다. 두 다리로 버티고 서 있는 자는……."

 늙은이가 말을 멈추고 흑산호일백위의 주검들이 추수 날 짚
단처럼 널브러져 있는 주위를 한 바퀴 둘러보았다. 이윽고 늙은
이의 송곳 같은 눈길이 다시 우낙에게 떨어져 내렸다.

 "……죽는다."

(2)

 새벽 나절 진눈깨비로 시작한 눈이 온종일 이어지다가 땅거
미가 깔린 무렵에는 한 치 앞을 내다보기 힘든 자욱한 눈보라로
바뀌었다.

 사방에서 들리는 소리라고는 짐승이 울부짖는 듯한 바람 소
리뿐이요, 둘러봐도 보이는 것이라고는 유령처럼 희끗희끗한
눈 그림자뿐이라. 외방에 볼일이 있는 사람들은 속을 태우면서
도 험한 날씨 속으로 쉽사리 발을 내딛지 못했다. 정히 급한 이
는 삿갓과 도롱이에 설피까지 갖춘 연후에야 겨우 대문 나설 용
기를 낼 지경이었다. 하지만 쌓인 눈의 높이가 무릎을 훌쩍 넘
긴 저녁 무렵에 이르러서는 그마저도 불가한 일이 되어 버렸다.
해 구경이라고는 낱알만큼도 할 수 없었던 그날, 인간의 일상은
눈에 완전히 함락당한 것 같았다.

 호북성 동남쪽.

 동가촌童家村과 오씨방吳氏坊이라는 이름의 두 집성촌 사이에
가로놓인 야트막한 언덕 꼭대기에는 제법 규모가 큰 토지묘土地廟
한 채가 자리 잡고 있었다. 며칠째 기승을 부리는 한파에다 눈
보라까지 이리 몰아치니 인적이 뚝 끊기는 것이 정상일 텐데,

벽돌로 쌓아 지은 낡은 묘당 안은 오늘 하루 무슨 연유인지 사람들로 북적거리고 있었다.

대체로 토지묘가 붐비는 시기는 봄가을 두 번 치르는 사일社日 (토지신에게 제사를 지내는 날. 입춘과 입추 후 두 달쯤 뒤)을 전후해서였다. 하나 지금은 동지를 이틀 앞둔 한겨울, 가을 제사를 끝낸 지도 오래였다. 그런 만큼 인가로부터 외떨어진 토지묘에 이처럼 사람들이 들어차 있는 것은 확실히 예사로운 일이라고 보기 힘들었다.

높고 튼튼한 들보로 지붕을 받친 토지묘 안.

입아귀의 둘레가 한 아름이 넘는 커다란 무쇠 화로 네 개가 뜨거운 열기를 쉴 새 없이 뿜어내는 덕분에 묘당 바깥의 동토설원凍土雪原에서는 찾아볼 수 없는 봄날 같은 훈훈함이 감돌고 있었다. 그중 한 화로 위에 설치된 간이 화덕에서는 배를 가른 돼지 한 마리가 통째로 구워지고 있었다. 치이익, 치이익. 돼지기름이 불꽃에 떨어질 때마다 피어오른 누릿한 연기가 묘당의 천장을 자욱하게 물들이고 있었다.

"고놈 참 잘 익었다."

통돼지의 어깨 살 깊숙이 찔러 넣은 꼬챙이를 뽑아낸 말상의 노인이 그 끝에 붙어 나온 살점을 앞니로 닥닥 긁어 먹더니 만족한 얼굴로 히죽 웃었다.

"다 익었으면 여기 두 덩이만 덜게."

곁에서 그 모습을 보고 있던 등 굽은 노인이 손부채만 한 크기의 널빤지를 말상 노인에게 내밀었다.

"왜, 검주께 올리려고?"

말상 노인이 통돼지의 목덜미에 대고 슥슥 칼질을 하며 물었다. 등 굽은 노인이 어두운 얼굴로 대답했다.

"잊었는가. 소주께서는 다시 세상에 나오신 뒤로 육식을 하지 않으신다네."

"참, 그랬지. 그럼 누구 주려고?"

"이런 날씨에 벽과 천장을 빌렸으니 숙박비는 내는 것이 도리가 아니겠는가."

통돼지의 목덜미에서 잘 익은 고기 두 덩이를 잘라 낸 말상 노인이 칼질을 멈추고 혀를 찼다.

"사람 먹을 것도 아닌데 괜히 목살로 잘랐네. 이럴 줄 알았으면 엉덩이 살로 할걸."

말상 노인의 후회 섞인 푸념을 뒤로한 채 등 굽은 노인은 고기를 얹은 널빤지를 들고 입구 반대쪽에 설치된 제단을 향해 걸음을 옮겼다. 제단 뒷벽에 나란히 앉아 있는, 이 토지묘의 주인인 토지야土地爺와 토지파土地婆의 영정 앞에 숙박비를 바치기 위해서였다. 먹음직스러운 돼지고기가 공물로 올라왔음에도 토지야와 토지파는 여전히 뚱해 보였다. 가을 제사의 잔재인 듯한 닭털이며 종이 비단 들을 덕지덕지 붙이고 있는 그들의 모습에서는 단 한 톨의 신성도 찾아보기 힘들었다. 그럼에도 공물을 바치고 그 앞에 허리를 조아리는 등 굽은 노인, 한자고의 행동은 지극히 경건해 보였다.

'도관에서 오래 살아 그런가, 하는 짓이 꼭 도사 같네.'

돼지기름이 번질거리는 칼등을 핥으며 한자고의 뒷모습을 지켜보던 말상 노인이 제단 앞에 등을 돌린 채 앉아 있는 사람에게로 시선을 옮겼다. 남자든 여자든 늙은이들로만 가득한 이 묘당 안에서 유일하게 젊은이라고 부를 만한 사람이었다. 하지만 그 젊은이는 예사 젊은이가 아니었다. 엄청나게 큰 젊은이였고, 엄청나게 마른 젊은이였으며, 엄청나게 늙은 젊은이였다.

'엄청나게 늙은 젊은이?'

말상 노인, 양각천마 최당은 방금 머릿속에 떠올린 마지막 표현을 곱씹다가 고개를 절레절레 흔들고 말았다. 자연이 청춘에게 부여해 준 모든 특권—미덕은 물론이거니와 악덕까지도—을 깡그리 잃어버린 젊은이를 과연 젊은이라고 불러도 되는지 회의가 일었기 때문이다. 그러나 한 가지, 젊은이라고 부를 수 있든 없든 간에, 엄청나게 강한 인간이라는 점만은 분명했다. 그도 그럴 것이, 태행산의 세 마리 이무기를 칼질 세 번으로 죽여 버릴 수 있는 자가 천하에 몇이나 되겠는가 말이다.

최당이 어젯밤에 벌어진 피비린내 나는 학살극을 되새기며 잠시 망연해할 때, 그의 옆으로 다가온 누군가가 앙상한 손을 뻗어 돼지의 코를 대뜸 뜯어 갔다.

"그건 내가 아까부터 찍어 놓은…… 어어, 방 매였어? 먹어, 먹어. 식기 전에 어서."

펄쩍 뛰던 최당이 곧바로 안색을 바꾸며 꼬리를 내렸다. 아무리 먹음직스러운 돼지 콧등 살이라도 혈랑의 형제들 중 가장 고약하고 악랄하다고 알려진 여자와 다툴 만큼 가치 있지는 않았던 것이다.

뜯어 간 콧등 살을 입에 욱여넣고 우물거리던 노파가 최당에게 눈길을 돌렸다. 축 늘어진 눈까풀에 반쯤 덮인 회색 동공이 칼끝처럼 최당의 눈을 찔러 왔다.

"왜? 아, 싱겁구나? 육즙 빠지지 말라고 간을 많이 안 쳤거든. 소금 좀 줄까?"

제 풀에 켕겨 너스레를 떠는 최당에게 늙은 여자, 방발분方發憤이 물었다.

"검주는 왜 육식을 끊었지?"

"나도 잘 몰라. 소림에 오래 있다 보니 중 흉내라도 내고 싶은가 보지. 에그, 저 나이엔 그저 고기가 최곤데. 저 비쩍 곯은 손 좀 보라고."

제단 앞에 앉은 젊은이 같지 않은 젊은이, 검주를 힐끔 돌아본 방발분이 검보라색 입술을 심술궂게 비죽거렸다.

"못 먹어서 마른 손 같지는 않군."

"하긴……."

그건 그랬다. 뭘 못 먹었다고 해서 왼손 하나만 저렇게 졸아붙는 일은 없을 테니 말이다.

생각 같아서는 직접 찾아가서 손이 왜 그 모양이 됐냐고 묻고 싶은데, 분위기가 영 아니었다. 전령답게 오지랖 넓고 넉살도 좋은 최당이지만 검주 앞에만 서면 이상하게 입술이 떨어지지 않았다. 큰마음 먹고 올려다본 검주의 눈은, 뭐랄까, 다른 세상으로 뚫려 있는 창문처럼 그의 사고와 말문을 동시에 얼어붙게 만들었다. 인간의 육신을 가졌으되 그 안에는 인간을 초월한, 혹은 인간에서 추락한 전혀 다른 존재가 들어 있는 것 같았다. 최당의 눈에 비친 혈랑검주 석대원은 그런 존재였다.

'그토록 긴 세월을 기다려 온 주인이 사람 냄새라고는 눈곱만치도 풍기지 않는 자라니, 우리 늙은이들의 팔자도 참으로 기구하구나.'

그때 석대원이 앉아 있던 몸을 슥 일으켜 세웠다. 묘당의 높은 천장을 갑갑하게 만드는 장대한 신형이 사람들을 향해 천천히 돌아섰다. 혈랑곡주의 상징과도 같은 붉은 장포 위에 떠 있는 파리한 얼굴이 믿을 수 없을 만큼 무감해 보였다.

"왕 노인이 오고 있소."

석대원이 말했다. 최당은 흠칫하며 문가를 돌아보았다.

'왕가가 온다고?'

본래 호북으로 온 혈랑의 형제들은 모두 오십 명이었는데, 검주의 지시하에 세 패로 나뉘어 세 방향으로 일을 나갔다. 고약장수 하후봉도가 첫 번째 패의 주장이요, 대장장이 왕구연王九淵이 두 번째 패의 주장이며, 돌팔이 시술사 수여쟁壽與錚이 세 번째 패의 주장이었다. 최당과 방발분을 포함, 이 묘당에 모인 십여 명은 첫 번째 패의 구성원들이었다. 태행산 녹림도들을 맡은 첫 번째 패는 일찌감치 일을 끝내고 집결 장소인 이 토지묘에서 휴식을 취하는 중이었다. 반면에 다른 두 패는…….

'바람 소리밖에 안 들리는구먼, 오기는 누가 온다고……. 음?'

묘당 바깥의 동정에 귀를 기울이던 최당이 어느 순간 볼품없는 눈썹을 쫑긋거렸다. 음산하게 아우성치는 눈바람 소리 뒤편으로 어떤 이질적인 소리가 들려왔기 때문이다. 쇠붙이들끼리 부딪치는 듯한 그 소리가 최당의 발길을 문 쪽으로 향하게 만들었다.

화우우웅.

맞바람을 버텨 내며 문을 힘겹게 열자 눈가루를 머리에 쓴 매서운 삭풍이 점령군처럼 도도하게 밀려들어 왔다. 삭풍을 피해 잠시 고개를 돌린 최당이 다시 바깥을 쳐다보았다. 자욱한 눈보라를 뚫고 묘당 쪽으로 다가오는 한 무리의 붉은 그림자들이 그의 시야에 들어왔다. 그들의 선두에 선 밤송이 수염의 대머리 노인은, 아흔아홉 명으로 구성된 혈랑곡도 중에서도 무공이 특히 고강한 '다섯 개의 이빨[五大狼牙]'에 속하는 취설천월吹雪穿月 왕구연이었다.

왕구연은 굵은 밧줄을 어깨에 짊어지고 있었는데, 그가 쌓인 눈을 헤치며 걸음을 내디딜 때마다 밧줄에 주렁주렁 매달린 쇠붙이들이 눈밭 위로 끌리며 쩔그렁거리는 소리를 내고 있었다.

"여어! 고생들 했네. 어서 들어오게."

최당이 양팔을 벌려 동료들을 환영해 주었다.

"우리가 늦은 건가?"

왕구연의 질문에 최당이 고개를 저었다.

"많이 늦은 건 아니지. 고자 놈은 아직이니까."

"수가 놈 덕분에 꼴찌는 면했군."

중얼거리며 묘당 안으로 들어선 왕구연이 어깨에 짊어지고 있던 굵은 밧줄을 최당에게 넘긴 뒤, 제단 앞에 서 있는 검주에게 성큼성큼 걸어가 김이 모락모락 피어나는 대머리를 깊이 숙였다.

"다녀왔습니다."

검주가 물었다.

"일은 어찌 되었소?"

왕구연은 뒤춤에 차고 있던 가죽 주머니를 끌러 검주의 발치에 내려놓았다. 아랫부분이 흑갈색 얼룩으로 흥건히 물든 탓에 불길한 냄새를 폴폴 풍기는 가죽 주머니였다.

"명하신 대로 백인장주百刃莊主 효락검曉落劍 마부화馬浮華를 죽이고 그가 이끄는 오십 자루의 검을 부러뜨렸습니다."

왕구연의 패가 맡은 임무는 점창파의 속가로서 건정회에 합류하기 위해 옥천관으로 이동 중인 백인장의 장주와 그 휘하의 검객 쉰 명을 멸살하는 것이었다.

"끌고 온 물건이 그 검들이오?"

검주가 묻자 왕구연이 두툼한 입술을 길쭉이 잡아 늘였다.

"흐흐, 저처럼 좋은 쇠들을 구하기란 쉬운 일이 아니니까요. 다만, 세 자루는 손잡이까지 완전히 부서진 탓에 가져오지 못했습니다."

그게 못내 아쉽다는 듯 왕구연이 입맛을 다셨다.

최당은 밧줄에 매달린 검 한 자루를 들어 살펴보았다. 검봉 부분이 부러져 나간 검배劍背의 밑동에는 '이십육인二十六刃'이라는 글자가 전자체로 새겨져 있었다. 필시 백인장의 일백 검객 중 스물여섯 번째 서열을 차지하고 있던 자가 사용하던 검이리라. 적 주장의 수급이야 받은 명이 있으니 가져와야 한다고 쳐도, 이 악천후에 졸개들이 사용하는 검까지 모두 묶어서 끌고 온다는 것은 정상적인 머리로는 상상하기 힘든 일이 아닐 수 없었다.

'알뜰하기도 하지. 누가 대장장이 아니랄까 봐.'

최당이 실소할 때, 검주가 왕구연에게 다시 물었다.

"우리 쪽의 피해는 없었소?"

"형제 넷이 다쳤지만 검주께서 염려하실 정도는 아닙니다."

그러나 굳이 이 말이 없었더라도 검주가 염려하는 일은 생기지 않았을 것임을 최당은 알았다. 누군가에게 감정을 나눠 주는 법 자체를 잊어버린 사람 같았으니까. 그래서인지 검주의 입에서 흘러나온 치사致辭는 준비해 놓은 대본을 읽어 가듯 형식적이고 건조하게 들렸다.

"수고했소. 술과 음식이 준비되어 있으니 편히 쉬도록 하시오."

왕구연이 돌아오자 최당이 부산을 떨었다.

"어서 이리들 앉으라고. 어이, 불가 자리 좀 비켜 줘."

휴식이라면 오늘 하루 누릴 만큼 누린 최당 등이 왕구연과 그가 이끌고 온 이십여 명의 동료들에게 술과 고기를 가져다주었다. 왁자한 분위기가 토지묘 안에 온기처럼 차올랐다.

다음 손님이 찾아온 것은 왕구연의 뻣뻣한 수염을 적신 눈가루가 채 마르기도 전이었다.

"검주를 뵙습니다."

머리카락끼리 동여매 한 덩이로 만든 아홉 개의 수급을 망태기처럼 척 둘러메고 나타난 사람은 탑삭부리 왕구연과는 딴판으로 목탁처럼 매끈매끈한 하관을 가진 초로인이었다. 엄공閹公수여쟁. 별호처럼 붙은 '엄공'이란 내시를 만드는 기술자를 가리키는 말이었다. 원래 엄공이 되기 위해서는 나라로부터 정식 허가를 받아야 하지만 지금은 소위 환관천하인지라, 숫자가 한정된 정식 엄공들만으로는 내시가 되고자 하는 자들의 수요를 감당할 수 없는 것이 웃지 못할 현실이었다. 자연히 허가 없이 시술을 하는 돌팔이 시술사들이 속속 생겨나게 되었는데, 수여쟁도 그들 중 하나였다. 그러나 오늘 수여쟁이 한 일은 엄공 본연의 일, 망치와 작은 칼을 사용해 사내로부터 남성성을 제거하는 일보다 조금 더 과격한 것이었다.

검주의 발치에 아홉 개의 수급 뭉치를 내려놓은 수여쟁이 팽팽히 당겨진 현 소리처럼 새된 목소리로 말했다.

"은도회銀刀會의 회주 함룡도陷龍刀 이왕李旺과 그가 데려온 여덟 의형제들의 수급입니다."

은도회는 감숙에서 명성을 떨치는 방회였다. 수급의 수를 다 합쳐야 아홉밖에 되지 않았지만, 이름값으로 보자면 왕구연이 부러뜨린 백인장의 오십 자루 검들보다 오히려 비쌌다. 그래서일까? 최초의 사망자가 나왔다.

"우리 측의 피해는 없었소?"

검주의 질문에 딸려 나온 수여쟁의 보고는 비통으로 가늘게 떨리고 있었다.

"음파파陰婆婆가 죽었습니다. 두 다리가 잘리고 아랫배가 갈라져 회생이 불가능해 보였습니다. 그래서 속하가 목숨을 끊어 주었습니다."

음파파는 칠팔 년 전에 혈랑곡도로 합류한 초로의 여자였다. 비각의 강호 공작 과정에서 모종의 사건에 휘말려 비영들에게 살해된 남편의 복수를 하려는 것이 그녀가 품은 여생餘生의 목표였다. 하지만 포한으로 똘똘 뭉친 그 섬뜩한 목표와는 별개로 그녀는 밝고 쾌활한 웃음을 가진 수더분한 아낙이었다. 그녀는 다섯 가지 술을 빛깔 좋게 내릴 줄 알았고, 고추와 마늘이 듬뿍 들어간 매운 탕국도 맛있게 끓일 줄 알았다. 그리고 그녀가 무기로 사용하는 아홉 대의 자수바늘은 사람만 잘 죽이는 게 아니라 고운 수도 잘 놓았다.

최당은 부지불식간에 축축해진 눈으로 자신이 신고 있는 검은 가죽신의 신발코를 내려다보았다. 그곳에 은실로 반짝이는 말 머리 모양의 자수도 바로 음파파의 솜씨였다. 그의 얼굴이 납빛으로 침중해졌고, 묘당 안에 모인 모든 이들도 그러했다. 오직 한 사람, 인간의 생사마저도 초탈한 듯한 저 검주를 제외하고는.

검주가 건조하게 말했다.

"수고했소. 쉬시오."

결원이 생겼다 해도 오십 명 가까운 사람이 모인 자리였다. 토지묘가 비록 넓다 한들 부대끼지 않을 도리가 없었다. 하지만 혈랑의 형제들은 별다른 불평 없이 각자의 자리를 조금씩 좁혔고, 먼저 간 누이의 명복을 빌며 조용히 술과 음식을 먹었다. 그러는 가운데 밤이 깊어졌다.

"쯧, 한 마리 더 잡아올 걸 그랬나."

돼지고기가 동이 나자 고기를 잘라 주던 최당은 할 일이 없어졌다. 주위를 두리번거리던 그는 자신 몫으로 남겨 둔 돼지 귀와—콧등 살만큼이나 그가 좋아하는 부위였다— 황주가 가득 담긴 사발을 양손에 들고 묘당 한쪽으로 자리를 옮겼다. 어제오늘 세 군데에서 펼쳐진 혈랑곡의 첫 번째 행사에 각각 주장을 맡았던 고약장수와 대장장이와 돌팔이 시술사가 둥글게 모여 앉아 이야기를 나누고 있는 곳이었다. 싸움 재주가 떨어지는 최당은 그들처럼 오대낭아에 속하지는 못했지만, 천하에서 가장 빠른 전령이라는 점만으로도 그들과 어깨를 나란히 할 자격이 있다고 믿었다.

"마침 잘 왔네. 묻고 싶은 게 있었어."

대장장이 왕구연이 최당을 돌아보며 물었다.

"방금 하후 형이 한 말로는 검주께서 내일 새벽 옥천관을 친다고 하셨다는데, 그게 정말인가?"

"정말이네."

최당이 긴 목을 주억거리자 왕구연이 털벌레처럼 두꺼운 눈썹을 일그러뜨렸다.

"황서계에서 얻은 정보에 의하면 옥천관에는 관부에서 나온 사람도 있다지 않은가. 설마 그들도 백인장이나 은도회처럼 쳐 버리시겠다는 건 아니겠지?"

"난 잘 모르네. 무릎 꿇고 영접하지 않으면 죽이시겠다는 말씀만 들었을 뿐이니."

"무릎을 꿇어? 관부의 나리들이 강호인에게? 허허."

왕구연이 어이없다는 듯 헛웃음을 흘리자, 곁에서 목과 등허리를 동그랗게 말고 있던 돌팔이 시술사 수여쟁이 새된 목소리로 중얼거렸다.

"그것도 보통 관부가 아니라 동창이지. 환복천자의 위세를 등에 업은 자들이 일개 강호의 무부 앞에 스스로 무릎을 꿇는 일은 절대로 없을 걸세."

그러자 하후봉도가 입술에 댄 술잔을 떼며 조용히 말했다.

"그렇다면 그들은 죽을 거요."

왕구연과 수여쟁의 눈길이 하후봉도를 향했다.

"나는 어젯밤 검주의 검법을 보았소. 태행삼신을 죽이는 데 숨 한 번 쉴 시간도 걸리지 않더구려. 그 자리에 태행삼신이 아니라 우리 셋이 있었더라도 결과는 크게 달라지지 않았을 거요."

하후봉도가 고개를 작게 흔든 뒤 짧게 덧붙였다.

"검주의 검법은 '천하제일'이오."

누구보다 신중한 고약장수가 내린 이 단정이 침묵을 불러왔다. 그 침묵 속에서 최당은 어젯밤 최초로 목격한 검주의 신위를 떠올려 보았다. 그는 검객도 아니고 사람을 죽이는 재주도 모자란 탓에 검주가 펼친 검법이 얼마나 대단한지는 실감하지 못했다. 그러나 십몇 장의 거리를 단숨에 없애며 태행삼신에게 접근하는 검주의 몸놀림만큼은 그를 경악에 빠트리기에 충분했다.

양각천마 최당은 자타가 인정하는 신법의 대가였다. 주어진 거리를 얼마나 빠른 시간 안에 이동할 수 있느냐가 그가 알고 있는 모든 신법의 가장 중요한 과제요, 요체였다. 그러나 어젯밤에 그가 목격한 검주는…….

긴 목을 뽑아 올려 저 멀리 제단 앞에 등을 돌리고 앉아 있는 검주를 일별한 최당은 이맛살을 찌푸렸다.

'검주에게는 주어진 거리란 게 아예 없는 것 같았지. 시간도 그렇고. 마치 거리와 시간이 그의 뜻대로 움직여 주는 것 같았어.'

만일 어젯밤 이전에 누군가 최당에게 이런 소리를 했다면,

최당은 미친 소리 하지 말라고 화를 냈을지도 모른다. 자신이 수십 년간 익히고 펼쳐 온 신법의 근간을 부정하는 소리임이 분명하니까. 그러나 검주가 그 미친 소리를 현실에서 몸소 보여주었다. 그것을 어떻게 받아들여야 할지, 최당은 머리가 아프기 시작했다.

신법 대가의 번민을 알 리 없는 돌팔이 시술사가 작은 헛기침으로 잠시의 침묵을 깨트렸다.

"흠, 검주의 검이 그리 강하다니 반가운 일인 것은 분명하지. 하지만 그것과 동창을 적대하는 것은 전혀 다른 문제라네. 동창은 왕진의 수족이라네. 왕진은 제 손발에 난 상처를 보고 웃어넘길 만큼 너그러운 자가 아니지. 이 말인즉, 동창을 잘못 건드리면 제국 전체를 적으로 돌려세울 수도 있다는 뜻일세. 운 노사부께서도 그 점을 경계하여, 이번 행사에 있어 쳐야 할 것과 치지 말아야 할 것을 구별함에 신중을 다하라고 당부하지 않으셨는가."

최당은 수여쟁이 동창에 대해 저토록 신경을 쓰는 이유를 잘 알고 있었다. 동창이 좌우로 두 명의 첩형을 두기 시작한 것은 왕진이 제독태감에 오른 뒤부터였다. 그전까지는 궁의 사정에 밝고 무공 또한 고강한 한 사람의 환관이 첩형 자리에 앉아 제독태감을 보필하며 동창을 지휘하였는데, 그 마지막 첩형이 바로 저 수여쟁이었던 것이다. 한때는 무소불위의 권력을 휘두르던 그가 어쩌다 자금성에서 추방되어 남의 눈을 피해 불알이나까 주며 연명하는 처지로 전락하였는지는 알려지지 않았다. 내막을 아는 사람이라면 수여쟁 본인과 그를 혈랑곡도로 끌어들인 운 노사부 그리고 전대 검주인 혈랑곡주 정도일 텐데, 한 사람은 죽고 두 사람은 조가비처럼 입을 다물고 있으니 오지랖 넓은 최당이라도 알 도리가 없었다.

"이러고 있을 때가 아니군."

수여쟁이 동그랗게 만 몸을 펴고 자리에서 일어섰다. 주위에 둘러앉아 있던 세 사람이 그를 올려다보았다.

"검주께 내일 행사에 대해 재고하시라고 말씀드려야겠네."

수여쟁과 같은 마음인 듯 왕구연도 몸을 일으켰지만, 하후봉도는 그대로 앉아 있었다. 수여쟁이 하후봉도에게 물었다.

"하후 형은 안 갈 건가?"

하후봉도가 빈 잔에 황주를 채우며 말했다.

"내 관심은 두 가지뿐이오. 호신강기를 완성한 자와 겨루는 것과 과거에 입은 구명의 은혜를 갚는 것. 그 두 가지에 해당되는 일이 아니면 관심 없소."

"알았네."

하후봉도의 성정을 모르지 않는 수여쟁이 선선히 포기하고 왕구연과 함께 제단 앞에 등을 돌리고 앉아 있는 검주에게로 걸음을 옮겼다.

'두 개의 이빨이 늑대 본체에 과연 박혀 들려나?'

호기심이 동한 최당은 두 사람의 뒤를 쫓았다.

검주의 앉은키는 작달막한 수여쟁의 선키만큼이나 컸다. 그 등에 대고 수여쟁이 공손히 말했다.

"드릴 말씀이 있습니다."

검주는 고개를 돌리지도 않고 대답했다.

"이미 들었소."

북적거리는 묘당 구석에서 수군거린 그들의 대화를 반대쪽 벽 앞에서 들었다는 것은 놀랄 만한 일이나, 요란한 눈바람 속에서도 이곳으로 다가오는 사람들의 기척을 누구보다 빨리 알아차린 고수이니 이해 못 할 일은 아니었다.

수여쟁이 말했다.

"들리는 소리와 들려 드리는 간언이 같지 않기에 이리 찾아
온 것입니다."

전직 환관다운 교묘한 언변에 검주는 대꾸하지 않았다. 그것
을 승낙의 의미로 받아들인 듯, 수여쟁이 다시 입을 열었다.

"내일 옥천관에서 무릎을 꿇고 영접하지 않는 자는 죽이겠다
는 말씀, 진심이십니까?"

"대답은 하후 노인이 이미 했소."

말대로 따르면 살려 주고, 아니면 죽인다. 검주의 의지는 확
고해 보였다. 수여쟁과 왕구연의 뒷전에서 쭈뼛거리던 최당이
용기를 내어 입을 열었다.

"건정회는 강북 백도의 연맹이나 다름없는 집단입니다. 무당
파의 장문진인을 포함해 아미, 점창 등 명문의 장로들이 잔뜩
모여 있다고 하지요. 명예를 목숨처럼 숭상하는 그들의 무릎은
강철보다도 뻣뻣할 겁니다. 거기에 대내에서 가장 힘이 강한 동
창까지 가세해 있다면……."

수여쟁이 최당의 말끝을 이어받았다.

"동창을 건드리면 왕진이 가만있지 않을 겁니다. 이는 제국
의 모든 화살을 우리 형제들이 감당해야 할지도 모른다는 뜻입
니다. 이 점을 알고 계십니까, 검주?"

"알고 있소."

대답과 함께 검주가 몸을 일으켰다. 최당의 눈이 휘둥그레
졌다. 매번 이랬다. 소림을 나와서 이곳까지 이르는 동안 한두
번 마주한 사이가 아님에도, 이리 가까운 곳에서 올려다보니 정
말로 입이 딱 벌어지게 만드는 거구라 아니할 수 없었다.

그 거구가 세 사람을 향해 천천히 돌아섰다. 고개를 꺾어 올려다보게 만드는 저 위쪽, 수척한 얼굴에 자리 잡은 두 개의 무심한 눈이 세 사람을 오연하게 굽어보았다. 그 눈길을 받은 왕구연이 고개를 슬며시 트는 것을 보며 최당은 내심 혀를 찼다. 취설창吹雪槍과 천월창穿月槍이라는 두 가지 창법으로 쟁쟁한 명성을 떨치다 정난의 치 때 남경의 호족들과 더불어 멸문당한 철창왕가鐵槍王家의 유일한 후예가 서른 살도 안 된 애송이의 기파에 저리 쉽게 굴복당한다는 사실이 왠지 안타까웠기 때문이다.

　하지만 수여쟁은 달랐다. 그의 공력이 왕구연의 것보다 딱히 윗길은 아닐 텐데도, 검주의 소름 끼칠 만큼 무심한 시선을 악착같이 버텨 내는 것을 보면 그 심중의 절실함을 짐작할 수 있었다.

　"정녕 제국을 적으로 돌리실 작정입니까?"

　최당은 저 질문을 던지는 수여쟁의 목옆으로 퍼런 핏줄이 툭툭 돋아나는 것을 발견할 수 있었다. 그 모습을 잠시 내려다보던 검주가 입을 열었다.

　"그대들은 나를 따르기로 맹세했소."

　맹세했다, 그것도 두 번이나. 혈랑곡도가 되면서 한 번, 그리고 저 검주를 만나서 다시 한 번.

　검주가 말했다.

　"그렇다면 따르시오."

　그것으로 끝이었다. 세 사람에게서 몸을 돌린 검주가 다시 자리에 앉았다. 붉은 장포에 감싸인 검주의 넓은 등은 바닷가에 우뚝 선 절벽처럼 완강해 보였다. 부딪는 파도 따위는 그 발치에서 그저 스러질 따름이었다.

　하릴없이 발길을 돌리는 세 사람을 늙은 검동이 따라붙었다.

수여쟁이 불만 어린 눈으로 그를 돌아보았다.

"운 노사부께서 이 자리에 계셨다면 결코 허락하지 않으셨을 걸세."

"아마도 그러실 테지."

한자고가 선선히 동의하자 수여쟁이 목소리를 높였다.

"그런데도 어찌 저리 고집을 부리시는 건가? 한 자루 검으로써 천하의 대사를 모조리 해결할 수 있다고 믿으시는 것도 아닐 텐데."

잠시 침묵하던 한자고가 한숨을 쉰 뒤 말했다.

"소주께서는 그러실 작정이라네."

최당의 비롯한 사람들의 눈이 커졌다.

(3)

어제 하루 그토록 기승을 부리던 눈보라가 새아침과 함께 조금씩 누그러지기 시작했다. 점심 무렵이 되자 낮게 깔려 있던 눈구름도 남김없이 물러가, 밝은 태양이 새파란 겨울 하늘 높은 곳에 반가운 얼굴을 비췄다.

하지만 옥천관을 지키는 병사들의 고생은 그때부터가 시작이었다. 하루 동안 관내 곳곳에 허리 높이까지 쌓인 눈을 말끔히 치워 내는 일은 마흔일곱 명의 상주 인원에게 터무니없이 과한 탓이었다. 엎친 데 덮친 격이라고, 그들은 자신들의 열 배가 넘는 엄청난 숫자의 손님들을 맞이한 상황이었다. 손님들의 대부분은 민초요, 자신들은 관병이니 일손을 보태 달라 요구하고 싶은 마음이 굴뚝같았지만, 옥천관 참장參將의 관사를 떡하니 차지하고 앉은 한 사람이 그런 마음을 쏙 들어가게 만들었다.

민간에서보다는 관부에서 더욱 악명을 떨치는 동창의 좌첩형 조휘경.

그 두렵고도 대단한 인물이 옥천관의 임시 주인을 자처하며 손님들을 감싸고도는 마당이니, 온갖 허드렛일은 병사들의 몫으로 돌아갈 수밖에 없었던 것이다. 커다란 밀대로 눈을 치우며 쉴 새 없이 움직여야 하는 고충은 생판 남의 일인 양, '오랜만이오.', '별래무양하셨소.' 운운하며 한량처럼 어슬렁거리는 손님들을 볼 때마다 병사들의 이마에 잡힌 주름은 깊어질 수밖에 없었다.

하지만 진흙 속에서도 연꽃은 피는 법이라 했던가.

손님들 중에는 주인의 눈물겨운 노고를 외면하지 않는 군자 같은 손님도 있었다.

"원시안진, 수고가 많으시군요. 괜찮으시다면 빈도들이 거들어 드리겠습니다."

몽치 상투로 높이 잡아 올린 앞머리 때문에 가뜩이나 갸름한 얼굴이 더욱 길쭉해 보이는 중년의 도사가 젊은 도사 여남은 명을 데리고 눈 치우는 병사들에게 다가왔다. 그러나 도사들의 어깨 위로 삐죽 고개를 내민 고색창연한 검자루들을 일별한 병사들은 떨떠름한 얼굴이 되고 말았다.

병사들 중 조장을 맡은 자가 한 걸음 나서서 중년 도사에게 물었다.

"눈 치우는 일을 도와주시겠다고요?"

"그렇습니다."

"마음은 고맙지만 들어가 쉬십시오. 귀한 도포 자락 더럽히게 했다고 윗분들께 경치고 싶지는 않으니까요."

"빈도가 입고 있는 도포는 무당산 아래 포목점에서 삼백구십

문을 주고 지은 것입니다. 더러워진들 그리 아까울 것 없으니 시주께서는 안심하시기 바랍니다."

귀하다는 말을 곧이곧대로 받아들이는 중년 도사를, 조장은 '이놈 바보 아닌가?' 하는 눈으로 쳐다보았다. 중년 도사가 온화하게 웃으며 손을 내밀었다.

"그 밀대, 잠시 빌려 주시지요."

말이 끝난 순간, 조장이 쥐고 있던 밀대는 어느새 중년 도사의 오른손으로 넘어가 있었다. 조장이 갑자기 허전해진 손을 내려다보며 눈을 끔벅이는데, 중년 도사의 조화가 시작되었다.

퉁!

밀대를 가볍게 내리쳐 판면에 붙어 있던 눈덩이를 털어낸 중년 도사가 머리 위에서 한 바퀴 휘돌린 밀대의 자루를 왼손바닥으로 가볍게 누르며 전방으로 찔러 냈다. 반 치 두께의 송판을 두 겹으로 덧대어 만든 판면이 홍두깨로 밀어 놓은 밀가루 반죽처럼 구불구불 휘어지는가 싶더니, 그 전방에 쌓여 있던 눈들이 좌우로 쫙쫙 밀려나며 석 자 폭의 돌바닥을 드러냈다.

허리까지 찬 눈밭을 가르며 거침없이 전진하던 중년 도사가 어느 순간 뒷전에 서 있는 젊은 도사들을 돌아보며 말했다.

"이 기회에 너희들이 그간 수련한 공부를 시험해 보겠다. 내 뒤를 따라오며 삼청숭양공三淸崇陽功을 운기하여 양옆으로 쌓이는 눈을 녹이도록 해라."

"명을 받잡습니다."

그다음부터 병사들의 눈앞에 펼쳐진 것은, 너른 마당을 가득 메운 거대한 백색 뽕잎을 한 무리의 누에들이 맹렬히 갉아 먹고 지나가는 광경을 연상시켰다. 선두의 중년 도사가 갈라놓은 눈더미는 양옆으로 쌓이기가 무섭게 그 뒤를 따르는 여남은 젊은 도사들의 장력에 의해 녹아내렸다. 중년 도사가 밀대로 부리는 재주도 놀랍거니와 인간의 손바닥에서 나오는 후끈한 열기 앞에 단단한 눈 벽이 흐물흐물 무너져 내리는 모습 또한 보기 드문 장관인지라, 병사들은 잠시 동안 넋이 빠질 수밖에 없었다.

"수공修空, 너의 공력은 어째 순후하지가 않구나. 동자신童子身을 잃기라도 한 것이냐?"

중년 도사의 지적을 받은 젊은 도사 하나가 이를 악물고 쌍장을 휘둘러 댔다. 그럼으로써 점점 넓이를 넓혀 가는 돌바닥은 눈 녹은 물로 흥건해졌고, 누에들의 진군이 진행될수록 수위가 점점 차올라 나중에는 발목에서 찰랑거릴 지경까지 되었다. 오백 평도 더 되는 눈밭이 물바다로 바뀌는 데는 일 각도 채 걸리지 않았다.

"대충 마친 것 같습니다."

중년 도사가 조장에게 밀대를 내밀며 말했다. 자신이 바보처럼 입을 헤 벌리고 있다는 것도 자각하지 못한 조장이 밀대를 받으며 고개를 끄덕였다.

"그럼 빈도들은 물러가겠습니다. 원시안진."

점잖은 도호를 남기고 발길을 돌리는 이 중년 도사는 무당파 장문진인의 사제들 중 하나인 현청玄淸 도장이었다. 올해 쉰두 살로 본래는 무당오검의 넷째였으나, 작년 가을 곡리에서 둘째 현수 도장과 막내 현송 도장이 고검 제갈휘의 검 아래 목숨을 잃은 뒤 이제는 셋만 남은 무당오검의 막내가 된 인물이기도 했다. 신무전의 신임 전주 즉위식에 참가하는 장문진인을 배행하기 위해 올가을 산문을 나선 그가 이만 복귀해도 좋다는 장문진인의 권유에도 불구하고 이 옥천관까지 따라나선 이유는 오직 하나, 고검 제갈휘를 만나기 위해서였다.

현청 도장으로 말할 것 같으면 각각이 개성 넘치는 무당오검 중에서도 가장 진도眞道에 가까운 인물이었다. 생사에 담백하고 은원을 가벼이 여기는 그이기에 사형과 사제의 복수를 하겠다는 마음 같은 것은 품지 않았다. 그런 그를 움직이게 만든 것은, 장강에 파견 나갔다가 돌아온 무당오검의 첫째 현유 도장의 갑작스러운 폐관이었다. 제갈휘가 피워 낸 한 송이 매화꽃으로부터 지혜의 검[慧劍]으로 나아가는 실마리를 발견했다는 사형의 한마디에, 그는 일평생 속되다 치부해 온 호기심에 자신의 어깨가 자발없이 움찔거리고 있음을 깨달았다. 그것은 제갈휘의 천외일매를 꺾어 보겠다는 호승심이 아닌, 말 그대로의 순수한 호기심이었다. 무당파가 자랑하는 태극의 검리는 십 년 전에 이미 터득한 그였다. 그것을 십 년간 부단히 궁구함으로써 인간이 이를 수 있는 검의 종착을 밟았노라 만족한 그였다.

한데 그게 아니라니?

더 나아갈 세상이 있다니?

현청 도장은 제갈휘를 직접 만나 자신이 접하지 못한 미지의 세상을 확인해 보고 싶었다. 설령 그것이 죽음에 이르는 사로死路일지라도, 그는 개의치 않았다. 그래서 온 것이다. 그는 하루 남은 동짓날이, 제갈휘와 만나는 바로 그날이 한시바삐 오기를 바라고 있었다.

"작은 점 하나 큰 마음을 움직이니 늙은 소 흐릿한 눈을 뜨네 [一點動滿心 盲牛開眩目]."

지금의 심정을 그대로 옮긴 듯한 경전 한 구절을 입속으로 읊으며 늦은 점심을 해결하기 위해 걸음을 옮기는 현청 도장을 향해 젊은 도사 한 사람이 달려왔다. 현청 도장에게는 사질 되는 사람으로서 무당파의 다음 대 장문진인으로 내정된 수결修缺이었다.

"여기 계셨군요. 한참을 찾아다녔습니다."

동문의 사질이 사숙을 찾는 것이 별다른 일은 아니겠지만, 그 말을 하는 수결의 얼굴은 무척이나 다급하고 심각해 보였다. 수결의 침착한 성정을 잘 아는 현청 도장은 의아해하지 않을 수 없었다.

"무슨 일이라도 있느냐?"

현청 도장이 묻자 수결이 청수한 장년의 얼굴을 한층 더 굳히며 말했다.

"사부님께서 사숙을 모셔 오라 하셨습니다. 참장의 집무실에 다른 분들과 함께 기다리고 계십니다."

"다른 분이라면…… 동창의 좌첩형 말이냐?"

"그분도 물론 자리하고 계시지요."

현청 도장은 담백한 사람이라서 교언영색으로써 마음을 감추는 법을 배우지 못했다. 그래서 탐탁지 않은 속내가 얼굴에 그대로 드러났다. 무양문의 패도에 대항하여 건정회가 규합되고 그 회주 자리를 장문사형이 맡는 것까지는 넘어갈 수 있지만, 온 천하가 사갈시하는 동창의 인물들과 한 덩이로 움직여야 한다는 것은 마음에 영 내키지 않았다.

"나는 조 대인을 대하고 싶지 않구나. 돌아가서 적당한 말로 둘러대 주려무나."

그러고는 몸을 돌리려는데 수결의 다급한 목소리가 발길을 움켜잡았다.

"사숙, 지금은 그러실 때가 아닙니다."

"음?"

"반 시진쯤 전부터 관문 밖에 물건들이 배달되기 시작했습니다."

"물건? 무슨 물건?"

"그것이…… 원시안진, 인두人頭였습니다."

차마 입에 담기 힘들었는지 도호까지 끼워 넣은 수결의 말에 현청 도장의 가지런한 눈썹이 가운데로 모였다.

"인두라고?"

"한두 개가 아니었습니다. 게다가 그 면면이…….."

"면면이?"

"어제오늘 중으로 본 회에 합류하기로 예정된 명숙들의 것이 었습니다."

"뭐라!"

세 방면에서 출발한 인사들이 도착할 시각을 훌쩍 넘긴 것은 그저 어제 하루 온 세상을 뒤덮은 눈보라 탓이라고 여기던 현청 도장이었다. 그런데 그들이 몸뚱이를 잃은 신세로 옥천관 관문 앞에 짐짝처럼 배달되었다니!

"앞장서라."

수결을 앞세운 현청 도장은 사람들이 모여 있다는 참장의 집 무실을 향해 급히 걸음을 옮겼다.

중문中門을 틔워 넓게 만든 참장의 집무실로 현청 도장이 들 어섰을 때, 그곳에는 무당파 장문진인인 현학 진인을 비롯한 많 은 인사들이 자리하고 있었다.

"오, 사제가 왔군."

현학 진인이 오종종한 얼굴에 희미한 미소를 지으며 현청 도 장을 반겼다.

"기다리시게 하여 송구합니다. 관문 병사들의 노무가 과해 보여 잠시 거들어 주고 있었습니다."

그러자 현학 진인보다 오히려 상좌에 앉아 있던 흑포홍대黑袍紅帶 차림의 중년 남자가 합죽하게 튀어나온 하관 가득 히죽한 웃음을 머금으며 말했다.

"무당파의 드높은 공력이 무지렁이들이나 하는 잡일에 쓰이다니 아쉬운 일이오."

중년 남자가 쓴 검은 관모에는 네 겹의 은사가 둘려 있었다. 동창의 첩형 직급을 뜻하는 사중은지四重銀識였다. 현청 도장이 합죽한 얼굴의 중년 남자, 동창의 좌첩형에 더하여 정난칙사의 감투까지 쓰게 된 무류도 조휘경을 돌아보며 냉랭히 말했다.

"뜻하지 않은 손님 접대로 경황이 없는 이들입니다. 쉬는 손을 잠시 빌려 준다 하여 문제 될 것은 없겠지요."

"과연, 과연……."

길쭉한 눈을 둥글게 접으며 알쏭달쏭한 감탄사를 흘린 조휘경이 말을 이었다.

"자비로우신 도장의 말씀처럼 그런 것은 문제가 되지 않소. 문제는 바로 저자가 가져온 말이라고 할 수 있소. 지금 신문을 진행하는 중이니 좌정하고 경청하도록 하시오."

조휘경의 시선이 향한 말석에는 염소수염을 기른 초로인이 죄인처럼 어깨를 잔뜩 움츠리고 앉아 있었다. 그 초로인이 비각에서 나온 하급 비영 중 하나임을 알아보는 데에는 시간이 조금 필요했다. 귀문도 우낙. 화산파의 반도라는 전력 때문에라도 초로인을 바라보는 현청 도장의 시선은 그리 고울 수 없었다.

장문사형의 옆에 자리를 잡은 현청 도장이 작은 목소리로 물었다.

"인두가 배달되었다고 들었습니다만?"

현학 진인이 고개를 슬쩍 기울여 대답해 주었다.

"정오를 조금 넘긴 시각이라고 하더군. 관문 앞에 주머니 하나가 떨어져 있는 것을 병사들이 발견했다네. 그 안에는 인두 하나가 들어 있었는데, 병사들은 인두의 주인이 우리와 관련 있다는 생각은 하지 못하고 참장에게만 보고를 올렸지. 하지만 일 각 뒤 아홉 개의 인두들이 추가로 발견되었을 때에는 그들도 '이게 예사로운 살인 사건이 아니로구나!' 감을 잡았겠지. 참장은 곧바로 좌첩형이신 조 대인에게 보고를 올렸고, 조 대인께서는 나를 불러 확인을 부탁하셨네. 인두를 쌓아 놓은 곳으로 가서 확인해 보니, 처음에 당도한 것은 백인장 장주의 머리였고, 그다음으로 당도한 것들은 은도회의 회주와 그 의형제들의 머리였다네."

백인장은 사천의 터줏대감 격인 점창파의 속가 문파였고, 은도회는 감숙 강호에서 오랫동안 명성을 떨쳐 온 도객들의 모임이었다.

"누가 그런 대담한 짓을 저질렀단 말입니까?"

현학 진인은 사제의 이어진 질문에 곧바로 대답하는 대신 눈짓을 보냈다. 그의 눈짓이 향한 곳에는 동창의 좌첩형으로부터 신문을 받고 있는 귀문도 우낙의 금방이라도 흘러내릴 것 같은 얼굴이 있었다.

"세 번째로 당도한 건 인두만이 아니었네. 몸뚱이가 달린 살아 있는 사람이 세 개의 인두를 가지고 온 거지. 바로 저자라네."

현청 도장은 귀문도 우낙이 태행산에서 나온 녹림도들을 마중하는 임무를 띠고 옥천관을 출발했다는 사실을 기억해 냈다.

"하면 그 세 개의 인두가……?"

현학 진인이 고개를 끄덕였다.

"사제가 생각한 바로 그들이었지. 태행삼신."

"음."

현청 도장은 자신도 모르게 침음을 흘렸다.

사람들은 잘 모른다. 칠성노조 곽조가 신임하는 태행산의 세 불구자들이 상대하기에 얼마나 까다로운 인물들인지를. 하지만 현청 도장은 알고 있었다. 그들 셋이 힘을 합한다면, 무당오검 중에서도 첫째 현유 도장을 제외하면 누구에게도 윗자리를 양보하고 싶은 의향이 없는 자신이라도 승리를 장담하지 못하리라는 것을. 태행삼신이 익힌 무공들은 하나같이 사파의 괴공절학이라서 무당파가 자랑하는 수준 높은 정종 검법으로도 자신하기 힘들었다.

그러자 현청 도장의 마음속에서 조금 전의 의혹이 더욱 부풀어 올랐다.

대체 어떤 대살성大煞星이 이토록 엄청난 참극을 저질렀단 말인가!

의혹에 대한 해답은 조휘경과 우낙 사이의 문답에서 드러났다.

"그러니까…… 태행삼신과 흑산호일백위를 죽인 흉적들의 정체가 혈랑곡주와 그가 이끄는 무리라, 이 말이지?"

"그렇습니다."

이 순간 현청 도장의 눈이 휘둥그레졌다.

'혈랑곡주라고?'

곤륜지회가 열린 것은 까마득한 옛일이었고, 혈랑곡주는 그 속에 등장하는 전설적인 괴인이었다. 그런데 태행삼신을 죽인 자가 혈랑곡주라니? 어찌나 황당한지 잠시간 머리가 멍해졌다.

"저자가 방금 무슨 말을 한 겁니까?"

현청 도장이 묻자 현학 진인이 검지를 입술 위로 세웠다. 사형의 뜻을 알아들은 현청 도장은 입을 다문 채 조휘경과 우낙 사이에 오가는 문답에 신경을 곤두세웠다.

"그리고 그 혈랑곡주는 곤륜지회의 혈랑곡주 본인이 아니라 그 후예라고?"

"예! 이름은 석대원이라고 합니다. 나이가 젊고 덩치가 아주 크지요. 지난해에 한 번 마주친 적이 있어서 속하는 금세 알아볼 수 있었습니다."

"석대원, 석대원……."

얇은 눈구멍 사이에 가려져 윗부분과 아랫부분이 제대로 보이지 않는 조휘경의 동공이 왼쪽으로 움직였다.

"오 선생, 석대원이라면 비각에서 작성한 흑색 명부에 오른 자가 아니오?"

"이 대 혈랑곡주를 자처하는 자이기도 하지요. 좌첩형의 영민하신 기억력에 경탄하는 바입니다."

적절한 아부를 곁들여 조휘경의 질문에 답한 사람은 비각이 이번 행사를 위해 파견한 열두 명의 비영들 중 주장인 생사판 오이심吳二心이었다. 생사판을 향한 현청 도장의 눈초리가 슬쩍 찌푸려졌다. 하나의 심장 안에 인간을 살리는 의심醫心과 인간을 죽이는 독심毒心을 함께 품었다는 저 노괴는 백도인들이 꺼리는 대표적인 인물로 꼽혀 오고 있었다.

"흠, 그렇다면 완전 가짜는 아니겠군."

"실제로도 혈랑곡주의 절기 대부분을 물려받은 것으로 파악되었습니다."

생사판의 말이 채 끝나기도 전에 우낙이 겁에 질린 목소리로 부르짖었다.

"그자는 정말로 무섭습니다! 태행삼신이 그자의 검 아래 일 초씩도 버텨 내지 못했습니다!"

심중의 공포가 그대로 묻어나는 이 절박한 진술에 대해 중인 들이 보인 반응은 크게 두 가지였다. 콧방귀를 뀌거나 고개를 절레절레 젓는 것. 반응의 방식은 달라도 품고 있는 의미는 같았다. 현청 도장의 생각도 처음에는 그러했다.

'벌을 줄이기 위해 어처구니없는 소리를 지어내는군.'

조휘경이 의자의 팔걸이에 기대 놓은 무류도의 칼자루를 만지작거리며 말했다.

"좋아, 석대원이란 자가 귀관의 말대로 그렇게 무서운 고수라고 하세. 한데 그처럼 무서운 고수가 왜 귀관의 모가지는 뎅강 잘라 버리지 않고 이렇듯 붙여 둔 것인가? 태행삼신의 머리통을 본관에게 날라다 줄 인부를 구하지 못해서인가?"

"그, 그것만이 아닙니다."

"하면?"

"소관더러 마, 말을 전하라 하였습니다."

"오! 이제 보니 이 대 혈랑곡주의 사신으로 오신 분이셨군. 몰라뵈어 미안하네."

"잘못했습니다! 잘못했습니다! 용서해 주시옵소서!"

조휘경의 심성은 듣던 대로 잔인했다. 따지고 보면 저 우낙이란 자의 잘못이 아닌데도 좌첩형이라는 자리를 이용해 고양이가 피 흘리는 쥐를 어르듯 마음껏 희롱하고 있었다. 이는 권력을 가진 자들이 그러지 못한 자를 상대로 성풀이를 하는 방식이기도 했다.

"귀관의 잘못은 그것만이 아니지. 듣자 하니 사건이 벌어진 것은 그제 밤이라는데, 왜 지금에야 이곳으로 돌아온 거지? 어제 하루 어디서 무엇을 했나? 혹시 문책을 피하려 달아날 궁리를 한 것은 아닌가?"

사색이 된 우낙이 급히 변명을 늘어놓았다.

"혈랑곡도에 대항하여 싸우던 중 칼이 부러지고 내상도 입었습니다. 게다가 어제 하루는 눈보라가 너무 심해 제대로 움직일 수 없었습니다. 근처 농가의 창고에 숨어 하루를 보낸 뒤 오늘 아침 눈이 그친 뒤에야 복귀한 것입니다. 소관의 긴박했던 사정을 부디 헤아려 주십시오."

눈물까지 섞인 우낙의 변명에도 조휘경은 차갑게 코웃음을 칠 뿐이었다.

"관직에 있는 몸으로 그 무슨 추태냐. 여러 영웅들 앞에서 다시 못난 꼴을 보인다면 이 자리에서 죽여 버리겠다."

우낙의 울먹임이 칼로 자른 듯 그쳤다. 조휘경이 탁자에 깍지 껴 세운 두 손 위에 길쭉한 턱을 얹으며 말했다.

"자, 그럼 이제 그 석대원이라는 자가 우리에게 전하라는 말을 읊어 봐라."

우낙이 탁자 아래로 파묻은 고개를 들고 조휘경을 바라보았지만, 무슨 연유에서인지 쉽게 말문을 열지 못했다.

"어서."

조휘경이 낮게 으르렁거린 다음에야 우낙이 콧물 묻은 입술을 가까스로 떼어 놓았다.

"도, 동짓날 새벽별이 저무는 시각에 혀, 혀, 혈랑곡주께서 옥천관을 방문하실 것이다."

동짓날 새벽별이 저무는 시각이라면 지금으로부터 하루도 채 남지 않았다. 좌중들의 머리 위로 작은 술렁임이 잔털처럼 일어나기 시작했다. 그 조용한 동요 속으로 우낙의 생기 잃은 목소리가 음울하게 스며들었다.

"그곳에 있는 자들은 과, 관과 강호를 막론하고 무릎을 꿇고 혈랑곡주의 왕림을 맞이하여야 한다. 두 다리로 버티고 서 있는 자는 주, 주……."

차마 뒷말을 잇지 못한 우낙이 고개를 다시 떨구었다. 조휘경이 실눈을 날카롭게 빛내며 물었다.

"죽일 것이다?"

"……그렇습니다."

흐느낌처럼 새어 나온 우낙의 시인에 조휘경이 손등 위에 얹고 있던 고개를 뒤로 젖히며 대소를 터뜨렸다.

"으하하하! 광오함 하나만큼은 천하제일, 아니 고금제일인 자로다! 감히 만세야의 칙명으로 이 자리에 온 본관을 향해 그 같은 망언을 지껄이다니! 하하! 으하하하!"

이 기회에 백도의 뭇 군웅들 앞에서 자신의 존재를 드러내 보고 싶은 것이었을까? 공력이 실린 그의 웃음소리가 이어지자 사방이 진동하며 집무실 천장으로부터 허연 먼지가 눈처럼 떨어져 내렸다. 현청 도장이 눈살을 찌푸리며 고개를 피할 때, 옆자리에 앉은 현학 진인이 도호를 외웠다.

"원시안진, 태행삼신을 삼 검으로 죽여 버린 자라면 광망을 떨 만한 자격이 있겠지요."

나직하게 읊조린 이 한마디가 조휘경의 패도적인 웃음소리를 부드럽게 가르고 들어갔다. 꺼칠한 눈썹꼬리를 한차례 꿈틀거린 조휘경이 현학 진인을 바라보았다.

"설마 이 비루한 자의 말을 곧이곧대로 믿으시는 것은 아니겠지요?"

현학 진인이 쪼글쪼글한 입가에 노회한 미소를 떠올렸다.

"믿고 안 믿고를 떠나 내일은 중요한 행사가 있는 날이 아니겠소이까. 그 행사에 조금이라도 차질을 가져올 문제가 발생했다면, 조심하여 대비하는 것이 마땅하다 생각하오."

조휘경이 허리를 곧게 펴 올렸다.

"진인의 말씀대로 믿고 안 믿고는 나중 문제요. 본관은 강호의 무리 중에서 천자의 존귀하신 위엄에 대항하는 간 큰 자가 있다고는 생각하지 않소. 만에 하나 그런 미친 자가 있다면…….."

조휘경의 왼손이 무류도의 검집을 와락 움켜 당겼다.

"이 무류도가 정난칙사의 권한으로써 그자를 참할 것이오."

집무실 안으로 무거운 침묵이 내려앉았다. 현청 도장은 그 침묵의 의미를 자괴감으로 해석했다. 단독으로 맞서는 데 실패한 무양문을 관부를 등에 업고서라도 상대해 보려는 얕은 수작을 부린 스스로에 대한 자괴감. 그리하여 건정회는 직함만으로도 가소롭기 짝이 없는 정난칙사의 권위를 자청하여 인정한 꼴이 되었다. 관권官權으로부터 자유로웠던 강호에 스스로 족쇄를 채우고 말았다.

한참 만에야 입을 연 사람은 건정회 십팔대 공봉 중 수좌를 차지하고 있는 보은사의 주지, 적광 대사였다.

"하면 조 대인께서는 그 석대원이라는 자의 방문에 어찌 대응하려 하시오?"

대춧빛 얼굴 가득 특유의 신중함을 떠올리는 늙은 중을 향해 조휘경은 오만한 목소리로 대답했다.

"내일 새벽별이 저물 때 관문을 활짝 열고 그자를 맞이할 것이오. 그리고 황명을 거역하고 본관에게 무례를 범한 죄를 물어 사지를 자를 것이오. 그자의 사지를 휘장처럼 널어놓은 채 제갈휘를 맞이할 수 있다면 우리의 위세가 더욱 고양되지 않겠소?"

"오호라! 그 석대원이란 자는 제갈휘와 각별한 사이라고 하더이다. 진실로 그 말씀대로만 된다면 우리는 싸우기도 전에 제갈휘의 기세를 꺾어 놓을 수 있을 거외다."

손뼉까지 치며 추임새를 넣는 거구의 노인은 장강쌍절의 동생인 팔초편 위응호였다. 지난 구월 장강 전선에서 형 위응양을 잃은 그는 당시 무양문 측 주장이었던 제갈휘를 잡는 일이라면 없는 자식이라도 팔아치울 만큼 열을 올렸다.

위응호의 열렬한 호응은 또 다른 호응들을 불러왔다.

"그렇소! 놈은 곡리혈사 때에도 제갈휘와 함께 있었다고 하오."

"근묵자흑近墨者黑이라! 이놈이든 저놈이든 사특한 마두임에는 마찬가지요. 우리는 지난해 초 혈랑곡도들이 자행한 무도한 혈겁을 잊어서는 아니 될 것이오!"

이런 호응들을 즐기듯 실처럼 가늘게 뜬 눈으로 백도의 명숙들을 한 바퀴 휘둘러본 조휘경이 엄숙하게 말했다.

"정난칙사로서 말하겠소. 본관은 백도의 제 영웅들께서 천자의 위엄을 세우는 이번 일에 아낌없이 협조하시리라 믿고 싶소."

"아무렴요, 아무렴요. 다른 일도 아니고 천자의 위엄을 세우는 일인데 당연히 협조해야지요."

마지막으로 호응한 사람은 현학 진인이었다. 이 말과 함께 구부정한 허리를 콩콩 두드리며 노구를 일으키는 무당파의 장문진인을 조휘경이 힐끗 돌아보며 물었다.

"가시려고요?"

현학 진인은 조휘경을 향해 늙수그레한 웃음을 지어 보였다.

"결론이 이미 났는데 이 자리를 지키고 앉아 있어 봤자 달라지는 것이 무에 있겠소이까. 처소로 돌아가 천자의 위엄과 조 대인의 웅심을 가슴 깊이 새기면서 검이나 닦아 놔야겠소이다."

이 대답이 마음에 들었는지 조휘경이 고개를 크게 끄덕였다. 이어 말석에 좌불안석으로 있던 우낙을 손가락으로 똑바로 가리키더니, 등 뒤에 시립한 동창의 당두에게 지시를 내렸다.

"저 비루한 자를 당장 하옥시키도록 하라. 저자의 처결은 내일 연회가 파한 뒤 결정할 것이다."

"대인!"

우낙의 얼굴이 시커멓게 변했다.

그때 우낙의 맞은편 말석에서 있는 듯 없는 듯 조용히 앉아 있던 장년 남자 하나가 자리에서 일어서며 조휘경에게 말했다.

"비천한 쥐 한 마리가 존귀하신 칙사 대인께 드릴 청이 있사옵니다."

쥐를 자처한 장년 남자는, 실제로는 눈빛이 맑고 콧날이 우뚝해 쥐 족속과는 전혀 어울리지 않아 보였다. 현청 도장으로서는 초면이라고 할 수 있는 그 남자가 차분한 목소리로 말을 이었다.

"대인께서도 언급하셨거니와, 저희 비각에서는 석대원이라는 자의 동태에 촉각을 곤두세우고 있습니다. 그자 자체로도 요주의 인물인 데다 일전에 실종된 검왕 연벽제의 피붙이라는 점 때문에 더더욱 그렇습니다."

남자의 입에서 천하제일 검객의 명호가 나오자 조휘경의 미간에 깊은 주름이 생겨났다. 조휘경은 꼿꼿하게 세운 등을 의자의 등받이에 실으며 물었다.

"그래서?"

쥐라는 남자의 시선이 맞은편에서 사색으로 와들거리는 우낙의 얼굴을 훑고 지나갔다.

"그래서 저 사십일비영의 신병을 소인에게 넘겨주시기를 청하옵니다."

몹시 기이한 점은, 쥐라는 남자를 대하는 조휘경의 태도가 우낙을 대할 때와는 사뭇 다르게 진중하다는 것이었다.

"본관이 그래야만 하는 이유가 무엇인가?"

"결과가 어찌 되었든 석대원이란 자와 그자를 따르는 무리를 가장 가까운 곳에서 목격한 자가 아니오니까. 조 대인께서 저자를 넘겨주신다면, 소인은 저자를 데리고 곧장 태원으로 달려가 이비영님께 인계하려고 합니다. 저자로부터 얻어 낼 진술이 그분에게 많은 도움이 되리라는 점, 부디 헤아려 주시기 바랍니다."

입꼬리를 아래로 내리며 생각에 잠겼던 조휘경이 이내 고개를 끄덕였다.

"듣고 보니 일리가 있군. 이비영의 체면을 봐서라도 서일, 자네의 청을 허락하겠네."

"감사하옵니다."

남자가 허리를 깊숙이 접는 것을 끝으로 현청 도장은 참장의 집무실을 나섰다. 저 안에서 머문 시간이 그리 길지 않음에도, 그사이 머릿속이 난마처럼 복잡해져 있었다. 그의 곁을 지나쳐 밖으로 나가는 명숙이라는 자들은 무슨 대사라도 결정한 듯 양양한 얼굴로 목소리를 높이고 있었다. 하지만 실제로 해결된 것은 아무것도 없었다. 건정회의 머리 위에 동창이라는 승냥이를 앉혀 놓게 되었다는 점을 제외하고는 말이다. 정난칙사가 강호칙사江湖勅使가 되는 것은 이제 시간문제인 것 같았다.

현청 도장이 한 번의 큰 심호흡으로써 불쾌하고 트릿한 속을 가다듬고 있을 때, 누군가 도포의 소맷자락을 슬며시 잡아당기

는 것이 느껴졌다. 고개를 돌려 보니 앞서 참장의 집무실을 나
간 장문사형 현학 진인이었다.

주위를 한차례 둘러본 현학 진인이 낮고 빠른 목소리로 현청
도장에게 말했다.

"수결을 찾아 내 방으로 데려오게나."

무당파 장문진인에게 배정된 숙소는 옥천관에서 빈청으로 사
용하는 건물 안에서도 가장 넓고 호화로운 방이었다. 현청 도장
이 사질인 수결과 함께 그 방에 들어갔을 때, 현학 진인은 다탁
앞에 앉아 주름진 눈까풀을 지그시 내리깔고 있었다. 작고 동그
란 다탁의 정중앙에는 다구 대신 무당파의 장문영부인 태청보
검이 검집째로 놓여 있었다.

"수결을 데려왔습니다."

현학 진인이 감았던 눈을 뜨고 다탁 맞은편을 가리켰다.

"앉게. 수결 너도."

현청 도장과 수결이 좌정하자 현학 진인이 조용히 말했다.

"내일 새벽 혈랑곡주가 이곳으로 온다네."

수결이 사부의 눈치를 살피며 조심히 말을 받았다.

"제자도 들었습니다. 석대원이라는 젊은 자라지요?"

현학 진인이 늘어진 눈썹을 슬쩍 일그러뜨리며 고개를 저
었다.

"혈랑곡주다."

"하지만 진짜가 아니라 이 대 혈랑곡주라고……."

"너도 마찬가지구나."

"예?"

"본능적으로 혈랑곡주라는 명호를 입에 담지 않으려 한다는 말

이다, 집무실 안에 모여 있던 소위 백도의 명숙이라는 자들처럼."

말끝에 끌끌 혀를 차던 현학 진인이 현청 도장에게로 시선을 던졌다.

"사제는 우낙이란 자의 진술을 어찌 생각하는가?"

"태행삼신이 그자의 일초지적에도 미치지 못했다는 진술 말씀입니까?"

"그래."

잠시 생각한 현청 도장이 무거운 목소리로 답했다.

"처음에는 과장이나 허풍이 다분히 섞인 진술이라고 여겼습니다. 하지만 정황을 곰곰이 되짚어 보니 사실일지도 모른다는 생각이 들었습니다."

"생각이 바뀐 이유는 무엇인가?"

"죽은 것은 태행산의 녹림도들만이 아니었습니다. 백인장과 은도회도 허명만으로 행세한 자들은 결코 아니지요. 그들이 모두 죽었습니다. 전령으로 살려 보낸 우낙이라는 자를 제외하면 단 한 사람의 생존자도 남기지 않은 것이지요. 이처럼 대단한 위세를 발휘하는 자라면, 태행산의 세 노괴를 삼 검으로 죽였다 한들 크게 놀랄 일은 아닐 겁니다."

현학 진인이 다탁 위의 태청보검을 슬쩍 내려다본 뒤 말했다.

"저 검을 사부님께 물려받은 것도 벌써 삼십 년이 넘었군. 그때 사부님께서 들려주신 말씀이 있었네."

현학 진인의 사부라면 무당파의 전대 장문진인인 백운白雲 진인을 가리켰다. 난데없이 전대의 이야기가 나오자 현청 도장과 수결이 긴장하며 현학 진인으로부터 흘러나올 다음 말에 귀를 기울였다.

"강호에는 물론이거니와 본 파 내에도 전혀 알려지지 않은 일이네만, 사부님께서는 혈랑곡주와 검을 맞댄 적이 있었네."

"예?"

사숙과 사질의 입에서 동시에 경호성이 터져 나왔다.

"어느 날 밤 사부님께서 상청궁上淸宮에서 홀로 명상에 잠겨 계실 때, 어디선가 검기 한 줄기가 날아들었네. 평생 처음 접하는 맹렬하고 난폭한 검기였다고 하시더군. 그 검기를 좇아 밖으로 나선 그분은 상청궁 앞뜰에 붉은 검을 들고 서 있는 장신의 복면인을 발견하셨네. 그 복면인이 사부님께 한 말은 무척 짧았다네. '무당의 검법을 보고 싶소.' 현청 자네도 알다시피 사부님께서는 온유하고 신중한 분이셨지. 야밤에 난입한 불청객을 상대로 무당의 검법을 함부로 내보이실 분이 아니셨어. 하지만 그 복면인을 상대로는 태청보검을 뽑을 수밖에 없었다고 하셨네. 그러지 않으면 그자의 맹렬하고 난폭한 검기 앞에 전신이 갈가리 찢겨 죽을 것 같은 위기감을 느끼신 것이지. 사부님은 그자를 상대로 태극의 묘리를 펼치셨네. 그리고 그 결과는……."

현학 진인이 낮은 한숨을 내쉰 뒤 말을 이었다.

"삼 초만에 사부님은 태청보검을 손에서 놓치고 마셨네."

잠시 아무도 말을 꺼내지 않았다. 그사이 현청 도장의 머릿속에는 하나의 장면이 펼쳐졌다. 달조차 없는 밤. 낯익은 상청궁의 앞뜰. 백염을 늘어뜨린 풍채 좋은 노도사가 검을 놓친 채 경악에 사로잡혀 있고. 그 앞에는 붉은 검을 든 복면인이 서 있다. 붉은 검, 붉은 검…….

이윽고 현학 진인이 전대의 이야기를 마무리 지었다.

"모습을 감추기 전 복면인이 사부님께 마지막으로 남긴 말은, '감사하오. 도움이 되었소.'라는 진심 어린 사례였다고 하더군."

"그자가…… 혈랑곡주입니까?"

현청 도장의 질문에 현학 진인이 대답했다.

"본 파의 태극검법을 삼 초만에 꺾을 자, 혈랑곡주가 아니면 누가 있겠는가."

수염에 붙은 뭔가를 떨쳐 내듯 고개를 절레절레 흔든 현학 진인이 다시 말했다.

"나중에 사부님께서 은밀히 알아보신 바, 복면인의 방문을 받은 자는 당신 한 분만이 아니었다네. 화산파의 장문인, 점창파의 대장로, 독행괴걸獨行怪傑로 이름 높던 표풍객飄風客……. 승패는 약속이라도 한 듯 모두 삼 초만에 갈렸지만, 기이한 점은 각각의 검객을 상대한 복면인의 검초가 매번 달랐다는 것이라네. 사제는 이게 무엇을 의미한다고 생각하는가?"

미간에 주름을 잡으며 생각하던 현창 도장의 입술 사이로 바위에 짓눌린 듯 답답한 목소리가 흘러나왔다.

"시험……이군요."

"맞아. 그자는 자신이 연구하는 검법을 세 초식씩 나누어 당대의 이름난 검객들을 상대로 시험해 본 것이라네. 나는 그럼으로써 탄생한 것이 바로 천하제일의 마검법, 혈랑검법이라고 믿네."

현청 도장은 경악을 넘어 허탈해졌다. 무당파의 태극검법을 필두로 하나하나가 천하를 진동시켜 온 절세의 검법들을 자신의 경지를 시험하고 확인하는 시금석試金石 정도로 여긴 자가 있다니!

"이후 서문숭이 강호에 나오고, 낙일평의 치가 벌어지고, 북악과 남패 사이의 긴장이 고조되고…… 그리고 곤륜지회가 열렸네. 곤륜지회의 결과를 전해 들으신 사부님께서는 내게 말씀하셨네, 신비혈랑의 혈랑곡주가 바로 그자라고."

말을 멈춘 현학 진인이 마주 앉은 두 사람의 얼굴을 천천히 둘러보았다.

"이제 자네들을 부른 이유를 말하겠네. 만일의 경우······."

말꼬리를 길게 늘인 현학 진인이 다탁 위의 태청보검을 잡아 사제에게 내밀었다.

"당분간 이 검을 맡아 주게."

"예?"

"기한은 수결이 현유 사제로부터 혜검의 묘리를 전수받을 때까지라네. 그때까지 현청, 자네가 이 태청보검을 가지고 본 파를 이끌다가 수결이 혜검을 얻으면 그때 넘겨주게."

"사형, 이 무슨 참람한 말씀이십니까! 사형께서 엄연히 건재하신데 장문영부를 어찌······!"

현학 진인의 담담한 한마디가 현청 도장의 비명 같은 항의를 잘랐다.

"그러니 만일의 경우라고 하지 않았는가, 만에 하나의 경우. 나머지 구천구백구십구의 경우에는 자네가 염려한 일, 벌어지지 않을 걸세. 그러니 내 뜻에 따라 주게."

짐짓 밝게 웃은 현학 진인이 말을 이었다.

"그리고 오늘이 끝나기 전, 두 사람은 제자들을 데리고 무당산으로 귀환하게. 데려갈 제자는 수본修本, 수홍修弘, 수옥修玉과 삼대 제자 전부일세. 수덕修德과 수공修空 녀석은 부족함이 많으니 이 기회에 내가 붙들어 앉혀 놓고 가르쳐 볼 생각이네."

"아니 될 말씀이옵니다! 아니 될 말씀이옵니다!"

사부의 갑작스러운 결정에 놀란 수결은 어찌할 바를 모르고 같은 말만 되풀이하고 있었다. 현청 도장이 이를 악물고 현학 진인에게 말했다.

"좋습니다. 만일을 대비하자는 말씀에는 따르도록 하지요. 단, 무당산으로 돌아갈 사람은 소제가 아니라 장문사형이셔야 합니다. 소제가 수덕과 수공, 그 아이들을 데리고 이곳에 남아 석대…… 아니, 혈랑곡주의 검을 받아 보겠습니다. 석년 사부님께 수모를 안겨 주었던 그 대담한 혈랑검법을 깨트려 보겠습니다!"

현학 진인이 앞니가 빠져 합죽해진 입술을 옹송그리며 고개를 저었다.

"여간해서는 바깥출입을 삼가는 자네가 제갈휘의 검을 보기 위해 산문을 나섰다는 것은 알고 있네. 그래서 그냥 돌아가라고 하기가 더 미안하네. 하지만 장유유서를 잊지 말게. 사형은 날세. 그것이 혈랑곡주의 혈랑검법이든 고검의 천외일매든, 내가 먼저 구경해 보고 싶구먼."

"사형!"

"허허, 이곳에 모인 면면이 얼마나 대단한데 어째서 불길한 생각만 하는 겐가? 현유가 폐관을 마칠 때도 되었고 해서 제자 놈을 보내 그 단물을 빨아먹으려는 간교한 노욕까지 굳이 밝혀야 되겠는가? 그리고 생각해 보게. 혈랑곡주 일이 잘 마무리되면 건정회는 곧바로 제갈휘를 맞이해야 한다네. 한데 회주인 내가 지레 겁을 먹고 꽁무니를 뺀다? 조휘경의 매서운 눈총은 둘째 치더라도, 향후 본 파는 천하인들의 조롱과 손가락질 속에서 현판을 스스로 내려야만 할 걸세. 그렇게 되기를 바라는 건 아니겠지?"

"하지만, 하지만……."

그럼에도 승복하지 못하고 고개를 세차게 내젓는 현청 도장의 손을 사형의 주름진 손이 잡아 왔다.

"걱정 말라고. 내가 이래 봬도 무당의 검객이라네. 밖에서는 현유가 무당제일검이니 하는 소리가 도는 모양인데, 이참에 늙은 생강이 얼마나 매운지 보여 줄 작정일세."

현청 도장은 사형의 주름진 손이 자신의 손 안에 슬며시 쥐여 주는 보검의 매끄러운 검집을 더 이상 거부할 수 없었다.

별이 저물고 있었다.

붉은 늑대 탈과 붉은 장포와 붉은 신발로써 혈랑곡주의 외양을 갖춘 석대원은 새벽과 아침이 교차하는 희붐한 여명 속에서 자신을 향해 활짝 열려 있는 옥천관의 관문을 향해 걸음을 옮기기 시작했다. 저벅저벅. 내공이 실린 발소리가 냉기 머금은 공기를 두드리고 있었다. 오십에 가까운 붉은 무리가 활짝 펴진 공작새의 꽁지깃처럼 그의 뒤로 따라붙었다.

관문 안으로 들어선 붉은 거인의 얼굴에 씌워진 붉은 늑대 가면이 천천히 움직였다. 좌에서 우로, 우에서 좌로.

느리지만 위협적인 그 움직임이 끝났을 때, 늑대 탈의 입 구멍으로부터 모래처럼 메마른 한마디가 흘러나왔다.

"무릎 꿇은 자는 없군."

땅거미가 깔리고 있었다.

제갈휘는 일군의 부군장이자 심복인 용형마도 종리관음 한 사람만을 대동한 채 멀리 옥천관의 성벽이 내려다보이는 언덕 위에서 말을 멈추었다. 서일이라는 자가 가져온 밀서는 동창이 개입됨으로써 도저히 거부 못 할 초청장이 되었다. 자신을 곤란에 빠트릴 함정이 마련되어 있으리라는 것은 능히 짐작할 수 있었다. 하지만 두렵지는 않았다. 그는 고검, 십매검의 벽을 넘어 천외일매의 새로운 경지로 나아간 절대고수였다. 여하한 함정도 그를 어찌하지는 못할 터. 그래서 혼자 오려고 했는데, 동행을 강력히 요구하는 이군장 좌웅과 사군장 마경도인을 가까스로 떼어 놓았는데, 종리관음의 붉디붉은 충심만큼은 도저히 꺾을 수 없었다.

그 종리관음이 투레질을 하는 말 머리를 눌러 진정시키며 입을 열었다.

"어젯밤 척후들이 가져온 정보가 아무래도 마음에 걸립니다."

"이 근방에서 전투의 흔적이 발견되었다는 정보 말이군."

"이상하지 않습니까? 집결지 근처에서 전투라니요? 이를 설명할 만한 이유라면 내분밖에 없을 텐데, 건정회나 동창에서 내분이 일어났다는 건 말이 되지 않습니다."

종리관음의 말을 곱씹던 제갈휘는 가볍게 미소 지었다.

"너무 깊이 생각하지는 말자고. 발등에 떨어진 불부터 끄고 볼 일이니까."

종리관음의 눈빛이 단단해지는 것을 보며 제갈휘는 멈춰 선 말의 옆구리를 발꿈치로 슬쩍 찔렀다.

그로부터 반 각이 지난 뒤.

제갈휘는 한층 짙어진 땅거미 너머로 위압적인 모습을 드러내고 있는 옥천관의 관문을 바라보며 눈살을 찌푸렸다.

"이상하군."

관문이 열려 있는 것은 그리 이상하지 않았다. 이상한 것은 열린 관문 안쪽으로부터 흘러나오는 괴이한 기운이었다. 눈에 보이지 않는 은밀하고 미세한 흐름까지도 살필 수 있는 경지에 오른 제갈휘는 그 기운으로부터 어떤 냄새를 맡았다. 그것은 바로…….

죽음의 냄새였다!

잠시 후 두 사람이 열린 관문 안으로 들어갔을 때.

그들은 관문 안쪽 벽돌이 깔린 광장 위에 줄지어 늘어서 있는 인두들을 목격할 수 있었다. 마치 수달이 제 잡은 물고기들을 물가에 벌려 놓듯, 광장을 가득 메운 인두들의 수는 수백에 달하고 있었다. 단지 문 하나를 지났을 뿐이건만 인세에서 지옥으로 넘어 들어온 듯한 착각에 빠진 두 사람은 말을 잊을 수밖에 없었다.

그리고 너무나도 끔찍하여 오히려 비현실적으로 보이는 이 광경의 가장 끝에는, 마치 늘어선 인두들로부터 열병을 받는 지휘자인 양 두 개의 인두가 놓여 있었다. 왼쪽 인두는 원숭이의 얼굴을 닮은 늙은 도사의 것이었고, 오른쪽 인두는 은실이 들어간 검은 관모를 쓴 합죽한 중년인의 것이었다. 저 인두들의 주인이 누구인지 어렵지는 않게 알아볼 수 있었다. 무당파의 장문 진인과 동창의 좌첩형. 그와 동시에 제갈휘는 거대한 의혹에 사로잡혔다.

강호 굴지의 명숙과 관부 권력의 정상에 있는 그들을 저런 꼴로 만들 자, 당금 천하에 누가 있단 말인가!

패도의 상징과도 같은 무양문주 서문숭이라도 감히 저지르지 못할 이 대사건의 주인공은 과연 누구란 말인가!

그때 바람이 불었다. 돌바닥에 낮게 깔려 있던 짙은 피비린내가 춤을 추듯 날아올랐다. 그리고…….

제갈휘는 자욱한 피비린내를 후광처럼 두른 채 두 개의 인두 뒤에서 펄럭이는 검은 그림자 하나를 볼 수 있었다.

흰 바탕에 포효하는 붉은 늑대의 머리가 그려진 깃발.

바로 혈랑기였다.

다음 권으로 이어집니다